Mary L. Longworth

Das Geheimnis von La Bastide Blanche

atb aufbau taschenbuch

Mary L. Longworth lebt seit 1997 in Aix-en-Provence. Sie hat für die »Washington Post«, die britische »Times«, den »Independent« und das Magazin »Bon Appétit« über die Region geschrieben. Außerdem ist sie die Verfasserin des zweisprachigen Essay-Bandes »Une Américaine en Provence«. Sie teilt ihre Zeit zwischen Aix, wo sie schreibt, und Paris, wo sie an der New York University das Schreiben lehrt.

Im Aufbau Taschenbuch erschienen bisher »Tod auf Schloss Bremont« (2012), »Mord in der Rue Dumas« (2013), »Tod auf dem Weingut Beauclaire« (2014), »Mord auf der Insel Sordou« (2015), »Mord im Maison Cézanne« (2016) und »Mord am Cours Mirabeau« (2017).

In Bastide Blanche, einem alten romantischen Anwesen in der Provence, das sich der weltberühmte Schriftsteller Valère Barbier gekauft hat, ist es nicht geheuer. Barbier verbringt keine einzige ruhige Nacht. Eine alte Erzrivalin taucht überraschend auf. Sein Stiefsohn wird entführt. Auch in seinem neuen Haus ist er nicht sicher vor den Geistern der Vergangenheit. War wirklich ein Unfall Ursache für den Tod seiner Frau Agathe? Antoine Verlaque, Marine Bonnet und Bruno Paulik machen sich auf die Suche nach den realen Gründen hinter all dem Spuk.

Mary L. Longworth

Das Geheimnis

VON LA BASTIDE BLANCHE

Ein Provence-Krimi

Aus dem Amerikanischen
von Helmut Ettinger

atb aufbau taschenbuch

Die Originalausgabe unter dem Titel
The Secrets of the Bastide Blanche
erschien 2018 bei Penguin Books, New York.

MIX
Papier aus verantwortungsvollen Quellen
FSC® C083411
FSC
www.fsc.org

ISBN 978-3-7466-3458-6

Aufbau Taschenbuch ist eine Marke
der Aufbau Verlag GmbH & Co. KG

1. Auflage 2019

Umschlaggestaltung U1 berlin, Patrizia Di Stefano
unter Verwendung eines Bildes von © Konstanttin / shutterstock
Satz LVD GmbH, Berlin
Druck und Binden CPI books GmbH, Leck, Germany
Printed in Germany

www.aufbau-verlag.de

Für Kathy, Bev und Sue

Ich halt dich, du hältst mich
fest gepackt am Kinn.
Wer von uns als Erster lacht,
kriegt ’ne Schelle ’rin.
(Französisches Kinderspiel)

… wenn die Nacht ihre unheimliche Stille erklingen lässt.
Percy Bysshe Shelley, Alastor or The Spirit of Solitude

1. Kapitel

New York City, 22. September 2010

Justin Wong war in New York City aufgewachsen, aber noch nie hatte er die Stadt so rasch und zielbewusst durchquert wie an diesem Nachmittag. Ihm schien, er könnte fliegen. Erst vor sieben Jahren hatte er die Fakultät für Geisteswissenschaften der New York University absolviert. Und heute, als Angestellter eines großen Verlages, wenn auch nur als kleiner Lektoratsassistent, war er drauf und dran, einen der berühmtesten Schriftsteller der Welt kennenzulernen. 1982: Prix Goncourt. 1986: Ritter der Französischen Ehrenlegion. 1987: auf der Shortlist für den Nobelpreis. Millionen verkaufter Bücher, Übersetzungen in 42 Sprachen. Justin blieb kurz stehen. Die Hände in die Hüften gestützt und leicht vornübergebeugt, rang er nach Luft. Vermassele es nicht, ermahnte er sich. Dieser Deal muss gelingen. Dann vergeben dir Dad und Mom vielleicht, dass du nicht Medizin studiert hast.

Er richtete sich auf und warf einen Blick auf sein Spiegelbild in einer Schaufensterscheibe. Mittelgroß, schlank, das pechschwarze Haar frisch geschnitten. Für diesen Abend war er in nagelneue Sachen geschlüpft (Chinos, ein frisch gebügeltes weißes Baumwollhemd und, um besonders flott zu wirken, eine blau-grün karierte Weste und dazu elegante blaue Lederhalbschuhe, die selbst im Ausverkauf noch zu teuer waren). Er war bereit.

Am Flatiron bog er ab und wurde immer langsamer, je näher er der East Twentieth Street kam. Er kannte die Gegend gut, mit ein paar Freunden besuchte er ab und zu einen billigen Jazzklub in der Nähe. Die Verlegerin hatte Justin zu sich gerufen, um über den Ort dieses Treffens zu beraten. Sie entschieden sich für ein Restaurant, das für seine Küche und sein reiches Angebot an französischen Weinen berühmt war. Man wusste, dass dieser Autor Wein und Zigarren schätzte. Justin mochte beides, aber nicht deshalb hatte man ihn für diese Begegnung ausgewählt. Eigentlich hätten der Verlagsdirektor oder die Verlegerin persönlich hingehen müssen. Doch der große Autor selbst hatte ausgerechnet ihn, Justin, ausgewählt. Von dessen Anwalt ging ein Brief auf altmodischem Papier mit Prägedruck in New York ein. Justin schritt jetzt langsamer aus, denn er war eindeutig zu früh. Ein breites Lächeln erschien auf seinem Gesicht, als er sich zum millionsten Mal die Sätze ins Gedächtnis rief: »Mein Mandant, Valère Barbier, möchte Mr. Justin Wong, einen Angestellten Ihres hoch geschätzten Verlages, treffen. M. Barbier wird im September für drei Tage nach New York kommen. *Merci beaucoup.* Maître Guillaume Matton, 15 avenue Hoche, 75008, Paris.«

Der Brief war eine Überraschung für Justin ebenso wie für die Verlegerin, die ihn sofort zu sich befahl. (In dem großen Haus war er ihr noch nie begegnet.) »Haben Sie Barbiers Anwalt, diesen Maître Matton, etwa angerufen?«, fuhr sie ihn an und schritt aufgebracht in ihrem Büro hin und her. »Woher kennt er Ihren Namen? Sie können doch nicht einfach mit weltberühmten Autoren in Kontakt treten, ohne Ihre Vorgesetzte zu fragen!« Sie war hochrot im Gesicht, fast so rot wie die Chanel-Jacke, die sie trug. Justin schaute zu Boden, krampfhaft bemüht, ein Grinsen zu verbergen. Das kam wie von selbst, wenn ihm etwas Angst machte. Er wurde immer kleiner in dem Ledersessel, die schwitzenden Handflächen auf die Oberschenkel gepresst. Er musste das irgendwie erklären. Denk nach. Welche Verbindung besteht zu diesem französischen Schriftsteller? Er hatte ein Jahr an der Pariser Außenstelle der New York University studiert, aber in dieser Zeit kein einziges Buch von Valère Barbier gelesen. Die französischen Mädchen hatten ihn viel mehr interessiert. Außerdem hatte Barbier damals gerade das Genre gewechselt, was seine Kritiker entrüstete, ihm aber nur noch mehr Leser einbrachte.

Clothilde hatte diesen Vorgang für einen schlechten Witz gehalten. »Das ist so typisch für uns!«, rief sie bei einem Bier im Quartier Latin und lachte laut. »Wir Franzosen sind solche Snobs! Und Valère Barbier schleudert uns das mitten in unser Galliergesicht!« Sie hatte sich über den Tisch gebeugt und Justin die Wange getätschelt, daran erinnerte er sich genau. »Du bist so ein süßer kleiner New Yorker!«, hatte sie dabei gesagt. »So sü-ü-ü-ß, dass ich dich heute Abend glatt nach Hause mitnehme!«

»Clothilde!«, sagte er laut.

»Wie bitte?«, fragte die Verlegerin. »Wer ist Clothilde?«

»Clothilde ist eine junge Französin, die ich beim Studium in Paris kennengelernt habe«, setzte Justin zu einer Erklärung an. Das war die einzige Verbindung, die ihm einfiel. »Sie hat eine Arbeit über Barbier geschrieben.«

»Na und?«, gab die Verlegerin zurück. »Das haben bestimmt noch mehr Leute getan, zumindest bis Barbier die Orientierung verloren hat.«

»Clothilde hat ihn aufgesucht und eine Weile als eine Art Sekretärin für ihn gearbeitet. Erst vor ein paar Tagen hat sie mir eine merkwürdige E-Mail geschickt, auf die ich mir keinen Reim machen konnte …«

»Lesen Sie mir den Text vor!«

Justin griff nach seinem Smartphone und wischte über das Display, bis er die Mail gefunden hatte. Er las vor, wobei er das neckische Geplänkel am Anfang ausließ. »Justin, *chéri*, du wirst in Kürze dein Wissen über französische Weine auffrischen müssen. Davon kann deine Karriere abhängen. Küsschen!«

Die Verlegerin blieb stehen. »Das passt zu Barbier. Er hat einmal mit drei verschiedenen Verlegern ein Quiz über Weine veranstaltet, um zu entscheiden, bei wem er herauskommen will.« Sie schaute ihren jungen Lektor prüfend an. »Kennen Sie sich mit französischen Weinen aus? Ich trinke nicht.«

Justin nickte.

Sie schaute auf die Uhr. »In Paris ist jetzt schon Abend. Schicken Sie dieser Clothilde eine Textnachricht oder eine Mail. Fragen Sie sie, was da los ist.« Justin ging rasch sein Adressbuch durch, selbst erstaunt, dass er Clothildes Nummer noch fand. Er schrieb ihr die Nachricht, und während sie warteten, entdeckte er bei Facebook, dass Clothilde und er Freunde waren. Sie konnte also mit Leichtigkeit herausfinden, wo er angestellt war. Fotos oder Nachrichten hatten sie seitdem nicht gewechselt, aber auch er konnte ihren aktuellen Status einsehen. Sie arbeitete zurzeit für Canal+, eine der großen Film- und Fernsehgesellschaften Frankreichs. Das überraschte ihn nicht.

Minuten später piepte sein Smartphone. Die Verlegerin, die die ganze Zeit aus ihrem Fenster im elften Stock auf den Hudson River geschaut hatte, fuhr herum. Justin las Clothildes Text vor, natürlich ohne die erneute Anzüglichkeit: »Ich habe immer noch Kontakt zu Valère Barbier, *cher* Justin. In meinem Job bin ich ihm vor ein paar Tagen zufällig begegnet, und wir haben zusammen ein paar Mojitos getrunken. Stell dir das vor! Mojitos mit Barbier! Klingt wie ein Filmtitel, *n'est-ce pas?* Er hat mir erzählt, dass er mit seinem Verleger unzufrieden ist, einem großen Konkurrenten von euch. Da habe ich ihm deinen Namen gegeben. Sein nächstes Buch soll eine Autobiographie werden! *Voilà!* Und ich habe ihm gesagt, dass du Frankreich liebst.« Justin hielt einen Moment inne und sagte dann: »Das stimmt … und ich liebe seine neuen Bücher«, las er weiter, warf dann der Verlegerin einen Blick zu, zog eine Grimasse und schüttelte den Kopf. Den Rest behielt er für sich. Da stand: »Das Leben ist schön. Ciao, Darling! Du sü-ü-ü-ßer!« Die Verlegerin hatte inzwischen wieder Platz genommen und faltete die Hände auf der Schreibtischplatte. »So ist das also«, sagte sie dann. »Wer wird dem großen Mann widersprechen?« Justin konnte gar nicht glauben, dass sie ihm die Erlaubnis gab, die Sache zu übernehmen. Er sprang auf, schüttelte ihre Hand und dankte ihr überschwänglich.

Sie erwiderte seinen Händedruck und lächelte dabei. »Wie dumm ich doch als Studentin war.«

Justin schaute sie verständnislos an.

»Ich habe auch ein Jahr in Paris studiert. Aber eine Liebesaffäre hatte ich nicht.«

All das ging Justin durch den Kopf, als er das Restaurant erreichte. Er schaute auf die Uhr: Es war zehn Minuten vor der vereinbarten Zeit. Er öffnete die schwere Glastür und trat ein. Die Verlegerin hatte um den abgeschiedensten Tisch gebeten. Justin stellte sich der langbeinigen Empfangsdame vor und folgte ihr, als sie ihn quer durch das fast leere Restaurant zu einem gemütlichen Separee führte. Es war in einem Goldton gehalten, hatte gedämpftes Licht, und an drei Wänden standen Regale voller Weinflaschen vom Boden bis zur Decke. Justin fürchtete, der Raum könnte nicht klimatisiert sein, aber vielleicht waren das ja billige Weine oder sehr häufig gewünschte Sorten. »Hier ist ein Vorhang, wenn Sie sich noch mehr zurückziehen wollen«, sagte die Dame und zupfte leicht an dem beigefarbenen Samt zu beiden Seiten des Eingangs.

»Danke«, sagte Justin. »Wir lassen ihn offen, bis mein … äh … Bekannter eintrifft.« Beinahe hätte er Valère Barbier seinen Freund genannt. So stark stand er schon unter dem Einfluss der hyperaktiven Clothilde. Zu sü-ü-ü-ß! »Er ist etwas älter. Um die sechzig. Mit dichtem weißem Haar und französischem Akzent.«

Die Empfangsdame nickte. »Möchten Sie etwas trinken, während Sie auf ihn warten?«

»Wasser, bitte.« Justin musste sich räuspern. Erst jetzt

spürte er, wie nervös er war. »Mit Sprudel.« Eigentlich könnte ich mir mehr leisten, dachte er bei sich. Immerhin mein erstes Essen auf Verlagskosten.

»Das Sprudelwasser können Sie streichen«, ertönte da hinter der Angestellten eine markante Stimme. »Bringen Sie zwei Gläser vom Champagner des Hauses.«

Justin fuhr hoch, die Dame nickte dem Franzosen kühl zu und entfernte sich.

»Der Champagner des Hauses ist doch gut, oder etwa nicht?«, fragte Valère Barbier in perfektem Englisch mit einem schwachen französischen Akzent.

»Oui«, antwortete Justin und räusperte sich erneut. *»Il est très bon.«*

»Wir können Englisch miteinander sprechen«, erklärte Barbier. »Ich habe fünf Jahre lang in New York gelebt, um nach meinem berüchtigten Genrewechsel der französischen Presse zu entkommen.« Er lächelte. »Woher wissen Sie, dass der Champagner des Hauses gut ist?«

»Ich habe mir vorher die Weinkarte angeschaut. Er ist von Drappier.«

»Ausgezeichnet!«, rief Valère. »Sie haben Ihre … *devoirs* gemacht!«

»Meine Hausaufgaben. Das hoffe ich. Aber nehmen Sie doch Platz.«

Valère Barbier ließ sich dem Lektor gegenüber nieder. Dessen Jugend verblüffte ihn. Aber Clothilde hatte gesagt, Justin Wong sei ein Freund, sie mussten also etwa gleichaltrig sein. Das heißt, um die dreißig. Valère ging durch den Kopf, dass er selbst in diesem Alter bereits eine Menge erreicht hatte. »Ich mag Menschen über achtzig und unter dreißig. Eine meiner besten Freundinnen in Aix-en-Provence ist zehn. Die Jahre dazwischen sind voll von *la merde*! Wie alt sind Sie?«

»Neunundzwanzig«, erwiderte Justin. »Noch ein Jahr von *la merde* entfernt.«

Valère schlug mit der flachen Hand auf den Tisch. »Was für eine Antwort! Sie sind ja ein Typ!«

Justin musste lächeln. Er fragte sich, ob der Autor bereits etwas getrunken hatte. Aber das spielte jetzt keine Rolle. Da kam die Dame mit zwei Gläsern Champagner zurück. Valère griff zu und nahm sie rasch vom Tablett. *»Merci beaucoup!«*

»Sagen Sie mir, welches meiner Bücher mögen Sie am meisten?«, fragte Valère, hob sein Glas und stieß kräftig mit Justin an. *»Santé!«*

»Also«, ließ Justin hören. »Als mir klar wurde, dass wir uns treffen werden, habe ich *Ein ehrenwerter Mann* angefangen.«

Valère beugte sich nach vorn. »Und sind Sie damit fertig?«

»Mit der Hälfte.«

»Sie erstaunen mich schon wieder! Sie lügen nicht und behaupten, Sie hätten alle meine Bücher gelesen?«

»Nein«, antwortete Justin.

Valère nahm einen großen Schluck Champagner. »Und warum haben Sie gerade zu diesem gegriffen?«

»Es ist Ihr erstes Buch, und Sie haben es geschrieben, als Sie so alt waren wie ich. Neunundzwanzig. Bevor Sie …«

»Bevor ich ein Scheißkerl geworden bin!«, kreischte Valère.

Justin war peinlich berührt. So hatte er den Satz nicht vollenden wollen. »Lassen Sie uns zur Sache kommen«, sagte er stattdessen.

»Verhandlungen? Jetzt schon?«

Nun musste Justin lachen. »Nein, M. Barbier. Ich meine die Speisekarte und die Weine.«

Justin achtete darauf, nicht zu viel über Wein zu reden. Er war hier, um Valère Barbier als Autor für den Verlag zu gewinnen, nicht um mit seinem Wissen zu prahlen. Er hatte um die Karte der gängigsten Weine gebeten, nicht um das volle Verzeichnis dessen, was der Keller hergab. Er wollte nicht die ganze vom Verlag bereitgestellte Summe ausgeben. So war er erzogen.

Und er ging davon aus, dass in einem seriösen Restaurant wie diesem auch ein erstklassiger Wein zu einem vernünftigen Preis zu haben sein musste. Diesen Gedanken äußerte er gegenüber Barbier, der beeindruckt war und sofort zustimmte. Bei sich dachte Valère, jeder andere Verlagsmitarbeiter hätte aus der dicken Bestandsliste gewählt. Sie einigten sich schließlich auf einen mehrere Jahre alten Burgunder aus Puligny-Montrachet.

»Wir lassen es uns gut gehen«, verkündete Valère. »Und auch noch zu einem mäßigen Preis, was?«

»Stimmt«, bestätigte Justin. »Ich trinke einen solchen Wein zum ersten Mal.«

Valère musste lachen. Der Kellner, ein junger Mann mit feuerroter Haartolle und Sommersprossen, trat ein und verkündete die Vorspeise: »Felsenkrabbe in Gurkenrolle.« Er stellte einen Teller vor jeden Gast und fuhr fort: »Mit geräuchertem Maisbrei und einem Sorbet aus gelben Tomaten und Balsamico.«

»Merci«, sagte Valère, und der Kellner zog sich zurück. Der Autor beugte sich zu Justin und fragte: »Was ist eine Felsenkrabbe?«

»In New York zurzeit der letzte Schrei. Dabei ist es eine Krabbe aus dem Atlantik, nur mit einwärts gebogenen Beinen.«

Valère hob eine Augenbraue und meinte: »Sie scheinen sich mit gutem Essen und Wein auszukennen. In Ihrem Alter habe ich zwar schon Bücher verkauft, musste aber immer noch jeden Centime umdrehen.«

Justin lächelte. »Ich lese gern Zeitschriften über Essen und Trinken. Aber nur mit gefülltem Magen.«

Valère lachte, wählte ein Löffelchen und tauchte es in den Tomatensorbet. *»Bon appétit.«*

»Danke, gleichfalls. Dieser Sorbet sieht gut aus. Er erinnert mich an Eigelb.«

»Das ging mir eben auch durch den Kopf«, sagte Valère. »Es könnte aber auch Zabaione, diese italienische Weinschaumcreme, sein. Sehr phantasievoll …«

Als Justin fertig war, legte er den Löffel ab und schaute Barbier direkt an. »Ich habe viel über Ihr Leben gelesen, da sind mir Fragen gekommen.«

Valère hob den Kopf und legte ebenfalls das Besteck aus der Hand. »Nur zu.«

Justin bemerkte, dass sich etwas im Blick des Autors verändert hatte. Bis eben hatte er noch den Bonvivant gegeben, der ohne Sorgen durchs Leben geht. Jetzt wirkte er plötzlich älter und nachdenklicher. Die großen braunen Augen wurden schmaler, und ein paar Fältchen erschienen auf seiner Stirn.

»Dieses Schloss, das Sie bei Aix-en-Provence gekauft haben«, begann Justin.

»Nur eine *Bastide*, ein Landhaus«, korrigierte Valère. »Die Bastide Blanche.«

»Richtig. Ich habe ein paar Artikel über den Brand gelesen, den es diesen Sommer dort gegeben hat. Das Thema hat mich gepackt.«

»Erzählen Sie mir, was Sie darüber wissen«, bat Valère.

»Also, dass die Bastide abgebrannt ist und – nehmen Sie es mir bitte nicht übel – dass einige Leute Ihnen das zum Vorwurf machen, obwohl es nicht bewiesen ist.«

»Nein, es ist nicht bewiesen.«

»Aber Sie sind dort gewesen, als es passierte?«

Valère nickte und begann zu essen. »Ich kann mich nur schlecht an diese Nacht erinnern«, sagte er. »Es heißt, ich hätte nach Agathe gerufen …«

»Ihrer verstorbenen Frau.«

»Stimmt«, bestätigte Valère. »Es gab eine Zeit, da Agathe berühmter war als ich. Aber die dauerte nicht lange. Was wissen Sie über sie?«

»Ich weiß, dass sie bildende Künstlerin war, dass Sie beide

eine lange Ehe geführt haben und sie 1988 gestorben ist.« Unter rätselhaften Umständen, wollte er noch sagen, unterließ es aber.

Valère lächelte und griff nach dem Sektkelch. »Glauben Sie an Gespenster, Justin?«

Sprach Barbier von Agathe? Justin stützte das Kinn auf die gefalteten Hände und suchte nach einer ehrlichen Antwort, die Barbier aber dazu anregen sollte, mehr zu erzählen. Da fiel ihm ein, dass der angeblich behauptet hatte, in der Brandnacht hätte es im Haus gespukt. »Ja, in der Tat«, antwortete Justin. »Ich glaube daran, dass die Toten nachts durch alte Gemäuer wandern, weil sie glauben, noch immer dort zu wohnen. An der Highschool mussten wir einmal ein Gedicht lernen. Ich habe mich für Shelley entschieden. Davon ist mir nur eine Zeile im Gedächtnis geblieben: ›… wenn die Nacht ihre unheimliche Stille erklingen lässt.‹«

»Das ist es … In der Bastide habe ich nachts kaum ein Auge zugetan«, erklärte Valère mit einem Seufzer. »Es war ihre Zeit.«

»Ihre Zeit?«, fragte Justin.

»Das ist eine lange Geschichte«, murmelte Valère und leerte das Champagnerglas. »Aber der Abend ist ja noch jung. Wenn ich mein letztes Buch schreibe, dann muss mein künftiger Lektor meine Geschichte anhören und mir auch glauben. Sind Sie dazu bereit?«

»Oui, Monsieur.«

2. Kapitel

New York City, 22. September 2010

VALÈRE ERZÄHLT SEINE GESCHICHTE

Wie der Name sagt, hatte die Bastide Blanche, als ich sie erwarb, eine weiß gestrichene Fassade, an der der Putz gesprungen und an mehreren Stellen bereits abgefallen war. Das Haus wies eine perfekte Symmetrie auf, wie das bei solchen Landhäusern üblich ist: In der Mitte die einen Meter breite hölzerne Eingangstür, flankiert zu beiden Seiten von zwei hohen Fenstern. Darüber jeweils zwei Fenster der gleichen Größe und über der Haustür ein noch größeres mit einem schmalen Balkon. Das schmiedeeiserne Gitter trug ein großes B. Die dritte Etage, etwas niedriger als die beiden anderen, bot Raum für fünf ovale Bullaugen, die liegend, nicht aufrecht eingelassen waren. Das für die Provence typische Ziegeldach wies einen Mischmasch aus Ziegeln aller Schattierungen zwischen Rot, Orange und Gelb auf, die man über die Jahrhunderte dort verlegt hatte. Ich stellte mir vor, die Fassade neu verputzen und gelb tünchen zu lassen. Die Fensterläden, jetzt in verblasstem Rot, sollten olivgrün gestrichen werden.

Als ich die Bastide Blanche letzten Winter kaufte, dachte ich dabei an die heißen, trockenen Sommer der Provence. Wir hatten häufig genug unseren Urlaub im Süden verbracht, dass ich mich gut an das tägliche Ritual erinnern konnte, Fenster und Läden in allen Zimmern morgens zu schließen und erst spätabends wieder zu öffnen. Agathe bestand darauf, dass dies in unserem gemieteten Ferienhaus stets um sieben Uhr morgens geschah. Ich bin ein unverbesserlicher Faulpelz und liebe es, morgens auszuschlafen. Zu meinen teuersten Erinnerungen gehört, wie Agathe, die Hände in die Hüften gestemmt, vor meinem Bett stand und mich weckte. »*Les volets!*

Les fenêtres!«, sagte sie, griff unter das Baumwolllaken und kitzelte mich an den Fußsohlen. »Ich habe Urlaub!«, brummte ich und zog die Füße weg. Der Grund war natürlich, dass Agathe mehr arbeitete, als es mir je gelungen ist. Als Töpferin – oder Keramikerin, sollte ich wohl besser sagen – war sie auch körperlich die Stärkere. Aber das wissen Sie sicher.

Eine meiner ersten Erinnerungen an die Bastide Blanche stammt vom 5. Juli, dem Tag, da all die Probleme anfingen. Als ich Fenster und Läden geöffnet hatte, entfuhr mir der Schrei: »Schaltet sie ab!« Dass es schon morgens heiß war, wusste ich noch, aber die *cigales* hatte ich vergessen. Sie schauen verwirrt: Ich meine die Zikaden. Es war gegen neun Uhr morgens, und sie zirpten, was das Zeug hielt. Ich beugte mich aus einem der drei riesigen Schlafzimmerfenster und stieß die verwitterten Läden weit auf. Jetzt klang der Zikadenchor wie ein Dutzend Pariser Autohupen oder tausend winzige Kettensägen. Noch einmal rief ich theatralisch: »Schaltet sie ab, habe ich gesagt!« Dann ließ ich Läden und Fensterflügel krachend zufallen. Ich hatte das Gefühl, Agathe sähe mir dabei zu, ärgerlich, dass es bereits neun Uhr war. Eilig lief ich über die Bodenfliesen des Raumes, die mir angenehm die Fußsohlen kühlten, und schloss auch die beiden anderen Fenster samt Läden an der Südseite des Hauses.

Als wir früher in der Provence Urlaub machten, fand ich die Zikaden reizend, ein Symbol für Süden, Sommer, Freunde und Rosé-Wein, für opulente Mittagessen, Siestas, Aperitifs und lange Abende. Damals hatten wir Ferien und dachten nicht an Arbeit. In dieser Julinacht jedoch hatte ich bis drei Uhr gearbeitet und war erst gegen vier eingeschlafen.

Es war kein erholsamer Schlaf gewesen. Aber davon später.

Kurz bevor ich den letzten Fensterladen schloss, warf ich noch einen Blick auf die Landschaft und versuchte mir ins Gedächtnis zu rufen, weshalb ich dieses riesige Haus erworben hatte. Unterhalb des Gartens gab es eine mit Kies bedeckte Terrasse. Dort hatte ich bei einem bekannten Antiquitätenhändler in L'Îsle-sur-la-Sorgue teuer eingekaufte schmiedeeiserne Gartenmöbel aufgestellt. Die Terrasse war von einer Reihe Lavendelsträucher umgeben, die zu der Zeit, da meine Geschichte beginnt, in voller Blüte standen. Jenseits der Terrasse breitete sich ein Hain silbrig grüner Olivenbäume aus, um die ich mich selbst kümmern wollte. Was war schon dabei, jeden Winter Oliven zu ernten? Dahinter schlossen sich Hügel mit Weingärten an, von denen einige mir und die anderen einem Nachbarn gehörten, dessen Bauernhaus aus goldfarbenem Stein mit frisch gestrichenen weißen Fensterläden in der Ferne zu sehen war. Hinter den Weingärten thronte das Dorf Puyloubier seit Jahrhunderten auf einer Anhöhe aus weißem Fels. Nach Aix sind es mit dem Auto nur zwanzig Minuten, was mich zusätzlich bewegte, das Haus zu kaufen. Ich kenne wenige Städte, die so klein sind wie Aix – wie viele Einwohner wird es haben, 150 000? – und zugleich von einer solchen Schönheit, Gelassenheit und Kultur. Daher ist es geradezu eine Ironie, dass ich in diesem Sommer kaum in die Stadt gekommen bin.

An jenem Morgen machte ich sorgfältig mein Bett, um der Versuchung zu widerstehen, noch einmal hineinzuschlüpfen. Ich sah mich in dem riesigen Raum um und seufzte wegen der Arbeit, die mir bevorstand. Überall an den Wänden stapelten sich Kartons, die darauf warteten, ausgepackt zu werden. Sie enthielten zumeist Bücher. Daneben Koffer aller Größen, die wir auf unseren Reisen benutzt hatten. Konnte ich die nicht einfach in einem Anbau verschwinden lassen? Oder auf dem Dachboden? Meine Kleidung lag in einem Haufen zerknüllt am Boden. Ich beugte mich nieder, raffte alles zusammen und warf es in einen Wäschekorb.

Da fiel mir ein, dass ich, was für mich gar nicht typisch ist, die Nachbarn am Nachmittag zum Tee eingeladen hatte. Am Tag zuvor war ich ihnen an der Straße vor meiner Einfahrt begegnet. Unsere Briefkästen stehen nebeneinander. Ich wusste, dass Hélène Winzerin ist. Ich kannte ihren Namen und ihr Gesicht aus guten Weinmagazinen. Ihr Mann ist ein Riesenkerl mit kahlem Kopf, aber braunen Hundeaugen und langen, dunklen Wimpern. Die Tochter, etwa zehn Jahre alt, fand ich einfach bezaubernd. Ihretwegen habe ich die Familie spontan zu mir eingeladen. Kinder haben mir nie viel bedeutet. Als Agathe und ich herausfanden, dass ich nur mit Platzpatronen schoss – verzeihen Sie den Ausdruck –, schien ihr das nicht viel auszumachen. Sie hatte bereits einen Sohn, einen ziemlichen Einfaltspinsel, von dem noch die Rede sein wird. Aber Léa, so heißt das Mädchen, schien mir gescheit und einzigartig.

Hélène, die Winzerin, war sichtlich aufgeregt, als ich ihr die Hand schüttelte. Das war ich gewohnt. Der Mann tat gelangweilt, auch das kannte ich. Doch die Tochter sprang aus dem Wagen, um sich den Wein anzuschauen, der in großen, dicken Trauben von den uralten, knorrigen Stöcken hing. Mich und die trockene, glühende Hitze schien sie gar nicht zu bemerken. »Léa, komm und begrüße unseren Nachbarn«, sagte Hélène, nahm die Tochter bei der Hand und führte sie zu mir. Léa lächelte, und ich beugte mich herunter, damit sie mir Küsschen geben konnte. »Sehr angenehm, Sie zu treffen«, sagte sie und küsste mich auf beide Wangen. »Es ist schön hier, nicht wahr?«

»Wunderschön«, gab ich zurück. Ich konnte ihre weiche Wange spüren, die nach frischer Luft, Staub und noch etwas roch. Nach Äpfeln vielleicht.

»Jetzt sind die Weinbeeren noch grün, aber bald sind sie rot«, fuhr Léa fort. »Sie werden sehen.«

»Kommen Sie doch auf einen Tee herüber«, sagte ich, ohne nachzudenken. Ich hauste bereits über eine Woche an dem neuen Ort und fühlte mich einsam. »Morgen Nachmittag gegen vier? Ich habe noch keinen Strom, aber einen Gasherd. Tee kann ich schon machen.«

»Danke. Ich bringe Kuchen mit«, bot Hélène an. »Die *Boulangerie* im Dorf ist recht gut und führt ein großes Angebot. In dieser Hinsicht haben wir Glück.«

Der riesige Mann lächelte und legte den Arm um seine Frau. »Dann bis morgen«, sagte ich. Mir gelang es nicht gleich, die Post rasch aus dem Kasten zu nehmen. Hélène und ihr Mann taten, als bemerkten sie nichts, aber Léa beobachtete mich genau. Sie sah, dass mir das peinlich war. Seit Agathes Tod fällt es mir schwer, bei einem glücklichen Paar unbefangen zu bleiben.

An jenem Julimorgen ging ich, noch immer im Schlafanzug, die breite Treppe zur Küche hinunter. »Was für ein lächerliches Haus«, sagte ich laut vor mich hin. Das riesige Wandbild aus der Mitte des 18. Jahrhunderts über der großen Treppe musste dringend restauriert werden. Von dort schauten mich zwei Damen in weißen Perücken und drei Herren an, die einen roten Samtvorhang beiseitezuschieben schienen, als stünden sie auf einer Bühne. Hinter ihnen war eine Landschaft der Provence zu erkennen, fast wie jene, die sich mir gerade von meinem Schlafzimmerfenster aus dargeboten hatte. Das Bild musste von einem Laien stammen: Die schlanken Zypressen im Vordergrund waren nicht größer als die edlen Damen und Herren, und die Gebäude in der Ferne hätten eher in Venedig als in Frankreich stehen können. Aber die Figuren besaßen Charme, besonders die hochgewachsene, in blassrosa Chiffon gekleidete Dame in der Mitte der Gruppe, die den Eindruck machte, sie werde gleich aus dem Bild heraus mitten auf meine Treppe springen.

Meinen Anwalt Matton hatte es fast umgehauen, als er nur Minuten vor Beginn der Auktion die verschwommenen Fotos der Bastide sah. »Wenn Sie das Haus nicht kaufen, Barbier, dann tue ich es«, sagte er zu mir. Er war seit Jahrzehnten mein Anwalt, und wir nannten uns wie Schuljungen immer noch beim Familiennamen. Das war mir bisher noch nie aufgefallen.

Die Fotos logen nicht, das Haus hatte tatsächlich Wand- und Deckenbilder, Fußböden aus jahrhundertealten Fliesen, Doppelfenster und Marmorkamine in den meisten Räumen. Sie zeigten allerdings auch zerbrochene Fensterscheiben, ein Taubenpärchen, das sich stolz im Salon niedergelassen hatte, die Bierflaschen und die Feuerstelle, die von Feiern der Teenager aus dem Dorf mitten im Speisezimmer übrig geblieben waren. Einer hatte sogar an die Wand aus falschem Marmor gesprüht: Dylan und Maéva für immer und ewig! »Was für lächerliche Namen«, raunte ich Matton zu.

Als die Auktion zu Ende war – wir hatten einen Modedesigner und einen chinesischen Milliardär ausgebootet –, gratulierte mir Matton und flüsterte mir zu: »Keine Sorge, ich habe eine Nichte in der Nähe von Puyloubier, die das Haus putzt, bevor du eintriffst. Mein Geschenk.« Sein Geschenk? Maître Matton, dessen Anwesenheit bei einer Auktion das französische Recht verlangt, hatte dafür ordentlich kassiert. Immerhin, das Angebot war schon bemerkenswert. In all den Jahren, die ich ihn kannte, war er mir nie als besonders freigiebig aufgefallen. Wenn ich es recht bedenke, hatte ich ihn gerade deswegen als Anwalt haben wollen.

Ich muss zugeben, Mattons Nichte hatte das Haus sehr ordentlich gesäubert. Ich ging daran, mir auf dem Gaskocher Kaffee zu machen. Sie hatte einen mit Sandrine Matton unterschriebenen Zettel auf dem Küchentisch hinterlassen. Ich könne sie anrufen, sollte ich weitere Hilfe brauchen. »Es ist noch so viel zu tun«, schrieb sie unter ihre Telefonnummer. Der Zettel enthielt zwar einen Rechtschreibfehler, aber Sandrine schien offenbar gut organisiert zu sein, und ich wusste, dass ich sie brauchen würde. Ich lebte schon zu lange zwischen Kartons, und die *Électricité de France*, mein Stromversorger, machte Ärger wegen der uralten Leitungen im Haus. Deswegen war ich noch immer ohne Strom. Sandrine war sogar zu IKEA gefahren und hatte alle möglichen Dinge für den

Haushalt eingekauft, von denen sie zu Recht annahm, dass ich sie nicht aus Paris mitbringen würde: Besen und Kehrschaufel, verschiedenes Küchengerät, einen Satz genau der richtigen Teller und Schüsseln, Hand- und Geschirrtücher, weiße Bettlaken. Dein Onkel Guillaume muss dich gut bezahlt und einiges vorgeschossen haben, dachte ich bei mir. Bettwäsche war selbst bei IKEA teuer. Der Karton der Teller und Schüsseln fiel mir auf. Darauf stand in den typischen schwarzen Blockbuchstaben von IKEA »Starter Set«. Ich musste lächeln. In der Tat, mit achtundsechzig Jahren war das für mich wohl ein neuer Anfang.

An diesem Vormittag brachte ich nicht mehr viel zustande. Zumindest gelang es mir, Sandrine Matton anzurufen und auf ihrem Anrufbeantworter zu hinterlassen, sie möge so bald wie möglich kommen. Ein paar Stunden später klopfte es an der Haustür, und ich fuhr hoch. Auf der schwarzen Lederliege von Mies van der Rohe war ich wohl eingenickt. Die hatten wir gekauft, als wir jung verheiratet waren, uns gerade einen Namen machten und als junge kultivierte Stadtbewohner fühlten. Ich tappte zur Tür und warf rasch noch einen kurzen Blick in den blank geputzten Spiegel in der Diele, strich meine dicke weiße Haartolle glatt und rieb mir die Augen. Als junger Mann wurde ich im Sommer rasch braun und wirkte dann »kantig«, wie Agathe es nannte. Inzwischen hatten mir die Ärzte verordnet, die Sonne zu meiden.

Da hörte ich Stimmen vor der Haustür. »Ich bin hier!«, rief ich, beruhigt, dass ich vor meiner ungeplanten Siesta in ein sauberes weißes Hemd und eine Leinenhose geschlüpft war. Als ich einen Türflügel öffnete, füllte der Gesang der Zikaden sofort den ganzen Raum. »Bitte treten Sie ein«, sagte ich, »damit wir diese lärmenden Insekten los sind.«

Als ich sah, dass Hélène eine Schachtel in den Händen hielt, fiel mir ihr Angebot wieder ein. »Danke, Hélène«, sagte ich.

»Wenn wir ungelegen kommen ...«, ließ ihr Mann hören. Ich konnte in seinem Gesicht lesen, dass er eigentlich nicht hier sein wollte und hoffte, ich hätte meine Einladung vergessen.

»Nein, nein«, sagte ich. »Alles in Ordnung. Ich gehe nur rasch in die Küche, lege den Kuchen auf einen Teller und setze Wasser auf. Oder ist es für Tee zu heiß?«

»Hier drin nicht«, ließ Hélène hören. »Diese alten Häuser mögen ihre Probleme haben, aber im Sommer sind sie herrlich kühl.«

»Im Winter auch«, warf ihr Mann ein.

»Entschuldigung, ich habe Ihren Namen ...«, sagte ich.

»Bruno, Bruno Paulik«, antwortete er. Er legte den Arm um seine Tochter. »Und das ist Léa.«

Auch ihren Namen wusste ich nicht mehr. Das Mädchen schien von dem Wandbild im Treppenhaus fasziniert zu sein. »Geh und schau dir das Bild genauer an, wenn du möchtest«, sagte ich.

Sie nickte und stieg langsam die ausgetretenen Steinstufen hinauf, eine Hand an dem schmiedeeisernen Geländer. »Wir sind im großen Salon«, sagte ich. »Der Raum links, wenn du wieder herunterkommst.«

»In Ordnung«, rief sie zurück.

Ich mochte sie. Sie war kein Plappermäulchen, redete nicht ungefragt und versuchte auch nicht, das Gespräch zu dominieren, wie manche Kinder es tun oder tun dürfen. Sie war klug, das sah ich daran, wie sie mich anschaute und die Brauen runzelte. Und sie hatte Talent, nur wusste ich noch nicht, wofür. Reiten vielleicht, oder Zeichnen.

»Tut mir leid«, sagte ich und umfasste mit einer Geste den Raum, »ich bin noch gar nicht richtig eingezogen.« Im Salon standen zwar Möbel, aber an den Wänden reihten sich die Kartons, es fehlten Vorhänge und Lampen, die während der langen Jahre, da das Haus leer stand, nach und nach verschwunden waren. »Bitte machen Sie es sich bequem, ich bin in ein paar Minuten wieder da.«

»Danke«, sagte Hélène. »Und rufen Sie, wenn Sie Unterstützung brauchen.«

Ich schenkte ihr mein schönstes Lächeln – das Belmondo-Lächeln, wie Agathe mich zu necken pflegte – und ließ sie allein. Während ich zur Küche lief, hoffte ich, Sandrine hätte an Erfrischungsgetränke oder Saft gedacht. Als ich den Kühlschrank öffnete, atmete ich erleichtert auf, denn dort stand Orangensaft. Mit Kindern kannte ich mich nicht gut aus, war aber ziemlich sicher, dass eine Zehnjährige bestimmt keinen Tee trank.

Ich konnte hören, wie Hélène und Bruno im Salon hin und her gingen. Die Läden waren wegen der Hitze geschlossen, und es roch muffig mit einem Hauch von Möbelpolitur oder Fußbodenreiniger. Die beiden flüsterten miteinander, zweifellos ging es dabei um mich. Unvermittelt sagte Hélène in normaler Lautstärke: »Der Kamin sieht aus wie unserer.«

»Das ist orangefarbener und gelber Marmor vom Sainte-Victoire. Da braucht man nicht weit zu gehen«, erwiderte Bruno.

»Er springt einem ins Auge«, warf ich ein, als ich wieder in den Salon trat, in den Händen das Tablett, auf dem Tassen, eine Teekanne und der Orangensaft für Léa standen. »Die anderen Kamine sind alle aus weißem Marmor.« Ich spürte, wie versnobt das klang, besonders da Hélène eben erwähnt hatte, sie hätten einen ähnlichen Kamin.

»Mir hat unserer immer gefallen«, gab Bruno achselzuckend zurück.

»Kann ich Ihnen helfen, Monsieur Barbier?«, fragte mich Hélène.

»Danke, nein. Ich stelle das nur ab und hole den Kuchen.« Als ich es gerade tun wollte, kam Léa in den Salon gelaufen.

Atemlos und mit puterrotem Gesicht stürzte sie sich in Brunos Arme und klammerte sich an ihm fest. Zu keiner Bewegung fähig, starrte ich sie an. Das Tablett in meinen Händen begann zu zittern.

»Was ist denn, *chérie*?«, fragte Hélène.

Léa atmete ein paarmal tief durch und wandte dann das Gesicht ihrer Mutter zu, ohne Bruno loszulassen. Hélène trat zu ihr und legte ihr die Hand auf die Stirn. »Du bist ja glühend heiß«, sagte sie.

»Mir geht es gut«, erwiderte Léa und atmete schon etwas ruhiger.

Hélène warf mir einen Blick zu, der mir das Blut in den Adern stocken ließ.

»Du schaust, als hättest du ein Gespenst gesehen«, sagte Bruno zu Léa und versuchte ein Lachen.

Das Mädchen schien zu schwanken, was sie ihrem Vater antworten sollte. »Gesehen nicht gerade …«, murmelte sie dann.

»Ich denke, du solltest dich hinlegen«, sagte Hélène. »Du fühlst dich fiebrig an.«

»Aber es ist nichts, Mama!«

»Das kommt von der Hitze«, meinte Hélène.

»Wir können unseren Teenachmittag auch verschieben«, schlug ich vor. Ich setzte das Tablett auf einem uralten geschnitzten Holztisch ab, den ich aus Paris mitgebracht hatte. Nicht auch noch die Kleine, dachte ich bei mir. Plötzlich fühlte ich mich sehr erschöpft.

»Ich fürchte, wir müssen uns tatsächlich vertagen, M. Barbier«, sagte Bruno. »Die Kleine muss nach Hause.«

»Was war mit Léa passiert?«, fragte Justin. Er stellte sein Weinglas ab, als ihm bewusst wurde, dass er es mit beiden Händen umklammerte. Jetzt nahm er auch die Geräusche des Restaurants wieder wahr – das Klappern von Bestecken und gedämpftes Stimmengewirr. Er hatte ganz vergessen, wo er sich befand.

»Als Léa in den Salon gelaufen kam, erfasste mich Panik«, berichtete Barbier. »Es war verantwortungslos von mir gewesen, sie allein in dem alten Kasten umherwandern zu lassen.«

»Aber was hatte sie gesehen?«

Valère zuckte die Schultern. »Ich weiß es nicht. Was sie gesehen … oder gespürt hat, sie hat es für sich behalten.«

»Und es hat sie nicht erschreckt?«

»Nein«, sagte Valère. »Mich dafür umso mehr.«

»Fahren Sie fort«, bat Justin. »Ich habe Sie unterbrochen.«

An diesem Abend aß ich ein Drittel von Hélènes Kuchen und spülte ihn mit Whisky hinunter. Erstaunlich, wie gut ein Single Malt zu süßem Backwerk schmeckt. Es hielt mich nicht im Haus. Da es draußen noch hell und die Luft angenehm warm war, wanderte ich auf meinem Grundstück hin und her. Dann ließ ich mich auf einer Gartenliege nieder, zündete mir eine kubanische Zigarre an und dachte an Agathe.

Ob es nun an dem Umzug oder den alten Sachen lag, die ich ausgepackt hatte, jedenfalls kamen mir unsere frühen Jahre, die 1970er in Paris, in den Sinn. Wir waren arm, doch als Agathe von der Supermarktkette *Le Bon Marché* den Auftrag erhielt, eine Serie Speisegeschirr zu entwerfen, konnte ich die Redaktion von *Le Monde* verlassen und mich ganz dem Schreiben widmen. Heute werden Agathes Geschirrteile für *Bon Marché* bei eBay für astronomische Summen versteigert. Die Kritiken meiner Bücher wurden nach und nach besser, die Romane verkauften sich gut, und nach einer besonders enthusiastischen Besprechung im *Figaro* konnte ich mich vor Einladungen von Verlegern, Journalisten und berühmten Schriftstellerkollegen kaum retten. Gelegentlich begleitete mich Agathe zu solchen Partys, aber meist ging ich allein hin. Sie fand sie kindisch und anmaßend. Nach *Rote Erde*, das

1975 erschien, wurde ein Kurzfilm gedreht, aber als mein nächster Roman, *Der Empfangschef*, das Drehbuch für einen Spielfilm abgab, der gar die Goldene Palme gewann, überstieg mein Ruhm den Agathes. Haben Sie den *Empfangschef* gesehen, Justin? Den kann ich Ihnen nur wärmstens empfehlen. Die Hauptrolle spielte Alain Denis, der ein paar Jahre später auf der Insel Sordou vor der Küste von Marseille ermordet wurde.* Ich schrieb weitere Bücher und gewann mehrere Preise, die ich nach meinem Gefühl immer weniger verdiente. Es kam mir vor wie ein Schwindel.

Das Schwelgen in alten Erinnerungen endete abrupt, als mein Smartphone klingelte. Ich hatte es am Zigarettenanzünder meines Mercedes aufgeladen. Es war Sandrine Matton, die für den nächsten Tag ihr Kommen ankündigte. Ihre Stimme gefiel mir, sie sprach mit starkem provenzalischen Akzent. Sie wollte Brot mitbringen und fragte, ob ich noch etwas brauche. Kaffee? Milch? Ihr Wortschwall war nicht zu zügeln. Doch ich verspürte Erleichterung, dass Hilfe unterwegs war.

Ich dankte ihr und beendete das Gespräch. Da bemerkte ich die Stille ringsum. Die Zikaden waren verstummt. Ich zündete meine Zigarre wieder an und ließ mich in der Dunkelheit nieder. In der Ferne sah ich das alte Steinhaus der Pauliks hell erleuchtet und versuchte mir vorzustellen, was sie gerade taten. Saß Hélène abends, wenn die Weingärten schliefen, noch über ihren Papieren? Ob Bruno ihr dabei half? Mir wurde klar, dass ich keine Vorstellung hatte, womit M. Paulik sein Geld verdiente.

Ohne den Lärm der Zikaden war es jetzt ganz still. Als es daher im Olivenhain zu rascheln begann und Zweige knackten, ließ ich vor Schreck die Zigarre fallen. Ich hob sie auf, legte sie im Aschenbecher ab, setzte mich kerzengerade auf und spitzte die Ohren. Als es erneut knackte und ein-, zwei-

* Siehe Mary L. Longworth, *Mord auf der Insel Sordou*, Berlin 2015.

mal grunzte, wie mir schien, entschied ich, mich ins Haus zurückzuziehen, bevor das Wildschwein, oder was immer es war, noch näher kam. Drinnen fühlte ich mich erschöpft, aber ruhig und von Whisky und Zigarre sogar ein wenig angeheitert.

Ich verfluchte die EDF, weil man eine Woche lang niemanden geschickt hatte, um die Stromleitungen in Ordnung zu bringen, doch zum Glück stand in der Diele ein Körbchen mit Kerzen. Ich steckte eine in eine leere Weinflasche, zündete sie an und ging im Parterre herum, um Fenster und Läden zu öffnen. Dieben wird es im Sommer in der Provence leichtgemacht, in Häuser einzusteigen. Vielleicht sichern viele Leute ihre Einfahrten deshalb mit diesen riesigen, abscheulichen Toren. Ich verzichtete darauf und hatte bereits bemerkt, dass die Pauliks es mir gleichtaten.

Auf halber Treppe blieb ich stehen. Die Frau in Rosa lächelte mir zu, und ich hätte schwören können, dass ihr gemaltes Gesicht vom Licht meiner Kerze erstrahlte. Ich wünschte ihr eine gute Nacht, was ich absichtlich laut tat; meine Stimme sollte so leicht und unbeschwert wie möglich klingen. Ich ging herum und öffnete alle Läden, um die Luft zirkulieren zu lassen. Aber auch gegen zehn war es im Obergeschoss immer noch heiß. Die Luft war zum Schneiden dick, und es roch nach Staub. Ich wollte Sandrine bitten, alle Räume feucht durchzuwischen.

Mein eigenes Zimmer betrat ich wie stets als Letztes. Als ich langsam die Tür öffnete, sah ich, wie die Dame in Rosa mir aus dem Treppenhaus schmunzelnd nachsah. Die kleine Léa fiel mir ein. Was sie hier am Nachmittag wohl erlebt hatte?

Sie erinnern sich, dass ich das schmiedeeiserne B am Balkon im ersten Stock erwähnt habe. Es ist ein merkwürdiger Zufall, dass mein Name mit diesem Buchstaben beginnt. Ich hatte das Haus aus einer Laune heraus gekauft und immer geglaubt, das B stünde für Bastide Blanche. Als ich dann aber den

Scheck mit dem irrsinnig hohen Betrag unterzeichnet hatte und das Haus wirklich mein Eigen war, begann Matton in seiner Vergangenheit zu wühlen. Aufgeregt berichtete er mir, dass der erste Besitzer eine Familie de Besse gewesen sei. Daher das B. Offenbar hatten Generationen fetter, fauler, aus Inzucht hervorgegangener Angehöriger dieser Sippe die Bastide bewohnt, bis ein Notar sie Anfang des 20. Jahrhunderts der schillernden Adelsfamilie abkaufte, weil diese das ganze Familienvermögen verjubelt hatte. Matton rief mich zu jeder Tages- und Nachtzeit an, weil er immer wieder Neuigkeiten verkünden wollte. Der Clou des Ganzen war Hugues de Besse, der Sohn des ersten Besitzers. 1688 geboren, lebte er bis 1760, was ihm Gelegenheit gab, die anderen Bewohner der Bastide jahrzehntelang zu drangsalieren. Von dem Kerl wird noch die Rede sein.

Ich hob die Kerze und blickte mich in dem Raum um. Ich glaubte nicht, dass ich viel erkennen würde, aber ich musste zumindest sicher sein, dass ich mich allein darin befand. Ich schaute in alle Ecken des Zimmers und richtete das Licht dann auf das Bett. Sie erinnern sich, Justin, dass ich es am Morgen selbst sorgfältig gemacht hatte. Das beherrsche ich so gut wie die Zimmerfrauen im Hotel, die Überdecke und Laken straff unter die Matratze stecken. Agathe konnte ich damit zur Verzweiflung bringen. Sie war groß und beklagte sich stets, wenn ich das Bett gemacht hatte, fühle sie sich an den Füßen wie gefesselt. Wie dem auch sei, an jenem Abend sah ich, dass meine Seite des Doppelbetts völlig unberührt und die Überdecke noch straff über das Kissen gezogen war. Aber auf der anderen Seite hatte jemand auf dem Überwurf gelegen. Das wiederholte sich jeden Abend, seit ich in das Haus eingezogen war. Ein Kopf war in das Kissen eingesunken, und die Überdecke war eingedrückt, wo Schultern und Hüften lagen. Wer dort geruht hatte, war groß wie Agathe. Ich stellte die Kerze auf das Nachtschränkchen und schüttelte den Kopf. Agathe hatte mich immer gehänselt, wenn ich mich beklagte, die Literaturpreise nicht zu verdienen. »Valère, du hast eine blühende Phantasie«, pflegte sie dann zu sagen. Aber war das etwa Phantasie, Justin, als ich in dieser Nacht erwachte, weil jemand von der anderen Seite des Bettes an der Decke zog?

3. Kapitel

Aix-en-Provence, Sonntag, 4. Juli 2010

»Tut mir leid, dass ich zu spät komme«, sagte Antoine Verlaque und gab Marine Bonnet einen Kuss. Er rückte sich einen Stuhl zurecht und setzte sich ihr gegenüber an das Cafétischchen. Die Uhr zeigte kurz nach neunzehn Uhr, und der von Gebäuden aus honigfarbenem Stein, darunter das wuchtige Rathaus von Aix, umgebene große Platz war voller Menschen. Der Springbrunnen in der Mitte war von Tischen und Stühlen dicht umdrängt, und die Zikaden in den alten Platanen ließen ihr sägendes Geräusch hören.

»Kein Problem«, erwiderte Marine. »Ich habe ein gutes Buch bei mir.«

Verlaque lehnte sich neugierig vor und schaute nach dem Titel. »Der neue Claude Petitjean! Bekomme ich den dann als Nächster?«

»Das Buch gehört Sylvie. Aber ich kann sie fragen.«

»Wovon handelt es denn? In ein paar kurzen Sätzen.«

»In ein paar kurzen Sätzen ist es die Geschichte eines Jungen und eines Mädchens, die in den fünfziger Jahren im gleichen Viertel des 13. Arrondissements von Paris aufwachsen und miteinander befreundet sind. Später studieren sie und machen beide eine große Karriere. Erst als sie über siebzig sind, begegnen sie sich wieder.«

Da erschien der Kellner, und Verlaque wies auf Marines Pastis. »Das Gleiche«, sagte er.

»Ich mag Frauen, die Pastis trinken«, meinte der Kellner. »Die sind heute selten.«

»Stimmt«, antwortete Verlaque mit einem Lächeln. Der Kellner ging, und Antoine wandte sich wieder Marine zu. »In

Le Monde habe ich gelesen, dieses Buch sei so gut wie die frühen Romane von Valère Barbier.«

Marine nickte. »Das stimmt. Es ist der gleiche mit Weisheit gemischte Humor, dazu wie bei Barbier ein Schuss Melancholie und Sarkasmus.«

Verlaque lachte, lehnte sich zurück und ließ seinen Blick über den Platz schweifen. Am Morgen war er noch ein riesiger Blumen- und Pflanzenmarkt gewesen. All das Grün, das in der Vormittagshitze dampfte, hatte jetzt Tischen mit Bier, Pastis, Wein und Softdrinks Platz gemacht. »Merkwürdig«, sagte er, »wir haben eine schöne Wohnung mit wunderbarer Terrasse, aber manchmal ist es einfach nett …«

»… auf einem belebten Platz mitten unter so vielen Leuten zu sitzen?«

»Genau. Sie lachen und schwatzen zu hören …«

»Dazu ein betrunkener Straßenmusiker mit seiner Gitarre«, fuhr Marine fort und warf einen Blick über ihre Schulter. »Der Bursche sitzt schon seit Jahren hier.« Abgesehen von den Jahren des Studiums in Paris, hatte sie immer in Aix gelebt.

Der Kellner brachte Verlaque einen Pastis. Der hob sein Glas und stieß mit Marine an. »Auf das bunte Straßenleben überall.«

Sie redeten über ihren Tag, wurden aber häufig von Freunden und Kollegen unterbrochen, die entweder Marine, Verlaque oder beide kannten. Man wechselte einen Händedruck oder Küsschen mit guten Freunden und tauschte die letzten Neuigkeiten aus. Doch Verlaque war froh, dass die Nachbartische alle besetzt waren. Der Oberste Untersuchungsrichter von Aix hatte einen langen Arbeitstag hinter sich und schätzte die Zeit der Zweisamkeit mit seiner frisch angetrauten Ehefrau.

»Noch einen?«, fragte er Marine, als sie endlich allein waren.

»Warum nicht? Ich hatte schon ganz vergessen, dass man natürlich dauernd unterbrochen wird, wenn man an einem so schönen, warmen Sommerabend gegenüber dem Rathaus sitzt.«

»Du bist einfach zu beliebt.«

»Vielleicht sollten wir nach Hause gehen …?«

»Zu spät«, bemerkte jetzt Verlaque. »Das nächste Paar, das wir kennen, glaube ich. Sie lächeln uns schon zu.« Als die beiden näher kamen, sah Verlaque, dass es Leute aus einem der Nachbarhäuser in ihrer Straße waren. Sie gaben sich die Hand, und Verlaque war beeindruckt, dass Marine sogar ihre Namen kannte und wusste, dass sie gerade von einem Urlaub in Lissabon zurück waren.

»Wir haben in Portugal wie die Könige gelebt«, verkündete der Mann. »Alles nur halb so teuer wie in Aix.«

Verlaque zuckte zusammen. Er mochte es nicht, wenn Leute aus einem wohlhabenden Land die schwache Wirtschaft anderswo für sich nutzten. Aber als er ein wenig zuhörte, wurde er versöhnlicher gestimmt. Die beiden waren wirklich begeistert von einer Stadt, die er noch nicht kannte und wohl dringend besuchen sollte. Ihm und Marine gefielen die Geschichten von Lissabons herrlichen Museen, dem guten Essen, den hervorragenden Weinen und der altmodischen Tram, die über die schmalen, steilen Straßen zuckelt. Dabei musste er dauernd an das zerlesene Exemplar von Tobias Smolletts *Reisen durch Frankreich und Italien* denken, er wusste nicht, warum. Dann ging es ihm auf. Der schottische Autor hatte ebenso über das teure Aix-en-Provence geklagt, allerdings vor beinahe zweihundertfünfzig Jahren, 1765.

»Oh, Sie lesen den neuen Petitjean!«, rief die Frau, als sie Marines Buch auf dem Tisch liegen sah.

»Wir sind begeistert davon«, sagte der Mann. »Es ist fast so gut wie die frühen Bücher von Barbier.«

»Das haben wir auch gerade festgestellt«, warf Verlaque

ein, der dachte, er sollte sich an dem Gespräch beteiligen, auch wenn er den Roman noch nicht gelesen hatte. Aber als Marine ihr allgegenwärtiges Notepad hervorholte und die Namen der Lissabonner Restaurants einzugeben begann, die das Paar wärmstens empfahl, erschlaffte Verlaques Aufmerksamkeit. Er musste wieder an Smollett denken, der die Bewohner von Aix als kultiviert, fröhlich und gesellig geschildert hatte. Auf dieses Paar passte die Beschreibung. Die Frau, wahrscheinlich Anfang sechzig, war perfekt frisiert, frisch gebräunt und sah in Leinenhose und Seidenbluse sehr elegant aus. Der Mann, möglicherweise ein paar Jahre jünger, wirkte ebenso fit und trug ein pinkfarbenes Poloshirt von Lacoste zu perfekt gebügelten Chinos. Sie waren freundlich, doch nicht zu Tratsch aufgelegt, offenbar weit gereist und intelligent, dabei aber bescheiden und warmherzig. Kultiviert. Die beiden verabschiedeten sich und gingen Arm in Arm weiter.

»Du träumst von Lissabon«, raunte Verlaque Marine zu, als er ihren weit in die Ferne gerichteten Blick sah. »Begleitet von einer ziemlich groben Version von *Norwegian Wood.*«

»Soll das der alte Beatles-Song sein, was er da spielt?«, fragte Marine und wandte sich dem Gitarristen zu. »Aber du hast recht, ich bin seit Jahren nicht mehr in Portugal gewesen.« Sie spießte eine schwarze Olive in dem Schälchen auf dem Tisch an und steckte sie sich in den Mund.

»Eine Korrektur«, sagte Verlaque. »Du träumst nicht nur von Lissabon, sondern auch von diesen farbigen Keramikfliesen, die man in Portugal überall sieht.«

»Den Azulejos«, ergänzte sie. »Ja, wenn es nach mir ginge, könnte man die überall anbringen.«

4. Kapitel

Aix-en-Provence, Montag, 5. Juli 2010

Bruno Paulik liebte den Sommer. In der Provence wurde alles langsamer, es gab immer noch zu tun, aber die Kollegen plauderten länger miteinander, da sie Urlaubspläne auszutauschen hatten und Informationen darüber, an welchen Stränden der beste Sand, die beste Parkmöglichkeit oder die besten Miesmuscheln mit Pommes frites zu finden waren. Léa ging nicht zur Schule, sondern nur zur Chorprobe oder zur Musiktheorie ins Konservatorium, und Hélènes Trauben, schon dick, aber noch grün, hingen schwer von den Reben herab. Einmal in der Woche klingelte ihr Wecker schon um vier Uhr morgens. Dann stand sie auf, zog sich an, ging zur Scheune und kletterte auf ihren Traktor. Bis gegen sechs hatte sie nun die Weinstöcke mit Schwefel zu besprühen, um sie vor Mehltau zu schützen. Das konnte sie nur am frühen Morgen tun, wenn es windstill war. Bruno fühlte sich schuldig, weil Hélène praktisch mitten in der Nacht aufstehen musste. Erst wenn sie das Schlafzimmer verlassen hatte, griff er zu den Ohrstöpseln. Der Traktor machte einen Höllenlärm.

An diesem Morgen hatte Bruno Léa am Konservatorium abgesetzt, seinen Wagen beim Justizpalast geparkt und ging nun in Richtung Cours Mirabeau, um sich im Mazarin einen Kaffee zu gönnen. Er wusste, wer zu dieser Stunde in dem Café anzutreffen war: sein Chef Antoine Verlaque, der Oberste Untersuchungsrichter von Aix, dessen Frau Marine Bonnet, die kürzlich ihre Professur an der Universität aufgegeben hatte, um sich ganz dem Schreiben zu widmen, Jean-Marc Sauvat, Anwalt und Marines Freund seit Kindheitstagen, dazu viele weitere Nachbarn, Stammgäste und Frühaufsteher unter den Touristen, zumeist Deutsche oder Niederländer. Bruno besuchte das Mazarin nicht regelmäßig, denn eigentlich war es nicht seine Welt. Als Bauernjunge im Luberon aufgewachsen, waren Cafés für ihn Orte, wo man mit Kumpels Tischfußball spielte, nicht über Politik debattierte, und das mit Freunden, die auf den besten Schulen Frankreichs Jura studiert hatten. Aber Antoines Gesellschaft genoss er. Der war zudem Anteilseigner an Hélènes Weingärten und wollte ständig wissen, wie es um die Trauben stand. Auch mit Marine und Jean-Marc war Bruno gern zusammen. Außerdem konnte er an diesem Tag mit Neuigkeiten aufwarten.

Es war fast neun, als Bruno Paulik rasch die vollbesetzte Terrasse des Cafés überquerte, wobei er sich zwischen den Korbstühlen und runden Tischchen im Schatten einer roten Markise durchdrängen musste. Da er wusste, dass seine Freunde drinnen saßen, nahm er sich nicht die Zeit, Leuten, die ihn als Polizeikommissar von Aix erkannten, Hallo zu sagen oder mit ihnen Küsschen zu tauschen. Fast hätte er den Kellner mit der schwarzen Fliege umgerannt, der mit einem Tablett Kaffee und frisch gepresstem Orangensaft aus der Tür trat. »*Bonjour*, Frédéric«, sagte Paulik, trat zur Seite und hielt ihm die Tür auf.

»*Bonjour, Monsieur le Commissaire*«, antwortete der Kellner und zwinkerte ihm zu. »Sie haben Glück, Ihr Freund, der Richter, hat noch nicht alle Brioches aufgegessen.«

»Heben Sie zwei für mich auf, Frédéric.« Bruno trat ein und ging über die schwarzen und weißen Fliesen mit einem Hauch von Sägespänen zur hintersten Ecke des Raumes. Das goldfarbene Interieur des Cafés war seit Jahrzehnten unverändert.

»*Salut*, Bruno!«, rief ihm Antoine Verlaque von dem Tisch her zu, an dem er immer saß. Er hielt ein Körbchen hoch und schüttelte es. »Schade, keine Brioches mehr da.« Im Mazarin wurden nur Backwaren von Michaud, unbestritten der besten Konditorei von Aix, auf der Straßenseite gegenüber serviert.

»Lügner«, antwortete Bruno und stellte seine Aktentasche auf einem leeren Stuhl ab. Er tauschte Küsschen mit Marine und drückte Verlaque und Jean-Marc die Hand.

»Schön, Sie hier zu sehen, Bruno«, begrüßte ihn Marine. »Ein neues Montagsritual?«

»Vielleicht.« Bruno setzte sich, bestellte bei einem anderen Kellner einen Espresso und legte seine riesigen Hände auf die Tischplatte. »Ich komme gleich zur Sache«, erklärte er. »Ihr erratet nie, wer unser neuer Nachbar ist.«

»In der Bastide Blanche?«, fragte Jean-Marc.

»Ja«, gab Bruno zurück und drehte sich nach dem Kellner um.

»Der namenlose Käufer hat sich also endlich zu erkennen gegeben?«, fragte Verlaque.

»Oder die Käuferin«, fügte Marine rasch hinzu.

Bruno dankte Frédéric, der mit zwei Brioches auf einem weißen Porzellanteller erschien.

»Ich hatte nur eine«, klagte Verlaque.

»Und du bist ein sehr schlechter Lügner«, warf Marine lachend ein. »Sprechen Sie weiter, Bruno.«

»Na, was meint ihr, wer ist es?«, fragte Bruno und biss in eine Brioche.

»Spielen wir also Zielraten«, schlug Marine vor. »Es müssen berühmte Leute sein. Eine Familie?«

»Nein.«

»Ein Mann?«, fragte Jean-Marc.

»Ja.«

»Ein Schauspieler?«, kam es von Verlaque. »Die werden in Aix immer mehr. Ich wünschte, sie verschwänden alle wieder nach Saint Tropez oder in den Luberon. Eine Sekretärin im Justizpalast hat neulich auf dem Cours Mirabeau Brad Pitt gesehen.«

»Nein.«

»Also kein Schauspieler. Dann vielleicht ein Fußballstar?«, fragte Marine.

»Nein, aber gar nicht so schlecht geraten.«

»Antworten Sie nur mit Ja oder Nein, Bruno«, verlangte Verlaque. »Ein Politiker?«

»Nein.«

»Ein Schriftsteller?«, fragte Jean-Marc.

»Ja.«

»Jetzt wird's interessant«, rief Marine und klatschte in die Hände. »Schreibt er Romane?«

»Ja.«

»Mag ich seine Bücher?«, fuhr sie fort.

Paulik legte die angebissene Brioche ab und schaute zur Decke. »Ja. Oder eher nein.«

Sie blickte ihn mit gerunzelten Brauen an. »Das wissen Sie nicht?«

Paulik zuckte die Achseln.

»Sie dürfen nur mit Ja oder Nein antworten«, erinnerte ihn Verlaque lachend.

»Vielleicht mag Marine einige seiner Bücher, aber andere nicht«, bot Jean-Marc an.

»Ja!«

»Nachdem er alle möglichen Preise gewonnen hat und seine Bücher verfilmen ließ, hat er das Genre gewechselt!«, rief Marine.

Verlaque schnaufte.

»Ja«, erwiderte Paulik.

»Heiliger Strohsack«, entfuhr es Jean-Marc. Er war ein zurückhaltender, nachdenklicher Mann, und das war der deftigste Ausdruck, den er sich erlaubte. »Es ist Valère Barbier!«

Paulik nickte. Sprechen konnte er gerade nicht, denn er kaute am Rest seiner Brioche.

»Das ist ja ein Ding!«, sagte Marine. »Wie ist der große Mann denn so?«

»Zuerst war er ein bisschen unbeholfen«, antwortete Bruno, als er wieder sprechen konnte. »Wir sind uns am Briefkasten begegnet, und er konnte uns gar nicht recht in die Augen sehen. Aber Léa muss ihm gefallen haben, denn er hat uns spontan für den nächsten Tag zum Tee eingeladen.«

»Sie waren sogar schon im Haus?«, fragte Verlaque.

»Haben Sie Keramik von Agathe Barbier gesehen?«, fragte Marine.

»Oder seine Preise?«, wollte Jean-Marc wissen, der sich aufgeregt nach vorn lehnte.

»Fotos mit Mitterrand? Oder Jacques Brel?«, erkundigte sich Verlaque. »Es heißt, Barbier habe viele Nächte mit Brel und Georges Brassens durchgemacht. Ich glaube, ich habe wegen Barbier angefangen, Zigarren zu rauchen.«

Bruno hob die Hände. »Eine Frage nach der anderen, bitte.«

»Als Jurastudentin habe ich einmal die Hälfte meines Monatsetats für eine Schale von Agathe Barbier ausgegeben«, erinnerte sich Marine. »Eine sehr kleine.«

»Die ich einmal für Müsli benutzt habe«, fügte Verlaque hinzu.

»Du hattest Glück, dass ich dir das vergeben und dich geheiratet habe«, erklärte Marine.

»Du besitzt ein Stück von Agathe Barbier?«, fragte Jean-Marc. »Das wäre jetzt unerschwinglich.«

»Könnt ihr euch noch erinnern, unter welchen Umständen ihr zum ersten Mal den *Empfangschef* gelesen habt?«, fragte Verlaque. »Barbiers Bücher waren so wichtig für unsere Generation.«

»Ich habe damit in der Scheune gehockt«, teilte Paulik mit. Alle mussten lachen, und er fuhr fort: »Das ist kein Witz. Ich habe mich vor der Arbeit auf dem Hof gedrückt, weil ich lesen wollte. Ich hatte das Buch unter einem Stapel Jutesäcke versteckt.«

»Ich weiß nicht mehr, wie alt ich war, als ich das Buch gelesen habe, aber ich erinnere mich genau an den Film mit Alain Denis«, erzählte Jean-Marc. »Das war Liebe auf den ersten Blick.«

Marine musste lächeln. »So ist es mir auch gegangen.«

»Ich antworte jetzt auf eure Fragen«, erklärte Bruno. »Im Haus sieht es noch sehr nach Einzug aus. Überall Kartons, ein paar Designermöbel, aber keine großen Terrakotta-Töpfe, keine Preise und keine Promifotos. Das Haus wirkt von außen sehr imposant und hat uns wegen seiner schieren Größe immer etwas eingeschüchtert. Innen ist es ganz anders – auch groß, aber so heruntergekommen und ... und verblichen ... dass es schon wieder Charme hat. Von den Wänden fällt der Putz, so dass frühere Farben hervortreten – mal Blau, mal Grün, dann wieder Pink oder Blassgelb –, und viele der alten Bodenfliesen sind gesprungen. Sie wackeln, wenn man darübergeht. Das richtige Ambiente für einen Fotografen der *Vogue*, um dort mit fünf, sechs mageren Models in wehenden weißen Kleidern Fotos zu machen, am besten eine mit einem Papagei auf dem Arm.«

Verlaque zog eine Augenbraue hoch.

»Hélène kauft sich die *Vogue* von Zeit zu Zeit. Wie dem auch sei, aus dem Haus kann man viel machen«, schloss Bruno und biss in die zweite Brioche.

»Worüber habt ihr gesprochen?«, fragte Marine.

»Dafür war kaum Zeit«, sagte Bruno. »Barbier verschwand in der Küche, und als er wiederkam, mussten wir gehen.«

»Warum denn das?«, fragten alle drei wie aus einem Munde.

»Léa war die Treppe hinaufgestiegen, um sich das große Wandbild anzuschauen. Als sie zurückkam, war sie in einem Zustand, als hätte sie einen Geist gesehen. Sie war glühend heiß und bekam keine Luft.«

»Das passt gar nicht zu Léa«, meinte Verlaque. Er war ein großer Fan von Léa Paulik, die im Jungen Opernstudio von Aix sang. Sie war höflich, klug und nachdenklich. »Sie ist doch so ein selbstbewusstes Mädchen.«

»So ist es«, sagte Bruno. »Deswegen haben wir uns ja entschuldigt und sind gleich gegangen. Léa kann stur und zuweilen etwas altklug sein, aber sie spielt uns nichts vor. Wir waren ziemlich erschrocken. Merkwürdig ist nur, Angst hatte Léa offenbar keine. Sie wirkte eher … betroffen und … verwirrt. Aber nicht verängstigt.«

»Wie ist Barbier mit der Situation umgegangen?«, fragte Marine.

Bruno Paulik überlegte einen Moment, bevor er antwortete. »Er schien sehr erschrocken zu sein.«

5. Kapitel

New York City, 22. September 2010

Justin entschuldigte sich und ging zur Toilette. Zu Beginn ihres Gesprächs hatte er sein neues iPhone auf den Tisch gelegt, das Mikrofon war eingeschaltet. Inzwischen hatte es 45 Minuten lang Valère Barbiers Bericht aufgenommen. Nun schickte er eine E-Mail mit der angehängten Datei an seine eigene Adresse, so dass er die Aufnahme löschen und neu starten konnte. Er hatte keine Ahnung, wie groß der Speicher des Telefons war, und wollte kein Risiko eingehen.

»Mögen Sie Lobster à la nage?«, fragte Valère, als Justin zurück war. Er hatte die Lesebrille aufgesetzt und ging das auf einen einzelnen Bogen Papier gedruckte Abendmenü durch.

»Das Spezialgericht des Hauses«, erläuterte Justin. »Zumindest habe ich das gelesen. Eine Hummersuppe mit Kürbis und Zucchini. Der weiße Burgunder passt perfekt dazu.« Er legte sein Telefon wieder auf den Tisch, was Valère mit einem Grinsen quittierte.

»Erwarten Sie einen Anruf?«, fragte er.

»Meine Chefin will auf dem Laufenden gehalten werden«, antwortete Justin. »Ich habe ihr gerade eine Textnachricht geschickt.«

»Sie sind ein ehrlicher Junge.«

Justin zwang sich zu einem Lächeln. Und log weiter: »Sie mag dieses Restaurant sehr, und ich habe ihr versprochen, ihr unser Menü, Gang für Gang, mitzuteilen.«

Jetzt brachte der Kellner die Suppe. Die Sommelière folgte ihm auf dem Fuße. Sie ging um den Tisch herum und wies Barbier die Flasche vor, einen 2006er Puligny-Montrachet.

»*Merci*«, sagte Valère, »ich denke, mein junger Freund möchte ihn probieren.«

Die Sommelière schenkte Justin einen Schluck ein. Er begutachtete zunächst die zartgoldene Farbe, ließ den Wein ein paarmal im Glas kreisen, ohne es anzuheben, und führte es dann mit gemessener Bewegung zur Nase. Lange und sehr langsam sog er die Luft ein. »Der ist perfekt.«

Die Sommelière und Valère lächelten einander zu. Nachdem sie Valères Glas gefüllt und Justin nachgegossen hatte, wünschte sie beiden: »Genießen Sie ihn, Gentlemen«, stellte die Flasche in einen Eiskübel und drapierte sorgfältig eine weiße Leinenserviette darum.

»Sie setzen mich in Erstaunen«, bemerkte Valère und beugte sich zu Justin hinüber. »Sie können schon am Geruch feststellen, ob er nach Kork schmeckt.«

Justin zuckte die Schultern. »Ich schaue mir gern Weinverkostungen an«, erklärte er.

»Soll ich weitererzählen, während wir die Suppe essen?«, fragte Valère.

»Unbedingt«, antwortete Justin und nahm einen Schluck Wein.

Wie Sie sich vorstellen können, verbrachte ich erneut eine ruhelose Nacht. Das Gute am Ruhestand ist: Man weiß, dass man ein Mittagsschläfchen halten kann. Ich drehte und wendete mich eine Weile, um bei der Hitze in eine annehmbare Lage zu kommen und nicht mehr an die Einbuchtungen im Bett neben mir zu denken. Gegen zwei oder drei fuhr ein Luftzug zu den Fenstern herein, und ich musste mich mit dem Laken zudecken, das bisher noch zusammengefaltet zu meinen Füßen gelegen hatte. Ich drehte mich auf die rechte Seite, das Gesicht zur Tür, und zog das Laken bis zum Kinn hoch. Endlich fühlte ich mich wohl. Plötzlich wurde mir das Laken weggezogen. Ich fror. Langsam und vorsichtig zog ich es wieder zurück. Ich glaubte, ein Geräusch gehört zu haben, eine Art tiefes Stöhnen. Das war sicher der Wind, dachte ich bei mir.

Ich ging Dinge durch, die noch zu erledigen waren, und stellte im Kopf eine Liste für Mlle Matton zusammen. Als ich bei Punkt fünf angelangt war – einem neuen Wasserschlauch für den Garten, der nicht leckte oder nach jedem Meter abknickte –, wurde mir das Laken wieder weggezogen, diesmal von der linken Seite her. Jetzt setzte ich mich auf, suchte nach meinem Handy und schaltete die Beleuchtung ein. Wieder hatte ich Geräusche gehört, aber im Raum schien niemand zu sein. Irgendwo gab es einen Schlag, dass mir fast das Herz stillstand. Als ich zu einem der Fenster schaute, sah ich, dass ein Laden heftig hin- und herschwang und gegen die Hauswand prallte. Ich sprang auf, lief hin, befestigte den Laden und schloss das Fenster. Lieber wollte ich bei schlechter Luft schwitzen, aber vielleicht etwas Schlaf finden.

Das Geräusch eines Autos, das auf dem Kiesbett meiner Einfahrt wendete, weckte mich auf. Es klang fast, als wäre es einen vollen Kreis gefahren und hätte dann gehalten. Ihr nennt das hier einen Donut, nicht wahr, Justin? Einen Donut mit dem Auto zu fahren, ist sicher gesünder für Sie, als einen zu essen. Ich stand auf und öffnete eines der Fenster, das nach Süden auf den Vorgarten hinausgeht. Ich sah sofort, dass Mlle Matton gekommen war. Das Auto war eine richtige … wie sagt man dazu? … Rostlaube. Ein winziger zweitüriger Citroën AX, der mindestens dreißig Jahre auf dem Buckel hatte. Sie sprang heraus, bevor es mir gelang, mich vom Fenster zurückzuziehen. »Oh, da sind Sie ja!«, rief sie mir zu. Laut lachend wies sie auf ihre Uhr, ein pinkfarbenes Plastikding, so groß, dass ich sie fast vom Haus her erkennen konnte. »Hier hat jemand verschlafen!«

Ich rieb mir die Augen und schaute auf den Wecker neben meinem Bett: Es war fast zehn. Sie hatte recht. Rasch zog ich mich an, wobei ich hören konnte, wie sie auslud und mit den Autotüren knallte. »Ich bin gleich unten!«, rief ich. Ich war nicht sicher, ob sie das hören konnte, denn die Zikaden zirpten schon wieder in voller Lautstärke. Das war nun bereits das zweite Mal binnen zwei Tagen, dass mich in meinem neuen Haus ein Gast weckte. Wirklich kein guter Start. Wieder hielt ich vor dem Spiegel in der Diele kurz inne und fuhr mir mit den Fingern durchs Haar. Diesmal sah ich noch schlechter aus als beim Eintreffen der Familie Paulik. Als ich die Tür aufschloss, stand sie in voller Schönheit vor mir.

Sehen sie, Justin, ich habe mein ganzes Arbeitsleben in den literarischen Salons von Paris und später New York verbracht. So einer Frau war ich dabei noch nie begegnet. Die Hände in die Hüften gestützt, klapperte sie mit der Spitze einer ihrer superhohen Plateau-Pantoletten. Sie packte meine Hand und sagte: »Sandrine Matton, zu Ihren Diensten.« Dann schritt sie einfach an mir vorbei ins Haus. Sie war sehr klein, selbst mit diesen Absätzen kaum 1,50 Meter groß. Ihr blond gefärbtes, lockiges Haar hatte sie aufgesteckt und mit einem goldenen Gummiband oben auf dem Kopf befestigt. Als Erstes inspizierte sie mein Haus. Sie streckte sich, um das Gemälde über der Treppe in Augenschein zu nehmen, und fuhr mit einem Finger über alle Oberflächen, als suche sie nach Staub. Den fand sie natürlich, denn seit sie mit Lappen und Besen hier durchgegangen war, hatte ich keinen Handgriff getan. Mit dem Absatz klopfte sie auf den alten, sehr alten schwarz-weiß gefliesten Fußboden. »Einige Fliesen sind gesprungen«, erklärte sie. »Die werden Sie sicher auswechseln wollen. Ich an Ihrer Stelle würde sie gegen neue, glänzende austauschen. Marmor ist klasse. In Orange. Nett und leuchtend hell.«

Ich war so verblüfft, dass mir die Worte fehlten.

»Noch nicht ausgeschlafen?«, sagte sie und lachte. »Das ist schon in Ordnung, bei Ihnen arbeitet es doch ständig hier, nicht wahr?«, fuhr sie fort und tippte sich mit dem Finger an die Stirn. »Sie müssen immerzu in den Wolken schweben, bei den Geschichten, die Sie sich ausdenken.«

Ich starrte sie an und wusste nicht, ob ich lachen oder sie zurechtweisen sollte. Ob sie wohl meine Bücher gelesen hatte? Und welche? Jene wie den *Empfangschef*, mit denen ich mir einen Namen gemacht hatte, oder jene, mit denen ich reich geworden war?

»Ich habe mein Büro immer dabei!«, rief sie aus, hielt ihren Eimer mit dem Putzwerkzeug hoch und lachte noch lauter. »Ich setze jetzt Kaffee auf, und dann reden wir über das Geschäftliche.« Damit klapperte sie quer durch das Wohnzimmer in Richtung Küche. »Sie sehen aus, als könnten Sie einen gebrauchen.«

Ich folgte ihr wie ein gescholtenes Kind. Fast hätte ich angefangen, von dem nächtlichen Besuch oder den Besuchern in meinem Haus zu berichten, aber ihr hatte bereits meine anscheinende Trägheit missfallen, und eine weitere Blamage brauchte ich nicht. Aber mir war inzwischen klar, sollten die Heimsuchungen anhalten, dann konnte ich mit ihr darüber reden. Vielleicht würde sie mir sogar helfen. Dafür ist eine *Cagole* da. So nennen sie in Marseille die Freundin des *Kéké*, des kleinen Zuhälters, der einen schlechten Geschmack und kaum Bildung hat, der sich nur für schnelle Autos, Pastis und Fußball interessiert. Sie ist noch vulgärer als ihr Partner. Sie ist laut. Sie flucht. Sie kleidet sich bewusst aufreizend, trägt Farben, die, zugegeben, im sonnenüberfluteten Marseille am Meer gut aussehen – Neongelb, Knallpink oder Apfelgrün. Nichts vom Pariser Schwarz oder Grau. Sehen Sie sie vor sich? Mit viel Make-up und falschem Schmuck, fragen Sie? Recht haben Sie, Justin. Ich denke, Sie haben jetzt ein Bild von ihr. Aber da war etwas, das auf Sandrine Matton besonders zutraf: *Cagoles* können die süßesten Frauen der Welt sein. Sie sind liebevoll und fürsorglich, sie legen dir die Hand auf den Arm, wenn sie dich fragen, wie du dich fühlst. Und sie hören dir wirklich zu. Sie arbeiten hart, meist viel mehr als die *Kékés*, ihre Freunde und Brüder. Sie kennen keine Furcht und entschuldigen sich nie für ihr Aussehen oder ihre unflätige Sprache. »Nimm mich, wie ich bin« ist ihre Devise. Das ist ihre Natur, ich habe lange darüber nachgedacht. Sie sind ehrlich. Man kann ihnen sein Leben anvertrauen.

Ich ließ mich also an dem Holztisch in der Küche nieder, der sicher seit Jahrzehnten in der Bastide stand, und sah zu, wie Sandrine ein Streichholz anriss, das Gas anzündete und mit ihrer Arbeit begann. Die meisten Marseiller Mädchen sind schwarzhaarig und von dunklem Teint, was ihre italienischen oder nordafrikanischen Wurzeln verrät. Sandrine hatte eine weiche, blasse Haut, große blaue Augen, volle, glänzend geschminkte Lippen, ein breites Lächeln und eine kleine Stupsnase. Sie trug einen unmöglich kurzen Rock im Muster der Sterne und Streifen des guten alten Amerikas. Beinahe hätte ich sie gefragt, wie sie in diesem Aufzug Hausarbeit verrichten wollte. Dazu ein schulterfreies Top in strahlendem Grün, das einen strammen muskulösen Bauch freigab, was man auch von ihren Schenkeln und Waden sagen konnte. Während sie den Kaffee zubereitete, pfiff sie vor sich hin. Ich saß da und drehte Däumchen. Ich war erschöpft, und mir ging nicht aus dem Kopf, dass mir jemand mitten in der Nacht das Laken weggezogen hatte.

»War das ein Wind heute Nacht, was?«, warf sie mir zu, als könnte sie meine Gedanken lesen.

»War es windig?«

Wieder lachte sie und zeigte mit dem Finger auf mich. »Das haben Sie nicht bemerkt? Es war kein gewöhnlicher Wind, sondern ein Mistral!«

Sollte etwa der Mistral mir das Laken fortgerissen haben? Ich bin ein erwachsener Mann und kann unterscheiden, ob der Wind oder ein Mensch an meinem Laken zieht, so wie

Agathe es immer getan hat. Sandrine goss Kaffee in zwei Schalen für Café au Lait und gab heiße Milch hinzu. Dabei schaute sie zu mir herüber, sah meine Müdigkeit und vielleicht auch noch manches andere.

Ich nahm einen Schluck Kaffee – er schmeckte besser als meiner – und lächelte ihr zu. Es ging mir besser. »Sagen Sie, Mlle Matton, haben Sie meine Bücher gelesen?«

Sie setzte sich, schlug die Beine übereinander und wippte mit dem rechten, von dem die Pantolette lose herabhing. »Ich habe!« Als sie einen Seufzer hören ließ und so tat, als fächle sie sich Luft zu, wusste ich, von welchen Büchern sie sprach. »Ich glaube, mein Lieblingsbuch ist *Alles, was wir sagten*«, teilte sie mir mit. »So ein trauriges Ende, und doch habe ich mich danach nicht schlecht gefühlt. Die *Postkarten-Romanze* mag ich auch sehr. Eine tolle Idee, eine Liebesgeschichte zwischen reisenden Autoren zu schreiben, die sich ständig Postkarten schicken! Meine Schwester Josy schwärmt für *April in Paris*. Wir haben es gelesen, als wir Teenager waren und davon träumten, nach Paris zu gehen.« Sie zuckte die Schultern und nahm einen Schluck Kaffee. »Vielleicht wird das ja einmal wahr.«

Ich starrte sie an. »Sie sind nie in Paris gewesen?«

»Stellen Sie sich das vor«, antwortete sie. »Ich bin jetzt sechsunddreißig und habe unsere Hauptstadt noch nicht besucht.«

»Aber Sie haben doch einen Onkel …«

»Ach, Onkel Guillaume kommt hierher! Er liebt den Süden.«

»Mit dem Zug von Aix fährt man nur drei Stunden …«

»Nur?«, fragte sie zurück. »Und was mache ich, wenn ich dort bin? Mein Onkel hat mit seiner Arbeit zu tun. Wer führt mich herum?«

Ich wollte schon sagen: Sie kaufen sich einfach einen Stadtplan oder einen Reiseführer und spazieren durch die Stadt, wie es Ihnen gefällt. Oder setzen sich in ein Café und schauen den Leuten zu. Oder besuchen den Louvre. Justin, darin besteht der Unterschied zwischen Menschen wie den Pauliks, die meine frühen Bücher gelesen haben, so denke ich zumindest, und denen, die meine späten lieben, die, wie Sie wissen, die Regale mit den Romanen auf Flugplätzen und Bahnhöfen füllen. Erstere sind aktiv und tun etwas. Letztere träumen nur davon.

Ich bin nicht fair, meinen Sie? Nun, wir werden sehen. Ich trank meinen Kaffee aus und dachte bei mir, wenn Sandrine Matton wirklich nach Paris fahren wollte, dann hätte sie es längst getan. Richtig? Aber sie träumte nur davon. Das war ihr sicherer.

6. Kapitel

New York City, 22. September 2010

»Soviel ich weiß, soll es auch in New Yorks Nachbarstadt Jersey City Leute geben, die noch nie in Manhattan waren«, sagte Justin. »Aber das kann auch ein Mythos sein.« Als er sah, dass die Gläser leer waren, nahm er die Flasche und goss beiden ein wenig ein. Er wusste, dass die Sommelière das zu tun hatte, aber die ließ sich nicht sehen.

Valère tippte an sein Glas, und Justin goss weiter. »Sollen wir hier verdursten?« Valère nahm einen großen Schluck und fuhr mit seinem Bericht fort. »Sandrine ist wirklich eine faszinierende Frau. Voller Widersprüche. Sie fährt mit ihrem eigenen Werkzeugkoffer durch die Gegend und redet wie ein abgebrühtes Stadtkind, doch sie fürchtet sich vor Paris.«

Justin nippte von dem Wein. Der war das Beste, was er je gekostet hatte. »Wovor hat sie denn Angst?«

Valère drehte den Stiel seines Weinglases zwischen den Fingern. »Sandrine hat ihre eigenen Gespenster, mit denen sie fertig werden muss, wie sich herausstellte. Sie … ach nein, davon später. Erst einmal weiter über den Vormittag, da ich ihr zum ersten Mal begegnete.«

Wir beendeten unser Frühstück – es gab Croissants vom Vortag, die Sandrine in dem uralten Gasherd aufgebacken hatte – und machten gemeinsam eine Runde durchs ganze Haus. Wir legten fest, was zuerst auszupacken war und wo die Sachen ihren Platz finden sollten. Das Haus war viel zu groß für mich, und sie sah mir am Gesicht an, welche Enttäuschung und Sorgen mir das bereitete. »M. Barbier«, sagte sie und fasste mich bei den Schultern, »wenn wir all diese Kartons und Kisten ausgepackt haben, ist das Haus im Handumdrehen voll. Außerdem kann ich nicht nur putzen und organisieren, sondern ich kenne mich auch ein bisschen mit Raumgestaltung aus.« Ich musterte ihren merkwürdigen Aufzug und quälte mir ein Lächeln ab. »Was ist denn in diesen Kisten?«, fragte sie und zeigte auf eine große, die mitten im Esszimmer stand.

»Künstlerische Arbeiten meiner verstorbenen Frau«, antwortete ich.

»Plastiken?«

»Nein, Töpfe.«

Sandrine hob eine Augenbraue und schaute mich verständnislos an. »Töpfe?«

»Keramiken«, fuhr ich fort. »Agathe war Töpferin.«

»Ach s-o-o-o«, antwortete Sandrine. Den Zeigefinger ans Kinn gelegt, schaute sie sich im Raum um. »Haben die Postamente?«

»Die kleinen – ja, die größeren stehen auf dem Fußboden.«

»Das wird ein Spaß!«, rief sie. Mein Herz begann zu klopfen, ich spürte es seit Monaten zum ersten Mal. »Ich gehe jetzt und hole meinen Schrauber, um die Kisten zu öffnen.«

»Ihren Schrauber?«, fragte ich. Diese Frau verblüffte mich immer wieder. Wie ich bereits sagte, Justin, konnte ich mir auf sie einfach keinen Reim machen.

»Ich habe den Werkzeugkasten im Auto«, fuhr sie fort. »Und keine Sorge, es ist ein Akkuschrauber, und ich habe ihn heute Morgen aufgeladen. Ich weiß doch, dass Sie noch keinen Strom haben.« Unvermittelt schlug sie sich mit der flachen Hand an die Stirn. »Aber zuerst muss ich den Stromversorger anrufen, damit die sich hier sehen lassen, und zwar so bald wie möglich!« Aus einer mit hellblauen Pailletten besetzten großen Tasche holte sie ihr Handy hervor, wählte eine Nummer und bat dann sehr höflich um Techniker für den Stromanschluss. Während sie von einem Mitarbeiter zum anderen weitergereicht wurde, blieb sie ruhig. Den dritten brachte sie zum Lachen. Ich saß am Fuße der Treppe und hörte ihr zu. Als sie fertig war, kam sie zu mir heraus in die Diele. »Morgen Vormittag«, sagte sie. »Sie haben es versprochen. Also noch eine Nacht am Lagerfeuer, M. Barbier?« Wieder lachte sie und ging zu ihrem Wagen, um das Werkzeug zu holen.

Den Rest des Vormittags verbrachten wir damit, Agathes Töpfe aus den Kisten zu holen. »Das sind gute Kisten«, bemerkte Sandrine. »Die bringen wir später in den Keller.«

Ich murmelte Zustimmung, konnte mir aber nicht vorstellen, dass ich sie noch einmal brauchen würde. Sandrine behielt recht: Die Räume füllten sich bald mit Agathes Töpfen, die wir so kunstvoll wie möglich im Erdgeschoss zu verteilen suchten. Die Stücke mit den rauen Oberflächen in den dunklen Terrakotta-Farben hatten mir gefehlt.

Nach einem schnellen Imbiss mit sehr ordentlichen Eiersalat-Sandwiches, die Sandrine mitgebracht hatte, dazu Bier und Eis für meinen Kühlbehälter, gingen wir daran, die kleineren Kartons auszupacken. Sandrine nahm einen Gegenstand heraus, zum Beispiel einen Aschenbecher aus Kristall, hielt ihn hoch und fragte: »Haben Sie das in der letzten Zeit benutzt? Im letzten Jahr?« Wenn ich es bejahte, was auf den Aschenbecher zutraf, ein Geschenk von Jacques Mitterrand, dem bekannten General und Bruder des früheren Präsidenten, suchte sie dafür einen Platz. Für den Aschenbecher war es ein altmodisches Beistelltischchen. Wenn ich mit Nein antwortete, verschwand das Ding in einem Karton mit der Aufschrift »Emmaus«. Sandrine vereinbarte später, dass der Wohlfahrtsverband die Dinge abholte, die nicht mehr gebraucht wurden.

Am Abend hatten wir drei Räume eingerichtet – den großen Salon, den Sandrine den Festsaal taufte, den kleinen Salon, in ihren Worten das Fernsehzimmer, ein furchtbarer

Name, und das Esszimmer. Ich war sehr zufrieden. Sie ließ mich spüren, dass sie meinen Geschmack, eine Mischung aus italienischen und französischen Antiquitäten der 1970er Jahre, nicht billigte, aber mir genügte schon, dass sie Agathes Keramik mochte.

»Wie gefällt es Ihnen jetzt, M. Barbier?«, frage Sandrine, die Hände in die Hüften gestützt, als wir beide mitten im Esszimmer standen.

»Es ist wunderbar«, sagte ich. »Die Möbel und Agathes Töpfe passen sehr schön zu den verblassten blauen Wänden.«

Sandrine summte vor sich hin.

»Die Wandfarbe soll bleiben«, fügte ich hinzu, denn ich spürte, dass ihr Summen Ablehnung bedeutete. »Sie hat etwas von morbider Eleganz.« Bis zur Decke waren es an die vier Meter, und die Wände hatte man vor Jahrzehnten, vielleicht sogar vor hundert Jahren zum letzten Mal gestrichen. Und zwar in zwei Farbtönen: bis zur Hüfthöhe in Nachtblau und darüber in einem verschossenen Blaugrün. Wie in der Provence üblich, hatte man den Raum über den Türen mit kleinen gemalten Szenen in ovaler Form geschmückt. Sie stellten die Jahreszeiten dar. Ich wies auf das Bild vom Herbst über der Tür vom Esszimmer zur Diele. »Dort wird geerntet«, sagte ich.

»Dieses Haus hat sicher Hunderte Ernten erlebt«, meinte Sandrine. »Wenn die Bilder sprechen könnten, was, M. Barbier?«

»Ich hätte gern den Wein gekostet, den sie damals gemacht haben.«

»Das war bestimmt nichts Besonderes«, ließ Sandrine hören. »Meine Großeltern haben ihren Wein noch mit Wasser verdünnt, und das ist gar nicht so lange her.«

»Wahrscheinlich haben Sie recht.« Gerade wollte ich von dem ältesten Wein erzählen, den ich je gekostet habe, einem 1929er Châteauneuf-du-Pape – da blieb mir das Wort im

Halse stecken. Ein hektisches Flüstern unterbrach mich, so schnell, dass ich nichts verstanden hatte. »Pardon, Sandrine?«

Sie schaute mich verdutzt an. »Ich habe nichts gesagt«, stellte sie fest. »Wollen wir für heute Schluss machen?« Sie warf mir einen Blick zu, als sei ich ein Tattergreis.

»Gute Idee«, sagte ich und versuchte unbekümmert zu wirken. »Noch schnell ein Bier?«

»Deshalb habe ich es doch mitgebracht!«, antwortete sie. »Ich gehe nur rasch in den Keller und schaue nach, wo wir die Kisten abstellen können, dann sind wir wirklich fertig.«

»Morgen ist auch noch ein Tag«, sagte ich.

Sie winkte ab. »Das sehe ich anders.« So war offenbar ihre Art, mir mitzuteilen, dass sie nicht mit mir übereinstimmte, und meine Bitte zu übergehen. »Ich leuchte mir mit dem Handy. Dann ist das auch erledigt.« Sie hüpfte fast zur Kellertür, die sich unter der Treppe befand, und öffnete sie mit dem Schlüssel, der daneben an einem Haken hing. Nur Sekunden später rief sie von unten: »Hier ist jede Menge Platz!« Ich hörte, wie sie mit sich selbst redete – *oh là là*, dies und das –, musste grinsen und ging in die Küche, um das Bier zu holen. Als ich zurückkam, eine Bierflasche in jeder Hand, rannte Sandrine gerade die Kellertreppe herauf, puterrot im Gesicht und mit weit aufgerissenen Augen. Sie stürzte an mir vorbei zur Haustür und hinaus ins Freie. Ich folgte ihr, nachdem ich die Bierflaschen rasch drinnen abgestellt hatte. Sie war bis zu einer Kiefer gelaufen, an der sie jetzt keuchend lehnte.

»Was um Himmels willen …?«, fragte ich.

Sie rieb sich den Nacken, und Tränen traten ihr in die Augen. »Ich habe plötzlich keine Luft mehr bekommen …«

»War es so stickig dort unten?«

Sie schüttelte heftig den Kopf. »Nein.« Sie atmete tief durch und griff sich wieder in den Nacken. »Es war kalt, nicht heiß. Aber mir blieb die Luft weg.« Ich wollte gerade weiterfragen, da fuhr sie fort: »Jemand hat mich gewürgt.«

Ich trat einen Schritt zurück und wäre beinahe über die Kiefernwurzeln gestolpert. Man konnte sehen, dass sie weder scherzte noch mir etwas vorspielte. »Wenn das so ist«, sagte ich, »dann müssen wir die Polizei verständigen!«

»Aber da unten ist niemand«, sagte sie. »Wie sollte jemand dorthin kommen? Wir haben heute den ganzen Tag hier gearbeitet, ganz nah bei der Haustür.«

»Dann gehe ich jetzt hinunter und sehe nach.« Lachen Sie nicht, Justin. Ich weiß, dass es idiotisch war, den Helden zu spielen, aber ich konnte nicht zulassen, dass sie glaubte, der Verfasser von *Alles, was wir sagten* sei ein Feigling.

»Ich komme mit«, erklärte sie und nahm meinen Arm. Sie hielt mich also doch für einen Feigling.

»Vielleicht war es der Wind«, murmelte ich, als wir oben an der Kellertreppe standen. Ich wollte ihr von meinen schlaflosen Nächten erzählen, aber dafür war wohl jetzt nicht der richtige Moment.

»Ich bleibe hier stehen«, sagte sie und lugte in den Keller hinab. »Ich leuchte Ihnen mit meinem Handy auf der Treppe.«

»In Ordnung«, sagte ich und begann hinunterzusteigen, wobei ich absichtlich viel Geräusch machte.

Sandrine fing an, das alte Chanson von Claude Nougaro *Tu verras* zu trällern. Der Text passte genau zu unserer Situation: »Oh, du wirst sehen, du wirst sehen. Alles beginnt von Neuem, du wirst sehen …«

Wie sie gesagt hatte, war es kalt in dem riesigen Keller. Die Wände bestanden aus roh behauenem Stein und der Fußboden aus ödem grauen Beton. »Für die Kisten ist es hier zu modrig«, rief ich hinauf, um das Gespräch aufrechtzuerhalten. »Wir stellen sie lieber in einem der Nebengebäude ab.«

Ich ging von Raum zu Raum und leuchtete mit meinem Handy die Umgebung ab. Leere Weinflaschen, ein zerbrochener Stuhl und endlose Stapel alter Zeitungen. Wenn in diesem

Keller einmal mehr gewesen war, dann hatte man es fortgebracht, bevor ich die Bastide kaufte. Ein altmodisches Heizsystem füllte einen der Räume fast ganz. Mir fiel wieder ein, dass Sandrines Onkel, mein Freund Matton, mir gesagt hatte, das müsste ausgewechselt werden. Der Keller war wirklich ein schauriger Ort, aber außer mir befand sich dort keine lebende Seele.

Als ich die Treppe hinaufstieg, war ich erleichtert, Sandrine in ihrem Minirock mit den Sternen und Streifen wiederzusehen. »Waren Sie da unten, als Sie das Haus für mich geputzt haben?«, fragte ich.

Sandrine schüttelte den Kopf. »Die Kellertür war verschlossen, und daneben hing damals kein Schlüssel.«

»Da haben Sie recht«, sagte ich. »Tut mir leid. Ich habe ihn erst gestern hingehängt.«

»Mir tut es leid, M. Barbier«, kam es von ihr, als ich die Tür zugemacht und abgeschlossen hatte. Ich zeigte ihr den Schlüssel und steckte ihn dann in meine Hemdtasche. »Vielleicht habe ich mir das alles ja nur eingebildet«, meinte sie und versuchte ein Lächeln.

»Jetzt gönnen wir uns erst einmal das Bier. Draußen.« Ich wollte ihr schon anbieten, mich Valère zu nennen, aber aus Erfahrung wusste ich, dass solche Arbeitsverhältnisse besser formal blieben. Nein, Justin, auch Sie dürfen mich nicht Valère nennen. Das ist schon lustig.

»Ich brauche jetzt etwas Stärkeres«, sagte sie. Dabei zitterten ihre Lippen ein wenig, und sie biss darauf. »Einen Whisky, zum Beispiel.« Sie überraschte mich. Die meisten Französinnen mögen keine harten Getränke.

»Kommt sofort«, sagte ich. »Und ich nehme auch einen.«

Wir setzten uns in die Liegestühle auf der Terrasse und blickten auf die Weingärten. Ich steckte mir eine große Montecristo Double Corona an, und Sandrine zog ein Päckchen dieser langen, dünnen Mentholzigaretten hervor. Während sie sich eine anzündete, erklärte sie mir, sie rauche nicht täglich, nur manchmal ein paar, wenn sie etwas trank. »Das hält meine Gesundheit aus«, fügte sie hinzu und ließ das Feuerzeug mit der Aufschrift *Marseille je t'aime* in ihre Tasche gleiten. »An solche Dinger traue ich mich nicht heran«, fügte sie hinzu und wies auf meinen Stumpen.

Ich hielt ihr einen Kurzvortrag über Zigarren, in dem ich hervorhob, dass der Tabak frei von Chemikalien wächst, aber vor allem, dass man den Rauch nicht inhaliert, so dass nicht die Gefahr von Lungenkrebs besteht. Aber bei Ihnen, Justin, renne ich da wohl offene Türen ein. Ich gestehe, dass ich mir ein paar kubanische Zigarren aus Frankreich mitgebracht habe, die ich gern mit Ihnen teile.

Sandrine fragte: »Aber eine so große Zigarre wie Ihre ist doch sehr stark, oder?«

Ein verbreitetes Missverständnis, gab ich zurück, und ließ sie ein Mal ziehen. Das mag wie eine sehr intime Handlung aussehen, aber eine Zigarre mit jemandem zu teilen, war für mich nie eine große Sache, vor allem wenn es die Chance bietet, einen Zigarettenraucher zu bekehren.

Ihr Gesicht hellte sich auf. »Nanu!«, rief sie und blies den Zigarrenrauch so langsam wie ein alter Profi aus. »Das schmeckt gut! Sehr gut!«

Eine Stunde und einen weiteren Whisky später ging Sandrine ins Haus zurück, um Knabberzeug zu holen. Sie kam mit einer Schale Erdnüsse und etwas Salami zurück, die sie in Würfel geschnitten hatte. Ich ließ mir nichts anmerken, denn fein geschnittene Wurst schmeckt weitaus besser. Das hat mich Agathe gelehrt. Sandrine plauderte über die Provence, das Wetter und über ihre Schwester Josy. Ich war so entspannt wie seit Monaten nicht mehr. Gegen acht oder neun streckte sie sich und holte den Autoschlüssel aus der Tasche. Sie hatte in der letzten Stunde eine Menge Wasser getrunken, ich wusste also, dass sie fahren konnte. Ich brachte sie zum Wagen, drückte ihr die Hand und sagte ihr, was für eine enorme Hilfe sie gewesen sei. »Können Sie morgen wiederkommen?«, fragte ich.

»Natürlich!«, gab sie zurück und saß schon hinter dem Steuer. »Wir müssen noch die Küche einräumen und können überlegen, was wir dort verändern wollen.« Als sie den Schlüssel ins Zündschloss steckte, stotterte der Wagen nur müde. Sie seufzte, dann musste sie lachen und tätschelte das Armaturenbrett. *»Clochette! Allez, Clochette!«* Sie nannte den klapprigen Citroën doch tatsächlich Glöckchen. Der Motor gab merkwürdige Geräusche von sich und wollte nicht anspringen. Sie merken schon, Justin, was jetzt kommt.

»Ob es die Batterie ist?«, fragte ich. Als Pariser hatte ich von Autos keine Ahnung.

»Die Batterie ist neu«, antwortete sie. »Man kann doch hören, dass sie den Motor dreht.« Sie lächelte mir zu, offenbar kam es ihr komisch vor, dass ich das nicht bemerkt hatte. »Nein, es ist die Benzinpumpe«, fuhr sie fort. »Als ich das Problem das letzte Mal hatte, habe ich den Filter gewechselt. Aber jetzt brauche ich wohl eine neue Pumpe. *Ô purée!«* Das ist die höfliche Art, im Süden einen saftigen Fluch loszulassen.

Sie zückte ihr Smartphone und tippte eine Zahl ein. Am anderen Ende meldete sich ein Mann, und ich trat ein paar Schritte zur Seite, damit sie sich ungestört fühlte. Jetzt redete sie wie ein Wasserfall, schrie mehr, als dass sie sprach, und das in reinstem provenzalischen Slang. *»Connard!«*, kreischte sie noch, dann beendete sie das Gespräch.

Ich trat wieder an den Wagen heran. »Er kann Ihnen also nicht helfen?«

»Connard d'ex!«

»Ihr Ex-Freund?«, fragte ich. Vielleicht war es ja auch ihr verflossener Ehemann oder Schwager. Auf jeden Fall hatte sie ihn Arschloch genannt.

»Ja! André, einer meiner Ex-Freunde!«, rief sie. »Er hockt zu Hause und guckt die Weltmeisterschaft!«

»Im Fußball? Läuft die gerade?«

Sandrine ließ einen Pfiff hören. »Heute ist das Endspiel. Von welchem Stern sind Sie denn?«

»Und Josy?«, fragte ich, ohne auf ihre Spitze zu reagieren.

Sandrine antwortete nicht gleich. »Die ist im Urlaub.«

»Ärgern Sie sich nicht«, beruhigte ich sie. »Vielleicht ist es sogar besser, dass Sie nach diesen Whiskys nicht fahren.«

Mit einem Seufzer stieg sie aus. Sie tätschelte die Kühlerhaube und sagte: »Du bist nicht schuld, Clochette.«

Sie blätterte im Adressbuch ihres Telefons, aber ich konnte sehen, dass sie nicht viel Hoffnung hatte, jemand könnte ihr jetzt noch zu Hilfe eilen. Ihre Hand zitterte leicht.

»Sie haben genügend Laken gekauft, um ein kleines Luxushotel damit auszustatten«, sagte ich. »Suchen Sie sich ein Schlafzimmer aus, und wir lassen uns aus dem Dorf Pizza bringen. Ich würde Sie nach Aix fahren, aber ich habe mehr Whisky getrunken als Sie. Morgen lassen wir einen Reparaturdienst kommen. Ich habe im Dorf eine Werkstatt gesehen.«

»Es tut mir so leid, M. Barbier«, sagte sie. Sie warf einen schiefen Blick auf das Haus. Ich war mir nicht sicher, ob es ihr leidtat, weil sie mir Unannehmlichkeiten bereitete, oder ob sie Angst hatte, in der Bastide Blanche zu übernachten. Schließlich zuckte sie die Achseln und meinte: »Auf jeden Fall bin ich zur Stelle, wenn die Elektriker morgen früh zeitig hier aufkreuzen.«

Wir gingen zu unseren Liegestühlen zurück. Ich begab mich ins Haus, um mein Smartphone und eine Flasche Wein zu holen. Bei einem meiner Gänge nach Puyloubier hatte ich die Nummer der Pizzabäckerei gespeichert. Der Ort war nur einen Kilometer entfernt, aber ich hatte keine Lust, so weit zu laufen, außerdem wurde es bald dunkel. Sandrine ging ebenfalls ins Haus, brachte Weingläser und einen Korkenzieher. Sie dachte einfach an alles. Ich fragte sie, welche Art Pizza sie mochte, und wir einigten uns auf Chorizo mit Pilzen und rotem Paprika. Als der Anruf erledigt war, ließen wir uns nieder, und ich schenkte Wein ein.

»M. Barbier«, fragte sie unvermittelt, »wie sind Sie dazu gekommen, solche wundervollen Romane zu schreiben?«

Diese Frage ist mir wieder und wieder gestellt worden, aber ich ging davon aus, dass Sandrine meine Standardantworten nicht kannte. »Agathes Tod hat mir das Herz gebrochen«, sagte ich. »Da habe ich den ersten dieser Romane geschrieben …«

»Ein neuer Tag!«

»Genau. Er war meine Huldigung an Agathe. Ich hatte gar nicht die Absicht, eine neue Art Bücher zu machen. Ich habe nur aufgeschrieben, was mir am Herzen lag, was einfach herausmusste.«

»Ihre früheren Bücher haben Sie nicht mit dem Herzen geschrieben?«, frage sie. Dabei legte sie die Hand aufs Herz, um die Wirkung ihrer Worte zu verstärken.

»Nein«, antwortete ich nachdenklich. »Ich hatte sie mehr hier oben«, sagte ich und tippte mir an die Stirn. »Émile Zola hat einmal zu seinem Freund Paul Cézanne gesagt, der sei talentierter als er, weil er mit dem Herzen male, während er selbst mit dem Kopf schreibe.«

Sandrine hörte mit gerunzelter Stirn zu. Dann huschte ein Lächeln über ihr Gesicht. Jetzt hatte sie wohl begriffen, was Zola meinte. »Und von da an haben Sie weiter Liebesromane geschrieben.«

Ich wünschte, sie hätte sie nicht so genannt. Im Buchhandel wird dieses Genre »Frauenromane« genannt. »So ist es. Vor allem als *Ein neuer Tag* ein solcher Erfolg wurde, habe ich das Schreiben dieser Literatur als emotionale Erlösung empfunden. Billiger als jede Therapie.«

»Das hat Sie erleichtert.«

»Genau.« Und reich gemacht. Aber das behielt ich für mich.

»Das ist es, warum ich so gern putze«, bekannte sie. Ich bemühte mich, meine Überraschung zu verbergen. »Ich helfe anderen Menschen, und das gibt mir ein gutes Gefühl. Ich organisiere Ihr Leben, so dass auch Sie sich besser fühlen können.«

Ich hob mein Glas und stieß sacht mit ihr an. »Das haben Sie bereits erreicht, Sandrine. Ich danke Ihnen.«

»Wie ist Mme Barbier gestorben?« Diese Frage wird mir in der Regel nicht gestellt. Entweder weiß man etwas, weil es in allen Einzelheiten in der Presse ausgebreitet wurde, oder man traut sich nicht.

»Das ist nicht sicher.«

Jetzt war es an ihr, mich überrascht anzuschauen.

»Der Fall ist nie aufgeklärt worden«, fuhr ich fort. »Er ist im Grunde immer noch offen. Agathe ist ins Meer gestürzt. Zumindest ist es das, was ich von jener Nacht noch weiß. Wir waren auf der Segeljacht meines Verlegers Alphonse Pelloquin. Er ist vor ein paar Jahren an Krebs gestorben. Wir hatten alle eine Menge getrunken, und es war spät. Das Meer war still gewesen, aber dann kamen Wellen auf. Ich habe in der Kabine geschlafen …«

Sandrine war verstummt und starrte in ihr Weinglas. Dann war von fern ein leises Heulen zu hören. Ein blasses Licht näherte sich dem Haus. Es war unsere Pizza.

Das kleine Moped mit einer grell gestrichenen Holzkiste auf dem Gepäckträger kam auf das Grundstück gerollt. Der Lieferant stieg ab und nahm unsere Pizza aus dem Kasten. Mit dem Geld in der Hand ging ich ihm entgegen. Wir trafen uns auf halbem Wege. Als er den Helm abnahm, sah ich, dass es ein junger Mann von höchstens zwanzig Jahren war. Er starrte mich an und schluckte, bevor er sprach. »M. Barbier«, stotterte er, »es ist … mir eine Ehre.«

»Mir Pizza zu liefern?«, fragte ich und versuchte ein Lachen. Der Whisky und der Wein zeigten ihre Wirkung.

Der Junge lachte auch und übergab mir die Pizza. »Nein, es ist eine Ehre, einem Mann wie Ihnen zu begegnen«, sagte er. Er streckte mir seine knochige Hand entgegen, und ich schüttelte sie. Ich hätte ihn am liebsten gefragt, ob sein Name Dylan sei, um ihn dann zu beschimpfen, dass er die Wände des Hauses beschmiert habe, aber er stellte sich mit Thomas vor.

»Nett, Sie zu sehen, Thomas!«, sagte ich. Erst jetzt war mir aufgefallen, dass ich bei all der Aufregung unter meinem echten Namen bestellt hatte. Gewöhnlich nenne ich mich M. Dupin. George Sand war eine geborene Aurore Dupin.

»Ich möchte Ihnen nur sagen«, kam es von Thomas mit belegter Stimme, »dass *Rote Erde* mein absolutes Lieblingsbuch ist.«

Ich schaute mich um, weil ich fürchtete, Sandrine könnte sich einmischen und von *Postkartenromanze* zu schwärmen anfangen, aber die war damit beschäftigt, auf dem Tisch, an dem wir saßen, Kerzen anzuzünden.

»Das freut mich sehr«, antwortete ich in allem Ernst.

»Wir haben es auf dem Gymnasium durchgenommen«, sagte er. »Aber Sie sollen wissen, dass ich es seitdem immer wieder gelesen habe.« Auf das Moped weisend, sagte er: »Das hier ist nur mein Ferienjob.«

Ich nickte. »Sie sind ein guter Junge. Ein Ferienjob muss auch sein. Und was tun Sie im Herbst?«

»Ich beginne das zweite Jahr der Vorbereitungsklasse für die Hochschule.«

»Clothilde ist in eine Vorbereitungsklasse gegangen!«, warf Justin ein. »Es sei die Hölle, hat sie gesagt.«

»Das stimmt. Es sind höllische zwei Jahre der Vorbereitung auf das Studium, mit denen man die Aufnahmeprüfung für eine renommierte Hochschule umgeht.«

»Aber wenn man sie schafft, dann sind diese Eliteschulen kostenlos, nicht wahr?«, fragte Justin.

Valère lächelte in sich hinein. »Wenn man aufgenommen wird, dann studiert man dort nicht nur kostenlos, sondern man bekommt sogar ein Gehalt. Als Student!«

Ich habe Thomas gefragt, auf welche Schule er gehen wolle.

»Politikwissenschaft«, antwortete Thomas. »Ich möchte Journalist werden.«

Sie haben recht, Justin, die Hochschulen für Politikwissenschaft lehren auch allerlei humanwissenschaftliche Fächer. »Ich wünsche Ihnen alles Gute«, sagte ich zu Thomas und drückte noch einmal seine Hand. »Und seien Sie vorsichtig mit dem Ding.« Ich wies auf das Moped.

»Natürlich, M. Barbier!«, rief er und setzte sich den Helm wieder auf. Ich hätte ihm gern einen kleinen Job bei mir angeboten, den Garten zu pflegen oder Ähnliches, damit er nicht mehr mit dieser Klapperkiste herumfahren musste. Vielleicht würde ich es noch tun. Ich war ein neuer Mensch, der zwar nicht schlafen konnte, aber sich von seinem früheren depressiven Pariser Ego sehr unterschied.

»*Oh là là*«, rief Sandrine mir zu. »Wollen wir die Pizza kalt essen, oder was?«

7. Kapitel

Aix-en-Provence, Montag, 5. Juli 2010

Statt durch die enge Passage Agard zu gehen, der kürzeste Weg zum Justizpalast, nahm Bruno Paulik die Rue Thiers, eine seiner Lieblingsstraßen in Aix. Er mochte die eleganten alten Häuser mit den verblassten Fassaden in der gewundenen Straße und die Läden, die es hier seit Jahrzehnten gab. In das kleine Schuhgeschäft Cendrillon trat er jetzt ein. Er erinnerte sich daran, wie seine Mutter und seine älteren Schwestern ihn an Samstagen, wenn sie nach Aix zum Einkaufen fuhren, hierhergeschleppt hatten. *»Bonjour, mesdames«*, grüßte er die anderen Kunden höflich. Es waren nur Frauen, und sie musterten ihn neugierig, als er die Tür sacht hinter sich schloss.

»Ah, bonjour, Monsieur le Commissaire«, rief ihm eine gepflegte Frau Ende sechzig zu, die gerade einer anderen half, ein paar elegante Schuhe auszuwählen. »Ich suche etwas für meine Tochter«, erklärte er.

»In einer Minute bin ich für Sie da«, antwortete die Verkäuferin.

»Machen Sie nur«, sagte die Kundin, »ich gehe ein paar Schritte in den neuen Schuhen.«

»Merci, madame«, dankte Bruno. Als er sich im Geschäft umsah, hätte er schwören können, dass es sich in den Jahrzehnten kein bisschen verändert hatte. Nur die Preise waren höher und nicht mehr in Francs ausgezeichnet. Aber der Sommerschlussverkauf lief, und Léa brauchte neue Sandalen.

»Wie geht es Ihrer Mutter?«, fragte die Verkäuferin. Das musste Anne-Marie sein, die Eigentümerin des Geschäfts, fiel ihm jetzt erst ein. »Und Ihren Schwestern?«

»Danke, sie sind alle wohlauf«, antwortete er. Anne-Marie

hatte ihn erkannt und wusste, dass er bei der Polizei war, er hingegen hatte sie vergessen. »Mama und Papa sind immer noch sehr aktiv«, fuhr er fort. »Ich soll Sie grüßen.«

»Grüßen Sie sie bitte auch«, gab sie zurück. »Und teilen Sie Ihrer Mutter mit, dass wir leider in zwei Monaten schließen. Sie war uns über die vielen Jahre eine sehr geschätzte Kundin.«

»Sie schließen endgültig?«

»Ich fürchte, ja«, erwiderte sie. »Ich gehe vorzeitig in Rente. Wir können nicht mithalten mit …«

Bruno nickte verständnisvoll. »… den großen Ketten. Es ist ein Jammer.«

Sie zuckte die Achseln. »Sie suchen Schuhe für Ihre Tochter?«

»Ja, Sandalen, Größe 36. Sie möchte die aus Saint-Tropez«, antwortete er. »Sie hat mir ganz genau gesagt, wie sie sich die vorstellt. Hellbraunes Leder soll es sein.«

Anne-Marie überlegte. »Ich bin nicht sicher, ob ich noch hellbraune in der 36 habe. Lassen Sie mich nachschauen.«

Sie ging in den hinteren Raum, und Bruno lächelte der anderen Kundin zu, die immer noch die neuen hochhackigen Pumps prüfte. »Sie sind für eine Sommerhochzeit«, sagte sie. »Meine Nichte.« Sie trat an Bruno heran und flüsterte: »Das Ganze kostet ein Vermögen. Sie haben das Château Grimaldi in Puyricard gemietet.«

»Da sollte ich jetzt wohl mit dem Sparen anfangen«, meinte Bruno. »Meine Tochter ist fast elf.«

Die Kundin lachte und trat wieder vor den Spiegel, um die Schuhe zu betrachten. Bruno ging durch den Kopf, dass eine der schönsten Hochzeiten, die er erlebt hatte, die von Antoine und Marine vor einem Jahr in einem winzigen ligurischen Dorf gewesen war. Da kam Anne-Marie mit einem Schuhkarton zurück. »Wunderbar«, sagte Bruno.

»Nicht ganz«, gab die Händlerin zurück. »Braune habe ich nicht mehr, und ich weiß, wie eigensinnig kleine Mädchen sein können. Es ist das Modell aus Saint-Tropez, aber in Silber. Die Farbe ist sehr schick und jetzt große Mode.« Sie wies auf das winzige Metallschild der Marke an einem der Riemchen.

Bruno betrachtete die flachen Sandalen, die mit fünf feinen Lederstreifen am Fuß gehalten wurden. Das Modell war beliebt, seit Brigitte Bardot es Ende der fünfziger Jahre berühmt gemacht hatte. Schon seine Schwestern hatten sie getragen, und er sah sie auch jetzt noch häufig bei Mädchen und Frauen in Aix. »Die nehme ich«, sagte er.

Marine gab Verlaque ein Küsschen, wünschte ihm und Jean-Marc einen schönen Tag und verließ das Café. Sie nahm die Rue Clemenceau in Richtung ihrer Wohnung nahe der Kathedrale. Im ersten Jahr ihres Ehelebens hatten beide noch ihre Wohnungen behalten. Aber kürzlich hatte sie ihre im eleganten Mazarin-Viertel verkauft, und sie hatten begonnen, sich nach einem Haus auf dem Lande umzusehen. Die Preise bereiteten ihr Bauchgrimmen, ebenso die Tatsache, dass ihr Ehemann sich nicht scheute, sanierte Bauernhäuser bei Aix zu besichtigen, die Millionen Euro kosten sollten. Er behauptete, das läge daran, dass er die Preise in Paris kenne, aber sie wusste, dass es an dem Reichtum lag, in dem er aufgewachsen war. Antoines Großvater Charles Verlaque hatte mit Mehlmühlen ein Vermögen gemacht. Antoines Vater Gabriel hatte die Firma Ende der 1970er Jahre nur halbherzig übernommen. Er verkaufte die Mühlen Ende der neunziger Jahre an einen multinationalen Konzern.

Marine genoss die Morgenstunden in Aix, besonders im Sommer, bevor die Reisegruppen die Straßen füllten. Als Mädchen hatte sie davon geträumt, in einer Großstadt wie Paris oder Rom zu leben und nicht in diesem verschlafenen Nest. Jetzt ertappte sie sich bei dem Wunsch, Aix sollte weniger überlaufen sein. Nach ein paar Minuten hatte sie den Place de l'Archevêché erreicht, den man gerade in Place des Martyrs de la Résistance umbenannt hatte. Doch in ihrem Kopf hielt sich immer noch der alte Name, mit dem sie aufgewachsen war. Statt nach rechts zu ihrer Wohnung abzubiegen, beschloss sie, noch ein wenig weiter zu gehen und die Kathedrale aufzusuchen. Sie hatte einen langen Tag vor sich, an dem sie die Kriegsjahre im Leben von Simone de Beauvoir und Jean-Paul Sartre durchforschen wollte, und brauchte ein paar Minuten der Inspiration. Als ihr Exposé für eine Biographie über das Arbeits- und Liebesverhältnis der beiden großen Persönlichkeiten von einem angesehenen Pariser Verlag angenommen wurde, hatte sie ihre Professur an der Juristischen Fakultät der Universität von Aix-Marseille aufgegeben. Das war kein spontaner Entschluss gewesen. Seit mehr als einem Jahr hatte sie darüber nachgedacht, und der Autorenvertrag, den sie mit Antoines Zustimmung abgeschlossen hatte, half ihr dabei, beim Dekan ihr Entlassungsgesuch einzureichen. Ehemalige Kollegen berichteten, dass ihre Stelle auch nach einem Jahr noch immer vakant sei, und sie war erleichtert, den so langsam arbeitenden Rädern des französischen Wissenschaftsbetriebs entkommen zu sein.

Das in Stein gehauene Gesicht des heiligen Mitrius grüßte sie von der Mauer der Kathedrale Saint-Sauveur. Der Heilige, den man im fünften Jahrhundert enthauptet hatte, hielt den eigenen Kopf im Arm. Eine viel elegantere Lösung, dachte Marine bei sich, als wenn er zu seinen Füßen gelegen hätte. Oder auf einem Tablett, wie man Judith häufig mit dem Kopf des Holofernes darstellte. Sie blieb stehen und gab einem Bettler vor der Tür einen Euro. Der Mann dankte, und Marine sah, dass er blind war. Sie trat ein und wechselte damit aus dem hellen Sonnenlicht ins Dunkel der Kirche. Hier war es angenehm kühl, denn die Morgensonne brannte bereits. Wie gern sie auch mitten in der Stadt wohnte, der Gedanke an ein Haus auf dem Land mit dicken Mauern und kühlen Räumen gefiel ihr schon. Sie runzelte die Brauen, weil ihr bewusst wurde, wie rasch ihre Schuldgefühle wegen der zu erwartenden gewaltigen Kosten eines solchen Domizils dahinschmolzen.

Die Kapelle des heiligen Mitrius lag links vom Hauptschiff, und Marine steuerte zielbewusst darauf zu. Das tat sie nicht, um den Sarg des Heiligen aufzusuchen, der dort aufgestellt war. (Wer kann schon wissen, was unter all diesen Steinen liegt, dachte sie bei sich.) Sie wollte etwas tun, was ihr schon als Kind Glück gebracht oder ihr zumindest geholfen hatte, klar zu denken. Die Säule rechts von dem Grab hatte in einem Meter Höhe ein Loch von der Größe einer Münze. Die Legende besagte, dass die Höhlung eine Flüssigkeit enthalte, die Augenkrankheiten heilen könne. Sie beugte sich nieder, schob langsam einen Finger in das Loch und schloss die Augen. Der Bettler vor der Tür fiel ihr ein. Sie bemühte sich, die Geräusche der Kirche auszublenden und sich nur auf ihr Buch zu konzentrieren. Doch immer wieder drang das Bild von einem Bauernhaus auf dem Lande in ihre Versuche ein, sich das nächste Kapitel vorzustellen. Sie schlug die Augen auf und tastete langsam die glatte, kalte Fläche der Höhlung ab. Seufzend stellte sie fest, dass es dort nicht die Spur einer Flüssigkeit gab. Das war nie anders gewesen.

Um das Anliegen ihres Projekts deutlich zu machen, hatte sie die Kapitel des Buches so einfach wie möglich angeordnet. Es sollte zwei lange Leben in einem der stürmischsten Jahrhunderte der Geschichte umfassen. Also baute sie es chronologisch auf. Als der Vertrag dann unterzeichnet war, glaubte sie, etwas mutiger sein und in der Erzählung vor- und zurückspringen zu können. Am Ende erwies es sich jedoch als logisch, den Aufbau zu lassen, wie er war. Den ganzen Tag lang dachte sie über die Struktur des dritten Kapitels, 1937–1939, nach. Erst gegen Abend entschloss sie sich, es *Der nahende Krieg* zu nennen. Dann klappte sie ihren Laptop zu. Verlaque hatte im Zwischengeschoss, das sich zum Wohnzimmer hin öffnete, einen Arbeitsplatz für Marine eingerichtet. »Und wo ist dein Arbeitszimmer?«, hatte sie gefragt. »Ich habe eins«, sagte er. »Im Palais de Justice. Die einzige Arbeit, die ich zu Hause erledigen muss, ist Rechnungen bezahlen, und das kann ich auch am Esstisch tun.«

Angesichts dessen, dass sie wieder in die glühende Hitze hinausgehen musste, trank Marine ein großes Glas Wasser. Dann nahm sie Autoschlüssel und Handtasche und verließ die Wohnung, um ihr Patenkind Charlotte abzuholen. Charlotte und ihre Mutter Sylvie, Marines beste Freundin, wohnten gleich um die Ecke. Sylvie hatte vor zwölf Jahren eine Affäre mit einem verheirateten Mann gehabt und gegen den Rat fast aller ihrer Freunde, darunter Marine, vor ihm verheimlicht, dass sie schwanger war. An diesem Abend waren Marine und Charlotte zum Essen bei Hélène und Bruno Paulik eingeladen. Léa und Charlotte hatten sich angefreundet. Verlaque war heute mit ein paar Männern seines Zigarrenklubs unterwegs, um ein Appartement zu finden, das sie als Domizil für ihre Runde zu mieten gedachten.

Charlotte stand schon vor der Haustür, als Marine ankam. Es stimmte sie besorgt, das Mädchen so allein auf der Straße stehen zu sehen. Dabei hatte sie ganz vergessen, wie erwachsen sie selbst sich mit elf Jahren bereits gefühlt hatte. »Wo ist Sylvie?«, fragte Marine, nachdem sie mit ihrem Patenkind Küsschen getauscht hatte.

»Sie ist schon weg«, antwortete Charlotte. »Sonst wäre sie zu ihrer Verabredung zu spät gekommen.«

Marine nickte und sagte nichts, denn die »Verabredung« war wahrscheinlich ein Rendezvous, und Charlotte wollte nicht darüber reden. Charlotte hatte ihren Vater nie kennengelernt, aber Marine wusste, dass er ein bekannter Fotograf aus Berlin war, der eigene Kinder hatte.

»Mama hat Stunden im Bad gebraucht, bis sie fertig war«, sagte Charlotte.

Marine lächelte ihr zu. »Tatsächlich?«

»Ich musste mir an der Spüle in der Küche die Zähne putzen.«

»Du Arme!«, gab Marine theatralisch zurück, um die Atmosphäre etwas aufzulockern. Sie war sich nicht sicher, wohin dieses Gespräch führte und ob Charlottes Gefühle verletzt waren.

»Als sie endlich aus dem Bad kam, ist sie gleich wieder hineingerannt und hat fast das ganze Make-up abgewischt«, sagte Charlotte. »Dann hat sie sich zum dritten Mal umgezogen.«

Marine ließ einen Pfiff hören. »Sylvie sieht immer gut aus, was sie auch trägt. Sie sollte sich nicht so viele Gedanken machen.«

Jetzt lächelte Charlotte. »Ja, Mama ist wirklich hübsch.« Sie nahm Marines Hand, und so gingen beide bis zu dem Parkhaus, wo Marines und Antoines Wagen standen. Sie schwenkten die Arme, und Charlotte erzählte Marine von der Schule. Im nächsten Jahr stand schon das Gymnasium bevor. Sie war entschlossen, die Aufnahmeprüfung für die zweisprachige Französisch-Englisch-Klasse am Collège Mignet zu bestehen. Antoine Verlaque half ihr, das Englisch zu verbessern. Léa Paulik würde sicher in die Klasse mit verstärktem Musikunterricht an derselben Schule aufgenommen werden. Die Mädchen freuten sich darauf, gemeinsam eine Schule in Aix zu besuchen.

Kaum zwanzig Minuten später rollten sie über die staubige Schotterpiste zum Haus der Pauliks. Verlaque hatte Marine überredet, sich ein neues Auto zuzulegen. Er hatte ihr Fotos von kleinen schnittigen italienischen und deutschen Tourenwagen gezeigt. Doch sie entschied sich für einen viertürigen Renault Clio. »Der ist made in France«, erklärte sie. »Außerdem kaufen meine Eltern nur bei Renault.«

»Ich weiß«, sagte Verlaque und spielte großes Bedauern.

Marine musste lachen. »Meine Familie ist seit vielen Jahren

Kunde in der Renault-Werkstatt von Aix. Ich weiß genau, die lassen mich nicht im Stich, wenn ich sie einmal brauche.«

Inzwischen zeigte das Thermometer 34 Grad Celsius, und Marine war froh, dass der Clio eine Klimaanlage hatte. »Schau mal, der Berg!«, rief Charlotte plötzlich und beugte sich nach vorn, um den Mont Sainte-Victoire besser sehen zu können.

»Er ist so nahe, dass man glaubt, er hänge über uns«, stellte Marine fest. Sie riss das Steuer herum, um einem Schlagloch auszuweichen. »Als ob er die Weingärten beschützt.«

»Er ist so strahlend weiß!«, rief Charlotte aus. Sie schirmte mit den Händen die Augen ab, und Marine lachte.

»Wir sind da, und Léa wartet schon auf dich!«, sagte Marine, als der Wagen unter einer Eiche hielt, deren Schatten sie nutzen wollte. Léa kam herbeigelaufen und umarmte Charlotte, kaum dass sie ausgestiegen war. Marine musste lächeln, weil die Mädchen sofort miteinander zu schnattern begannen. Charlotte war fast einen Kopf größer als die kleine, eher pummelige Léa.

»Hallo, Marine!«, rief Léa, lief zu ihr und küsste sie auf beide Wangen.

Marine drückte sie und meinte: »Du bist hier sicher ständig in Bewegung, Léa.«

»Nur in Mamas Weinlabor darf ich nicht«, beklagte sich Léa und wischte sich die Schweißperlen von der Stirn. »Sie hat Angst, dass ich etwas kaputt mache!«

»Vielleicht ist das ganz gut so«, sagte Marine. »Hélène macht sehr teure Weine.«

Léa zuckte die Schultern, denn die Preise der Weine ihrer Mutter interessierten sie kein bisschen. »Komm, wir gehen zu mir«, sagte sie zu Charlotte. »Ich hab ein paar neue *Alices*.« Die Mädchen liefen davon, um sich auf die Teenie-Magazine zu stürzen.

Jetzt traten Hélène und Bruno Paulik aus dem Haus und

riefen Marine zu: »Komm herein, hier ist es kühler, ob du es glaubst oder nicht.«

»Das glaube ich euch sofort«, gab Marine zurück.

Sie tauschten Küsschen, und Hélène führte Marine in ihre geräumige Küche. »Jetzt bekommst du erst einmal ein großes Glas Wasser«, sagte Hélène, »und dann haben wir eine Überraschung. Wir sind zu unserem Nachbarn auf einen Aperitif eingeladen.«

»Zu Valère Barbier?«, fragte Marine.

»Ja«, antwortete Bruno. »Er hat angeblich ein Geschenk für Léa.«

»Das ist ja fast so, als ob man einem Rockstar begegnet«, meinte Marine, nachdem sie einen Schluck Wasser genommen hatte.

»Du wirst sehen, er ist ein ganz normaler Typ«, sagte Bruno.

»Vielleicht ein wenig … melancholisch«, kam es von Hélène.

»Hat vielleicht den Tod seiner Frau nie ganz verwunden«, vermutete Marine.

Hélène musste lächeln, denn ihre frisch vermählte Freundin kam ihr sehr romantisch vor.

Marine trank das Wasser aus und fuhr fort: »Und die Tatsache, dass Agathe Barbier auf so rätselhafte Weise ums Leben gekommen ist …«

Bruno winkte ab. »Jetzt bitte nicht den Detektiv spielen.« Er verehrte Marine, war aber um ihre Sicherheit besorgt, weil sie dauernd ihre Nase in Angelegenheiten der Polizei steckte. »Sie ist ertrunken.«

»Der Fall ist immer noch ungeklärt«, sagte Marine rasch. »Ich habe ein bisschen recherchiert.«

»Du sollst doch an deinem Buch schreiben«, sagte Hélène und drohte lachend mit dem Finger.

»Ihr habt ja recht. Als ich die Universität verlassen habe,

glaubte ich, ich hätte für das Schreiben alle Zeit der Welt. Aber die Tage scheinen Flügel zu haben.«

»Wir müssen gehen, Leute«, rief Léa von draußen.

Bruno verdrehte die Augen. »Unsere Alarmsirene.«

»Das habe ich genau gehört, Papa«, drohte Léa.

»Weißt du, wer das ist?«, fragte Valère Léa. Sie saßen auf dem kühlen gefliesten Fußboden im großen Salon rund um einen geöffneten Karton und betrachteten ein Schwarz-Weiß-Foto. Charlotte hockte neben den beiden, Hélène, Bruno und Marine hatten es sich im Kreis drum herum auf Sesseln bequem gemacht. Sandrine ging hin und her, brachte gekühlten Rosé für die Erwachsenen und Orangeade für die Kinder. Sandrine war glücklich, dass es wieder Strom gab, aber die Elektriker hatten gewarnt, die uralten Leitungen müssten bald komplett ausgetauscht werden.

Lächelnd schaute sich Léa das Foto an. »Natürlich weiß ich das«, sage sie. Bruno zuckte zusammen. Er hatte den Eindruck, seine Tochter werde allmählich etwas eingebildet. Doch Valère Barbier bewunderte ihre Selbstsicherheit und reizte sie weiter. »Dann sag es uns«, forderte er.

»Das ist Maria Callas«, antwortete sie. Sie betrachtete das Foto genauer. »Wie schön sie war.«

»Das war sie wirklich«, stimmte Valère ihr zu.

»Haben Sie die Aufnahme gemacht?«, fragte Charlotte, die sich inzwischen einen Seidenschal aus demselben Karton um die Schultern gelegt hatte.

Valère Barbier lachte. »Nein, ich bin doch auf dem Foto, der neben Maria.«

»Der Seemann?«, fragte Charlotte und beugte sich nach vorn, um besser sehen zu können.

Die Erwachsenen, einschließlich Valère, lachten laut. »So war die Mode damals, Anfang der siebziger Jahre, an der Côte d'Azur. Für die weiße Leinenjacke und die blaue Mütze habe ich einen Haufen Geld hingelegt. Das sind Sachen von Pierre Cardin!«

»Wie war sie?«, fragte Léa, die Designerkleidung kein bisschen interessierte.

»Ständig hungrig«, antwortete Valère. »Die arme Maria aß so gern, musste aber auf ihre Figur achten. Wenn wir zusammen essen gingen, dann fragte sie den Koch stets über all die Gerichte aus, die wir genossen hatten, nur sie nicht. Sie schrieb die Rezepte auf kleine Zettel, die sie in ihre Handtasche steckte. Besonders liebte sie Kuchen und Desserts, doch die waren ihr streng verboten.«

»Aber wenn man singen will, muss man auch essen«, meinte Léa.

»Stimmt!«, bestätigte Valère. »Maria aß vor allem Salat und rohes Rindfleisch.«

»I-i-i-i«, schrien die Mädchen wie aus einem Mund.

»Wir haben Aufnahmen von ihr im Konservatorium gehört«, erzählte Léa. »Mein Lehrer sagt, ihre Mittellage war perfekt, aber in den Höhen hätte sie zu schrill geklungen.«

»In der Mittellage war sie mehr als perfekt«, konstatierte Bruno. »Und sie war betörend schön.«

Valère wandte sich Bruno zu. »Sie sind ein Opern-Fan?«

»Schon seit ich so klein war«, antwortete Bruno und hielt seine Hand einen Meter über den Boden.

»Sind Sie auch im Weingeschäft?«

Bruno musste lachen. »Nein, ich bin bei der Polizei.«

Valère fiel das Foto aus der Hand, und er lachte etwas gezwungen. »Ein Bulle?«

»Ein Polizeibeamter«, sagte Léa spitz. »Papa ist der Kriminalkommissar von Aix.«

»Léa«, mahnte Bruno, »man korrigiert Erwachsene nicht.«

Valère winkte ab. »Schon in Ordnung. ›Polizeibeamter‹ ist die korrekte Bezeichnung. Ich mag es auch nicht, wenn man mich einen Schreiberling von Liebesromanen nennt.«

»Haben Sie Maria Callas lange gekannt?«, fragte Marine.

»Nur sehr kurz«, antwortete Valère. »Sie war … schwierig.«

»›Ich bin allein, immer allein‹«, zitierte Bruno. »Das sollen ihre letzten Worte gewesen sein. Ist das wahr?«

»Ja«, sagte Valère. »Es ist seltsam, wie häufig Autoren, Schauspieler oder Sänger so etwas sagen. Wir sind ständig von Menschen umgeben – unseren Figuren, unseren Fans und unserem Publikum –, und doch fühlen wir uns oft einsam.«

»Snacks gefällig?«, rief Sandrine, die mit einem Tablett voller kleiner Schalen ins Zimmer kam.

»Und jetzt wohne ich auf dem Land, zum ersten Mal in meinem Leben«, fuhr Valère fort.

»Mein Mann und ich denken auch daran, uns ein Haus auf dem Land zu kaufen«, sagte Marine. »Aber ich bin mein Leben lang ein Stadtmensch gewesen. Er – Antoine – arbeitet in der Stadt, es wird also Tage geben, an denen ich ganz allein in dem Haus bin. Dabei gefällt es mir, in Aix unter vielen Leuten zu sein.«

»Nachts ist es schlimmer«, hub Valère an.

»Wer möchte etwas zum Knabbern?«, unterbrach ihn Sandrine. »Wir haben Pistazien, teure englische Kartoffelchips, Kirschtomaten und Oliven, frisch vom Markt.«

Léa reagierte nicht auf das Angebot. Sie konnte den Blick nicht von dem Foto wenden. Als Valère es bemerkte, sagte er: »Ich schenke dir das Bild, Léa.«

Sie sah ihn mit großen Augen an. »Wirklich?«

»In der Tat, M. Barbier, sind Sie sicher?«, fragte Hélène.

»Absolut sicher«, antwortete er. »Sandrine verlangt von mir, dass ich mich von Dingen trenne, die ich seit mehreren Jahren nicht benutzt oder angeschaut habe. Dieses Foto hatte ich völlig vergessen.«

»Wir sollten es rahmen lassen, M. Barbier«, warf Sandrine ein. »Wir fahren morgen in die Stadt, um die Zeichnungen

Ihrer verstorbenen Frau zum Rahmen zu bringen. Und Sie könnten es für Léa mit Ihrem Autogramm versehen.«

»Eine sehr gute Idee«, stimmte Valère zu. Er blickte zu Charlotte hinüber, die immer noch mit dem Seidenschal spielte und ihn an sich ausprobierte. »Und du, Charlotte, darfst den Schal behalten.«

»Merci beaucoup!«, rief Charlotte strahlend. »Ist der schön!«

»Einen Damenschal werde ich ganz bestimmt nicht tragen«, fügte Valère lachend hinzu.

»Er hat hoffentlich nicht Maria Callas gehört?«, fragte Bruno.

»Nein, nein«, antwortete Valère und maß den Schal mit einem versonnenen Blick. »Das glaube ich nicht.«

Da ertönte der Türklopfer, und bevor jemand nachschauen konnte, bellte eine Stimme aus der Diele: »Du hast keine Ahnung, wie teuer ein Taxi vom TGV-Bahnhof in Aix bis nach Puyloubier ist!« Hélène, Bruno und Marine fuhren herum, Valère und die Mädchen sprangen erschrocken auf. Sandrine stellte das Tablett ab und stützte die Hände in die Hüften.

Die Besucherin schritt bereits in den Salon – eine Dame zwischen sechzig und fünfundsiebzig, groß und füllig. Sie hatte kurzes schwarzes Haar, trug eine knallrote Brille, zu der die Farbe ihres Lippenstiftes passte. »Danke, Valère, für das Empfangskomitee«, rief sie. »Hast du meine vielen Textnachrichten nicht bekommen? Ich hatte Glück und habe ein Taxi gefunden, dessen Fahrer hier im Dorf wohnt. Aber als ich ihm die Adresse nannte, hat er sich gleich bekreuzigt. Was geht hier vor?« Sie lachte laut und musterte die Gruppe. »Und, Valère«, fuhr sie fort, »wieso in aller Welt trägt dieses Kind meinen Schal von Hermès?«

8. Kapitel

New York City, 22. September 2010

»Natürlich hatte ich Michèles Textnachrichten gelesen. Ich dachte, wenn ich sie ignoriere, dann kommt sie vielleicht nicht«, sagte Valère. »Aber das war dumm von mir. Sie hört nie auf das, was andere Leute sagen.«

»Wer ist diese Michèle?«, fragte Justin.

»Michèle Baudouin, meine Erzrivalin. Sie verkauft mehr Bücher als ich. Ich glaube, sie ist eine der meistverkauften Autorinnen der Welt.«

Justin zuckte die Schultern. »Ich denke, wenn sie so berühmt wäre, müsste ich sie eigentlich kennen. Hat sie einen Künstlernamen?«

»Rosalie di Santi.« Valère schaute Justin erwartungsvoll an. »Na bitte! Ich sehe Ihrem erstaunten Gesicht an, dass sogar ein so junger Mensch wie Sie diesen Namen kennt.«

»Wir um die Jahrtausendwende Geborenen haben auch Bildung!« Beinahe hätte Justin hinzugefügt: Vielleicht mehr als ihr glücklichen Babyboomer der 1950er! Aber das behielt er für sich.

»Ich meine ja nicht jeden, der in Ihrem Jahrzehnt geboren ist, also beklagen Sie sich nicht, sonst dürfen Sie den nächsten Wein nicht auswählen.«

Justin lächelte nachsichtig, nahm die Weinkarte und blätterte lange, bis er zu den Roten kam. Er blickte auf und sagte: »Fahren Sie nur fort. Ich bin ganz Ohr. Und ich habe zu dieser Frau schon jetzt kein Vertrauen.«

Ihren Autorennamen habe ich immer gehasst. Di Santi klingt wie eine Kreuzung zwischen italienischer Gräfin und Flamencotänzerin, und bei Rosalie denkt man eher an einen Disney-Film. Aber sie ist dabei geblieben. Michèle und ich kennen uns schon lange, sehr lange. Wir sind in einer Straße von Paris zusammen aufgewachsen. Wir sind immer Konkurrenten gewesen – in der Schule und an der Universität –, so wie Simone de Beauvoir und Jean-Paul Sartre. Allerdings hatten Michèle und ich viel geringere intellektuelle Ambitionen und im Unterschied zu dem Philosophenpaar auch keinen Hang zur Politik.

Die französische Presse schreibt gern über uns – eben weil wir uns seit Kindesbeinen kennen und beide berühmte Schriftsteller geworden sind. Man hat sogar versucht, uns eine Romanze anzudichten, was für mich, insbesondere aber für Agathe ziemlich schlimm war. Zu behaupten, dass Michèle mich nie körperlich angezogen hat, wäre eine Lüge. Sie ist eine hübsche Frau, wenn ihre Schönheit auch mit den Jahren verblüht ist. In ihrer Jugend war sie groß wie Agathe, aber rundlicher, nicht so dünn und zerbrechlich wie sie. Michèle hatte eine olivfarbene Haut, große Augen, volle Lippen und große … Das Letzte streichen Sie bitte, Justin. Ich wollte sagen, großartiges Haar, dicht und rabenschwarz mit einer weißen Strähne, die aus ihrer Stirn wuchs. Sie trank und rauchte wie meine Kumpels von der Zeitung, sie ist sogar Zigarrenraucherin. Ein gemeinsamer Freund hat mir erzählt, sie hätte kürzlich einen dreißig Jahre jüngeren Kubaner geheiratet, nur um sich in Havanna ein Haus kaufen zu können.

Wenn man schreibt, sitzt einem ein kleiner Teufel auf der Schulter, der dauernd nörgelt, was für ein Schund der erste Entwurf ist. Das kann ein Elternteil, ein Lieblingsschriftsteller oder ein alter Lehrer sein. Meiner ist Michèle. Wir haben viel miteinander gestritten, häufig beim Trinken: Einmal wurden wir sogar aus dem Café de Flore hinausgeworfen, weil wir uns zu laut angeschrien haben. Trotz alledem ist sie mein Gewissen. Sie ist der kleine Kritiker in meinem Kopf, der mich anstachelt, ein guter Autor zu sein. Als Agathe starb, war Michèle sofort zur Stelle. Ich habe mich immer gefragt, wie sie so rasch zur Küste kommen konnte. Aber sie ist ein Superweib. Ihre Bücher sind in über vierzig Sprachen übersetzt worden. Okay, meine auch, aber Michèle stand über zwanzig Jahre lang ununterbrochen auf der Bestsellerliste der *New York Times*! Sie schreibt im Schnitt zwei Bücher im Jahr. Dazwischen macht sie einen Tag Pause. Einen Tag! Ich schreibe manchmal monatelang überhaupt nicht. Und abgesehen von ihren Frauenromanen verfasst sie auch noch äußerst beliebte Kochbücher und taucht bei Kochshows im Fernsehen auf. Die arme Agathe konnte nicht mal ein Ei braten.

Das war Michèle, die plötzlich wie ein Geist in meinem frisch eingerichteten Wohnzimmer auftauchte. Ich fuhr hoch und stellte sie nicht als Rosalie, sondern mit ihrem wirklichen Namen vor. Sandrine war sofort zur Stelle, servierte Michèle ein Glas gekühlten Rosé und brachte dann ihren Koffer nach oben. Michèle war guter Laune, und Charlotte kannte sie aus dem Fernsehen. Das überging sie mit einer Handbewegung und erklärte nur, dass sie Kochbücher schreibe. Fragen wurden nicht gestellt. Man hätte sie eigentlich als Rosalie di Santi erkennen müssen, aber vielleicht auch nicht. Meine neuen Nachbarn – meine neuen Freunde – scheinen an Geld und Ruhm oder wer wen kennt nicht interessiert zu sein, anders als viele Pariser aus den schicken Vierteln am linken Seineufer. Wir kamen noch einmal auf Maria Callas und danach auf das Leben in Aix zu sprechen, wozu Michèle viele Fragen stellte, was gar nicht zu ihr passte. Dann schockierte sie die Runde damit, dass sie von einer kürzlichen Reise nach Schottland erzählte. Dort hatte sie an einer Kochshow im Fernsehen teilgenommen, wo sie sich bei laufender Kamera erbrechen musste, nachdem sie Haggis, das schottische Nationalgericht aus Schafsinnereien, gegessen hatte. (Allerdings behauptete sie, das hätte nicht am Haggis gelegen, sondern an einem Magen-Darm-Virus.)

Die Zeit verging, bis Sandrine mir mit der rechten Augenbraue das Zeichen gab, unsere Gäste hätten vielleicht das Bedürfnis, zum Abendessen nach Hause zu gehen. Doch bevor ich etwas sagen konnte, meldeten sich Bruno und Hélène, die eine Weile miteinander getuschelt hatten, und luden uns alle zum Abendessen ein. »Bruno wollte heute Abend grillen, und am Ende ist immer viel zu viel da«, erklärte Hélène.

»Haben Sie denn Platz für uns alle?«, fragte Michèle. »Ich wollte Valère eigentlich bitten, mich heute Abend ins feinste Restaurant von Aix auszuführen.«

»Tun Sie das nicht«, meldete sich Bruno. »In den Restaurants ist es jetzt viel zu heiß, und wir haben mehr als genug zu essen.«

Die Mädchen jubelten, was ich entzückend fand, und wir erklärten den Pauliks, wir kämen in einer halben Stunde, damit sie alles vorbereiten konnten. Außerdem wollte Michèle nach der Zugfahrt noch rasch im Swimmingpool ein Bad nehmen. Sandrine ging daran, das Geschirr abzuräumen. Etwas schien sie zu bedrücken, und als wir allein miteinander waren, sagte ich: »Sie sind natürlich auch eingeladen, Sandrine.« Ich dachte mir, vielleicht fühle sie sich ein wenig deplatziert, denn schließlich war sie ja nur eine Angestellte. Aber nach den Tagen, die ich gemeinsam mit ihr verbracht hatte, war auch sie für mich so etwas wie eine Freundin geworden.

»Ach, ich weiß schon, dass ich dort willkommen bin«, antwortete sie.

»Warum dann diese trübe Miene?«, fragte ich.

Sie nickte in Richtung des Swimmingpools, wo Michèle geräuschvoll planschte und dabei kreischte: »Ich liebe die Provence!«

»Ist es Michèle?«, fragte ich. »Sie ist nett, wenn man sie erst einmal näher kennenlernt.« Dabei war die, von der überfallartigen Ankunft einmal abgesehen, bisher die Liebenswürdigkeit selbst gewesen.

»Ich habe eine Textnachricht von der Werkstatt bekommen, dass mein Wagen fertig ist. Ich richte also schnell ihr Zimmer her und verschwinde dann erst einmal. Wenn sie fort ist, komme ich wieder.«

»Um Himmels willen, Sandrine«, flehte ich sie an. »Ich brauche Sie am Tage hier. Michèle ist mir überhaupt keine Hilfe. Sie wird den ganzen Tag am Pool liegen und in ihr Diktiergerät sprechen. Sie lässt ihre Texte von einer Sekretärin schreiben. Können Sie bitte morgen wiederkommen? Wir haben hier noch so viel zu tun.«

»Ich traue ihr nicht«, stieß Sandrine hervor.

Als ich lachen musste, zog sie wieder eine Augenbraue hoch.

»Wieso nicht?«, fragte ich. »Sie kennen sie doch gar nicht.«

»Die will was – das ist alles. Außerdem weiß ich, wer sie ist. Sie schreibt auch Frauenromane. Ich kenne sie vom Foto auf dem Schutzumschlag ihrer Bücher. Aber Josy und mir gefallen Ihre besser. Sie sind … smarter.«

Unser Gespräch war abrupt zu Ende, als die nasse, laute Schwimmerin in der Tür auftauchte. »Ich hole Ihnen ein Handtuch«, sagte Sandrine und maß Michèle mit einem langen Blick. »Ich habe erst heute Nachmittag den Fußboden gewischt.«

»Ach, meine Liebe«, antwortete Michèle mit hörbarem Sarkasmus in der Stimme. »Dann bleibe ich lieber draußen stehen. Bring mir einen Whisky, Valère, mir wird kalt.«

Sandrine ging hinauf und brauchte ewig, um ein Handtuch zu finden. Als ich Michèle bereits den Whisky gebracht hatte, war sie immer noch nicht da. »Sie mag mich nicht«, flüsterte Michèle. Da wusste ich, dass sie unser Gespräch belauscht hatte.

»Was willst du eigentlich hier, Michèle?«, fragte ich.

Sie warf den Kopf zurück und lachte. »Na, dich sehen, mein lieber Valère!«

Was in aller Welt ist ein *Succotash*, Justin? Ein indianischer Eintopf aus Bohnen und Mais? Warum schreiben sie das nicht auf die Karte? Aber diese frittierten Froschschenkel sind phantastisch. Und woraus besteht die Hülle? Sie haben recht, es ist Blätterteig.

Solche ausgefallenen oder glamourösen Gerichte gab es bei den Pauliks natürlich nicht. Wie versprochen, hatte Bruno nur Lamm und Würstchen auf seinem Grill. Aber Hélène hatte einen wunderbaren Kartoffelsalat gezaubert, und zum Nachtisch gab es Unmengen frischer Erdbeeren, nichts weiter. Die Gespräche waren sehr interessant, mindestens so wie jene in Paris. Marine, die mit den Pauliks befreundet ist, fragte mich nach meinen Büchern. Sie sagte: »Valère, wenn ich Sie so nennen darf …«

»Sie dürfen.«

»Danke«, gab sie höflich zurück. Sie drückte sich überhaupt sehr korrekt aus. Bevor sie einen Satz anfing, runzelte sie ein wenig die Brauen, als suchte sie nach den passenden Worten. »Ich habe kürzlich in *Le Monde* ein Interview mit einem amerikanischen Autor gelesen, dessen Name mir entfallen ist. Der sagte, wenn Schriftsteller beisammen sind, dann reden sie nie über die Geschichten, das heißt, die Handlung oder die Personen ihrer Bücher, sondern eher über die Form, die Art der Erzählung zum Beispiel, oder auch die Sprache. Stimmt das?«

»Absolut«, gab ich zurück, beeindruckt von ihrer Frage, aber auch von ihrer Schönheit. »Die Dinge, die man uns in der Schule oder an der Universität eingetrichtert hat – Handlung, Thema oder Symbolik –, spielen in Gesprächen unter Autoren keine Rolle. Aber wenn wir mit der Art des Erzählens experimentieren, dann reden wir auch darüber. Wenn dieses

Problem einmal gelöst ist, dann schreibt sich das Buch fast von allein.«

»Da muss ich widersprechen«, unterbrach ihn Michèle. Nun konnten wir die wahre Michèle Baudouin einmal in all ihrer Arroganz bewundern. »Das Wichtigste ist die Story. Die Personen bestimmen die Geschichte.«

Ich konnte sehen, wie Bruno, Hélène und Marine verständnislose Blicke wechselten. Sandrine hatte Rosalie di Santi erkannt, meine Nachbarn hingegen nicht. Das verschaffte mir große Befriedigung, weil ich eben so ein auf Rivalität getrimmtes, eifersüchtiges Arschloch bin. »Ladys und Gentlemen«, verkündete ich mit großer Geste in Richtung Michèle, »darf ich vorstellen: meine alte Schulfreundin, der Öffentlichkeit besser bekannt als Rosalie di Santi.«

Das verschlug allen den Atem, sogar dem riesenhaften Bruno. Die Mädchen kicherten, denn sie spürten, dass da etwas sehr Aufregendes im Gange war, sie wussten nur nicht, was.

»Nimm das Grinsen aus dem Gesicht, Valère«, sagte Michèle, nachdem sie ein ganzes Glas Rotwein hinuntergekippt hatte. »Mir macht es gar nichts aus, dass diese netten Menschen mich nicht als Autorin von Frauenromanen erkannt haben. Weißt du überhaupt, in welcher Auflage meine Bücher weltweit gedruckt wurden?«

»Ein paar Millionen?«

Sie lachte laut auf. »Vierhundert Millionen.«

»Ist das viel?«, fragte Léa.

»Oui, ma chérie«, antwortete Bruno. Er wirkte, als hätte er gerade einen Schlag in den Magen bekommen.

Hélène goss Michèle von ihrem köstlichen Syrah des Jahrgangs 2004 nach, als wollte sie sie auffordern weiterzusprechen, was diese auch prompt tat. »Bei Frauenromanen kommt es auf die Geschichte an, und die zu schreiben ist höllisch schwer. Der Autor muss ein gutes Ohr für Dialoge haben, geschickt Sätze bauen, atemlose Spannung erzeugen können und dem Leser unwiderstehliche Figuren bieten. Frauenromane werden von Frauen für Frauen geschrieben, dafür stehe ich bis zum Ende meiner Tage, selbst wenn keiner von Ihnen je einen gelesen hat. Wenn ein Mann sie schreibt«, sagte sie mit einem bedeutsamen Blick in meine Richtung, »dann nennt man das Frauenliteratur oder man vermeidet eine Genrezuordnung. Wenn eine Frau sie schreibt, dann sind es Frauenromane, die niemals in den großen Zeitungen besprochen oder verfilmt werden.«

»Aber ich habe über Sie in *Le Monde* gelesen«, sagte Hélène. »Oder war es *Le Figaro*?«

»Ja, *über mich* können Sie etwas gelesen haben«, gab Michèle zurück, »aber sicher keine Besprechung meiner Bücher.«

Hélène nickte. »Das mag sein.«

»So habe ich noch nie darüber nachgedacht«, ließ Marine hören. »Mein Mann Antoine ist ein kleiner Snob ...« Hier mussten Hélène und Bruno lachen, und ich wurde neugierig auf diesen Antoine. »Vor ein paar Wochen waren wir in Paris und sind mit der Metro gefahren«, fuhr Marine fort. »Die meisten Leute haben auf ihre Smartphones gestarrt, kaum jemand las. Antoine gefiel das überhaupt nicht. Als wir schließlich jemanden sahen, der ein Buch las, war es ...«

»... eine Frau in gewissem Alter«, warf Michèle ein.

»Stimmt«, bestätigte Marine. »Und sie hat ein Buch von Ihnen gelesen. Antoine machte eine abfällige Bemerkung, aber ich habe Ihre Bücher verteidigt, denn ich sehe es lieber, wenn jemand überhaupt liest, als wenn gar nicht gelesen wird.«

»Eine merkwürdige Logik«, sagte ich. »Das ist, als setzte man Studenten in einem Lyrik-Seminar die Texte von ABBA-Songs vor.«

»Halt die Klappe, Valère, du Einfaltspinsel«, knurrte Michèle.

»Wenn Sie erlauben«, sagte Marine, »denke ich, viele Leute, darunter auch ich, haben bei Frauenromanen das Problem, dass es immer ein Happy End geben muss. Das weckt bei Frauen doch unrealistische Erwartungen.«

»Aber meine Bücher sind keine Schnulzen, in denen ein superreicher Mann einer Gouvernante oder Sekretärin begegnet, sie können sich gegenseitig nicht ausstehen, aber am Ende des Buches liegen sie sich in den Armen«, erklärte Michèle. »Diese Art Bücher hat übrigens Jane Austen erfunden. Die Heldinnen meiner Romane haben ungewöhnliche Berufe und wollen unter Umständen am Ende gar nicht geheiratet werden. Außerdem denke ich, Frauen sind klug genug, um den Unterschied zwischen Realität und Roman zu kennen.«

»Verbreitet ist auch die Annahme, dass ein Buch mit Happy End ein Leichtgewicht und eines mit tragischem Ausgang bedeutsamer sei«, sagte ich.

»Jetzt faselst du endlich keinen Unsinn mehr«, sagte Michèle.

»Meine leichteren Bücher waren Bestseller, wurden aber von den Kritikern verrissen. Meine früheren mit düsterer Handlung haben sämtliche Literaturpreise gewonnen«, fuhr ich fort.

»Außer dem Nobelpreis«, erklärte Michèle.

»Den reserviere ich für mein nächstes Opus«, gab ich mit einem Grinsen zurück.

»Seit Jahren hast du nichts mehr geschrieben«, sagte sie. »Du bist leer …«

»Zeit für den Nachtisch!«, rief da Hélène und erhob sich. »Léa und ich haben heute Morgen auf dem Markt Erdbeeren gekauft.« Sie schaute zu ihrer Tochter hinüber, die unser Geplänkel inzwischen langweilig fand und mit Charlotte in ein Spiel vertieft war.

»Das führe ich Ihnen, Justin, jetzt gleich mal vor. Strecken Sie Ihren Arm aus und fassen Sie mich am Kinn an, ich tue das

Gleiche bei ihnen. Ich singe den Kinderreim, und wer zuerst lacht, hat verloren. Meine Stimme müssen Sie schon entschuldigen.

›Ich halt dich, du hältst mich
fest gepackt am Kinn.
Wer von uns als Erster lacht,
kriegt 'ne Schelle 'rin.‹

Das war schlecht, Justin. Sie haben nur zwei Verse lang durchgehalten. Außerdem haben Sie den Wein über den ganzen Tisch geprustet.«

Léa hat erst nach zehn Runden verloren, aber Charlotte war eine Meisterin des Pokerface. Als das Spiel entschieden war, wandte sich Michèle mir zu und sagte: »Weißt du noch, dass wir das als Kinder auch gespielt haben, Valère? Sie streckte den Arm aus, griff nach meinem Kinn und fügte hinzu: »Nun habe dich doch gekriegt, oder?«

Ich bin noch nicht darauf eingegangen, weshalb Michèle gekommen war und was sie gegen mich in der Hand hatte. Sie werden es bald wissen, vielleicht noch vor dem Dessert. Wir verließen die Pauliks kurz vor Mitternacht. Beim Licht einer Taschenlampe gingen Michèle und ich den Weg zur Bastide zurück. Dabei hörten wir alle möglichen Geräusche: Eine Eule ließ ihren Ruf ertönen, und ein Zweig knackte. Michèle packte mich beim Arm und sagte: »Tut mir leid, Valère, aber dein neues Haus macht mir Gänsehaut.«

»Es ist ein bisschen unheimlich bei Nacht«, erwiderte ich. »Da die verdammten Zikaden abends zu sägen aufhören, klingen alle anderen Geräusche wie verstärkt.«

»Nein«, widersprach sie, »das ist es nicht. Schließlich hat auch der Taxifahrer sich bekreuzigt, als er auf dein Grundstück fahren sollte.«

Ich lachte abfällig. »Nichts weiter als provenzalischer Aberglaube.« Das meinte ich wirklich. »Wer weiß, was …«

Da knackte es wieder, und Michèle drückte sich noch enger an mich. Sie schaute sich ängstlich um und zerrte mich vorwärts. »Komm schneller«, sagte sie, »da ist jemand hinter uns.«

»Spiel nicht verrückt«, sagte ich. Auch das meinte ich ernst. Sie ging mir auf die Nerven. »Du schreibst Romane. Da gehört es dazu, dass du dir Dinge zusammenphantasierst und dich von einem jahrhundertealten Haus beeindrucken lässt.«

»Jahrhundertealte Häuser sind mir nicht fremd«, gab sie zurück und lief immer schneller. »Ich besitze eins an der Loire, das unter Ludwig XV. erbaut wurde. Aber das hat ein gutes Karma!«

Sobald wir die Haustür erreicht hatten, riss sie mir fast die Schlüssel aus der Hand. »Trödele doch nicht so, Valère! Du warst schon immer langsam!«

Als wir endlich in der Diele standen, holten wir erst einmal tief Luft. Ich demonstrierte ihr, wie gut die Tür gesichert war – mit drei Schlössern, die ich, eins nach dem anderen, mit Schwung verschloss. »In Ordnung?«, fragte ich.

»Jetzt habe ich einen Schlaftrunk nötig«, stammelte sie und lehnte sich gegen das Treppengeländer.

»Nimm dir, was du brauchst«, sagte ich. »Sandrine hat den Getränkewagen in den großen Salon gestellt.«

»Leistest du mir nicht Gesellschaft?«

»Nein. Ich bin todmüde. Trink, was du möchtest, wir sehen uns morgen früh.«

Nur mit Mühe zog ich mich am Geländer die Treppe hoch. Mit finsterem Blick maß ich die Dame in Pink, der es solches Vergnügen zu bereiten schien, mich und die bunte Schar zu beobachten, die in meinem Haus ein und aus ging. Ich putzte die Zähne und schlüpfte in den Pyjama. Nach Lesen war mir nicht zumute. Doch zum ersten Mal seit mehreren Tagen hatte ich keine Angst vor dem Einschlafen. Sandrines Hysterieanfall im Keller und soeben Michèles Marathonlauf durch die Weingärten hatten mir bewusst gemacht, wie lächerlich wir uns allmählich benahmen. Dies war ein altes Haus auf dem Lande wie das der Pauliks, und ich hätte ein Vermögen gewettet, dass die alle drei längst fest schliefen, ohne sich von irgendwelchen Erscheinungen stören zu lassen. Ich löschte das Licht und nahm nur noch vage wahr, wie Michèle im Erdgeschoss umherging und offenbar mit sich selbst redete. Stimmen und Gespräche in meinem Kopf wiegten mich in den Schlaf. Das geht vielen Autoren so. Oft sind es Dialoge, die einen noch beschäftigen; die Personen eines neuen Buches geben nie Ruhe. Aber da ich im Moment an nichts arbeitete, hörte ich die Stimmen der Pauliks, der Kinder, Marine Bonnets, meine eigene und die Michèles. Und natürlich Sandrines Spruch: »Ich traue ihr nicht.« Auch das – wie die Worte des Taxifahrers – pure Phantasie, ein provenzalischer Aberglaube.

Ich erinnere mich nicht daran, wie ich eingeschlafen bin – wer kann das schon? Aber durchaus, wie ich erwachte. Das werde ich nie vergessen. Ich wachte mit dem deutlichen Eindruck auf, dass feuchte Lippen etwas in mein rechtes Ohr flüsterten. Sie sprachen eine ganze Weile sehr schnell und mit großem Nachdruck. Ich konnte nicht einmal sagen, welche Sprache es war. Französisch? Oder Englisch? Ich lag starr da. Dann verstummte die Stimme, und auch das Gefühl von Feuchtigkeit an meinem Ohr war fort. »Michèle?«, flüsterte ich. Ich hatte das Laken fest bis zum Kinn hochgezogen, und mein Herz schlug heftig gegen die Pyjamajacke. Ich schloss die Augen und muss wieder eingeschlafen sein, denn später wachte ich erneut mit dem deutlichen Gefühl auf, jemand hätte seine Hand auf meine rechte Schulter gelegt. Diesmal sprang ich auf und rannte aus dem Zimmer.

Da stand ich nun keuchend am oberen Ende der Treppe. Ich schaltete das Licht ein, lief den Gang entlang zu Michèles Zimmer und riss die Tür auf. Ihr Bett war leer und noch nicht angerührt. »Michèle!«, rief ich. »Ich weiß, dass du das warst!«

Ich lief die Stufen hinab und wandte mich unten nach rechts zum großen Salon. Da lag Michèle über die Couch hingestreckt, eine halb leere Flasche sechzehn Jahre alten Lagavulin auf dem Fußboden neben ihr. Spielte sie mir etwas vor, Justin? Wenn ja, dann imitierte sie das Schnarchen ziemlich gut. Mit dem Geräusch hätte sie jedes Gespenst aufgeweckt, wenn es die im Hause gab! Ich legte eine kleine Mohair-Decke über sie, goss mir ein Glas von dem Whisky ein und ging damit in mein Arbeitszimmer, wo ich den Rest der Nacht auf der Liege von Mies van der Rohe lesend verbrachte. Immer wieder musste ich mein rechtes Ohr reiben, um jenes unangenehme Gefühl von etwas Feuchtem loszuwerden.

9. Kapitel

Aix-en-Provence, Dienstag, 6. Juli 2010

»Es ist ja unglaublich, dass du Valère Barbier zu meinem Zigarrenklub eingeladen hast!«, rief Verlaque Marine vom Schlafzimmer aus zu. Er wollte noch ein wenig in einem Gedichtband lesen, bevor sie das Licht löschten. Kopfschmerzen quälten ihn. Fabrice und Julien hatten den ganzen Abend über das künftige Domizil des Klubs gestritten, jeder die Anforderungen und Entscheidungen des anderen infrage gestellt. Dabei waren sie beste Freunde. Zu viert hatten Fabrice, Julien, Jean-Marc und Verlaque zusammen mit einem sehr geduldigen jungen Makler drei Wohnungen besichtigt, die der nach den Bedürfnissen des Klubs sorgfältig ausgewählt hatte. Das waren: eine große Küche und ein Speisezimmer mit Platz für mindestens sechzehn Mitglieder, ein entsprechendes Bad, eine Terrasse und ein Salon. Fabrice bestand darauf, der Salon müsse groß genug sein, dass jedes Mitglied oder fast jedes dort in einem eigenen ledernen Klubsessel Platz nehmen konnte. Julien und Verlaque hielten das für unmöglich, wenn nicht sogar lächerlich. Jean-Marc, diplomatisch wie immer, mühte sich, die streitenden Seiten zusammenzubringen.

»Danke«, antwortete Marine aus dem Bad. »War das nicht eine tolle Idee?!«

»Überhaupt nicht!«, gab Verlaque zurück. »Wie du weißt, trifft sich der Klub schon morgen Abend, und ich muss erst alle anderen fragen, ob ich einen Gast mitbringen darf. Dafür brauche ich ihre Zustimmung.«

»Wer soll denn etwas gegen Valère Barbier haben?« Marine war inzwischen mit dem Zähneputzen fertig, gurgelte und spuckte das Wasser ins Becken.

»Darum geht es nicht!«, rief Verlaque. »Selbst wenn es Queen Elizabeth oder Winston Churchill – zurück von den Toten – wäre, ich könnte auch sie nicht ohne das Einverständnis der anderen einladen.«

Marine lachte hinter der Badezimmertür. »Jetzt hör aber auf!«, rief sie. »Man könnte ja denken, ihr wärt eine Geheimorganisation wie die CIA oder der MI6!«

»Ich höre dich nicht!«, kam es von Verlaque. »Was hast du gesagt?«

»Ach, nichts.« Marine schlüpfte in ihr Schlafgewand.

»Das brauchst du nicht«, meinte Verlaque. »Hier drin ist es heißer als in der Hölle. Eine Stadtwohnung im vierten Stock, und das im Juli …« Wenn gegen seine Kopfschmerzen Gedichte schon nicht halfen, vielleicht ein bisschen …

Jetzt kam Marine aus dem Bad in einem langen baumwollenen Nachthemd, über der Brust in großen blauen Lettern der Aufdruck: *Bonne Nuit*.

»Gute Nacht?«, fragte Verlaque. »Nicht gerade der Aufzug, in dem du mir am besten gefällst. Ich nehme an, du willst mir sagen, dass du zu müde bist für ein bisschen Liebe?«

»Danach ist mir jetzt nicht gerade«, bekannte Marine.

»Schade«, sagte Verlaque, als Marine ins Bett kam. Er küsste sie auf die Stirn und nahm ihre Hand. »Ich hoffe, du hattest einen lustigen Abend.«

»Ja, mit allen möglichen Überraschungen. Der Höhepunkt war ein Essen bei den Pauliks mit Rosalie di Santi.«

Verlaque schaute sie verdutzt an. »Rosalie di Santi? In echt?«

Marine musste lachen. »In Glanz und Gloria.«

»Wie ist sie denn so?«

»Ziemlich drollig«, antwortete Marine. »Wir hatten eine sehr interessante Diskussion über das Verhältnis von Form und Inhalt beim Schreiben …«

»Das klingt spannender als der Streit von Julien und Fabrice, ob wir für den Klub zwei Herde oder einen, Gas oder Induktionskochfeld brauchen …«

»Was seid ihr doch für verwöhnte Kerle! So viele Menschen auf der Welt haben nicht mal sauberes Wasser.«

»Das ist jetzt aber etwas daneben.«

»Ich weiß«, sagte Marine. »Ich mag euren Zigarrenklub, deshalb dachte ich ja, dass er auch für Valère das Richtige wäre.«

»Ich rufe morgen Fabrice an. Er ist der Präsident.«

Marine hatte bereits die Augen geschlossen, und Antoine war nicht sicher, ob sie ihn noch hörte. Doch sie öffnete sie und nahm den Faden wieder auf. »Wenn ich es recht bedenke, dann war Rosalie – ihr richtiger Name ist übrigens Michèle – sehr extrovertiert. Aber es wirkte irgendwie gespielt, als ob sie uns aus einem bestimmten Grund unterhalten und für sich einnehmen wollte. Als steckte eine verborgene Absicht dahinter …«

Verlaque lächelte. »Marine Bonnet macht niemand etwas vor.«

Marine zog das Laken bis zu den Schultern hoch und wandte sich ihrem Mann zu. »Offenbar läuft zwischen Valère und Michèle eine ewig lange Geschichte … Ich habe das Gefühl, da ist nicht alles sauber.« Sie gähnte und sagte: »Michèle ist ihn ziemlich aggressiv angegangen.«

»Der arme Valère«, meinte Verlaque.

»Ergreifst du schon Partei?«, fragte Marine mit einem Lächeln.

»Ich würde jeden verteidigen, der *Rote Erde* geschrieben hat.«

»Ich auch. Aber vielleicht lassen wir uns zu sehr von unserem literarischen Geschmack leiten. Kann sein, dass Valère es verdient, wie sie ihn behandelt. Wer weiß, was zwischen ihnen gewesen ist? Außerdem hat Valère eine Schwäche für Frauen.«

»Wirklich?«, fragte Verlaque. »Hat er dich angemacht? Ich bin sicher, dass du dich deiner Haut wehren kannst.«

»Nicht direkt angemacht«, antwortete Marine nachdenklich. »Aber er ist ein Mann, der eine Frau immer mit einer gewissen Absicht anschaut, die für die Betroffene unmissverständlich ist.«

»Einen schönen Tag mit deinen beiden großen Philosophen«, rief Verlaque Marine zu, bevor er die Wohnungstür schloss. Draußen auf der Rue Adanson fühlte er sich so unbeschwert, dass er fast körperlich spüren konnte, wie sich sein Herz bei jedem Schlag weitete und zusammenzog. So viele Jahre hatte er als griesgrämiger Junggeselle verbracht, und auf einmal war er mit einer Frau verheiratet, die ihn in jeder Minute glücklich machte. Er war realistisch genug, zu wissen, dass diese Ehe nicht ewig so federleicht sein würde – die seiner Eltern war eine Katastrophe gewesen –, aber für den Augenblick wollte er die Wärme des frisch erworbenen Hochgefühls genießen. »Glück«, sagte er laut vor sich hin.

Bis er den Justizpalast erreicht hatte, spürte er Hunger, obwohl Marine ihn gezwungen hatte, zum Frühstück Müsli zu essen (mit Milch, denn mit Joghurt, wie sie es wollte, wäre es ihm gar zu gesund vorgekommen). Er durchquerte den riesigen zentralen Hof mit einer Statue von Honoré-Gabriel Riqueti Mirabeau persönlich in der Mitte. Da stand er, der große Redner, Politiker, Mäzen und Schürzenjäger, und wies mit der Hand auf die Fenster des Gebäudes, hinter denen sich ausgerechnet die Toiletten befanden. Verlaque nickte Mirabeau zu und lief die Treppe zu seinem Büro hinauf, wo, wie er wusste, seine perfekt gestylte Sekretärin Mme Girard bereits mit einem Stapel Papiere auf ihn wartete, die er durchzusehen und abzuzeichnen hatte.

»*Bonjour*, Mme Girard«, sagte er, als er die wie immer frisch frisierte Sechzigjährige mit der Dokumentenmappe auf sich zukommen sah. Ihre gesunde Bräune erinnerte ihn daran, dass sie gerade von einem Urlaub in der Karibik zurück war, aber er hatte vergessen, wo. Tropische Inseln interessierten ihn nicht, von Kuba abgesehen.

»Bonjour, Monsieur le Juge«, antwortete sie, bemüht, nicht auf den Bauch des Richters zu schauen, der, so meinte sie, mit jedem Tag wuchs. »Der Kommissar ist schon unterwegs zu Ihnen.« Sie übergab ihm die Papiere und deutete fast einen kleinen Knicks an, bevor sie an ihren Schreibtisch zurückging.

»Danke«, erwiderte er, nahm die Mappe entgegen und lächelte ihr freundlicher zu, als es nötig gewesen wäre. Er ging in sein Büro und ließ die Tür für Bruno Paulik offen stehen. Er schaltete die Espressomaschine ein und nahm dann an seinem Schreibtisch mit gläserner Tischplatte Platz. Als er hier einzog, hatte er seine eigenen Möbel mitgebracht. Er wusste, dass dies einer der vielen Gründe war, weshalb Kollegen im Justizpalast ihn für einen Snob hielten. Der Füllfederhalter seines Großvaters und ein altertümliches Tintenfass gehörten auch dazu.

»Poch, poch«, sagte Paulik und trat ein.

»Guten Morgen!«, rief Verlaque ihm zu und schaute auf. Er sah, dass der Kommissar eine kleine Tüte bei sich hatte. »Brioches von Michaud?«

»Eine für jeden«, antwortete Paulik und legte die Tüte auf den Schreibtisch. »Ich mache den Kaffee.«

»Die Maschine müsste schon heiß sein«, sagte Verlaque. »Was steht heute an? Außer dem üblichen Papierkram und dem hoch spannenden Fall von Unterschlagung durch die Bürgermeisterin. Bei dem es um Flyer ging, stimmt's?«

»Und Plakate.«

»Wie das?«

»Die Werbefirma erhielt auch Zahlungen für Plakate«, erläuterte Paulik. Er war gerade in die Hocke gegangen und sah zu, wie der dünne Strahl Espresso in ein Porzellantässchen lief. »Die großen Plakate, die man an Bushaltestellen aufhängt.«

»Setzen Sie sich, damit wir das zusammen durchgehen können«, bat Verlaque, öffnete die Tüte von Aix' bester Konditorei und nahm eine glasierte Brioche heraus. Die war so frisch, dass er den weichen Teig beinahe zwischen den Fingern zerdrückt hätte.

Paulik brachte die Espressos und nahm Platz. »Also, Yvette Tamain –«

»Wie lange ist sie eigentlich schon Bürgermeisterin von Aix?«

»Dreiundzwanzig Jahre.« Paulik biss in seine Brioche. »Ihre jetzige Amtszeit endet nächstes Jahr. Sie und ihre Partei haben kürzlich einer Werbefirma namens AixCom den Auftrag erteilt, Flyer und Plakate herzustellen, mit denen die neuen Buslinien in der Stadt erklärt werden. Die Firma verlangte dafür 250 000 Euro, der Auftrag soll aber nur 40 000 Euro gekostet haben. Die Differenz ist einer Praktikantin im städtischen Finanzamt aufgefallen.«

»Unglaublich«, bemerkte Verlaque. »Beifall für die Praktikantin, aber nicht für die fehlenden 210 000 Euro öffentlicher Gelder. Die Verantwortlichen werden befragt, und eine offizielle Ermittlung wird eröffnet. Hat die Praktikantin genug Beweise?«

Paulik nickte. »Auf jeden Fall. Sie meint sogar, sie kann das Geld bis zur Vorbereitung der nächsten Wahlkampagne von Mme Tamain verfolgen. Sie und ihre Helfershelfer haben in einem Fünfsternehotel von Saint-Tropez ein langes Wochenende verbracht.«

»Wer steckt noch mit drin?«

»Ihr Wahlkampfleiter Damien Pacaud und der Chef von AixCom, Gilles Gavotto. Nach diesem Auftrag durfte AixCom auch noch für das Opernfestival und eine Recycling-Kampagne werben.«

»Als Lohn dafür, dass sie mitgespielt haben«, meinte Verlaque. »Das wird kein freundliches Gespräch. Mme Tamain und ich haben uns noch nie gemocht.« Er lehnte sich zurück und seufzte. »Warum bekommen immer die Kollegen in Nizza die interessanten Fälle?«

Paulik lachte. »Meinen Sie die Entführung der Millionenerbin? Davon habe ich heute Morgen in *Le Monde* gelesen.«

»Haben Sie gelesen, was für eine illustre Entführertruppe da am Werke war?«

»Danach könnte man glatt einen Hollywood-Film drehen«, meinte Paulik. »Ein Sternekoch im Ruhestand, ein Hotelmanager, ein verkrachter Paparazzo und ein ehemaliger Boxchampion aus der Ukraine.«

»Erst einmal soll die Praktikantin mit ihren Papieren kommen«, bat Verlaque. »Ich möchte, dass sie mir alles vorlegt, bevor wir Mme Tamain vorladen.«

Paulik stand auf und verließ das Büro. Noch im Gehen zückte er sein Smartphone. Mme Girard stand schon wieder an Verlaques Tür. Als sie die leere Michaud-Tüte auf dem Schreibtisch erblickte, schaute sie weg. »Ich habe einen Richter im Ruhestand für Sie in der Leitung, *Monsieur le Juge*. Sein Name ist Daniel de Rudder. Ich wollte eine Nachricht für Sie aufnehmen, da sah ich den Kommissar herauskommen.«

»Oh! De Rudder war einer meiner Professoren in Bordeaux«, antwortete Verlaque. »Stellen Sie durch.«

»Hallo?«, sprach Verlaque ins Telefon. »Richter de Rudder?«

»Der eine und einzige«, antwortete der Richter und bekam einen Hustenanfall. Verlaque hielt den Hörer weit von sich weg und überlegte, wie alt de Rudder jetzt wohl war. Bestimmt um die achtzig. »Entschuldigung«, fuhr de Rudder fort. »Aber mit achtundachtzig kann so etwas schon mal passieren.«

Verlaque wunderte sich über seinen Irrtum. »Wie schön, von Ihnen zu hören! Wo leben Sie jetzt? Immer noch in Arcachon?«

»Ja, ich sitze hier mit einem wollenen Plaid über den Beinen wie ein Tattergreis und schaue auf den spiegelglatten grauen Ozean hinaus. Meine Schwiegertochter, Krankenschwester im Ruhestand, versorgt mich mit Tee. Den ganzen Tag lang. Dabei hasse ich Tee. Erinnern Sie sich an Schwester Ratched aus *Einer flog über das Kuckucksnest*?«

Verlaque lachte. »Sie leben also bei Ihrem Sohn? Das freut mich.«

»Ja, mir Kinder zuzulegen war das Beste, was ich im Leben vollbracht habe«, antwortete de Rudder. »Vor allem jetzt, da sie sich um mich kümmern.« Er lachte und bekam prompt einen neuen Hustenanfall. »Ich habe gehört, auch Sie sind endlich sesshaft geworden. Darf ich Ihnen dazu gratulieren? Marine Bonnet ist eine wunderbare Frau.«

»Sie kennen sie?«

»Nein, aber ich habe ihre Artikel in juristischen Zeitschriften gelesen«, antwortete de Rudder. »Wenigstens das. Doch inzwischen erschöpft mich auch das Lesen sehr. Ich bewältige gerade noch *Tim und Struppi*.«

Wieder musste Verlaque lachen, denn er konnte einfach nicht glauben, dass Daniel de Rudder, der Meistersegler, allseits beliebte Professor und später gefürchtete Richter, jetzt nur noch auf den Ozean schaute und in Comics blätterte. »Sie wundern sich vielleicht, dass ich Sie so ohne Ankündigung überfalle«, sagte de Rudder.

»Darüber wundere ich mich in der Tat.«

»Ich habe gehört, dass Valère Barbier jetzt in Aix lebt.«

»Welch ein Zufall! Marine hat gestern im Haus von Freunden mit ihm zu Abend gegessen.«

Wenn das de Rudder beeindruckte, dann behielt er es für sich. »Schwester Ratched hilft mir dabei, meine Sachen zu ordnen. Wir gehen gerade alte Dokumente durch. Gestern Abend bin ich viel zu lange aufgeblieben, weil ich auf mein Tagebuch aus der Zeit gestoßen bin, da Agathe Barbier ertrank.«

Verlaque nickte langsam. »Stimmt, Sie haben damals die Ermittlungen geleitet …«

»Ja, meine Frau hatte die verrückte Idee, nach Cannes zu ziehen, um ab und zu etwas blauen Himmel zu sehen. Doch es hat uns nicht gefallen. Wir haben nur zwei Jahre an der Côte d'Azur verbracht, aber just zu der Zeit, da Agathe Barbier ihren Unfall hatte. Ein paar Dinge an dem Fall beschäftigen mich noch heute …«

Drei Stunden später schloss Verlaque die Tür seines Büros und ging Mittag essen. Er hatte noch über zwanzig Minuten lang mit Daniel de Rudder telefoniert, über Freunde und das Wetter gesprochen. De Rudder hatte zugesagt, Verlaque Dokumente zu Agathe Barbiers Fall zu schicken. Verlaque konnte sich richtig vorstellen, wie der alte Richter in seinem Korbstuhl saß, den Stoß Papiere mit seinen von Altersflecken bedeckten, zitternden Händen zusammenschnürte und die den Tee liebende Schwiegertochter ihm von der Tür her dabei zusah.

Als Verlaque in die Mittagshitze hinaustrat, unsicher, wohin er sich wenden sollte, blinzelte er der Mirabeau-Statue zu. Wie konnte ein Mann mit Klumpfuß, riesigen Zahnlücken und einem Wasserkopf ein Ladykiller gewesen sein? Er zückte sein Smartphone und rief Marine an. Ob sie zu Hause war? Aber er erreichte nur den Anrufbeantworter. Wahrscheinlich saß sie in der Bibliothek oder aß irgendwo mit Freunden. Marine schien halb Aix zu kennen.

Und so hielt er es wie immer, wenn er keine Pläne für das Mittagessen hatte. Er schlenderte durch die Straßen. Das machte in Aix nicht so viel Spaß wie in Paris, als er ein Teenager gewesen war. Sein Vater hatte damals einmal im Scherz zu einem Freund gesagt, Antoine werde wohl seinen Doktor im Flanieren machen. In jenen Tagen brachte er es fertig, das Haus der Familie im 1. Arrondissement morgens zu verlassen, den Montmartre hinaufzusteigen, dann wieder hinunterzugehen, den Fluss zu überqueren und in einem Café am linken Seineufer Mittag zu essen. Den Montmartre würde er heute wohl nicht mehr erklimmen, aber durchaus bergab trudeln, wenn ihn unten ein gutes Essen erwartete. Aix hingegen hielt immer noch Überraschungen für ihn bereit, so klein die Stadt im Vergleich zu Paris auch war. Sie hütete viele Geheimnisse, kleine Kostbarkeiten, die sie zwischen den goldfarbenen Steinen verbarg – Mythen, Geschichten, Hoffnungen und Wünsche, die seine Bewohner seit Jahrhunderten bewahrten.

Die bevorstehende Ermittlung gegen die Bürgermeisterin fand Verlaque öde und deprimierend. Die Hände in den Hosentaschen, schlenderte er die Rue Mignet hinauf und summte einen Van-Morrison-Song vor sich hin. *Caravan* hieß der wohl. Seine Großeltern väterlicherseits, Emmeline und Charles, legten die Platte immer auf, wenn sie einen Tag lang im Garten gearbeitet und sich zur Belohnung einen Aperitif eingeschenkt hatten – einen Pimm's-Likör für Emmeline, die in London geboren war und an englischen Traditionen festhielt, und einen billigen Whisky, mit Wasser verdünnt, für Charles. Emmeline sang mit, und Verlaques Großvater neckte sie. Aquarelle malen konnte sie wesentlich besser als singen.

Vor der Nr. 9 blieb er stehen, weil er auf ein Paar aufmerksam wurde, das in erregtem Gespräch aus der Tür des Hauses trat. »Da schau her! Das war ja toll!«, rief die Frau und drückte den Arm ihres Partners. »Stimmt! Und so ausgefallen!«, antwortete der und schaute noch einmal durch die offene Tür zurück. Das Wort »ausgefallen« erregte Verlaques Neugier, und so fragte er das Paar, was sich in dem Haus befinde, denn es gab kein Schild an der Tür. »Ein höchst überraschendes Geschäft!«, antworteten die beiden wie aus einem Mund. Er dankte ihnen, öffnete seinerseits die Tür und ging hinein.

Zuerst kam ein feuchter Gang, in dem angenehme Kühle

herrschte. Als sich seine Augen nach der hellen Sonne an das dämmrige Licht gewöhnt hatten, sah er Dutzende von Metallgegenständen an den Wänden zu beiden Seiten des Ganges hängen. Leise Musik war zu hören, und am Ende winkte das Grün eines Gartens. Als er näher kam, sah er, dass es Bambus war, der den Hof von einem Privatgarten trennte. Auf kleinen Holztischen und Stühlen waren weitere schmiedeeiserne Gegenstände ausgelegt. Da trat auch schon ein Mann mittleren Alters mit Spitzbart aus einem Verschlag und wischte sich die Hände an der dicken grauen Schürze eines Schmiedes ab. *»Bonjour«*, sagte er.

»Bonjour«, erwiderte Verlaque und blickte sich staunend um. »Da lebe ich nun schon so viele Jahre in Aix, aber ich habe nicht gewusst …«

»Tja«, ließ der Handwerker hören, »das hier kennen nicht viele. Ich mache keine Werbung.« Er hatte einen leichten spanischen Akzent.

»Sie sind Schmied?«

»Ja. Ich habe diese Dinge hergestellt, und ich übernehme auch Aufträge für größere Objekte. Möbel, Tore oder Ähnliches.«

Verlaque sah Kandelaber, Dreifüße und Kamingerät. All das interessierte ihn nicht besonders, aber ein Tor für ihr künftiges Landhaus würde er schon gebrauchen können.

»Ich komme wieder und bringe meine Frau mit.«

»Das sollte mich freuen.«

Er wandte sich zum Gehen, als er in einer Ecke ein wackliges hölzernes Bücherregal entdeckte. »Gebrauchte Bücher?«

»Ja, ich habe zu viele davon. Hin und wieder verkaufe ich ein paar.«

Als Verlaque sah, dass viele Einbände alt waren, beugte er sich nieder und drehte den Kopf zur Seite, um die Titel zu lesen. Dieser Laden und sein Eigentümer waren in der Tat außergewöhnlich: ein Schmied und Bücherfreund. Am Ende eines engen Ganges in Aix. Hinter einer neutralen Tür. Und dann sah er es: *Rote Erde*. Er hatte keine Ahnung, wo sich sein Exemplar befand. In seiner Wohnung bestimmt nicht. Sicher in einer Kiste in Paris. Er sah, dass es eine alte leinengebundene Ausgabe war. Die zog er heraus und schaute nach dem Erscheinungsjahr: 1975. Es war eine Erstausgabe, und unter dem Verlagsnamen prangte, mit Schwung und schwarzer Tinte geschrieben, der Name des Verfassers Valère Barbier. »Was soll das kosten?«, fragte Verlaque und hielt das Buch hoch. Er hoffte, dass man ihm seine Erregung nicht anmerkte.

Der Schmied lächelte. »Das ist eine signierte Erstausgabe.«

»In der Tat«, stimmte Verlaque lachend zu.

»Ich brauche das Geld. Für fünfzig Euro gehört es Ihnen.«

»Einverstanden«, sagte Verlaque und zückte seine Brieftasche, froh, dass er an diesem Morgen am Bankautomaten gewesen war. Ein wunderbares Geschenk für Marine, und er selbst konnte es an diesem Abend sogar M. Barbier zeigen, der über Bruno Paulik hatte mitteilen lassen, dass er die Einladung zum Zigarrenklub dankend annehme. Verlaque schlug die letzte Seite auf, weil er noch einmal die Worte lesen wollte, die ihn als Teenager so beeindruckt hatten, den Wanderer durch Paris, der noch so herrlich ahnungslos von dem Leben war, das ihn erwartete.

10. Kapitel

New York City, 22. September 2010

»Können Sie in Ihrer Geschichte noch einmal ein paar Schritte zurückgehen?«, bat Justin nach kurzem Zögern und richtete sich auf, damit der Kellner ihm die Lammmedaillons servieren konnte.

»Bis wohin?«, fragte Valère, der sich bereits über das Lamm hermachte.

»Bis an den Punkt, da Michèles Taxifahrer sich vor der Einfahrt auf Ihr Grundstück bekreuzigte.« Justin schnitt sorgfältig ein Stückchen von dem Lammfleisch ab und tunkte es in die tiefrote Jus. Er konnte immer noch nicht glauben, dass er in diesem Restaurant beim Essen saß und diese Geschichten aus Valère Barbiers eigenem Mund hörte. Vom Kommen und Gehen der Bedienung einschließlich der sehr diskreten Sommelière einmal abgesehen, kam sich Justin wie in einer Blase allein mit Barbier vor. Er hatte keine Ahnung, ob das Restaurant leer oder gut gefüllt war und wie lange sie schon hier saßen. Zwar trug er eine Armbanduhr, aber er traute sich nicht, nach der Zeit zu schauen, um nicht unhöflich oder gelangweilt zu wirken.

»Sind Sie auch abergläubisch?«

»Ich bin Amerikaner mit chinesischen Wurzeln und natürlich abergläubisch.«

Valère lachte, griff nach seinem Weinglas und nahm einen für Justins Geschmack etwas zu großen Schluck. »Gut gewählt, dieser Châteauneuf-du-Pape.«

»Danke.«

Valère tupfte sich den Mund ab und fuhr fort:

Am nächsten Morgen erschien Sandrine, wie ich gehofft hatte. Trotz ihrer Drohung, denn sie ist eine gewissenhafte Arbeiterin. Außerdem hatte ich ihr indirekt angekündigt, sie zu feuern, sollte sie nicht kommen. Schauen Sie mich nicht so an, Justin. Ich hatte keine Wahl: Ich brauchte Sandrine. Es gab noch so viel zu tun, und, ja, ich wollte nicht mit Michèle allein in dem Haus sein. Während Sandrine den Kaffee bereitete, musste ich ständig gähnen. Als sie mir dann meine Schale Café au Lait zuschob, sagte ich: »Ich danke Ihnen, Sandrine«, und schaute ihr dabei tief in die Augen. »Danke für alles.« Das waren meine Worte.

Sie lächelte, denn sie verstand, dass das eine Entschuldigung sein sollte. »Ich lasse Sie nicht im Stich, M. Barbier.« Genau das hat sie gesagt. Ob sie spürte, was bei mir im Gange war? Ob sie etwas von den nächtlichen Erscheinungen ahnte? Michèle im großen Salon konnte man bis in die Küche schnarchen hören. Daher glaubte ich, dies sei der richtige Moment, um Sandrine einzuweihen. Sie muss sich doch gefragt haben, warum ich morgens immer so müde war. »Sandrine, dieses Haus, bei Nacht ...«

Sie hörte auf, Butter auf ein Baguette zu streichen, legte das Messer hin und schaute mich voll an. »Ja?«

Ich rieb mein Gesicht mit den Händen und hoffte, was ich ihr sagen wollte, werde nicht vollkommen irrsinnig klingen. Ich schreibe zwar Romane, weiß aber, dass es keine Gespenster gibt. »In diesem Haus ist noch jemand«, begann ich. »Diese Person, oder wer immer das ist, zieht an meiner Bettdecke, geht im Haus umher, und letzte Nacht hat sie mir beim Schlafen ins Ohr geflüstert.«

Sandrine zog eine Augenbraue hoch und begann Aprikosenkonfitüre auf das Baguette zu streichen. Sie reichte es mir und sagte: »Das überrascht mich nicht.«

»Was? Sie glauben doch nicht, ich sei verrückt geworden?«

Sie zuckte die Achseln. »Erinnern Sie sich, was mir im Keller zugestoßen ist, M. Barbier? Außerdem wird auch im Dorf über diesen Ort geredet …«

»Tatsächlich?«

»Ja. Gérald wollte gar nicht glauben, dass ich hier eine Arbeit angenommen habe.«

»Wer in aller Welt ist Gérald?«

»Der Automechaniker, der Clochette repariert hat.« Also, Justin, Sandrine hat die ärgerliche Angewohnheit, einem ein paar Worte hinzuwerfen und zu glauben, dass man sofort versteht, was sie meint. Das ist natürlich nicht der Fall, und wenn man sie bittet, es zu erklären, dann wird man behandelt wie ein bisschen blöd. »Was hat dieser Gérald gesagt?«

Sie beugte sich mir zu und flüsterte: »Gérald behauptet, dass es in der Bastide Blanche spukt, und das sei schon immer so gewesen.«

»Als ich gesagt habe, jemand hätte an meiner Bettdecke gezogen, habe ich einen lebendigen Menschen gemeint«, sagte ich. Dann stand ich auf, um uns beiden noch etwas Kaffee zu holen.

»Ich habe Gérald gebeten, mir mehr zu erzählen«, sagte Sandrine, die meine Bemerkung ignorierte. »Aber er weiß nicht, wann und wieso die Bastide Blanche ins Gerede gekommen ist.«

Als in der Diele ein Geräusch zu hören war, fuhren wir beide herum. In der Küchentür stand Michèle. »Ich habe die schlimmsten Kopfschmerzen der Welt«, brummte sie.

Sandrine konnte sich ein Lächeln nicht verkneifen, als sie zu einem der Küchenschränke ging und einen Karton mit der Aufschrift *Erste Hilfe* herausnahm. Ist sie nicht unglaublich? Selbst meine geliebte, sehr coole frühere Sekretärin Ursule Genoux war nicht so organisiert wie sie. Sandrine drückte Michèle eine Schachtel Aspirin in die Hand. Mir fiel nichts Besseres ein als der dumme Werbespruch: »Nimm zwei und ruf morgen früh wieder an!«

»Sehr lustig«, murmelte Michèle und verschwand.

Ich konnte sehen, mit welchem Widerwillen Sandrine ihr nachschaute. »Michèle ist gar nicht so schlecht«, flüsterte ich, denn ich wollte Frieden in meinem Haus.

»Wirklich?«, gab Sandrine zurück. »Ich habe Sie beide gestern Abend reden hören.«

»Was?«, fragte ich, betroffen, dass Sandrine gelauscht hatte, ob nun bewusst oder nicht.

»Natürlich«, fuhr sie fort. »Ich glaube nicht, dass sie fair mit Ihnen umgeht, M. Barbier. Ihnen so zu drohen!«

»Das geht Sie nichts an, Sandrine.«

Sie schnaufte verächtlich und setzte sich. »Sie sind der Boss, M. Barbier. Sie haben mich gefragt, und ich habe Ihnen erklärt, weshalb ich sie nicht mag. Josy sagt immer, mit solchen Frauen soll man vorsichtig sein …«

»Können wir das Thema wechseln?«

Sandrine trommelte mit ihren in den Farben der Trikolore lackierten Fingernägeln auf die Tischplatte. »Wie Sie wünschen.« Mit Genuss biss sie in ihr Baguette. »So«, sagte sie und wischte sich mit einer Papierserviette den Mund. »Was hat Ihnen die Stimme heute Nacht denn zugeflüstert?«

»Das weiß ich nicht«, antwortete ich. »Es war der Zustand im Bett, da man sich dreht und wendet und nicht weiß, ob man schläft oder wacht. Die Stimme hat sehr schnell gesprochen, beinahe gezischt. Und das Merkwürdige ist, es klang nicht wie Französisch.«

»Englisch?«

»Nein, näher am Französischen als am Englischen.«

Sandrine schlug die Hände zusammen und packte mich beim Arm. »Provenzalisch!«

»Das könnte sein«, sagte ich. »Ich habe es nur einige Male gehört, aber so ähnlich klang es.«

»Dann ist es ein altes Gespenst«, stellte Sandrine fest.

»Sandrine«, wandte ich ein, »ich glaube nicht an Gespenster. Das ist doch alles Aberglaube. Ich bin ein angesehener Autor …«

»… der sich heute Nacht zu Tode erschreckt hat! Danach konnten Sie doch nicht mehr einschlafen!«

»Punkt für Sie.«

»Also, was ich über Gespenster in alten Häusern weiß – unseres hat bestimmt vor über hundert Jahren gelebt –, sind die nicht bösartig, sondern eher verwirrt.«

Jetzt lachte ich laut auf, was ich nicht hätte tun sollen. Sandrine war beleidigt und verschränkte die Arme. Dann fragte sie: »Wollen Sie nun meinen Rat oder nicht?«

»Ich bitte darum.« Können Sie sich das vorstellen, Justin? Ich kam mir vor wie ein Schuljunge, der gerade abgekanzelt wurde.

»Die Gespenster glauben immer, es sei ihr Haus. Wir müssen ihnen begreiflich machen, dass es jetzt Ihnen gehört.«

Ich gab mir Mühe, nicht die Augen zu verdrehen, aber was sollte ich tun? Dieses Gespenst besuchte mich fast jeden Abend, hatte bereits Sandrine erschreckt, und selbst die kleine Léa hatte seine Anwesenheit gespürt. »Was machen wir denn nun?«, fragte ich. »Mit einer Kerze durchs Haus wandeln, singen und es bitten, zu verschwinden?«

Sandrine bemerkte meinen Sarkasmus nicht, oder sie ignorierte ihn. »Nein, wir bitten nicht, wir befehlen es ihm«, sagte sie. »Wir müssen entschlossen erscheinen.«

»Und wie soll das gehen?«

Sie setzte sich wieder und nahm ihr Smartphone zur Hand. »Ich schaue mal nach«, sagte sie dann. »Wieso sind Sie noch nicht darauf gekommen?«

»Ich hatte vergessen, vielleicht auch verdrängt, dass man heutzutage fast auf jede Frage eine Antwort im Internet finden kann. Bücher sind nicht mehr …«

»Wie auch immer«, gab Sandrine zurück und schaute auf ihr Display. »M. Barbier, Sie müssen mit dem 21. Jahrhundert gehen! Hier ist es. Ich habe gerade erst mit dem Suchen angefangen, und schon purzeln die Ratschläge.«

»Lassen Sie mich raten. Sie haben eine Website namens ›Hexenschwestern‹ gefunden oder ›Zehn leichte Wege, um Ihr Heim von unerwünschten Gespenstern zu befreien‹, stimmt's?«

Sandrine blickte mich verdutzt an. »Woher wissen Sie das?«

Als ich lachte, wurden ihre Augen ganz schmal.

»Sie machen sich lustig über mich. Das ist nicht nett, M. Barbier.«

»Entschuldigen Sie, Sandrine. Sagen Sie mir, was wir tun können.«

Sandrine begann zu lesen: »Als Erstes wird hier empfohlen, mit einem Gespenst höflich umzugehen.«

Ich schnaufte ärgerlich. »Es lässt mich nicht schlafen!«

»Man darf es nicht reizen«, fuhr Sandrine fort. »Wenn Sie es höflich gebeten haben, Ihr Haus zu verlassen, und es tut das nicht, dann will es Ihnen vielleicht etwas mitteilen. Aber versuchen Sie nicht, mit ihm zu kommunizieren. NICHT ist in großen Buchstaben geschrieben, M. Barbier.«

»Ist notiert.«

»Wenn Sie mit ihm kommunizieren möchten, dann finden Sie jemanden, der …«

»Was soll der denn sein?«

Sandrine seufzte. »Erfahren natürlich.«

»Das dürfte nicht schwerfallen. Ich will mich ja gar nicht mit ihm unterhalten.«

Jetzt lächelte Sandrine. »Das könnte doch sehr interessant werden. Aber ich lese weiter. Der nächste Absatz steht unter der Überschrift ›Reinigung des Hauses‹. Als Ihre Haushälterin wäre das mein Job. Oh, hier steht, dass man dafür geweihtes Wasser benutzen soll.«

»Gibt es das zu kaufen?«, fragte ich.

Sandrine zuckte die Achseln. »Da muss ich mich erkundigen. Ich bin nicht mehr zur Messe gegangen, seit ...« Sie zückte ein kleines Notizbuch und kritzelte etwas hinein. »Man soll im ganzen Haus geweihtes Wasser verspritzen – in den Zimmern, auf den Korridoren, auf dem Boden und im Keller. Und auch um das Haus herum. Viele Leute hatten Erfolg, wenn sie dabei das Vaterunser gebetet haben.«

»Das kann ich nicht auswendig.«

»Natürlich können Sie es«, meinte Sandrine. »Es geht auch jedes andere Gebet. Ich wette, Ihnen fällt ein ganz eigenes ein.«

»Weil Gebete ja nichts anderes sind als Hokus...«

Sandrine fiel mir ins Wort: »Hier ist etwas für Sie. Nichtgläubige können ein Bündel getrockneten Salbei abbrennen.«

Jetzt brach ich in schallendes Gelächter aus. »Lebt der Ratgeber zufällig in New Mexiko?«

»Ich weiß nicht, wo das ist«, antwortete Sandrine pikiert. »Aber Salbei gibt es hier genug. Ich kann Ihnen so ein Bündel machen.«

»Bestimmt hat das Internet dafür auch einen Rat bereit«, vermutete ich.

Erneut überging sie meinen Sarkasmus und antwortete: »Sie haben recht! Sie machen Fortschritte, M. Barbier!«

Draußen rollte ein Fahrzeug in unsere mit Kies bedeckte Einfahrt und hupte. »Das werden die Elektriker sein«, sagte ich. Die hatten den ganzen Vormittag im Haus zu tun. Sandrine folgte ihnen überallhin, stellte Fragen und machte Notizen. Das gesamte Leitungsnetz musste erneuert werden. Die Männer waren überrascht, dass ich beim Zustand dieses Hauses überhaupt darin wohnte.

11. Kapitel

Aix-en-Provence, Dienstag, 6. Juli 2010

Es war lange her, bestimmt über zwei Jahre, dass Verlaque zum letzten Mal im Haus seines Freundes Jacob nördlich von Aix gewesen war. An einem warmen Sommerabend wie diesem hatte der Zigarrenklub dort getagt. Ihm fiel ein, dass Marine mitgekommen war und von Jacobs altem Steinhaus geschwärmt hatte. Diesmal begleitete ihn Jean-Marc. Der besaß kein Auto, nicht weil er es sich nicht leisten konnte, sondern weil er es so wollte.

»Wenn ich überhaupt einmal in Versuchung geraten könnte, mir einen Wagen zuzulegen, dann wäre das in deinem«, sagte Jean-Marc und strich mit der Hand über das gepolsterte Armaturenbrett des 1963er Porsche.

»Im Ernst?«, fragte Verlaque und bog an einer Straßengabelung nach rechts ab. Er hatte das Verdeck zurückgeschlagen, und sie konnten die Zikaden in den Bäumen hören. »Ich dachte immer, du magst Autos nicht.«

Jean-Marc schüttelte den Kopf. »Eigentlich liebe ich sie, vor allem so schöne wie dieses. Aber ich denke praktisch, Antoine, und ich wohne mitten in der Stadt. Ich habe ausgerechnet, was mich ein Wagen einschließlich Garagenmiete, Benzin und Versicherung im Monat kostete, und bin darauf gekommen, dass ich mir an den seltenen Wochenenden, wenn ich einen brauche, besser einen leihe.«

»Verstehe«, gab Verlaque zurück.

»Und Monoprix hat zum Glück einen Lieferdienst«, fügte Jean-Marc lachend hinzu. Er genoss die warme Abendluft und schaute auf das Tal, das sie unterhalb der Straße begleitete, die Hänge mit grünen Weingärten und den silbernen

Einsprengseln der Olivenbäume bedeckt. »Was für ein herrlicher Teil der Provence«, schwärmte er.

»Das hat auch Marine gesagt, als wir vor Jahren das letzte Mal bei Jacob waren. Und von Aix sind es mit dem Wagen nur zwanzig Minuten.« Zwar war Jean-Marc Marines Kindheitsfreund, doch Verlaque schien es, als kenne auch er den Anwalt mit den sanften Manieren schon seit Jahren. Er beeindruckte Verlaque durch seine Ruhe und die selbstverständliche Akzeptanz der Lebenslage anderer Menschen. Jean-Marc war mit einem Mann, Pierre, fest liiert gewesen, aber sie hatten sich getrennt. Doch er beklagte sich nie, blieb immer der diskrete, verlässliche Freund. Wenn Verlaque ein besserer Mensch geworden war, seit er Marine kannte – und das traf zu –, dann hatte das auch etwas mit Jean-Marcs Freundlichkeit und Ausgeglichenheit zu tun.

»Marine hat mir heute Morgen per Textnachricht mitgeteilt, dass sie Valère Barbier begegnet ist«, erzählte Jean-Marc. »Sie schien sehr beeindruckt. Wird er tatsächlich heute Abend kommen?«

»Ja, wenn er uns findet. Ich habe Marine eine genaue Wegbeschreibung geschickt, die sie ihm weiterleiten soll, denn es war ihre verrückte Idee, ihn einzuladen.«

»Warum verrückt? Hast du ein Problem damit?«

Verlaque seufzte. »Der Zigarrenklub ist mir heilig.« Er suchte nach den richtigen Worten. Als er sah, dass sein Freund zustimmend nickte, fuhr er fort: »In der Gesellschaft von euch Jungs fühle ich mich nicht als Richter …«

»Ich bin einer der Jungs, und was ist mit Virginie?«

Verlaque musste lachen. »Unsere ruhmreiche Apothekerin und Zigarrenfreundin Virginie natürlich eingeschlossen. Im Klub kann ich die Haare offen tragen, wie die Amerikaner sagen. Da bin ich weder Pariser noch Richter oder Sohn eines reichen Industriellen. Ich bin einfach nur Antoine, auch so ein Verrückter, der die Augen schließt, wenn er an einer echten

Kuba-Zigarre zieht und alle seine Sorgen sich zu verflüchtigen scheinen.«

»Das geht uns doch allen so«, sagte Jean-Marc. »Du möchtest, dass der Klub sozusagen für sich bleibt. Und Valère Barbier gehört nicht dazu.«

»Er könnte es sicher«, meinte Verlaque. »Aber zurzeit wohnt er direkt neben meinem Kommissar, wodurch Barbier irgendwie mit meiner Arbeit verbunden ist, so kindisch das klingt.« Verlaque drosselte die Geschwindigkeit und bog in eine mit Kies bestreute Auffahrt ein, die von Platanen und Schirmpinien gesäumt war. An deren Ende stand das große und doch bescheiden wirkende alte Haus. Verlaque parkte den Porsche neben einem schwarzen Mercedes, den er nicht kannte.

»Eine Pariser Nummer«, stellte Jean-Marc fest, als er ausstieg und einen Blick auf den Wagen geworfen hatte. »Der muss dem großen Mann gehören.«

Verlaque lachte. »Das Nummernschild sollte er besser wechseln, wenn er will, dass seinem guten Stück hier in der Gegend nichts passiert.« Einen Pflasterweg entlang, an dessen Rändern der Lavendel in voller Blüte stand, gingen sie zur Rückseite des Hauses. Fette Hummeln umschwärmten die Blüten. Am Ende des Weges fiel ihr Blick auf eine gemauerte Terrasse, wo bereits ein paar Leute beisammenstanden, Champagner tranken und Zigarren rauchten.

»O mon Dieu«, flüsterte Jean-Marc, denn er hatte Barbier sofort erkannt. »Fabrice und Julien haben den großen Meister schon mit Beschlag belegt.« Jean-Marc warf Verlaque einen besorgten Blick zu. »Worüber werden die wohl mit ihm reden?«

»Als ich dir gesagt habe, dass ich wegen Barbiers Einladung heute Abend Bedenken hatte«, antwortete Verlaque, »bin ich nicht ganz aufrichtig gewesen.«

Jean-Marc grinste. »Dich hat beunruhigt, was manche Mitglieder zu ihm sagen werden ...«

»So etwa.«

»Los, wir nehmen uns ein Glas Champagner und finden es heraus.«

Sie betraten die Terrasse, tauschten Küsschen mit den Klubmitgliedern und nahmen sich jeder eine Partagás aus dem Kistchen, das Virginie ihnen hinhielt. »Einer meiner Kunden ist gerade auf Kuba gewesen«, sagte sie. »Dort kosten die Zigarren nur halb so viel.«

»Bislang«, gab Verlaque zurück, »solange das Embargo noch gilt. Dann werden sie auch in Kuba teuer sein. Danke, dass du sie mitgebracht hast.«

»Hierher, Antoine!«, brüllte Fabrice.

Verlaque entschuldigte sich und ging zusammen mit Jean-Marc in die Richtung, wo Fabrice und Julien, Anfang sechzig und eng befreundet, den Schriftsteller mit ihren dicken Bäuchen arg bedrängten. Fabrice, der Präsident des Klubs, nahm Verlaque beim Arm und fragte: »Antoine, welches Buch ist besser, *Rote Erde* oder *Der Empfangschef*?«

Julien meinte: »Ich denke …«

»Du hältst die Klappe, Julien«, blaffte Fabrice.

»Erfreut, Sie zu sehen«, sagte Verlaque und gab Barbier die Hand. »Ich bin Antoine Verlaque, Marines Mann.«

»Oh, das freut mich sehr«, sagte Valère und schüttelte dem Richter die Hand.

»Also welches, Antoine?«, beharrte Fabrice.

»Das kommt darauf an«, antwortete Verlaque. »Ich denke, welches Buch oder welchen Film man mag, hängt oft davon ab, in welchem Alter man zum ersten Mal damit in Berührung kommt. Ein paar Jahre später kann man seine Meinung ändern und hat ein anderes Lieblingsbuch.«

Fabrice winkte ab. »Ich will ein Ja oder Nein hören, nicht dieses diplomatische Wischiwaschi.«

»Wir haben gewettet«, fügte Julien hinzu.

»Ach du meine Güte«, entfuhr es Verlaque. Er warf Jean-

Marc einen Blick zu. Der lächelte nur. »*Rote Erde*«, sagte Verlaque.

Fabrice riss die Arme hoch und stieß einen Freudenschrei aus.

»Danke«, sagte Julien zu Verlaque. »Ich habe gerade fünfzig Euro verloren.« Die beiden Freunde standen finanziell gut da – Fabrice als Besitzer von einem Dutzend Klempnerwerkstätten in ganz Südfrankreich und Julien als Händler von Luxuswagen. Das Wetten schien ihre Hauptbeschäftigung zu sein. Er hatte den Eindruck, dass sie die Gewinne einander gar nicht mehr auszahlten; es lohnte sich einfach nicht. Denn wenn sie es taten, dann war die Rechnung ohnehin bald wieder ausgeglichen.

»Aber *Der Empfangschef* steht für mich gleich an zweiter Stelle, und den Film finde ich sogar noch besser«, warf Verlaque ein.

Jetzt griff Fabrice nach Valères Arm und zerrte ihn zu sich heran. Dem war das unangenehm. »Wie Sie wissen, hat Alain Denis in diesem Film die Hauptrolle gespielt. Antoine, unser Untersuchungsrichter, war vor ein paar Jahren auf der Insel Sordou, wo er einen netten, ruhigen Urlaub verbringen wollte, als Denis …«

»Jetzt reicht's, Fabrice«, sagte Verlaque lächelnd und in gewollt lockerem Ton. Sein Gespräch mit Jean-Marc im Wagen fiel ihm ein. Genau das hatte er befürchtet: Jetzt war er nicht mehr Antoine, Fabrice drängte ihn in die Rolle des Obersten Untersuchungsrichters von Aix.

Da griff Jean-Marc ein. »Als Anwalt rate ich dir, jetzt zu schweigen, Fabrice.«

»Richter? Anwalt?«, fragte Valère. »Haben denn alle in diesem Klub mit der Justiz zu tun?«

Als Verlaque zu dem berühmten Autor hinsah, entdeckte er dabei vielleicht ein ganz klein wenig … Sorge? Nervosität? Oder gar eine leichte Antipathie? So etwas passierte ihm bei solchen gesellschaftlichen Anlässen nicht zum ersten Mal. Er war es gewohnt.

Als Verlaque ein paar Schritte beiseiteging, um seine Zigarre an einem Aschenbecher abzuklopfen, gesellte sich Jean-Marc zu ihm und flüsterte: »Wir hätten uns keine Sorgen zu machen brauchen. Fabrice und Julien haben offenbar Barbiers bessere Bücher gelesen.«

Verlaque lächelte. »Man soll eben nie nach dem äußeren Eindruck urteilen.«

»Das ist auch so eine Sache, die ich an diesem Klub liebe«, sagte Jean-Marc. »Wir sind eine bunte Mischung – einige haben mehrere Diplome, andere gar keins, aber wenn wir zusammenkommen, spielt das überhaupt keine Rolle.«

Wind kam auf, und man musste zum Essen ins Haus gehen. Jacob hatte in einem kleinen marokkanischen Restaurant von Aix Lamm-Kuskus bestellt. Wie üblich teilten sich die Klubmitglieder die Arbeit, schnitten Brot, deckten den Tisch, öffneten Weinflaschen oder – wie Julien – falteten die Leinenservietten zu lustigen Kreationen.

Das Gespräch ging von Essen und Trinken bald zur Lokalpolitik über. Valère Barbier warf ab und zu ein Wort ein, aber meist saß er dabei und hörte aufmerksam zu. Verlaque hielt das für das höfliche Verhalten eines neuen Gastes und war beeindruckt. Doch nach dem Ende des Essens, mehreren Gläsern Wein und bei der zweiten dicken Zigarre entpuppte sich der berühmte Schriftsteller als ein Zigarren liebender Genussmensch wie alle anderen.

»Wann haben Sie angefangen, Zigarren zu rauchen?«, fragte Virginie Valère nach dem Essen in Jacobs Wohnzimmer. Verlaque erinnerte sich an diesen Raum von seinem ersten Besuch: Er war lang gestreckt, hatte dicke Steinwände, honigfarbene Eichenbalken und einen Hochglanz-Fußboden aus Terrakotta-Fliesen.

Valère lehnte den Kopf zurück und ließ den Rauch der Hoyo de Monterrey Double Corona langsam seinem Mund entströmen. »Das war in Kuba 1982. Ich hatte gerade in Frankreich einen Preis erhalten …«

»Seien Sie nicht so bescheiden«, warf Jacob mit einem Lächeln ein. »Es war der Prix Goncourt.«

»So ist es«, antwortete Valère und nickte. »Ich wurde nach Havanna eingeladen, weil meine ins Spanische übersetzten Bücher sich dort gut verkauften. Der Pressesprecher und mein Verleger waren begeistert, als ich sie mitnahm. Sie sind beide Zigarrenraucher. Wir verbrachten viel Zeit mit dem Warten auf Fidel, mit dem wir zusammentreffen sollten. Schließlich wurde ein richtiger Witz daraus. Nicht Warten auf Godot, sondern Warten auf Fidel war angesagt.«

»Häh?«, rief Fabrice Julien zu, lauter als beabsichtigt.

»Ich glaube, das ist ein Buch«, flüsterte Julien mit einem Achselzucken.

»Es ist ein Theaterstück, ihr Ignoranten«, ließ Gaspard fallen, Student und das jüngste Mitglied des Klubs.

Verlaque schaute Jean-Marc an, der puterrot zu Boden blickte und ein Lachen zu unterdrücken suchte, doch seine zuckenden Schultern verrieten ihn.

Valère schlug die Beine übereinander und fuhr fort: »Um uns die Zeit zu vertreiben, rauchten die beiden anderen Zigarren, und ich fand den Geruch immer besser. Am zweiten Tag schaute ich um mich und sagte mir: Valère, entweder du probierst jetzt eine, oder du bist ein Idiot, drehst hier Däumchen und verpasst die Gelegenheit, alles zu genießen, was diese wunderbare Insel zu bieten hat. Für den Anfang wählten die beiden in weiser Voraussicht eine milde Romeo y Julieta Double Corona. Sie ist bis heute meine Lieblingszigarre geblieben. Wenn ich eine rauche, dann fühle ich mich sofort wieder in jene feuchtwarmen Nachmittage versetzt, da wir in Schaukelstühlen auf der Dachterrasse des Hotels saßen, diese große, verrückte, in vielen Pastellfarben schillernde Stadt zu unseren Füßen. Bis heute kann ich es nicht verwinden, dass ich mir kein Haus in Havanna gekauft habe.«

»Ist das nicht sehr schwierig?«, fragte José, der für *La Provence* schrieb. »Dafür muss man auf Kuba verheiratet sein.«

»Leider, ja«, antwortete Valère.

»Und wie ging es denn nun weiter?«, fragte Virginie.

»Ich habe angebissen«, antwortete Valère. »Ich habe angefangen, über die Geschichte der Zigarre nachzulesen, und wir haben ein paar Werkstätten besucht. Seitdem rauche ich kubanische Zigarren.«

Virginie lachte. »Eigentlich meinte ich das Treffen mit Fidel.«

»Ach so. Das hat sich leider in Wohlgefallen aufgelöst«, berichtete Valère. »Nach fünf Tagen wurde uns klar, dass wir vergeblich warteten, und uns blieb nur noch eine Woche. Wir haben also angefangen, die Stadt zu erkunden, so gut wir konnten. An unserem letzten Tag hat uns ein kleiner Regierungsbeamter in ein wunderbares Restaurant ausgeführt, das sich gleichsam im Niemandsland zwischen offenbar leer stehenden Wohnhäusern befindet. Direkt hinter dem Restaurant liegt das Meer. Man kann auf der schmalen Terrasse sitzen und den Fischern zusehen …«

»Das Rio Mar!«, riefen Julien und Fabrice wie aus einem Mund.

Valère schnalzte mit den Fingern. »Genau das. Dort gab es den besten Hummer, den ich je gegessen habe.«

Zwischen Julien und Fabrice lief seit Längerem eine Wette, wer am häufigsten Kuba besucht hatte. Da sie meist zusammen hingefahren waren, endete auch sie unentschieden.

Verlaque spürte, dass sein Smartphone in der Tasche vibrierte. Verstohlen warf er einen Blick darauf. Diese Geräte hatten während der Treffen des Klubs ausgeschaltet zu sein, dafür hatte er sich vehement eingesetzt. Jetzt las er eine Textnachricht von Polizistin Goulin:

In der Bastide Blanche hat es einen Zwischenfall gegeben. Der Kommissar glaubt, M. Barbier könnte bei Ihnen sein. Können Sie M. Barbier nach Puyloubier bringen? Bereiten Sie ihn bitte darauf vor. Sophie Goulin.

12. Kapitel

New York City, 22. September 2010

»Ein Zwischenfall?«, fragte Justin. »Was war passiert?«

»Also ...« Valère setzte sich bequem hin und nahm wieder das Wort: »Der Richter bat mich, bei ihm einzusteigen, und ich war gar nicht nervös, als wir zur Bastide Blanche zurückfuhren. Wir redeten über dies und das – über französische Politik, über Restaurants in Paris und anderes mehr. Jean-Marc folgte uns in meinem Mercedes. Das beunruhigte mich ein wenig, denn es ist ein sehr schicker Wagen ...«

»Tut das etwas zur Sache?«, fragte Justin, der unbedingt wissen wollte, was in der Bastide passiert war.

»Doch, es gehört dazu, sonst kratzen Sie sich später am Kopf und fragen sich, was aus meinem Mercedes geworden ist.« In diesem Moment schob der Kellner einen mit Käse beladenen Servierwagen herein. Valère setzte sich kerzengerade auf und prüfte die Auswahl der über zwanzig Sorten französischen Käses, alle perfekt ausgereift.

»Der Käse!«, verkündete Justin, der das hervorragende Timing des Kellners bewunderte. Jetzt bedauerte er, dass er Valères Redefluss unterbrochen hatte, denn die Neugier saß ihm im Nacken.

Valère hob das Messer. »Der Käse. Das perfekte Dessert. Schauen Sie sich diesen köstlichen Saint Marcellin an, der läuft schon fast weg.«

»War jemand verletzt worden?«, fragte Justin, ohne den Käse eines Blickes zu würdigen.

»Na schön, ich muss wohl weitererzählen, sonst treffen Sie nie Ihre Auswahl.«

Verlaque wusste nicht mehr als ich, vor allem, weshalb die Beamtin es für notwendig hielt, dass er mich nach Hause fuhr, als sei ich ein alter Mann. Aber ich bin berühmt, zumindest war ich es, und vielleicht dachte der Kommissar, ich sei es gewohnt, wie ein Star behandelt zu werden. Im Grunde störte es mich auch nicht. Ich war ziemlich sicher, dass es sich um einen Einbruch in mein Haus handelte. Sandrine war zum Abend bestimmt gegangen, und Michèle hatte sich möglicherweise wieder außer Gefecht gesetzt, so dass sie nicht hörte, wie Ganoven umhergingen, Schubladen aufzogen und Schränke leerten. Aber was gab es bei mir zu stehlen? Bei einem Bekannten in Paris war einmal in die riesige Wohnung eingebrochen worden, und danach hatte nichts gefehlt! Was besaß er auch schon? Bücher, Schallplatten, ein unbezahlbares silbernes Teeservice, das auf einem ebenso teuren und seltenen skandinavischen Buffet stand. Doch die Diebe suchten Geld, das er nie im Hause hatte, elektronische Geräte – iPhones oder Computer – und Schmuck. Das Telefon trug er immer bei sich, und sein einziger Rechner stand in seinem Büro im 1. Arrondissement. Er war Junggeselle, mit Brillanten besetzte Colliers hatte er also auch nicht. In der Bastide Blanche lagen die Dinge ähnlich. Da gab es wenig, was einen achtzehnjährigen Einbrecher interessieren konnte. Agathes riesige Töpfe? Niemals.

Als wir das Dorf erreichten, begann ich trotzdem an den Händen zu schwitzen und spürte, dass auch bei Verlaque die Spannung wuchs, so fest umklammerte er das Lenkrad. Nun fiel mir ein, dass mich vielleicht professionelle Kunstdiebe ausfindig gemacht hatten, die den Wert von Agathes Arbeiten kannten. Möglicherweise ging die Polizei davon aus, dass mir das schon öfter passiert war, weshalb sie den Obersten Untersuchungsrichter bat, mich nach Hause zu fahren. Sie wollten nicht riskieren, dass ich, um so rasch wie möglich nach Hause zu kommen, aufgeregt durch Aix rasen und dabei mich selbst und andere in Gefahr bringen könnte. Deswegen hatten sie mich vorgewarnt. Ganz bestimmt war ich ausgeraubt worden, und die Diebe, die wussten, dass man mit Agathes Arbeiten viel Geld machen konnte, waren mit entsprechendem Fahrzeug und professionellem Verpackungsmaterial angerückt. Wenn solche Leute es fertigbrachten, Bilder von van Gogh aus berühmten Museen zu holen, dann war mein altes Haus für sie ein Kinderspiel. Konnte das alles geschehen sein, obwohl Michèle da war, wenn sie auch schlief? Natürlich. Michèle verschlief jeden Einbruch. Zudem dürfte es solchen Kerlen nicht schwerfallen, sie zu fesseln und ihr ein Tuch in den Mund zu stopfen. Bei diesem Gedanken – wir waren bereits in der Nähe des Hauses – ließ ich ein leises Lachen hören. Verlaque warf mir einen verdutzten Blick zu. Er dachte bestimmt, das komme von meiner Nervosität. In Wirklichkeit stellte ich mir vor, wie unflätig Michèle die Kerle beschimpft haben musste, die ratlos im Haus nach etwas suchten, um sie zum Schweigen zu bringen. Auf die Servietten waren sie sicher bald gestoßen, denn Sandrine hatte sie noch gebügelt, als ich mich am Abend auf den Weg machte.

Ich griff zum Taschentuch und schnaubte hinein. Verlaque brachte seinen kleinen Wagen abrupt zum Stehen, so dass es mich auf meinem Sitz nach vorn warf. Als ich aufschaute, erblickte ich vor uns einen Polizeiwagen, das Moped des Pizzalieferanten und einen Krankenwagen mit eingeschalteten Warnblinkern.

Verlaque war schneller aus seinem Gefährt gesprungen als ich. Die Türen des Krankenwagens klappten gerade zu, als ich ihn erreichte, und das Fahrzeug rollte an. Paulik war nirgendwo zu sehen. Ich hörte noch, wie einer der Sanitäter, bevor er ans Steuer sprang, Verlaque zurief: »Der Kommissar ist bei ihr.« Bei wem? In meinem Kopf arbeitete es wie wild. So wie ich während der Fahrt eben noch ein Einbruchsszenarium durchgespielt hatte, sah ich jetzt gleich mehrere Szenen vor meinem geistigen Auge. Der Sanitäter musste Michèle gemeint haben. Oder war Sandrine so lange im Haus geblieben? Sie machte kein Hehl daraus, dass sie Michèle nicht mochte, und hatte sich vielleicht unter einem Vorwand noch dort aufgehalten, um ein Auge auf sie zu haben. Oder es hatte einen Haushaltsunfall gegeben, und Sandrine war verletzt? Hatte Michèle der Schlag getroffen? Sie war bis auf den Monat genau so alt wie ich, also auch kein junger Hüpfer mehr. Außer Atem erreichte ich den Krankenwagen und starrte auf die verschlossenen Türen. Aber dann stieg es, tief aus meinem Magen kommend, heiß in mir auf, erreichte die Lunge, den Nacken und färbte mein Gesicht puterrot. Ich begann zu schwitzen. Kalte Tropfen liefen mir den Rücken hinunter. Mir wurde übel. Ich schaute dem davonfahrenden Krankenwagen nach. Wenn Paulik darin saß, so dachte ich bei mir, dann konnte es nur Léa sein, die er begleitete.

Jean-Marc machte sich sofort nützlich, indem er für alle Kaffee bereitete. Ich stand völlig benommen in der Küchentür und sah zu, wie er Tassen, Milch und Zucker auf den Tisch stellte. Im Nebenzimmer hörte ich Sandrine jammern und mit einer Polizeibeamtin streiten. »M. Barbier!«, rief sie, »sagen Sie dieser Frau, dass ich so etwas nie getan hätte! Sagen Sie es ihr!«

Verlaque trat zu mir und legte mir sacht seine Hand auf den Arm. »Die Befragungen finden im Wohnzimmer statt«, sagte er. »Folgen Sie mir bitte.«

Ich tappte hinter ihm her wie ein Hündchen, das seine Mutter verloren hat. »Aber wie geht es *ihr*?«, fragte ich.

Verlaque wandte sich zu mir um. »Der Sanitäter hat gesagt, ich soll etwa in einer Stunde im Krankenhaus anrufen.«

Ich nickte und folgte ihm in den großen Salon. Als Sandrine uns erblickte, sprang sie auf und stürzte auf mich zu. Es war, als seien wir schon seit Jahren und nicht erst seit wenigen Tagen miteinander bekannt. So kann eine Tragödie wirken. Sie schlang ihre Arme um mich. Dann löste sie sich rasch wieder von mir und entschuldigte sich. Sie hatte geschwollene, rot geweinte Augen. »Sie hat gesagt, ich hätte das getan!«, rief Sandrine und ließ sich erschöpft auf ein Sofa fallen.

»Wer hat das gesagt?«, fragte ich und nahm auf einem Hocker neben ihr Platz. »Die Polizistin?«

Die Beamtin warf mir einen Blick zu, schloss dann die Augen und öffnete sie wieder. »Sandrine ist meine Angestellte«, erklärte ich. »Sie tut keiner Fliege etwas zuleide.«

»Das Opfer sagt, es sei gestoßen worden«, teilte die Polizistin in ruhigem Ton mit, »dann hat es das Bewusstsein verloren.«

»Sie ist die Treppe hinuntergestürzt«, erläuterte Verlaque. Ich hatte keine Ahnung, woher er das wusste, aber er muss sehr rasch informiert worden sein, während ich Jean-Marc in der Küche zusah.

»Die arme Kleine«, stöhnte ich und barg meinen Kopf in den Händen. Ich konnte die Vorstellung nicht ertragen, dass Léa verletzt war.

»Die arme Kleine?«, wimmerte Sandrine, der die Nase lief und die Stimme versagte. »Die alte Kuh! Aber gestoßen habe ich sie wirklich nicht!«

Verwirrt schaute ich auf. Da trat Bruno Paulik in den Raum, gefolgt von dem Pizza-Boten Thomas.

»Bruno!«, rief ich und sprang auf. »Wo ist Léa?«

»Zu Hause, sie schläft«, antwortete Bruno und blickte sich um.

»Wer ist denn dann …«, stammelte ich und verstummte sofort. Jetzt wurde mir klar, dass der Sanitäter offenbar gemeint hatte, Paulik sei im Haus bei Sandrine. »Ist Michèle die Treppe hinuntergestürzt?«

»Ja«, antwortete Bruno. »Thomas wollte eine Pizza abliefern, und da auf das Klingeln niemand reagierte, ist er in die

Diele gegangen, denn die Haustür stand weit offen. Da hat er Mme Baudouin am unteren Ende der großen Treppe gefunden.«

»Mir wird gleich wieder schlecht«, flüsterte Thomas. Er setzte sich, und schon kam Jean-Marc mit dem Tablett, das er ruhig auf dem Kaffeetisch absetzte. Da Sandrine bewegungslos vor sich hin starrte, begann die Polizistin Kaffee einzugießen.

»Warum haben Sie nicht auf das Klingeln reagiert?«, fragte Verlaque Sandrine.

»Ich wollte ja«, antwortete sie leicht gereizt. »Aber ich war oben und mit der Wäsche beschäftigt. Ich habe ihm zugerufen, dass er hereinkommen soll, doch er hat mich nicht gehört.«

»Thomas' Aussage habe ich bereits«, sagte jetzt Paulik. »Und Polizistin Goulin hat mit Mlle Matton gesprochen. Thomas, wiederholen Sie jetzt bitte noch einmal für Richter Verlaque, was Mme Baudouin zu Ihnen gesagt hat, als Sie sie gefunden haben.«

Thomas nickte und erklärte: »Sie blutete und sah im Gesicht furchtbar aus.« Er musste schlucken, bevor er fortfahren konnte. »Aber es gelang ihr, die Augen zu öffnen und zu flüstern: ›Sie hat mich gestoßen.‹ … Dann … hat sie das Bewusstsein verloren. Sie blutete immer noch …« Er schloss die Augen und holte tief Luft. »Da habe ich zu schreien angefangen.«

»Das habe ich gehört«, sagte Paulik. Zu Verlaque gewandt, erläuterte er: »Ich war draußen, weil ich nach einem Leck in unserem automatischen Bewässerungssystem im Garten suchte. Hélène hatte mich mehrmals darum gebeten, und mir ist es erst am Abend wieder eingefallen. Ich lief zur Bastide, und als ich dort ankam, rief Mlle Matton gerade den Rettungswagen. Thomas berichtete mir, was Mme Baudouin gesagt hatte, und ich habe die Polizei alarmiert.«

»Das ist eine ernste Anschuldigung«, sagte Verlaque zu Sandrine.

In diesem Augenblick kam ein junger Polizist ins Haus. »Ich habe die Umgebung abgecheckt«, sagte er.

»Und haben Sie etwas gefunden, Schoelcher?«, fragte Paulik.

»Nein. Keinerlei Spuren draußen oder im oberen Stock.«

Sandrine begann wieder zu schluchzen. Mehrmals wiederholte sie, sie habe Michèle nicht gestoßen. Ich glaubte ihr. Aber es sah schlecht aus, und wie mein neuer Zigarrenfreund bereits angedeutet hatte, beschuldigte Michèle Sandrine eines Mordversuchs. Das war in der Tat sehr ernst. In diesem Augenblick ertönte ein dumpfes Geräusch, und wir alle wandten uns zum Esszimmer um. Dort hatte Thomas das Bewusstsein verloren und war von einem Stuhl gefallen.

In weniger als einer Stunde hatte sich das Haus geleert. Ein Polizist parkte Thomas' Moped in einem Nebengebäude, rief dessen Chef an, erklärte ihm die Sachlage und fuhr Thomas nach Hause. Sandrine blieb bei mir in der Bastide Blanche. Sie war nicht in der Lage zu fahren, und so konnte ich sie im Auge behalten. In Wirklichkeit war ich froh, dass sie da war, denn ich fühlte mich mit einem Mal sehr einsam. Ich bot ihr an, ihre Schwester Josy anzurufen, aber Sandrine winkte nur ab. Verlaque willigte ein. Ich nehme an, ich ersparte ihm damit die Ermahnung, Sandrine dürfe das Land nicht verlassen, die in jedem Kriminalfilm vorkommt. Weder Sandrine noch ich erwähnten die nächtlichen Erscheinungen – Sandrines Erschrecken im Keller und die Person, die mich beim Schlafen störte. Wir waren zu müde und uns beide wohl auch darin einig, dass es um Sandrine schlecht genug stand – auch ohne ein Gespenst. Oder was immer das sein mochte. Verlaque und Jean-Marc fuhren zusammen ab, nachdem mir der Richter versprochen hatte, am nächsten Tag vorbeizukommen und mich über Michèles Zustand zu informieren. Ich gab Sandrine eine Schlaftablette und schloss die Tür des Zimmers, wo sie sich niederlegte. Ich schaltete das Licht auf dem oberen Gang ein, da schnarchte sie schon, beinahe so laut wie zuvor Michèle. Als ich mein Zimmer fast erreicht hatte, ging das Licht aus. Wie von Hunden gehetzt, lief ich die letzten zwei, drei Schritte im Dunkeln, stürzte in mein Zimmer und suchte keuchend nach dem Lichtschalter. Sonst regte ich mich nicht mehr auf, wenn das Licht einmal versagte, aber in dieser Nacht war alles anders.

Ich schlüpfte in meinen Pyjama und warf meine nach Zigarrenrauch riechenden Sachen in einem Haufen auf den Boden. Dabei musste ich an Michèles Satz denken: »Sie hat mich gestoßen.« Wenn die Person hinter Michèle gestanden hatte, dann hatte sie sie nicht sehen können. Sie war davon ausgegangen, es sei Sandrine, der einzige Mensch, der sich ihres Wissens außer ihr im Hause befand. Aber es konnte eine Frau oder ein Mann gewesen sein. Ich kam noch einmal auf meine erste Vermutung von dem Diebstahl zurück. Die Kerle waren eingebrochen, um etwas zu stehlen. Da sahen sie Michèle auf der Treppe. Es konnte ein Unfall gewesen sein. Der Dieb auf der Flucht konnte an ihr vorbeigerannt sein und den Sturz verursacht haben. Aber dann hätte Thomas sehen müssen, dass jemand aus dem Haus kam, doch davon hatte er nichts gesagt.

Ich schaute mich im Zimmer um und hatte das Gefühl, dass sich hier nie etwas ändern würde. Die ockerfarbenen Wände waren mit vergoldeten Gipsfiguren geschmückt. Anfangs hatte ich sie hässlich gefunden, aber nach einer Weile gefielen sie mir. Mein schmiedeeisernes Bett stand jetzt mitten im Zimmer, weil Sandrine glaubte, so könnte ich besser schlafen. Ich hingegen war von der Lösung nicht überzeugt, denn jetzt kam mir das Zimmer noch größer vor. Mir war, als treibe ich auf einem Floß mitten im Meer. Ich sah zu, wie die Schatten der Pinien über die Wände huschten. Dann erregte etwas auf dem Fußboden vor dem Kamin meine Aufmerksamkeit. Ich seufzte, denn ich war zu müde, um aufzustehen und nachzuschauen. Mir machte es nichts aus, mich am Morgen von Sandrine wegen Faulheit oder Liederlichkeit schelten zu lassen. Doch je mehr ich es ignorierte, desto mehr zog es mich an. Wenn ich die Augen schloss, gingen sie nach Sekunden wieder auf und blieben an dem Gegenstand hängen, einem Stück Stoff, wie mir schien. Schließlich stand ich doch auf und ging klopfenden Herzens die wenigen Schritte. Ich beugte mich nieder, fasste es mit zwei Fingern an einem Zipfel und hob es so vorsichtig auf, als sei es heiß oder vergiftet. Da sah ich, dass es in der Tat ein Stückchen Stoff war – ein Taschentuch, bestickt mit den Initialen AF. Ich erkannte es sofort und drückte es an meine Brust. Es war das Taschentuch, das Agathe am meisten geliebt hatte.

Plötzlich legte sich der Wind, und die Nacht wurde still. Von draußen kam kein Laut, kein Frosch quakte, keine Grille zirpte, kein Auto fuhr vorbei. Ich ging zu meinem Bett zurück und legte das Taschentuch unter mein Kissen, zu müde, um zu überlegen, wieso es in meinem Schlafzimmer lag. Vielleicht war es beim Auspacken aus einer Schachtel oder einem Koffer gefallen. Allerdings konnte ich mich nicht erinnern, es in Paris eingepackt zu haben.

Die Lider brannten mir vor Müdigkeit. Ich schloss sie und muss sofort eingeschlafen sein, denn als ich sie wieder aufschlug, fiel bereits heller Sonnenschein durch die Fenster, und die Zikaden stimmten gerade ihren Gesang an, der zwölf Stunden lang anhalten sollte. Es war neun Uhr morgens, und ich hatte zum ersten Mal seit Monaten oder gar Jahren eine ganze Nacht durchgeschlafen. Ich streckte mich genussvoll, da fiel mir Agathes Taschentuch wieder ein. Ich griff unter das Kissen, holte es hervor und drückte es an meine Wange.

13. Kapitel

Aix-en-Provence, Mittwoch, 7. Juli 2010

Antoine Verlaque verbrachte den Vormittag damit, unterstützt von zwei Mitarbeitern, den Fall Yvette Tamain durchzugehen. Um halb zwölf beschlossen sie, sich nach dem 14. Juli, dem Jahrestag der Erstürmung der Bastille, noch einmal zusammenzusetzen. Dann wollten sie sich auf ihr Vorgehen bei den Befragungen einigen, bevor sie die Bürgermeisterin, ihren Wahlkampfleiter und den Generaldirektor von AixCom vorluden. Als die Kollegen gegangen waren, rief Verlaque sofort das Krankenhaus an. Michèle Baudouin lag immer noch im Koma. Nach dem Mittagessen wollte er nach Puyloubier fahren und Valère Barbier samt Haushälterin einen Besuch abstatten. Er hatte noch einige Fragen zu dem Zwischenfall mit Mme Baudouin, Leerstellen im Ablauf des Abends, die ihm seitdem nicht mehr aus dem Kopf gingen.

Er hatte kaum aufgelegt, da klingelte sein Telefon schon wieder. Es war Mme Girard im Nebenzimmer, die Richterin Sennat in Cannes in der Leitung hatte. Verlaque dankte der Sekretärin und atmete einmal tief durch, bevor er den Anruf annahm. Sie hatten seit Jahren nicht mehr miteinander gesprochen.

»Verlaque«, sagte er und spürte sofort, dass er kälter klang, als er wollte.

»Hallo, Antoine«, antwortete die Richterin. »Wie geht es dir?«

Er lehnte sich zurück, bemüht, ruhig zu bleiben. »Gut, Chantal. Und selbst?«

»Ich ersaufe in Arbeit«, antwortete sie.

»Gibt es etwas Neues zu Mme Blechmans Entführung?«

Er hatte erst kürzlich ein Interview mit Chantal Sennat beim Fernsehsender M6 gesehen. Im Unterschied zu ihm war sie kein bisschen gealtert. Ihr langes rabenschwarzes Haar war so dicht und gewellt wie immer, sie hätte ein gutes Model für Shampoo-Werbung abgegeben. Als der Reporter ihr mehrmals ein und dieselbe Frage stellte und ihr das Mikrofon viel zu dicht vors Gesicht hielt, warf sie dem unglücklichen jungen Mann einen Blick aus ihren dunkelblauen Augen zu, der drohend und verführerisch zugleich wirkte.

»Ich habe nichts in der Hand, überhaupt nichts«, antwortete sie, ohne ihre Frustration zu verbergen. »Es ist jetzt drei Tage her … Und man macht mir Druck von allen Seiten, auch aus Paris.«

Er nickte, denn er wusste, dass sie mit Paris den Élysée-Palast meinte. Ihm wurde klar, dass er es auch positiv sehen konnte, nur eine in betrügerische Machenschaften verwickelte Bürgermeisterin vor sich zu haben und nicht dem Präsidenten Frankreichs erklären zu müssen, warum er die Entführer noch nicht gefasst hatte. »Ich nehme an, du rufst wegen der Informationen zu Agathe Barbier an, die du mir auf Daniel de Rudders Bitte zuschicken sollst.«

»Stimmt, allerdings hat de Rudder mich nach allen Regeln der Kunst ausgetrickst. Wenn er Bedenken oder Sorgen hat, dann hätte er mich bitten sollen, der Sache auf den Grund zu gehen.«

»Aber du hast die Entführung am Hals …«

Sie ließ einen Seufzer hören. »Ja, ich gebe die Sache an dich weiter, aber nur, weil ich keine Minute Zeit dafür habe. Ein Wagen mit zwei meiner langsameren Beamten ist vor zwei Stunden mit dem Bericht zu Agathe Barbier gestartet. Er müsste jeden Moment bei dir sein, wenn die zwei nicht in Saint-Tropez eine Pause eingelegt haben, um Mittag zu essen. Dann allerdings wäre ihr nächster Auftrag, den Verkehr vor einer Schule zu regeln.«

Er lachte, denn er erkannte ihren Humor und ihre Ungeduld.

Sie fuhr fort: »Lass die Dokumente in einem Polizeifahrzeug zu mir zurückbringen. Oder du machst es selber.«

»Dafür bin ich zu beschäftigt.«

»Wie du willst«, antwortete sie. »Ich habe keine Ahnung, was de Rudder bewogen hat, diesen Fall so plötzlich wieder aufzurollen. Ist er schon so senil? Agathe Barbier ist 1988 gestorben. Da waren wir …«

Verlaque versuchte, den Kloß im Hals hinunterzuwürgen. »Ja, das ist lange her. Du bist inzwischen bestimmt längst verheiratet und hast ein paar Teenager im Haus.«

»Geschieden, keine Kinder. Und du?«

»Verheiratet, keine Kinder.« Es ging sie nichts an, dass seine Heirat so kurz zurücklag.

»Meine Schwester meint, Kinder zu haben sei das einzig Wichtige, was man auf Erden vollbringen kann.«

»Na, dann zählen wir wohl beide zu den Versagern«, gab er zurück und spielte mit seinem Füllfederhalter. Chantal hätte durchaus einen Angestellten beauftragen können, ihn in dieser Sache anzurufen. Aber sie tat es selbst. Und wenn der Präsident der Republik gerade in der anderen Leitung gewesen wäre. Chantal Sennat hatte sich kein bisschen verändert. Sie tat, was sie wollte, ohne sich darum zu kümmern, wem sie auf die Füße trat oder wen sie warten ließ. Das war eines der Dinge gewesen, die ihn so angezogen hatten, als sie beide in Bordeaux studierten. Das und …

»Scheint so«, gab sie zurück und schien amüsiert. »Mag meine Schwester auch sechs Kinder haben, so ist sie doch sehr unglücklich. Als sie und ihr nichtsnutziger Ehemann beschlossen haben, sich Kinder zuzulegen, haben sie nicht bedacht, dass einmal drei von ihnen zu gleicher Zeit studieren werden. Rate mal, wer sich den Arsch aufreißt, um das alles zu bezahlen, denn für eine Eliteschule mit Stipendium hat es nicht gereicht.«

»Ich bin sicher, das vergessen sie dir nicht, wenn du einmal alt bist«, sagte Verlaque lachend.

»Vielleicht hast du recht. Du klingst gut, Antoine. Aber die Arbeit ruft. De Rudder wird dir einige Zeit rauben. Du rufst mich an, wenn du bei der Durchsicht der Akten etwas findest, das wir übersehen haben?«

»Natürlich«, antwortete er.

»Du bist so ein Lügner.« Er konnte ihren schweren Atem hören, während sie ein paar Sekunden abwartete, bevor sie fortfuhr: »Vielleicht überlegst du dir das mit Cannes noch einmal …«

»Das glaube ich nicht, Chantal.«

»Das habe ich von dir erwartet«, antwortete sie. »Aber bei Frauen hast du es dir immer mal anders überlegt, oder?« Damit legte sie auf.

»Merde!«, zischte Verlaque und warf den Hörer hin. Er stand auf und lief im Raum hin und her. Dann trat er an sein Bücherregal, öffnete den kleinen Befeuchter aus Mahagoni, griff sich eine kurze, dicke Partagás D4, knipste das Ende ab und zündete sie an, ärgerlich, als das Feuerzeug nicht gleich brannte. Er öffnete ein Fenster, setzte sich aufs Fensterbrett und rauchte. Erinnerungen tauchten in seinem Kopf auf wie farbige Postkarten – Wochenendtrips mit Chantal nach Prag oder Rom. Weinselige Abende mit Freunden in Mansardenstuben hoch oben über der grauen Stadt, denn Bordeaux war damals noch nicht gentrifiziert und so glattgeleckt wie heute. Verlaque hatte auch als Student immer Geld, sie hingegen Energie und Tatendrang im Überfluss. Sie waren eine gute Mischung, die alle Studenten beneideten: er – ein Pariser Snob, der in jeder Debatte und bei jedem Rugby-Spiel Oberwasser hatte, Chantal eine feurige Schönheit, aufgewachsen in der Familie eines Autoschlossers und einer Kosmetikerin in der rückständigen Corrèze, die sich von einer mittelmäßigen Dorfschule bis zu dieser elitären Juristenfakultät hochgearbeitet hatte.

Jetzt spürte Verlaque seinen leeren Magen, und er beschloss, in Puyloubier Mittag zu essen. Er wusste auch schon, mit wem. Er drückte die angerauchte Zigarre aus und legte sie in sein Versteck, sicher eingeklemmt zwischen der Außenmauer und der Metallhalterung eines Fensterladens. Er nahm Jackett und Smartphone und verließ sein Büro, als auch Mme Girard sich zur Mittagspause bereit machte. Sie warf ihm einen Blick zu und kräuselte die Nase.

»Ich habe jetzt Mittagspause und fahre dann nach Puyloubier, wenn jemand fragt«, rief er ihr zu und tat, als bemerke er nicht die Wolke von Zigarrenrauch, die hinter ihm herwehte. »Es kann sein, dass zwei Polizisten aus Cannes jeden Augenblick ein paar wichtige Beweisstücke abgeben. Rufen Sie bitte an der Pforte an und bitten darum, dass sie dort sicher verschlossen werden, bis ich zurückkomme.«

»Selbstverständlich«, antwortete sie und griff sofort zum Telefon. »Guten Appetit.«

»Danke, Ihnen auch«, antwortete er. Für seinen Geschmack war Mme Girard viel zu dünn, und er wollte sich ihren mageren Imbiss aus Thunfisch und kalten Tomaten aus der Dose gar nicht vorstellen. Seine Stimmung war so schlecht, dass ihm beinahe eine entsprechende Bemerkung entschlüpft wäre. In jüngeren Jahren wäre ihm das sicher passiert. Aber er behielt sie für sich und lief die Treppe hinunter, so schnell er konnte. Während er auf das Parkhaus in der Rue Mignet zusteuerte, blätterte er das Adressbuch seines Smartphones durch. Er war nicht sicher, ob er Auvieux' Nummer noch hatte, aber da war sie schon, die dritte von oben. Er wählte, und nach dreimaligem Klingeln nahm der Gewünschte ab.

»Jean-Claude, hier ist Richter Verlaque. Wie geht es Ihnen?«

»*Monsieur le Juge!* Du meine Güte. Ich kann gar nicht glauben, dass Sie das sind.« Auvieux freute sich offenbar, ihn zu hören. Verlaque lächelte. Auf diese Reaktion hatte er gehofft. Den Mann brauchte er jetzt.

»Ich habe heute Nachmittag in Puyloubier zu tun. Haben Sie Zeit für ein gemeinsames Mittagessen? Ich weiß, dass ich spät dran bin.«

»Sie meinen das nette Restaurant …«

»Ja, an der steilen Straße.«

»Das ist aber eine Überraschung! Da kann ich mein Dosenfleisch ja gleich wieder in den Kühlschrank stellen.«

Verlaque lächelte in sich hinein. Nur ein alter Bauer, der ständig an der frischen Luft arbeitete, aß so etwas an einem heißen Julitag.

Jean-Claude Auvieux las die Speisekarte, die er mit seinen großen, groben Händen fest gepackt hielt. Verlaque sah ihm dabei zu, wie er die Brauen runzelte und sein Mund offen stand. Auvieux war nicht viel älter als Verlaque, aber seine kindliche Naivität ließ ihn fast greisenhaft erscheinen. Sein Name verstärkte den Eindruck noch: Das französische *Auvieux* bedeutet »von den Alten«. Sein Gesicht war rot und vom Wetter gegerbt, das eines Mannes, der viel in Sonne und Wind arbeitet. Auch sein Kopf war fast kahl, wenn man von dem kurzen weißen Schnurrbart einmal absah.

Als die junge Kellnerin auch noch eine kleine Tafel brachte und sie auf den Tisch stellte, runzelte er die Brauen. »Die Tageskarte des Chefkochs«, verkündete sie mit strammer Haltung, geradem Rücken und in einem Ton, als seien die Gerichte ihre eigenen hochbegabten Sprösslinge.

»Oje!«, rief Auvieux und legte die Speisekarte nieder. »Da muss ich ja noch einmal von vorn anfangen!«

»Ich nehme eines der Tagesgerichte«, sagte Verlaque, um Auvieux die Auswahl zu erleichtern. »Den Dorsch mit Fenchel und Orangen.«

»Sehr gute Wahl, Monsieur!«, rief die Kellnerin.

»Was ist ›Osso buco‹?«, fragte Auvieux, der erst die Tafel, dann Verlaque anschaute.

»Kalb«, antwortete er.

»Das ist heute ein ungewöhnliches Osso buco«, erklärte die Kellnerin. »Mit Weißwein, Fenchel und Artischockenherzen.« Sie hob die rechte Hand, legte die Fingerspitzen zusammen, drückte sie an den Mund und ließ einen lauten Schmatz hören. Verlaque schaute zu Boden, um nicht laut aufzulachen, doch Auvieux strahlte.

»Das ist es!«, rief er und riss die Arme hoch. »Ich nehme das Osso … wie immer das heißt.«

»Dazu trinken wir einen weißen Burgunder«, sagte Verlaque und setzte die Lesebrille auf, um die kurze, aber hervorragend zusammengestellte Weinkarte zu studieren. »Von Rully, den …«

»Wenn ich mir erlauben darf«, warf die Kellnerin ein, »Ihnen einen weißen Côtes du Rhône zu empfehlen. Sein blumiges Bouquet passt hervorragend sowohl zu dem Dorsch als auch zu Monsieurs Osso buco.«

»Danke, das klingt gut«, meinte Verlaque und gab ihr die Karte zurück. »Haben Sie auch eine Empfehlung für die Vorspeise?« Er mochte dieses Mädchen sehr und konnte es gar nicht erwarten, Marine zu erzählen, dass sie immer noch hier arbeitete.

Sie beugte sich zu ihm hinunter und flüsterte, als teile sie ihm ein Staatsgeheimnis mit: »Für Sie, Monsieur, die Gänseleberpastete, da sie ein leichtes Hauptgericht gewählt haben. Unser Chefkoch hat eigens dafür ein exquisites Aprikosen-Chutney hergestellt. Natürlich aus den besten Aprikosen der Gegend.«

»Dieses Jahr hatten wir eine Rekordernte«, fügte Auvieux mit einem Lächeln hinzu. »Ich habe mehrere hundert Kilo gepflückt.«

»Perfekt«, ließ Verlaque hören. Ihm war es gleich, welche Art Chutney man servierte, die Stopfleber und ein wenig braune Butter waren ihm genug.

»Und für Ihren Freund als Ausgleich für das Kalb, für die

Säure von Weißwein und Artischocken vielleicht gebratenen Ziegenkäse?«

Auvieux rieb sich den Bauch.

»Ich denke, das können Sie für ein Ja nehmen«, erklärte Verlaque.

Auvieux nickte und trank einen großen Schluck Wasser, als wollte er seinen Gaumen auf den zu erwartenden Genuss einstimmen.

»Sehr schön«, sagte sie. »Ich bin gleich wieder da mit dem Wein.«

Verlaque lächelte und lehnte sich zurück, froh darüber, dass Auvieux sich sofort Zeit genommen hatte. Doch ein wenig Schuldgefühl blieb, dass er so lange gebraucht hatte, ihn anzurufen und wieder einmal einzuladen. Er musste an den Fall Bremont denken. Es war lange her, dass er Auvieux zum ersten Mal begegnet war. Er hatte ihn bei den Ermittlungen im Fall der Brüder Étienne und François Bremont vernommen, deren Schloss der Mann damals verwaltete.*

Die Weinflasche wurde geöffnet, und bald folgte der erste Gang. Sie sprachen über das Wetter, das Essen und die Pechsträhne des Rugby-Teams von Aix. Als die Kellnerin die Teller abgeräumt hatte, goss Verlaque beide Weingläser voll und legte die Arme auf die Tischplatte. »Jean-Claude«, begann er, »was wissen Sie über die Bastide Blanche? Das Anwesen an dieser Straße ein wenig außerhalb des Dorfes.«

Auvieux biss sich auf die Unterlippe. »Ich bin nie dort gewesen. Ein großes Haus und sehr alt.«

Verlaque nickte, doch Auvieux schwieg. »Ja, es hat einige Hundert Jahre auf dem Buckel«, fuhr Verlaque fort. »Was ist seine Geschichte? Ein Freund hat es kürzlich gekauft. Er hat mir erzählt, einige Dorfbewohner bekreuzigen sich, wenn sie dort vorbeikommen.«

* Siehe den ersten Roman der Reihe, *Tod auf Schloss Bremont*, Berlin 2012.

»O ja, das tun sie.«

Verlaque übte sich angesichts von Auvieux' knappen Auskünften in Geduld. »Gibt es da eine alte Geschichte?«, fragte er.

»Es heißt, der Ort sei verflucht, und drinnen spukt es.«

»Verflucht? Von wem?«

Auvieux schaute zur Decke. »Wahrscheinlich von jemandem, der einst dort gelebt hat, nehme ich an«, murmelte er. »Genau weiß ich es nicht. Es heißt nur immer, es spukt und man soll den Ort meiden. Vor vielen Jahren sollen dort schlimme Dinge passiert sein.«

Verlaque lehnte sich zurück. Das könnte die Furcht der Dorfbewohner erklären, aber nicht, weshalb Mme Baudouin die Treppe hinuntergestürzt war, falls die Haushälterin sie nicht gestoßen hatte. »Der neue Besitzer ist ein berühmter Schriftsteller«, sagte Verlaque.

Auvieux nickte. »Ich weiß. Jeder hier weiß es.«

»Mögen ihn die Dorfbewohner?«

Auvieux zuckte die Achseln. »Wir kennen ihn kaum«, sagte er. »Er wohnt noch nicht lange dort und verlässt das Haus selten. Aber seine Haushälterin kauft für ihn auf dem Markt und in den Läden im Dorf ein, dafür mag man ihn schon. Er schickt sie nicht in die Supermärkte von Trets oder Aix.«

»Gibt es sonst noch etwas Neues im Dorf?«

Auvieux verdrehte die Augen. »Es ist Sommer! Da steigt die Zahl der Bewohner fast auf das Doppelte an! Wollen mal sehen: Eine holländische Familie hat sich für einen Monat im Haus der alten Madame Coydon eingemietet, während sie ihren Enkel in Lyon besucht«, erzählte er. »Dann haben wir noch ein deutsches Paar, zwei Männer, die kürzlich ein Bauernhaus im Dorf gekauft haben und es jetzt sanieren. Und eine Pariserin, sehr gut gekleidet und immer hübsch zurechtgemacht. Es heißt, sie sei eine Bibliothekarin im Ruhestand. Auch sie geht kaum aus, nur zum Einkaufen. Aber man kann es hören, wenn sie die Straße entlanggeht.«

»Wieso das?«, fragte Verlaque.

»Es ist ihr Stock«, teilte Auvieux mit.

»Ist sie sehr betagt?«

Auvieux schüttelte den Kopf, denn die Fragen des Richters wurden ihm langsam zu viel. »Blind«, sagte er.

»Gibt es finstere Typen im Dorf?«

»Was?«, fragte Auvieux, der seine Aufmerksamkeit gerade voll auf die Kellnerin konzentrierte, die sich ihnen mit zwei dampfenden Tellern näherte.

»Na, Sie wissen schon«, sagte Verlaque, der sah, dass ihm die Zeit davonlief. »Schlechte Kerle, die immer mal was anstellen.«

Jetzt schmunzelte Auvieux. »Da fallen mir nur die Cousins Pioger ein, Hervé und Didier. Beide haben schon gesessen, der eine wegen Diebstahls und der andere, weil er gegen seine Ex-Frau gewalttätig geworden ist. Sie wohnen zusammen über dem alten Eisenwarenladen.«

»Muss ja sehr gemütlich sein.«

»Das würde ich nicht gerade sagen«, meinte Auvieux, der Verlaques Sarkasmus entweder nicht verstand oder billigte. »Ein Freund von mir ist einmal dort gewesen und meinte, es sähe aus wie nach einem Wüstensturm.« Verlaque musste lächeln, weil er daran dachte, dass dieser überall kleine Sanddünen hinterlässt.

Da war auch schon die Kellnerin mit ihren Tellern zur Stelle. Sie warnte, die seien heiß. Auvieux rieb sich die Hände, denn der Duft des Osso buco stieg ihm in die Nase. »Na dann, gutes Gelingen, lieber Richter!«

Zum Dessert teilten sich die Männer eine Käseplatte. Den Abschluss der Mahlzeit bildeten ein Espresso und ein seltener Calvados namens Roger Groult (der Koch stammte aus der Normandie). Verlaque zahlte rasch, bevor Auvieux Einwände machen konnte. Viele nützliche Informationen hatte der Richter nicht erhalten, wenn er von den Namen der Pioger-Cousins einmal absah, aber er hatte sich sehr wohlgefühlt. Sein Großvater Charles fiel ihm ein, der, obwohl sehr reich, es sich nicht nehmen ließ, jede Woche einmal mit seinen Managern und Mühlenverwaltern zu Abend zu essen. »Man lernt nichts dazu, wenn man sich nur auf das verlässt, was man schon weiß«, hatte Charles seinem Enkel mitgegeben. »Man muss die eigene Komfortzone verlassen. Außerdem mag ich meine Männer.« Charles' englische Frau Emmeline hatte es ebenso gehalten: Sie traf sich genauso gern mit den Bohemiens, die sie von der Kunstschule her kannte, wie mit ihren wohlhabenden Pariser Nachbarinnen, aber auch mit den ernsten Bauersfrauen aus der Nachbarschaft ihres Gutshauses in der Normandie, wo die Familie die Wochenenden verbrachte. Verlaque und sein Bruder Sébastien hingegen waren nicht dazu erzogen worden, mit Leuten Umgang zu pflegen, die anders lebten als sie in ihrem großen Haus im Zentrum von Paris. Und Verlaque, der seinen Bruder, einen Immobilienhai, nur selten sah, wusste genau, dass der sich niemals mit jemandem abgab, der nicht ein ähnlich dickes Bankkonto hatte wie er. Verlaque war der Reichtum seiner Familie stets bewusst, doch an der Universität hatte er sich bemüht, sehr verschiedene Freundschaften zu pflegen. Das Rugbyspielen hatte ihm dabei geholfen, ebenso Chantal. Er wusste auch, was er mit all diesen unterschiedlichen Menschen gemeinsam hatte – den Rugby-Spielern, seinen alten Freunden aus dem Jurastudium, dem Zigarrenklub oder den Bauern: Sie mochten wirklich gutes Essen. Doch wahrscheinlich bin ich in mancher Hinsicht immer noch ein Snob, dachte Verlaque, als er den Wagen vor der Bastide Blanche parkte, nachdem er Auvieux nach Hause gebracht hatte. Nein, seine Sekretärin, Mme Girard, achtete er sehr, aber Freunde konnten sie nicht werden. Was sollte er mit ihr gemeinsam essen?

Er ging quer über den Rasen zu der altertümlichen Haustür, die weit offen stand. Da man auf dem Lande lebte und es ein warmer Sommertag war, überraschte ihn das nicht sonderlich. Aber war das öfter der Fall? Leicht möglich, dass die Pioger-Cousins das Anwesen beobachtet und festgestellt hatten, dass dieses heruntergekommene alte Haus, in dem jetzt ein reicher älterer Mann wohnte, zu einem Raubzug geradezu einlud. Man muss noch nicht einmal einbrechen, dachte Verlaque und rief: »Hallo!« Man braucht einfach nur hineinzumarschieren, wie ich es jetzt tue.

Er betrat die elegante Diele und zog die Nase kraus. Brandgeruch lag in der Luft. »Hallo!«, rief er noch einmal.

»Pssst!«, zischte Sandrine, die ihm entgegenkam, und legte einen Finger an die Lippen.

»Was ist das für ein Gestank?«, fragte Verlaque leise.

»Ich bitte euch sehr, mein Haus zu verlassen«, sprach Valère Barbier vor sich hin, der gerade aus dem Wohnzimmer trat und dabei ein fest geschnürtes Bündel brennender Kräuter hochhielt. Als er Verlaque bemerkte, zwinkerte er ihm zu. »Dies ist jetzt mein Zuhause, und ihr müsst gehen.« Er durchquerte die Diele und trat in ein anderes Zimmer. »Ich respektiere, dass ihr hier einst gelebt habt, aber die Zeit vergeht …«

Sandrine schnitt eine Grimasse. »Er versucht es nicht einmal ernsthaft!«, flüsterte sie.

»Womit wedelt er da?«, fragte Verlaque.

»Das ist Salbei«, antwortete Sandrine und beugte sich zu Verlaque. »Das Bündel habe ich für ihn gemacht.«

Jetzt erschien Valère wieder in der Diele und ging, weiter mit den Geistern sprechend, zur Haustür hinaus. Verlaque und Sandrine folgten ihm und sahen zu, wie er den halbherzigen Versuch unternahm, mit den brennenden Kräutern um das Haus zu schreiten. »Als Nächstes kommt Weihwasser«, erläuterte Sandrine. »Ich habe es in der Kathedrale von Aix gekauft.«

»Wozu das alles?«, fragte Verlaque. »Spukt es im Haus?«

Sandrine nickte.

»Meinen Sie nicht, dass das nur Dorftratsch ist, Mlle Matton?«

Sandrine machte eine ablehnende Geste. »Ist es vielleicht Dorftratsch, der M. Barbier die ganze Nacht nicht schlafen lässt?«

»Vielleicht hat M. Barbier Sorgen, die ihm den Schlaf rauben.« Verlaque sah zu, wie der Autor hinter der Hausecke verschwand.

»Was für Sorgen kann der schon haben? Er ist ein weltberühmter Schriftsteller. Schauen Sie sich doch das Haus an.« Mit einer Geste umfasste Sandrine die Bastide, die, das musste Verlaque zugeben, in der strahlenden Sommersonne etwas Majestätisches an sich hatte.

»Reiche Leute haben auch Probleme.« Er musste an seine Eltern denken, wie sie in ihrem Haus nur ein paar Straßen vom Louvre entfernt gehockt und kaum noch miteinander gesprochen hatten. Seine Mutter war so unglücklich gestorben, wie sie gelebt hatte. »Vielleicht sind deren Probleme sogar noch größer«, fügte er hinzu.

Sandrine ließ ihren Kaugummi eine Blase schlagen. »Nichts ist so schwer wie putzen. Oder lieben und jemanden verlieren.«

Verlaque wandte sich zu ihr um. »Tut mir leid«, sagte er betroffen.

»Ich habe keinen Salbei mehr!«, rief jetzt Valère, der um die Südostecke des Hauses bog. »Beinahe hätte ich mir die Finger verbrannt!«

Sandrine stemmte die Hände in die Hüften. »Was fange ich nur mit Ihnen an? Ich habe schon vier Bündel gemacht, aber keine Sorge.«

»Eine kleine Pause?«, fragte Verlaque Valère.

»Machen Sie nur«, antwortete Sandrine. Verlaque warf Barbier einen Blick zu, um zu sehen, ob es ihn störte, dass seine Putzfrau ihn herumkommandierte. Offenbar nicht.

Zu den Männern gewandt, verkündete Sandrine: »Ich lasse Sie beide jetzt allein. Der Abwasch ruft.«

Verlaque nickte, und Valère führte ihn zur Terrasse, wo ein schmiedeeiserner Tisch und vier Stühle standen. »Nehmen Sie Platz.«

»Danke.« Verlaque setzte sich und ließ seinen Blick über den lila Lavendel, die silbrigen Olivenbäume und die dunkelgrünen Weinstöcke schweifen.

»Darf ich Ihnen sagen, wie charmant ich Ihre Frau finde?«

»Das dürfen Sie. Sie zu heiraten war der beste Entschluss, den ich je gefasst habe.« Verlaque griff in seine Jackentasche und holte ein kleines ledernes Zigarrenetui hervor, groß genug für zwei Coronas. Er öffnete es und hielt es Valère hin. »Bitte«, sagte er dabei. »Freunde haben die in Havanna gekauft. Sie sind von einem Mann namens Gustavo handgerollt.«

»Gustavo! In dem kleinen Kämmerchen über dem Hof der Villa Conde!«, rief Valère. »So eine habe ich lange nicht geraucht.« Vorsichtig nahm er eine der Zigarren. Beide steckten sich eine an. Valère schlug die Beine übereinander und lehnte sich zurück. »Ihre Frau Marine erinnert mich an Agathe.«

»Wirklich?«

»Sie ist schön, aber sie weiß es nicht. Oder sie zeigt es nicht. Sie ist hochgewachsen wie Agathe, das ist ungewöhnlich in unserem Land. Stammt Marine aus der Bretagne?«

»Eine ihrer Großmütter«, antwortete Verlaque. »Von ihr hat sie die Figur, das kastanienbraune Haar und die grünen Augen.«

»Marine ist auf ganz eigene Weise schön, und Agathe war das auch. Sie war größer als die Pariserinnen, sie hatte ein sehr ebenmäßiges Gesicht mit langer, gerader Nase und hoher Stirn. Nicht das Schmollmündchen und die Stupsnase, wie viele Mädchen aus Paris sie haben.«

Verlaque lachte.

Valère, von dem aufmerksamen Zuhörer ermutigt, fuhr

fort: »Für sie war ich ein Überläufer, ein Junge aus dem 13. Arrondissement, dessen Mutter als Krankenschwester arbeitete und dessen Vater im Zweiten Weltkrieg gefallen war. Ein Kerl, der ständig Verse auf die Rückseite von Briefumschlägen schrieb oder auf Papierfetzen, die er fand. Das war ihr Spitzname für mich – *Lambeau*, der Fetzen.«

Ein guter Spitzname. Verlaque musste lächeln. »So haben viele Schriftsteller angefangen …«

»Agathe arbeitete härter als ich und hatte die originelleren Ideen«, fuhr Valère fort. »Ich dagegen wusste schon zeitig, was den Kritikern gefiel und bei welcher Art Bücher mehr berühmte Autoren mir auf die Schulter klopfen und mein Whiskyglas füllen würden.«

Verlaque verstand nicht, weshalb Valères Stimmung sich plötzlich verdüsterte. »Aber Sie haben den Prix Goncourt bekommen.«

»Das war ein Beliebtheitswettbewerb. Ich wurde auch Ritter der Ehrenlegion und kam auf die Shortlist für den Nobelpreis 1987. Den aber habe ich an Wole Soyinka verloren – eindeutig aus politischen Gründen.«

»Tut mir leid«, sagte Verlaque. »Das muss hart für Sie gewesen sein.«

»Mein Ego war beschädigt, das ist alles. Ich habe diesen Tiefschlag weggelacht, und Agathe meinte: ›Eine kleine Gruppe von sechzehn oder achtzehn Schweden kann vielleicht den besten Autor Schwedens ermitteln, aber woher sollen die wissen, was das Beste in der Weltliteratur mit all ihren Stilen und verschiedenen Traditionen ist?‹«

»1987.« Verlaque klopfte seine Zigarre über dem Aschenbecher ab und schaute Valère erwartungsvoll an.

»Ja. Ein Jahr später war Agathe tot.«

Jetzt erschien Sandrine auf der Terrasse mit einer Flasche gekühltem Mineralwasser und zwei Gläsern. »Das ist perfekt, danke«, sagte Valère. »Sie haben den …«

»… Whisky vergessen?«, beendete Sandrine den Satz. »Ich habe ihn nicht vergessen, ich konnte nur nicht alles auf einmal tragen. Bin gleich wieder da.«

»Wie ich höre, liegt Mme Baudouin nach wie vor im Koma.«

»Ja«, bestätigte Valère mit einem Nicken. »Ich habe heute Morgen im Krankenhaus angerufen.«

»Wie gut kennen Sie Mlle Matton?«, fragte Verlaque, nachdem Sandrine hinter der Haustür verschwunden war.

Valère schaute überrascht auf. »Sie ist die Nichte meines Freundes und Anwalts Guillaume Matton. Den kenne ich seit Jahren.«

»Aber nicht sie.«

»Das ist wahr«, antwortete Valère. »Doch Matton hätte sie wohl kaum empfohlen, wenn sie … zänkisch oder … unzuverlässig wäre.«

»Sie scheint zu glauben, dass es in Ihrem Hause spukt.«

Valère zuckte die Achseln. »Ich kann mir einiges auch nicht erklären, was hier vorgeht, und Sandrines Ideen, sosehr sie auch nach New Age klingen mögen, wollte ich einfach einmal ausprobieren. Noch eine schlaflose Nacht ertrage ich nicht.«

Verlaque schlug die Beine übereinander und schaute sich nach dem Haus um, bevor er fragte: »Ist es möglich, dass Mlle Matton es ist, die Ihnen Angst einjagen will?«

Valère schüttelte den Kopf. »Das hat schon angefangen, bevor sie hierherkam. Sofort, nachdem ich eingezogen war.«

Verlaque notierte für sich, dass Sandrine Matton von ihrem Onkel gewusst haben konnte, wann genau Valère das Haus übernehmen würde. »Fällt Ihnen sonst noch jemand ein, der Sie aus dem Haus vertreiben möchte?«

Jetzt erschien Sandrine mit einer Flasche Laphroaig, stellte sie auf den Tisch und ging.

»*Merci*, Sandrine!«, rief Valère ihr nach. »Nur sehr wenige Leute wissen überhaupt, dass ich nicht mehr in Paris bin.«

»Was genau ist denn passiert? Sagen Sie es mir.«

Valère schilderte dem Richter die merkwürdigen Vorgänge bei Nacht. Er war erleichtert, als er sah, dass der Richter nickte und aufmerksam zuhörte, ohne seine Worte zu kommentieren.

»Ihnen ist klar, dass es auch logische Erklärungen für alle diese Dinge geben kann«, sagte Verlaque nachdenklich, als Valère geendet hatte.

»Ich weiß, ich weiß. Die ganze Elektrik ist älter als die Berge ringsum und muss komplett erneuert werden. Das könnte erklären, weshalb das Licht dauernd an- und ausgeht. Ich weiß auch, dass ein so altes Gemäuer Geräusche macht. Aber was ist mit den Stimmen? Den Abdrücken eines fremden Körpers auf meinem Bett?«

»Wer hätte einen Vorteil davon, wenn Sie Angst haben? Gibt es jemanden, der Sie hasst? Der einen Groll auf Sie hat?«

»Ja«, antwortete Valère langsam. »Aber sie ist tot.«

14. Kapitel

Aix-en-Provence, Mittwoch, 7. Juli 2010

Marine liebte Kochrezepte und befolgte sie bis ins letzte Detail. Wie viele Töchter hochgebildeter Frauen, die in den 1970er Jahren in Frankreich aufgewachsen waren, hatte sie nie kochen gelernt. Ihre Mutter, Florence Bonnet, eine bekannte Theologin und frühere Professorin an der Universität von Aix, war tief davon überzeugt, dass sich die französischen Frauen das Recht auf Arbeit und Hochschulstudium nach dem Zweiten Weltkrieg redlich verdient hatten. Ihre Tochter sollte nicht mehr in einem Bauernhaus an den Herd gefesselt sein wie sie selbst in jungen Jahren.

Marine fixierte die Rezeptseite des Magazins *Elle* mit einer Flasche Olivenöl. Das Heft hatte sie sich von Sylvie ausgeliehen, die es im Abonnement bezog. Die sah das Magazin als wichtige Lektüre für jede französische Frau an und rügte Marine wegen ihrer Ignoranz. Marine hatte dafür durchaus Verständnis. *Elle* brachte viele gut geschriebene Rezensionen der neuesten Bücher und Filme, Artikel über Beziehungsfragen und Politik, hatte umwerfende Modeseiten mit Sachen, die nicht so teuer waren wie bei *Vogue*. Am meisten interessierten Marine jedoch die Rezepte auf den letzten Seiten, wo einfache Gerichte aus überall erhältlichen Produkten der Saison vorgestellt wurden. Geschrieben für Frauen ihres Alters, die wie sie nie kochen gelernt hatten.

Antoine und sie liebten gutes Essen, und sie war ehrgeizig genug, besser zu kochen als ihr Ehemann. In seiner – jetzt ihrer – Küche mit den glatten Arbeitsplatten aus Marmor, dem Gasherd mit fünf Brennern und den höllisch scharfen deutschen Messern zu arbeiten war eine Lust. Wie hatte sie es in ihrer einfachen Kombüse mit den stumpfen Messern auf der anderen Seite von Aix so lange ausgehalten?

Da ging die Tür zu ihrer Wohnung in der vierten Etage auf, und mit einem *»Coucou!«* wie stets trat Antoine ein. Und wie stets rief Marine *»Buonasera!«* zurück. Während sie dunkelgrünes Olivenöl in zwei Auflaufformen aus Glas rinnen ließ, fügte sie hinzu: »Ich fürchte, mein Italienisch werde ich wohl bald vergessen haben.«

»Danach sieht es aber gar nicht aus«, antwortete Verlaque und wies auf das Olivenöl.

Marine lachte. »Ich meine doch nicht das Kochen. Die Sprache!«

»Dann legen wir uns eben eine Wohnung in Venedig zu.«

»Mach keine Witze!«

»Das ist kein Witz«, gab er zurück. »Ein Appartement in Venedig kostet nur halb so viel wie in Paris.«

Marine stellte die Ölflasche ab und starrte ihn an. »Meinst du das ernst?«

»Ich kann es dir zeigen«, erwiderte er und zog sein Smartphone aus der Tasche.

»Nein, nein, das glaube ich dir aufs Wort. Doch jetzt muss erst mal das hier in die Röhre.«

»Kann ich inzwischen ein paar Papiere auf dem Esstisch ausbreiten?«

»Natürlich. Ich denke, wir essen auf der Terrasse.«

»Wunderbar.« Verlaque hielt einen verblichenen grünen Aktenordner von fast zehn Zentimeter Stärke hoch und sagte: »Der Ermittlungsbericht zu Agathe Barbiers Tod von 1988.«

»Darfst du den denn hierher mitnehmen?«

Verlaque zuckte die Schultern, denn Chantals Forderung fiel ihm ein, ihr das Dossier durch Polizeibeamte zurückbringen zu lassen. »Wahrscheinlich nicht. Aber mich interessiert deine Meinung.«

»Gut, dann schaue ich nach dir hinein.«

»Ich lasse dir die besten Happen übrig.« Er wandte sich zum Wohnzimmer, drehte sich aber noch einmal um. »Bei einem Appartement in Venedig gäbe es nur ein Problem.«

»Die Stadt sinkt.«

»Das ist es nicht.«

»Die Überflutungen?«

»Auch nicht.«

»Zu viele Touristen?«

»Die kommen nicht bis nach Castello.«

»Ich gebe auf.«

»Kein Direktflug von Marseille.«

»Also nicht geeignet für kleine Fluchten am Wochenende. Übrigens, heute Abend essen wir vegetarisch.«

Verlaque tat so, als ramme er sich einen Dolch in die Brust, und zog sich ins Wohnzimmer zurück.

In der Abendsonne lehnte sich Verlaque auf seinem Stuhl zurück und wischte sich die Mundwinkel mit einer großen Leinenserviette ab. »Das war exzellent.«

Marine zog einen Flunsch. Jetzt übertrieb er aber. »Danke«, antwortete sie. »Schade, dass der Rosmarin verbrannt war.«

»Du bist zu selbstkritisch.« Verlaque verteilte den Rest des Weins auf ihre Gläser, als sein Magen kräftig knurrte. »Was ist denn jetzt los?«, fragte Marine. »Du kannst doch nicht mehr hungrig sein!«

»Ich nehme mir einfach ein paar Scheiben Salami aus dem Kühlschrank, wenn du nichts dagegen hast.«

»Tu, was du nicht lassen kannst«, antwortete sie und lachte. »Hast du in dem Agathe-Barbier-Dossier etwas gefunden?«

»So weit scheint alles klar und logisch zu sein«, gab er zurück. »Während du gekocht hast, bin ich alle Verhöre durchgegangen.«

»Nimm gleich etwas mit«, sagte Marine und wies auf die schmutzigen Teller.

Entspannt ließ sie ihren Blick über die Dächer der Stadt schweifen. Der hohe, achteckige Turm der Kathedrale war angestrahlt, und vom Opernhaus ganz in der Nähe hörte sie plötzlich den Chor singen. Verlaque kam die Stufen zur Terrasse herauf, ein Tellerchen mit hauchdünn geschnittenen Salamischeiben in der Hand. »Wir haben hier die billigsten Opernplätze.«

»Und können beim Zuhören sogar essen.«

»Und trinken«, ergänzte er und prostete ihr zu.

»Wer war eigentlich auf der Segeljacht, als Agathe über Bord ging?«, fragte Marine und steckte sich eine Scheibe Salami in den Mund.

»Insgesamt fünf Personen«, antwortete Verlaque. »Agathe und Valère Barbier, Valères Verleger Alphonse Pelloquin mit Frau Monica und Valères Sekretärin Ursule Genoux.«

»Seine Sekretärin? Bei einem Segeltörn im Urlaub?«

»Das hat sie der Kommissar in Cannes beim Verhör auch gefragt. Barbier war gerade dabei, ein Romanmanuskript abzuschließen. Wenn er arbeitete, musste sie anwesend sein. Das war noch in den 1980ern.«

»Stimmt«, sagte Marine nachdenklich. »Da gab's noch keine Computer.«

»Valère hat ihr in die Maschine diktiert.«

»Aber auf einer Segeljacht?«

»Zuvor hatten sie sich drei Wochen lang in Sardinien aufgehalten«, erklärte Verlaque. »Monica Pelloquin ist Italienerin und besitzt dort ein Haus.«

»Die Glückliche. Ich erinnere mich, wie sich meine Eltern über den Unfall unterhalten haben. Über all die schmutzigen Details – zu viele Gin Tonics, zu viel Sonne, Wortwechsel und heftiger Streit. Wie die Hollywood-Stars der dreißiger Jahre. Was in aller Welt hatte Agathe Barbier bei starkem Sturm auf Deck verloren?«

»Sie war seekrank«, antwortete Verlaque. »Keiner bemerkte,

dass sie hinausgegangen war, nur Alphonse Pelloquin, der sie auf das schlechte Wetter hinwies. Die anderen waren alle unten. Pelloquin hat ausgesagt, sie hätte es sich nicht ausreden lassen, weil ihr schon den ganzen Tag so übel war. Die anderen haben das bestätigt. Er habe ihr geraten, sich mit der Rettungsleine am Bug festzubinden. Dann sei er ans Steuer im Cockpit zurückgegangen. Minuten später war sie weg. Bei dem heulenden Sturm habe er auch nichts gehört.«

»Selbstmord?«

»Keiner der Anwesenden hat den für möglich gehalten, weil sie als ruhig und ausgeglichen galt.«

»Wo leben diese Leute jetzt?«, fragte Marine.

»In Paris. Bis auf Alphonse Pelloquin. Der ist 2001 an Krebs gestorben.«

Marine trank den letzten Schluck Wein aus, runzelte die Stirn und schüttelte den Kopf.

»Was bewegt dich, meine Liebe?«, fragte Verlaque.

»Warum hat Agathe sich nicht angebunden, wie man es ihr geraten hat?«

»Weil sie nicht dazu gekommen ist? Vielleicht ist sie ja über Bord gegangen, bevor sie eine Chance hatte, sich zu sichern.«

»Und jetzt erwartet Richter de Rudder von dir, dass du in der Akte etwas findest?«

Verlaque nickte. »Sie enthält auch ein paar Fotos. Du bist doch schon gesegelt, oder?«

»Ein bisschen«, antwortete Marine. »Die Familie eines Jungen, mit dem ich mich am Gymnasium ein paar Mal getroffen habe, besaß ein Boot in Marseille. Ich sehe immer nur die vielen Haken und Bolzen vor mir. Aber du bist doch mit de Rudder gesegelt, nicht wahr?«

»Er hat mich oft mitgenommen«, berichtete Verlaque. »Das gehört zu meinen schönsten Erinnerungen.« Er musste an de Rudder denken, wie er braun gebrannt und mit wehendem blonden Haar am Heck gestanden und den jungen Jurastudenten, von denen viele das erste Mal auf einem Boot waren, seine Kommandos zugerufen hatte. Und dann war da noch Chantal…

Das Stimmengewirr Hunderter Menschen, die das Opernhaus verließen, füllte den Platz ganz in der Nähe. Marine wies mit einer Bemerkung darauf hin, aber Verlaque schien sie nicht zu hören. Sie warf ihm einen verwunderten Blick zu und sagte etwas lauter: »Lass uns hineingehen und die Fotos anschauen. Ich könnte jetzt einen Tee gebrauchen. Möchtest du auch einen?«

Verlaque tauchte aus seiner Versenkung auf. »Einen Tee? Das klingt gut.«

Marine stellte das restliche Geschirr zusammen und betrachtete Verlaque, der an den Rand der Terrasse getreten war und die Aussicht genoss. Sie mochte es, ihren Mann anzuschauen, wenn er es nicht bemerkte. Sie bewunderte sein dichtes schwarzgraues Haar, die gebrochene Nase, den eindrucksvollen Brustkorb und die breiten Schultern. Er stützte die Ellenbogen auf die Terrassenmauer und schaute auf die Menge der Leute, die die Rue Adanson als Abkürzung nahmen, sich verlaufen hatten oder einfach nur noch ein wenig den warmen Sommerabend genießen wollten, inspiriert von einem Werk Mozarts. Verlaque stand bewegungslos da. Marine zuckte die Achseln, sie hatte zumindest eine witzige Replik auf ihr Teeangebot erwartet.

»Diese komischen Haarschnitte«, entfuhr es Marine, als sie die auf dem Tisch ausgebreiteten Schwarz-Weiß-Fotos betrachteten.

Verlaque murmelte Zustimmung. »Um 1985 kamen an Vidal Sassoons Wuschelköpfen selbst die Reichen und Berühmten nicht vorbei.«

»Und diese Ponys der Frauen, die wie Würste aussehen«, rief Marine und wies auf ein Passbild von Monica Pelloquin.

Dann nahm sie das Foto eines zornig dreinschauenden jungen Mannes in die Hand. »Wer ist das?«

»Erwan Le Flahec, Agathes Sohn«, antwortete Verlaque. Er zog ein Verhörprotokoll der Polizei aus dem Stapel und las darin. »Hier ist es: 1972 in Vallauris geboren, er muss also um die sechzehn gewesen sein, als seine Mutter starb.«

»Aber an dem Abend war er nicht auf der Segeljacht, oder?«

»Nein.«

»Gott sei Dank.«

Verlaque las weiter, während Marine die Aufnahmen eingehend betrachtete, ab und zu die Stirn runzelte und sich auf die Unterlippe biss. Jetzt lachte Verlaque und bemerkte: »Die Polizei von Cannes hat zu jeder vernommenen Person eine Einschätzung ins Protokoll geschrieben, als seien es Grundschüler. In der Kategorie ›Kooperation im Verhör‹ haben alle auf der Jacht Anwesenden ein ›Ungenügend‹ erhalten. Sogar der Junge, den sie in Paris verhört haben, wurde als ›äußerst unkooperativ‹ charakterisiert.«

»Kein Wunder«, murmelte Marine. »Er hatte seine Mutter verloren.«

»Die Sekretärin hat ausgesagt, sie hätte am Nachmittag einen Streit zwischen Agathe und Alphonse Pelloquin gehört.«

Marine blickte auf. »Zu fünft auf einem Segelboot – das kann ich mir vorstellen.«

»Da war jedes Thema recht.«

»De Rudder wurmt es offenbar sehr, dass der Fall nicht gelöst wurde«, sagte Marine nachdenklich. »Er war als Richter unschlagbar, nicht wahr?«

»Ja, aber er war auch ein Mensch«, bemerkte Verlaque. »Sein Enkel, der damals in Erwan Le Flahecs Alter gewesen sein muss, war schwer krank. Leukämie. Einige Zeit später ist er gestorben. Jahre danach saßen de Rudder und ich einmal beim Wein bis zum frühen Morgen beisammen. Da hat er mir gestanden, dass der Fall Barbier ihm einfach nicht aus dem Kopf gehe. Er hätte damals eigentlich Urlaub nehmen müssen, aber er wollte die Ermittlungen nicht abgeben und war überzeugt, er könne beides – bei seinem Enkel im Krankenhaus sein und zugleich einen verdächtigen Todesfall aufklären. Mit der praktischen Arbeit betraute er einen Kollegen, der sich kopfüber hineinstürzte. De Rudder war damals bereits weit über sechzig und hätte in Pension gehen können.«

»Der Fall war hoch angebunden«, überlegte Marine. »Immerhin ging es um Valère Barbier. Ich kann immer noch nicht glauben, dass er jetzt hier lebt und wir ihn getroffen haben. Das ist verrückt … Er ist so ein großer Mann. Da wir jetzt mit ihm gescherzt und über dies und das geschwatzt haben, könnten wir leicht vergessen, wie bedeutend er für die Kultur unseres Landes ist.«

»Ich werde ihm wohl weniger unbefangen gegenübertreten, wenn ich ihn wiedersehe«, meinte Verlaque.

»Obwohl er sich so locker und zugänglich gab«, erwiderte Marine, deren Stimme etwas schriller wurde, wenn sie sich erregte, »kam es mir so vor, als sei er angespannt, als er darüber zu witzeln versuchte, dass ich mit einem Richter verheiratet bin und Paulik Polizeibeamter ist …«

»So ähnlich ist es mir im Zigarrenklub auch gegangen«, stimmte ihr Verlaque zu. »Aber wir sollten uns da nicht in etwas hineinsteigern …«

Marine griff nach den Fotos von der Jacht. »Wann ist die Polizei am Ort des Geschehens gewesen?«

Verlaque schob sich die Lesebrille wieder auf die Nase und blätterte in den Papieren. »Ziemlich schnell«, antwortete er dann.

»Wie ist das möglich?«

»Das Boot war nicht allzu weit von der Küste entfernt«, sagte er. »Alphonse Pelloquin löste den Notruf aus, und hier steht, dass die Küstenwache sie in weniger als einer Stunde erreichte.«

»Aber in der Zeit hätten sie doch viel an Bord verändern, Gegenstände hin und her bewegen können.«

Verlaque schüttelte den Kopf. »Das wäre möglich gewesen, aber Valère ließ nicht zu, dass sich jemand von der Stelle rührte, bevor die Küstenwache da war. Das habe ich vor dem Abendbrot gelesen. Im Verhör sagte er aus, er habe die beiden Frauen angewiesen, sich im Cockpit anzubinden. Er und Pelloquin hätten versucht, Notlichter und Bojen aufs Wasser zu bringen, aber das sei nicht gelungen.«

»Wenn sie so nahe bei der Küste waren, wieso ist Agathes Leiche dann nie angespült worden?«

»Gute Frage.«

Dann hielt Marine Verlaque eine Aufnahme hin und kicherte dabei. »Die Küche. Nach dem Haufen ausgepresster Limonen in der Spüle zu urteilen, hattest du mit deiner Vermutung über die Cocktails sicher recht.« Sie lehnte sich an Verlaque und fuhr fort: »Katharine Hepburn. An sie musste ich denken. Hat nicht sie sich in betrunkenem Zustand so wild gestritten mit, mit …«

»… Spencer Tracy.«

Marine schnippte mit den Fingern. »*Rat mal, wer zum Essen kommt*! In diesem Film war er mit ihr verheiratet, aber auch im richtigen Leben, stimmt's?«

»Da war sie nur seine Geliebte«, korrigierte Verlaque. »Als Katholik wollte er sich nicht von seiner Frau scheiden lassen.«

Marine zog die Augenbrauen hoch. Sie suchte in den Fotos, bis sie ein Bild von Agathe Barbier fand, das sie Verlaque reichte. »Siehst du das? Sie trägt einen Taufanhänger.«

Verlaque nickte. »Das muss aber nicht bedeuten, dass sie sehr fromm war.« Er griff nach einem Foto vom Vorderdeck, betrachtete es genau und reichte es dann Marine. Rasch blätterte er in einem Verhörprotokoll, bis er die Stelle gefunden hatte, die er suchte. »Hör dir das an. Monica Pelloquin hat im Verhör sehr darauf bestanden, dass Alphonse ein geradezu übertrieben korrekter Segler gewesen sei. Eine andere Zeugin, ich glaube, es war die Sekretärin, hat das Gleiche gesagt.«

»Für den Sturm konnte er ja nichts.«

»Aber schau dir das Vorderdeck an«, bat Verlaque und wies auf das Foto.

»*Oh là là.*« Marine führte das Bild ganz nahe an ihre Augen und betrachtete es eingehend in allen Einzelheiten. »Na, so ein Durcheinander! Warum hängt der Anker nicht an der Winde?«

Verlaque lächelte. »Du bist doch selbst auf einem Segelboot mitgefahren. Ich erinnere mich genau, wie wichtig für Daniel de Rudder die Ankerwinde war. Und die vielen Leinen und Schoten, die aufgerollt sein und an den Klampen hängen müssen. De Rudder sagte immer, dass man mit einem unordentlichen Deck Unfälle förmlich heraufbeschwört – jeder kann stolpern und über Bord gehen.«

»Vielleicht wollte de Rudder ja, dass du das auf den Fotos siehst?«, fragte Marine.

»Ich rufe ihn gleich morgen früh an.«

»Bis jetzt hast du kaum etwas, dem du weiter nachgehen kannst«, stellte Marine fest, legte die Fotos aus der Hand und runzelte die Brauen.

»Wenn aber Pelloquin so ein penibler Segler war, dann hätte er doch Ordnung auf Deck haben müssen, oder?«

»Du willst sagen, er hat Anker und Leinen absichtlich dort herumliegen lassen? Damit Agathe darüber stolpert?«

Verlaque stand auf und begann die Teetassen abzuräumen. »Ich weiß, ich weiß«, räumte er ein. »Das ist sehr weit hergeholt.«

Marine machte ein nachdenkliches Gesicht. »Punkt eins: Wir haben kein Motiv«, konstatierte sie.

15. Kapitel

New York City, 22. September 2010

Justin war erleichtert, dass Valère sich mit dem Käse beschäftigte und in seinem Bericht innehielt. Er war sich nicht sicher, wohin dieses Gespräch führte, aber offenbar bedrückte den berühmten Autor eine Schuld, weshalb er sich einen jungen Lektor gesucht hatte, um ihm sein Herz auszuschütten. Vielleicht half ihm dabei, dass Justin kein Franzose war. Möglicherweise erleichterte es der Altersunterschied Valère, aufrichtig zu sein, vorausgesetzt, er sagte die Wahrheit.

Vor dem Treffen hatte Justin mehrere Stunden lang Presseberichte über Agathe Barbiers Unfalltod gelesen. Zum Glück hatte er sich während seines Studiums in Paris genug Französisch angeeignet, um die Einzelheiten der Kommentare zu verstehen. Aber er wollte Valères Version hören, was bisher noch nicht geschehen war. Zweifellos musste dieses Ereignis in Barbiers Memoiren eine wichtige Rolle spielen. Hatte der Autor deswegen so große Schuldgefühle?

»Ihre Frau … Agathe … stammte aus der Bretagne, nicht wahr? Eine französische Professorin an der Universität in Paris meinte, die Bretonen seien ein ganz eigener Menschenschlag. Mit ihr haben wir bretonische Lieder gesungen.«

Valère tupfte sich mit der Serviette den Mund ab. Er lächelte in sich hinein. »Meine Frau ist eine geborene Agathe Le Flahec aus Crozon, südlich von Brest. Eine herrliche Gegend mit sauberen, natürlichen Stränden, wo man kaum einem Menschen begegnet. Die Strände des Mittelmeeres konnte sie nicht ausstehen. Aber ich mag kaltes Wasser nicht, und, ehrlich gesagt, zog es in den 1960er und 1970er Jahren die Reichen und Schönen ans Mittelmeer, nicht in die verdammt kalte Bretagne.«

Justin musste lachen. »Stammte sie aus einer Künstlerfamilie?«

»Ihr Vater war Landarzt, ihre Mutter zog die Kinder groß, malte aber hervorragende Aquarelle. Agathe besuchte die Grundschule in ihrem Dorf. Dann wurde entschieden, sie an das Gymnasium Les Loges in Saint-Germain-en-Laye in der Nähe von Paris zu schicken. Von dieser Schule haben Sie wahrscheinlich nie gehört. Sie und eine weitere dieser Art in Saint-Denis wurden für die Töchter, Enkelinnen und Urenkelinnen verdienter und mit Orden dekorierter Soldaten eingerichtet. Es waren angesehene und für die Mädchen kostenlose Internatsschulen, die es heute noch gibt. Agathes Großvater, Erwan Le Flahec, war im Ersten Weltkrieg General gewesen. Agathe wurde 1961 nach Les Loges geschickt. Ab 1964 besuchte sie die Kunsthochschule, die École des Beaux-Arts, die sie 1969 mit dem Master abschloss.«

»An der Kunsthochschule bin ich häufig vorbeigegangen«, berichtete Justin. »Die Studenten wirkten ziemlich hochnäsig auf mich. Als sie unseren amerikanischen Akzent bemerkten, wollten sie nicht mal mit uns reden.«

»Mit Clothilde hatten Sie dieses Problem wohl nicht«, stellte Valère fest und lachte. »Aber ich kann Sie durchaus verstehen. In meinem Alter waren diese Kunststudenten auch schon so. Ich hatte großen Respekt vor ihnen, doch mein Freund Hugo, ein Reporter, überhaupt nicht. Er behauptete, die Jungs an der Kunstschule seien alle bescheuert und die Mädchen alle schön, wir hätten also gute Chancen, bei ihnen zu landen.«

»Und so haben Sie Agathe kennengelernt.« Justin wurde allmählich bewusst, was für ein Glücksfall es war, dass er all das zu hören bekam. Er wünschte sich, seine eigenen Eltern wären ihm gegenüber so offen gewesen.

Valère lächelte verträumt. »Agathe scherzte manchmal, ihr Hauptgewinn in Paris sei gewesen, dass sie an der École des

Beaux-Arts den Ton entdeckte. An zweiter Stelle rangierte, dass sie mir begegnet war. Ich hatte gerade die Sorbonne abgeschlossen und meine erste Stelle bei *Le Monde* angetreten. Wenn Hugo und ich die Druckfahnen korrigiert hatten, zogen wir durch die Cafés und Bars, um Mädchen aufzureißen. Ich denke, darin war ich Ihnen nicht so unähnlich, Justin.«

Bevor der antworten konnte, schlug Valères Stimmung um. Mit düsterer Miene ließ er fallen: »Aber kehren wir doch zur Bastide Blanche zurück.«

»Einverstanden«, sagte Justin und räusperte sich. »Richter Verlaques Besuch muss für Sie ein Schock gewesen sein.«

Und ob. Als er fort war, kam mir Sandrine noch zappeliger vor als sonst. Dauernd schaute sie auf ihr Smartphone und drängte mich zu einem Abendspaziergang nach draußen. Dabei stießen wir auf Léa, die unter einer Eiche saß und las. »Heute liest du nicht auf unserem Dachboden?«, fragte ich. Léa hatte uns in der letzten Zeit häufig besucht und dabei oft mehrere Stunden auf dem Boden verbracht. Sandrine fand das seltsam, aber ich hielt es für völlig normal. Als ich in Léas Alter war, tat ich das auch, nur nicht auf einem Dachboden, da wir in einem Haus mit mehreren Appartements wohnten, sondern in der Vorratskammer.

»Mama meint, ich brauche mehr frische Luft«, gab Léa zurück.

Wir plauderten ein bisschen, und Sandrine sagte Léa, dass wir das Foto von mir und Maria Callas nach Aix zum Rahmen gebracht hätten. Da sich das Geschäft in der Nähe des Krankenhauses befand, waren wir bei Michèle gewesen, deren Zustand sich noch nicht verbessert hatte. Ich fragte Léa, ob sie uns ein paar schöne Spazierwege empfehlen könnte. Da sprang sie auf und fragte ihre Mutter, die zwischen Scheune und Wohnhaus Gefäße mit Rotwein hin- und herzutransportieren schien. Hélène rief uns einen Gruß zu und erlaubte Léa, uns zu begleiten. Die Realität war dann genau umgekehrt: Léa lief uns voraus und befahl uns, ihr zu folgen. Wir müssen ein seltsames Trio abgegeben haben: der alte Schriftsteller, der Halluzinationen hatte, weil ihn Schuldgefühle quälten, davon bin ich jetzt überzeugt, die geschwätzige Haushälterin im Minirock, die vielleicht meine Schriftstellerkollegin die Treppe hinuntergestoßen hatte, beide angeführt von einem kleinen Mädchen. So gingen wir im Gänsemarsch, bis wir die Chaussee erreichten. Die ist nicht sehr befahren, aber der eine oder andere Bursche aus dem Dorf rast gelegentlich vorbei. Ein Taxi kam vom Dorf her und fuhr in Richtung Aix. Wir blieben stehen. Auf dem Rücksitz saß eine alte Frau mit Sonnenbrille und einem großen Strohhut. »Die blinde Dame«, klärte uns Sandrine auf.

»Es muss schrecklich sein, nicht sehen zu können«, meinte Léa. »Aber noch schlimmer ist es, wenn man nichts hört.«

»Das glaubst du?«, fragte ich.

»Wenn du nun deine Eltern nicht mehr sehen kannst?«, fragte Sandrine. »Die Blumen oder den Weingarten deiner Mutter?«

»Für mich wäre es schlimmer«, antwortete Léa, »wenn ich ihre Stimmen nicht mehr hören könnte.« Inzwischen kannte ich Familie Paulik gut genug und wusste, welch musikalische Begabung Léa hatte. Weder Sandrine noch ich widersprachen, und so drehte sich unser Gespräch bald um andere, weniger traurige Dinge.

»Sind wir noch nicht bald da?«, fragte ich zum Spaß nach etwa fünfzehn Minuten.

Léa ignorierte meine Worte und nahm jetzt einen Feldweg in Richtung Südosten. Wir folgten bereitwillig. Beinahe hätte ich gewitzelt, hier führe eine Blinde wohl andere Blinde, aber das wäre geschmacklos gewesen. Außerdem war Léa nicht blind. Sie wusste genau, wohin sie ging.

Der Weg wand sich jetzt an zwei, drei alten Bauernhäusern aus Feldsteinen und einem knallbunt gestrichenen neuen

Bungalow vorbei. Ich wollte mich schon über dessen Hässlichkeit erregen, das billige Material, den phantasielosen Bau mit viel zu kleinen Fenstern (wo man doch auf dem Land große Fenster haben konnte), aber dann beschloss ich, das für mich zu behalten. Vielleicht war ja Sandrine in einem solchen Haus auf der anderen Seite von Aix aufgewachsen, wo ihre Schwester Josy möglicherweise immer noch wohnte.

Als wir einen Olivenhain durchschritten hatten, sahen wir endlich, wohin Léa ging. Vor uns lag ein Anblick, wie er für die Provence typisch ist: eine kleine weiße Kapelle, die Tür von zwei schlanken Säulen flankiert und darüber ein halbrundes Fenster. Auf jeder Seite zwei weitere kleine Fenster und ein Glockentürmchen auf dem Dach. Eine riesige alte Zypresse wachte über diesen Ort. Der einzige Schönheitsfehler war ein knallgelber Wasserschlauch, den man auf dem von der Sonne ausgedörrten Rasen hatte liegen lassen. Wahrscheinlich hatte ein Dorfbewohner versucht, den Rasen zu sprengen, aber das trockene Gras zeugte davon, dass es wohl vergebliche Liebesmüh gewesen war.

»Kommen Sie!«, rief Léa uns zu und begann zu laufen. Aber sie hielt nicht auf die Tür der Kapelle zu, die offen stand, das sah man von Weitem, sondern verschwand hinter dem kleinen Bau. Als wir sie eingeholt hatten, saß sie auf einer Felsnase mitten auf dem Rasen und hatte ihre Sandalen ausgezogen. Damit winkte sie uns und rief: »Der heilige Pankratius!« Dann stand sie auf und schritt langsam über den glatten Fels.

»Wer in aller Welt ist der heilige Pankratius?«, fragte ich Sandrine.

»Das dürfen Sie mich nicht fragen«, gab sie zurück. »Josy und ich haben zur Messe immer Romane mitgenommen und nie zugehört.«

»Am Ende waren es meine Bücher, Ihr kleinen Heiden?«

»Da könnten Sie recht haben, M. Barbier.«

»Schaut her, ihr zwei!«, sagte Léa, als wir sie endlich erreicht hatten. Sie stieg mit den Füßen in mehrere ausgetretene Abdrücke im Stein. »Das sind die Fußstapfen des heiligen Pankratius!«, erklärte sie uns. Es waren vier, und Léa sprang zwischen ihnen hin und her.

»Stimmt das?«, fragte ich.

»Natürlich«, antwortete Léa sachlich. »Der heilige Pankratius ist aus ... ich weiß nicht genau, aber es war von sehr weit ... hierhergekommen, hat sich niedergesetzt und seine Füße in diese Steinmulde gestellt, die voll Wasser war, weil es geregnet hatte. Während er seine Füße kühlte, geschah ein Wunder. Der Fels wurde weich, und so hat er seine Fußabdrücke hier hinterlassen.«

Sie glauben an solchen Unsinn, Justin? Das habe ich mir gedacht.

»Sie sollten das unbedingt tun«, erklärte uns Léa in vollem Ernst. »Es bringt Glück, wenn man in die Fußstapfen des Heiligen tritt. Das haben wir im Mai getan. Eine ganze Horde Kinder aus dem Dorf nach einer Messe in der Kapelle.«

»Was für Glück bringt das denn?«, fragte ich.

»Wenn Sie seinen Fußstapfen folgen ... dann werden Sie ... ein gutes Leben haben.«

Ich behielt für mich, wie überrascht ich war, dass die Pauliks zur Messe gingen. Sie kamen mir so liberal vor. Aber wahrscheinlich war ich selbst zu sehr Intellektueller vom linken Seineufer. Vielleicht hatten sie diese Messe im Mai ausnahmsweise besucht, wie man es zu Ostern und Weihnachten tut. Oder sie gingen jeden Sonntag hin. Ich wusste es nicht, und es konnte mir auch gleichgültig sein.

Ich bat Léa, uns die Kirche zu zeigen. Sie setzte sich, zog die Sandalen wieder an, sprang dann auf und sauste los wie eine Rakete. Sandrine grinste, und wir folgten ihr zum Eingang der Kapelle. Als ich eintreten wollte, legte mir Sandrine die Hand auf den Arm und bedeutete mir, stehen zu bleiben. Drinnen begann jemand zu singen wie ein Engel. Wir schlichen uns in die Kapelle und blieben mit dem Rücken zur Wand stehen. Für Kirchenbänke war der Raum zu klein; ich fragte mich, wie sie es bei Gottesdiensten hielten. Léa stand vor dem steinernen Altar, das Gesicht uns zugewandt. Ich verstehe nichts von Kirchenmusik. Doch ich kenne ein paar Stücke aus Bachs Matthäuspassion und höre gern Choräle. Dann bedaure ich jedes Mal, dass ich mich nie näher damit befasst habe. Ich blickte zu Sandrine, die mit geschlossenen Augen, das Gesicht zur Decke erhoben, dastand.

Der Gesang machte mir Gänsehaut. Der Text war so einfach und kindlich – er handelte von einem Lamm. Doch die klaren Töne gaben ihm Tiefe. Es war wunderschön und ging mir durch und durch. Besonders die letzte Zeile verschlug mir die Sprache. Ich kannte dieses Lied. Ich hatte es in London gehört, mit Agathe Anfang der 1980er Jahre.

Als Léa geendet hatte, wagten wir kaum zu atmen. Von draußen drang kein Ton herein, es war, als stünde die Welt still. Keine Gespenster mehr, keine Vergangenheit oder Gegenwart. Dann klatschte Sandrine langsam in die Hände, und ich folgte ihrem Beispiel. Léa stand da, lächelte und verbeugte sich.

»Was war das für ein Stück?«, fragte ich. Mein Herz schlug heftig.

»Es ist von John Tavener«, antwortete Léa. Ihr fiel es etwas schwer, den fremden Namen auszusprechen. Jetzt erinnerte ich mich wieder. Es war *Das Lamm* von John Tavener. Agathe und ich hatten seine Welturaufführung erlebt.

»Unsere Lehrerin hat es für uns ausgewählt«, erklärte Léa. »Sie meint, es sei schwierig zu singen, obwohl der Text einfach ist.«

»Singst du oft in der Kapelle?«, fragte ich.

Sie nickte.

»Es ist sehr schön hier drin«, sagte Sandrine.

»Das meine ich auch«, stimmte Léa ihr zu. »Ich fühle mich

so wohl hier. Als wäre ich zu Hause. Im Konservatorium kann ich überall singen, außer in einem Raum ganz oben unterm Dach. Meine Lehrerin hat versprochen, dass ich dort nicht mehr singen muss.«

Sandrine blickte mich an und dann das Mädchen. »Was ist denn in dem Raum?«, fragte sie.

Léa rieb sich den Nacken. »Dort bekomme ich keine Luft«, sagte sie. »Und mir wird heiß.«

»Etwas Ähnliches hast du in meinem Haus erlebt«, vermutete ich. Sofort bereute ich meine Worte.

»Bis ich einmal *Das Lamm* in Ihrem Haus gesungen habe«, erwiderte Léa unbekümmert. »Seitdem fühle ich mich dort wohl, auch auf dem Dachboden.« Dann rief sie plötzlich: »Papa! Papa!«, und lief aus der Kapelle.

Sandrine und ich wechselten erstaunte Blicke, ich zuckte die Achseln. »Ich habe sie auf dem Dachboden singen hören«, flüsterte Sandrine. Wir gingen nach draußen, wo es ruhig und still war. Nicht einmal die Bienen summten. Dann erschien eine Staubwolke auf dem Weg, es rumpelte leise, und Bruno Pauliks alter Range Rover kam in Sicht.

16. Kapitel

Paris, Donnerstag, 8. Juli 2010

»Alles gut in der Welt«, sagte Verlaque, faltete die gestärkte Serviette auseinander und breitete sie auf seinem Schoß aus. Dann lehnte er sich zurück und schloss die Augen.

»Die Welt kann untergehen«, bemerkte Marine, »aber wenn du in einem deiner Lieblingsrestaurants in Paris sitzt, dann bist du wunschlos glücklich.« Sie betrachtete den uralten gefliesten Boden, den holzgeschnitzten Tresen und an den Wänden die Spiegel in den goldenen Rahmen, in denen Gäste mit dem Blick zur Wand das Restaurant und, was noch wichtiger war, die anderen Gäste sehen konnten.

Der TGV war kurz vor Mittag in Paris angekommen. Mit einem Taxi waren sie das Seineufer entlang direkt zum Restaurant gefahren. Marine hatte eine vage Vorstellung, wo sie sich befanden – unweit des Élysée-Palastes, der britischen Botschaft und des Place de la Concorde. Es war ein Ort, wo Antoine sich zu Hause fühlte – mit gutem, hervorragend zubereitetem altmodischen Essen. Doch die Qualität hatte ihren Preis. Aus Artikeln in *Le Monde* und in Sylvies *Elle* wusste sie, dass jetzt junge internationale Restaurants in Paris den Ton angaben. Personal und Gäste waren jung und zumeist tätowiert, die Einrichtung aus hellem Holz, die Beleuchtung nackte Glühlampen. Marine war erleichtert, dass dieses Restaurant nicht dazugehörte. Eine Frau mittleren Alters, deren weiße Bluse so gestärkt war wie die Tischdecken und Servietten, fragte sie nach ihren Getränkewünschen und erschien wenig später mit den Aperitifs und einem Teller hauchdünn geschnittener pikanter Wurst. Die Tische standen dicht beieinander. Die Gäste, die neben ihnen saßen, zwei Männer und eine Frau, sprachen in einer Weise über den neuesten Gesetzesentwurf des Bildungsministers, dass klar wurde: Sie kannten ihn nicht nur persönlich, sondern arbeiteten für ihn. Marine nippte an ihrem zehn Jahre alten Portwein und fragte Verlaque: »Wen willst du als Ersten aufsuchen?«

»Ursule Genoux, Valère Barbiers Privatsekretärin. Sie ist inzwischen Rentnerin und wohnt nicht weit von hier. Dann fahre ich ins 16. Arrondissement zur Witwe des Verlegers. Und du lässt dich in der Bibliothèque nationale nieder?« Für ihre Studien zu Sartre und Beauvoir suchte Marine häufig die Nationalbibliothek auf, die in vier gewaltigen Hochhäusern im Osten von Paris untergebracht war.

»Nein, diesmal nicht«, antwortete Marine. »Ich fahre zum Montparnasse, um dort ihre Gräber zu besuchen, und dann nach Sèvres.«

»Nach Sèvres? In die grüne Vorstadt?«

»Ins Keramikmuseum«, antwortete Marine. »Ich habe angerufen und darf einen Blick in den Nachlass von Agathe Barbier werfen.«

»Hast du mir das gesagt, und ich habe es nur vergessen?«, fragte Verlaque. Er lehnte sich zurück, damit die Kellnerin den Teller mit der Entenbrust vor ihm absetzen konnte.

»Nein«, sagte Marine und lachte. »Ich habe nicht daran gedacht.« Sie wies auf den Teller. »Du hast ja das Gleiche bestellt wie ich.«

»Überhaupt nicht! Dafür hatte ich mich schon entschieden, als wir hier hereingekommen sind.«

»Da kanntest du doch das Tagesangebot noch gar nicht!«

»Ein gutes Restaurant wie dieses hat immer Entenbrust auf der Karte«, erklärte Verlaque und schnitt das Fleisch an. »Auf den Punkt gebraten. *Bon appétit.*«

Rue de Surène Nr. 7, das Haus, in dem Ursule Genoux wohnte, lag kaum fünf Minuten Fußweg von dem Restaurant entfernt im selben Viertel, das der überteuerten Gegend glich, wo Verlaque aufgewachsen war und sein Vater immer noch lebte. Dort fand man keine Läden für Lebensmittel oder anderen täglichen Bedarf, sondern Designershops, Regierungsgebäude, Botschaften und mittelmäßige, aber teure Bistros, wo sich jene versorgten, die in den Geschäften, Büros und Botschaften arbeiteten. Er war froh, dass er den Namen und die Adresse des Restaurants noch wusste, wo sie zu Mittag gegessen hatten, wenn es auch Marine den Atem verschlug, als sie die Rechnung sah.

Unten in dem Haus, wo sich Ursule Genoux' Wohnung befand, gab es seltsamerweise eine Raucherbar, eine der seltenen in diesem Teil des 8. Arrondissements, wie Verlaque glaubte. Als er auf den Klingelknopf neben dem Namensschild Genoux gedrückt hatte, meldete sich eine Frauenstimme und bat ihn, die Treppe zum ersten Stock zu nehmen. Er hatte sich schon gewundert, wie eine Sekretärin, selbst eine, die für einen berühmten Autor arbeitete, sich eine Wohnung in diesem Viertel leisten konnte. Dass das Appartement im ersten Stock zur Straße heraus lag, erklärte dies zum Teil: Es war bestimmt laut und dunkel. Sie konnte es allerdings auch vor Jahrzehnten gekauft haben, wenn es denn ihr Eigentum war.

Als Verlaque die Treppe heraufkam, stand Mme Genoux bereits in der offenen Tür. »Treten Sie ein«, sagte sie, drückte ihm die Hand und trat zur Seite. Zu seiner Überraschung war der schmale Korridor in hellem Gelb gehalten, was ihn an van Gogh erinnerte. In einem Keramikständer sah er zwei altmodische Schirme stehen, und an der Wand hingen mehrere Strohhüte. Sie geleitete ihn in ihr Wohnzimmer, das entgegen seiner Erwartung nicht dunkel, sondern sehr hell war, weil es drei hohe Fenster hatte.

»Ein schöner Raum«, sagte er. An den Wänden hingen kleine Ölbilder und Drucke von Seen und Bergen, wie man es bei einer älteren Sekretärin erwarten konnte, aber die Möbel waren poliert und die Antiquitäten aus Stilepochen, die er verehrte, zum Beispiel dem britischen Regency. Die Wände waren vom gleichen Gelb wie im Korridor.

»Danke. Nehmen Sie doch Platz«, sagte sie und wies auf einen mit blauer Seide bezogenen Sessel.

»Sie waren sicher überrascht, als ich angerufen habe«, leitete Antoine das Gespräch ein.

»Aber Sie haben gar nicht angerufen«, antwortete Mme Genoux. »Das hat Ihre Sekretärin getan.«

Verlaque konnte nicht genau sagen, ob das kritisch gemeint war. Entweder war Mme Genoux pikiert, weil er sich nicht selbst gemeldet hatte, oder sie wollte einfach seine perfekte Sekretärin erwähnen. »Da haben Sie recht. Ich wollte sagen, Sie müssen überrascht gewesen sein, als man Sie nach all den Jahren wegen Agathe Barbiers Tod angerufen hat.« Während er auf ihre Antwort wartete, nahm er sie näher in Augenschein. Barbiers frühere Sekretärin war hochgewachsen, etwa so groß wie Marine, hatte aber breitere Schultern. Darauf fiel grau meliertes, glattes Haar. Ihre Augen kamen ihm hellbraun vor, aber das konnte er nicht genau sagen.

»Nein, das hat mich gar nicht überrascht«, gab sie zurück.

Jetzt blickte er sie leicht schockiert an. »Können Sie das bitte genauer erklären?«

»Ich habe nie geglaubt, dass man so einfach von einem Segelboot fällt.«

»Aber das Meer war sehr bewegt, oder?«

»Das ist schon wahr, doch Agathe war ja nicht schwachsinnig. Sie hätte sich vorgesehen.«

»So wie ich die Dinge verstehe, ging es Mme Barbier schlecht, weil sie seekrank war. Vielleicht brauchte sie dringend frische Luft und hat deshalb das Gleichgewicht verloren.«

Mme Genoux kräuselte die Lippen. »Weshalb sind Sie eigentlich hier?«

»Der Untersuchungsrichter von damals ...«

»... Daniel de Rudder.«

»Eben der«, antwortete Verlaque, »hat darum gebeten, dass der Fall noch einmal aufgerollt wird.« Verlaque erklärte nicht den Grund; er hätte es auch nicht getan, wenn Mme Genoux danach gefragt hätte, aber sie fragte nicht.

»Wie lange haben Sie für M. Barbier gearbeitet, Mme Genoux?«

»Zwanzig Jahre und drei Monate«, antwortete sie. »Ich habe 1979 bei ihm angefangen, kurz nachdem *Der Empfangschef* herausgekommen war.«

»Hatten Sie ein eigenes Büro?«

»Hier war mein Büro. Zwischen dem Wohn- und dem Schlafzimmer befindet sich noch ein kleiner Raum. M. Barbier kam jeden Morgen zu Fuß von seiner Wohnung im 7. Arrondissement über die Invalidenbrücke hierher und brachte mir ein Tonband mit den Kapiteln, die er am Tag zuvor diktiert hatte. Das nannte er seinen Morgenlauf.«

»Für Mme Barbier haben Sie also nicht viel gearbeitet?«

»Doch, doch«, erwiderte sie. »M. Barbier hat nicht jeden Tag diktiert. Als er immer bekannter wurde, hat er viele Interviews gegeben und andere Termine wahrgenommen. An den Tagen, da er mich nicht zum Schreiben benötigte, erledigte ich Aufträge von Madame, wenn sie mich brauchte.«

Mme Genoux schien sich leicht zu entspannen. Verlaque blieb zunächst bei ähnlichen Themen. »Hat M. Barbier jemals gelernt, seine Texte selbst in den Computer zu schreiben?«, fragte er. »Das muss eine enorme Arbeit für Sie gewesen sein.«

»Es war mein Beruf«, antwortete sie. »Und ich habe es gern getan. Zwar hat er sich vor einigen Jahren einen Laptop zugelegt, aber er meinte, es genüge ihm, darauf E-Mails zu beantworten und nach dem Wetterbericht zu schauen. Für seine Bücher ist er beim Diktiergerät geblieben. Auch wenn er heute ganz andere Bücher schreibt ...«

»Da haben Sie wohl recht«, bemerkte Verlaque. »Frauenromane.«

»Sie wurden immer länger, ich brauchte also mehr Zeit zum Schreiben, aber sie waren … weniger … kompliziert.«

Verlaque musste lächeln. »Und in dieser Woche auf Sardinien im Jahre 1988«, fuhr er fort, »sind Sie M. Barbier gefolgt, weil er an einem Buch arbeitete?«

»Ja, wenn die Barbiers länger Urlaub machten, war ich meist dabei.«

»Wie sind die Beteiligten in jener Woche miteinander ausgekommen? Vor allem auf der Segeljacht?«

»Es gab Streit«, antwortete Mme Genoux und zupfte an ihrem langen Leinenrock. »Ich habe bei der Polizei in Cannes ausgesagt, nachdem Agathe …«

»Ja, Sie haben erwähnt, dass Sie an dem Tag, da Mme Barbier starb, gehört haben, wie sie und M. Pelloquin heftig miteinander stritten.«

»Richtig, aber ich konnte nicht verstehen, was sie sagten, denn der Wind hatte aufgefrischt. Wir waren alle in der Nähe, nur M. Barbier hielt unter Deck ein Schläfchen. Er hat viel getrunken in jenen Tagen.«

Verlaque musste an die ausgedrückten Limonen in der Spüle denken. Außerdem fiel ihm auf, dass Mme Genoux ihren Chef nach dreißig Jahren immer noch beim Familiennamen nannte, während sie bei seiner Frau den Vornamen benutzte. »Was war Alphonse Pelloquin für ein Mensch?«

Mme Genoux warf Verlaque einen flüchtigen Blick zu und kräuselte die Lippen. »Ich mochte ihn gar nicht. In meinen Augen war er ein Opportunist.«

»Und seine Frau?«

»Ach die! Sie war – sie ist – eine Primadonna, ein verwöhntes Gör, das nie erwachsen geworden ist.«

»Hätte Agathe Barbier einen Grund gehabt, sich umzubringen?«

»Auf keinen Fall!«, antwortete Mme Genoux entrüstet. »Das habe ich der Polizei auch gesagt. Sie war glücklich, hochtalentiert und hatte eine glänzende Karriere vor sich.«

»Können Sie sich vorstellen, warum M. Barbier so viel getrunken hat? Gab es Eheprobleme?«

»Keine Ahnung.« Jetzt sprach sie wieder in so unbeteiligtem Ton wie am Anfang.

»Hat M. Barbier einen Terminkalender geführt?«

»Meinen Sie, ob er das 1988 und danach getan hat?«

Verlaque nickte mit einem Lächeln.

»Ja, und wir sind seine Termine jeden Morgen durchgegangen. Die Kalender müssten in seinem Besitz sein, wenn er sie aufgehoben hat.«

»Ich danke Ihnen, Mme Genoux«, erklärte Verlaque und stand auf. »Darf ich Sie wieder anrufen, wenn es notwendig werden sollte?«

»Ja, aber benutzen Sie bitte meine Handynummer. Bedenken Sie dabei, dass dies eine neue Technik für mich ist, an die ich mich gerade erst gewöhne.«

»Ich kann mich auch auf Ihrem Festnetzanschluss melden.«

Sie zögerte einen Augenblick und antwortete dann: »Wahrscheinlich werde ich in der nächsten Zeit meine Nichte und deren Familie in der Picardie besuchen. Benutzen Sie also besser die Handynummer.« Sie begleitete ihn hinaus.

»Danke noch einmal«, sagte Verlaque.

»Keine Ursache«, gab sie zurück und öffnete die Tür.

Unterwegs in Richtung Place de la Madeleine ging Verlaque durch den Kopf, wie viel Geduld Ursule Genoux in all den Jahren aufgebracht haben musste, wenn sie tatsächlich glaubte, dass man Agathe Barbier ermordet hatte oder an der Sache etwas faul war. Warum hatte sie sich nicht zu Wort gemeldet? Vielleicht war diese ältere Frau jemand, der nie Ärger machte und jeden Konflikt scheute? Vielleicht hatte sie auch all die

Jahre schweigend darauf gewartet, sich einmal aussprechen zu können. Er winkte einem Taxi, das um den grauen Koloss der Madeleine-Kirche bog. Die hatte er nie gemocht und sich immer vorgestellt, dass ein italienischer Handwerker sie blassgelb oder pink streichen könnte wie so viele Kirchen in Ligurien oder auf Sizilien. Die waren allerdings von barocker und nicht neoklassizistischer Architektur. Er gab dem Fahrer Monica Pelloquins Adresse im 16. Arrondissement, setzte sich bequem hin und genoss den Anblick seiner Lieblingsstadt. Er versuchte sich vorzustellen, wie sie in mediterranen Farben aussehen würde. Als sie Mme Pelloquins Wohnung in der Nähe des Trocadéro erreichten, war er zu dem Schluss gekommen, dass Paris am besten grau bleiben sollte, um zur Seine zu passen. Die Stadt lag eben nicht an dem glitzernden blauen Meer.

Als er bei Pelloquin geklingelt hatte, bat ihn eine klare Frauenstimme, den Lift zur fünften Etage zu nehmen. Im Unterschied zu Wohnungen weiter unten mochte Verlaque jene in der fünften Etage klassischer Haussmann-Gebäude am meisten: sie lagen hoch genug für eine gute Aussicht, waren hell und hatten einen kleinen Balkon, die Baron Haussmann nur für die zweite und fünfte Etage genehmigt hatte. Diese Uniformität der Balkons mit ihren Gittern erweckte von der Straße her den Eindruck, als seien schmiedeeiserne Bänder um die Häuserblocks gelegt.

Als Verlaque aus dem Fahrstuhl trat, sah er eine junge Frau in der Tür einer der Wohnungen stehen. »Hier herein«, sagte sie. Nach ihrem Akzent konnte es eine Portugiesin sein.

»Ich bin Richter Verlaque aus Aix-en-Provence«, sagte er und trat in eine geräumige Diele mit schwarz-weißen Marmorfliesen.

»Einen Moment, bitte.« Das Hausmädchen, wofür er die junge Frau hielt, denn sie trug die traditionelle schwarze Schürze, entfernte sich durch eine Flügeltür. Sekunden später kam sie zurück und verkündete: »Sie können eintreten.« Er hatte kaum Zeit gehabt, sich in der Diele umzuschauen, hatte aber an den Wänden ein paar kitschige venezianische Masken entdeckt, wie sie Touristen auf dem Markusplatz kaufen. Mme Genoux' Wohnung hatte ihm besser gefallen, zumindest bis hierher.

Das Wohnzimmer war so groß, dass Verlaque zunächst Mühe hatte, die Besitzerin darin zu finden. Als Mme Pelloquin »Hallo!« sagte, entdeckte er sie neben einem massiven Kamin auf der gegenüberliegenden Seite des Raumes. Diese Art kannte er aus Schlössern des Burgund – viel zu groß und zu rustikal für eine Pariser Wohnung. *»Bonjour, Madame«*, sagte er, ging durch den Raum und gab ihr die Hand. Mme Pelloquin kam ihm keinen Schritt entgegen, sondern harrte neben dem Kamin aus. Wären sie befreundet gewesen, hätte er über den langen Weg einen Witz gemacht. »Ich danke Ihnen, dass Sie mich so kurzfristig empfangen«, sagte er.

Mme Pelloquin zuckte nur die Schultern. Ihre Unhöflichkeit wirkte nicht entmutigend oder einschüchternd auf ihn, irritierte ihn aber schon ein wenig. Da es so aussah, als biete man ihm keinen Stuhl an, begann er sofort mit seiner Befragung, um sich an diesem Ort nicht länger als nötig aufzuhalten. »Der frühere Untersuchungsrichter von Cannes, der 1988 die Ermittlungen zum Unfalltod von Agathe Barbier leitete, hat mich gebeten, weitere Erkundigungen einzuholen«, sagte er. Da Mme Pelloquin sich kein bisschen kommunikativ zeigte, entschied er, ihr nur die nötigsten Details mitzuteilen. Wenn sie das wollte, konnte sie Erkundigungen über Daniel de Rudder einholen. Dann wüsste sie, dass er inzwischen pensioniert war und in Arcachon lebte. »Sie haben geschlafen, als Mme Barbier damals von der Segeljacht gefallen ist«, fuhr er fort.

Monica Pelloquin wischte sich mit der rechten Hand über die Augen. »Das ist so lange her«, antwortete sie dann langsam, als fiele es ihr körperlich schwer, zu sprechen. Verlaque reagierte nicht, damit sie weitersprach. Während er sie anschaute, wurde ihm klar, was Mme Genoux gemeint hatte, als sie die Witwe des Verlegers ein verwöhntes Gör nannte. Obwohl Mme Pelloquin schon Ende sechzig sein musste, trug sie ein Outfit, das, so meinte Verlaque, selbst Marine für sich als zu jugendlich hielte: ein unter der Brust geschnürtes geblümtes Baumwollkleid, das oberhalb der Knie endete, dazu pinkfarbene hochhackige Sandaletten. Sie hatte zu einem Knoten aufgestecktes schwarzes Haar und einen Teint von einer Blässe, die durch den tiefroten Lippenstift noch hervorgehoben wurde. Jetzt nahm sie die Hand von den Augen und blickte Verlaque an. »Fahren Sie nur fort«, sagte er.

Sie seufzte. »Wir waren gerade mit dem Essen fertig, als der Sturm losbrach und das Boot heftig zu schaukeln begann. Ich zog mich in meine Kabine zurück, ebenso die Sekretärin mit dem schlechten Benehmen. Alphonse, mein verstorbener Mann, zog seinen Anorak über und ging zum Cockpit, Valère und Agathe blieben unten am Esstisch sitzen. Als ich mich hinlegte, hörte ich sie miteinander streiten, verstand aber nicht, was sie sagten.«

»Haben sie oft gestritten?«

»Nein«, antwortete sie. »Das schien mir ungewöhnlich zu sein.«

»Im Verhörprotokoll heißt es, Ihr verstorbener Ehemann und Agathe Barbier hätten zuvor ebenfalls miteinander gestritten. Wissen Sie, worum es da ging?«

Mme Pelloquin schnalzte leicht mit der Zunge und hob ablehnend die Hand. »Keine Ahnung. Das konnte alles Mögliche sein. Wahrscheinlich ging es um Valère, den gequälten Autor. Valère, den Star der Literatur.«

Verlaque ignorierte den kaum verhüllten Neid der Frau und fragte: »Haben Sie gesehen oder gehört, dass nach Agathe noch jemand an Deck ging?«

»Nein, es schaukelte so sehr, dass ich nicht schlafen konnte. Sie war noch nicht lange nach oben gegangen, da kam Alphonse die Leiter herunter und rief um Hilfe.«

»Wann haben Sie Valère Barbier das letzte Mal gesehen?«

Sie überlegte eine Weile und antwortete dann: »Das muss beim Begräbnis meines Mannes im Jahre 2001 gewesen sein.«

»Sie hatten keinen Grund, M. Barbier danach zu treffen?«

»Warum sollte ich?«, fragte sie. »Wir hatten keinerlei Gemeinsamkeiten, nachdem mein Mann tot war.«

Verlaque fragte sich, wie ein allgemein geschätzter Verleger eine solche Frau heiraten konnte. Pelloquin hatte nicht nur Barbier, sondern auch andere große Romanciers seiner Generation herausgebracht. Warum hatte er sich mit einer Frau zusammengetan, die öffentlich erklärte, mit dieser Welt nichts zu tun zu haben? Ursule Genoux hatte Alphonse Pelloquin einen Opportunisten genannt.

»An Agathes Tod war nicht mein Mann schuld«, sagte Mme Pelloquin. »Alphonse war ein hervorragender Segler, Richter … Richter … wie sagten Sie, war Ihr Name?«

»Verlaque. Ich danke Ihnen, Mme Pelloquin. Sie waren sehr … hilfreich. Ich finde allein hinaus.«

Die fünf Treppen lief Verlaque zu Fuß hinunter. In der dritten Etage ging eine Wohnungstür auf, und eine ältere Frau schaute heraus. Verlaque grüßte sie, woraufhin sie rasch die Tür schloss. Willkommen im 16. Arrondissement, dachte er bei sich. Er schaute auf die Uhr und sah, dass er Zeit hatte. Marine war sicher noch im Museum von Sèvres. Er trat auf die schmale Straße hinaus, nur einen Steinwurf entfernt von dem belebten Trocadéro.

Er entschloss sich, ein Taxi zum Le Hibou in Saint-Germain zu nehmen, wo er draußen sitzen und eine Zigarre rauchen konnte. Das Café war bei den Literaten vom linken Seineufer beliebt, und dort Leute zu beobachten war die fünf Euro für einen Espresso wert.

Auf dem Weg zum Taxistand am Trocadéro ging ihm durch den Kopf, wie gut Mme Genoux die Verlegerwitwe eingeschätzt hatte. War also auch ihr Misstrauen gegenüber Alphonse Pelloquin gerechtfertigt?

Marine überquerte rasch die Brücke von Sèvres, um endlich in ihr Lieblingsmuseum zu kommen. Auf der Brücke wehte eine kühle Brise von der Seine herauf, und sie zwang sich, stehen zu bleiben. Sie beugte sich über das Geländer und schaute auf den Fluss. Am Ufer vor dem Museum ankerten etwa ein Dutzend Hausboote. Sie fragte sich, wie es sich wohl in so einem schwimmenden Heim mitten in der Stadt, aber auf dem Wasser, lebte. War es das Paradies, nur billiger als eine Wohnung im Zentrum der Hauptstadt? Oder war es ein Alptraum von Schimmel und anderen hässlichen Dingen, die des Nachts hinter dem Bullauge neben dem Bett vorüberschwammen? An einem warmen Sommerabend wie diesem neigte sie zu ihrer ersten Annahme, dass es sich dort herrlich leben musste. Bis zur nächsten Metrostation waren es nur einige Minuten Weg, die Gärten und Parks der Stadt standen einem zur Verfügung. Sie stellte sich vor, dass die Bewohner am Flussufer grillten und Feste feierten wie auf einem Bild von Renoir. Die Männer mit Schnurrbärten, die Frauen mit Sonnenschirmen.

Wenige Minuten später stand sie bereits im Museum. Sie hatte sich mit dem noch in ihrem Besitz befindlichen Professorenausweis angemeldet, der es ihr erlaubte, in den Nachlass von Agathe Barbier Einsicht zu nehmen. Zuvor begab sie sich jedoch auf einen raschen Rundgang durch die riesigen Räume, die mit Keramiken aller Epochen gefüllt waren – von Majoliken aus der italienischen Renaissance über Kaffeeservices aus feinem, von Hand bemaltem Sèvres-Porzellan aus dem 17. Jahrhundert bis zu modernen Tonskulpturen wie jene von Agathe Barbier. In einem der letzten Räume betrachtete Marine eine Vase von Picasso mit einem dunkelblauen Faungesicht und Henkeln wie Ohren. Mitten im Raum stand einer der großen Terrakottatöpfe von Agathe Barbier. Er schien die Teller und Vasen Picassos zu bewachen, die in Glasvitrinen ausgestellt waren. Marine erinnerte sich, gelesen zu haben, dass beide Künstler nahe beieinander in Vallauris gearbeitet hatten. Sie fragte sich, wie gut sie sich kannten. Dann schaute Marine auf die Uhr und ging zurück zu der Stelle, wo sie ein Hinweisschild zum Archiv gesehen hatte.

Verlaque hatte Glück und erwischte den letzten freien Platz auf der Terrasse des Le Hibou, einen Tisch ganz am Rand, für einen Zigarrenraucher wie geschaffen. Einen Nachbartisch gab es nur zu seiner Rechten. Dort debattierten zwei junge Frauen über eine neue Übersetzung von Rainer Maria Rilkes Gedichten, während sie ohne Pause Marlboros rauchten. Er steckte sich seine *Predilecto*, ein Geschenk aus Kuba von Fabrice und Julien, an, lächelte und freute sich darüber, dass es Diskussionen wie die an seinem Nachbartisch wenigstens in Paris noch gab.

Er bestellte sich ein bernsteinfarbenes belgisches Bier, lehnte sich zufrieden zurück und sah dem Treiben zu. Es war kurz nach fünf, der TGV startete erst um sieben. Marine und er konnten im Zug zu Abend essen – der Risotto aus der Mikrowelle war nicht schlecht, er hatte ihn bereits probiert. Gegen zehn sollten sie in Aix zurück sein.

Die Frauen zu seiner Rechten hatten ihren Kaffee ausgetrunken und baten den Kellner um die Rechnung. Sie hatten sich kaum einen Schritt von dem Tisch entfernt, als ein Mann in Verlaques Alter sich schnaufend dort niederließ, erleichtert, einen Platz ergattert zu haben. Er warf Verlaque einen Blick zu, der auf seine Zigarre wies und die Achseln zuckte, als bitte er um Nachsicht wegen des Rauchs. »Kein Problem«, sagte der Mann mit einem Lächeln. Verlaque dankte und riskierte einen zweiten Blick. »Charles-Henri?«, fragte er dann.

»Antoine!«

»Ich hätte mir denken können, dass ich dich hier treffe!«, rief Verlaque. Lachend schüttelten sie sich die Hände. Charles-Henri Lagarde hatte Verlaque seit Jahren nicht mehr gesehen. Das letzte Mal musste es bei einem Abendessen in der Wohnung seines Bruders gewesen sein. »Wie geht es dir?«

»Tadellos!«, erwiderte Lagarde ein wenig zu forsch, wie es Verlaque schien.

»Und dir?«

»Ich bin frisch verheiratet«, erklärte Verlaque und hob die linke Hand, an der ein goldener Ehering blinkte.

»Gratuliere, und viel Glück. Ich bin geschieden, drei Kinder, und jetzt zwei Hypotheken in Paris statt einer. Wer ist die Angetraute?«

»Marine Bonnet«, antwortete Verlaque. »Eine Juraprofessorin aus Aix-en-Provence.«

»Eine Frau aus Aix?«

»Dort geboren und aufgewachsen.«

Lagarde ließ einen Pfiff hören. »Stimmt es, dass die Frauen von Aix die meiste Unterwäsche in ganz Frankreich kaufen?«, ließ er mit einem Augenzwinkern fallen.

Verlaque lächelte. Jetzt wusste er wieder, warum ihn die Begegnung mit Charles-Henri freute, er aber nie Kontakt mit ihm gehalten hatte. »Meinen Glückwunsch zu deinem neuen Buch. Ich habe eine begeisterte Rezension in *Le Monde* gelesen.«

»Und hoffentlich nicht den Verriss in *Les Echos*«, erwiderte Lagarde. »Trotzdem danke.«

Verlaque versuchte sich an das Buch zu erinnern, es war wohl ein historischer Roman, nicht gerade ein Genre, das er besonders mochte. Er wollte sich gerade noch ein paar Worte darüber abringen, als er bemerkte, dass eine Frau im Minirock am Nachbartisch Lagarde offenbar mehr interessierte.

Der fragte: »Lebt nicht Valère Barbier jetzt in Aix?« Verlaque nickte und trank sein Bier aus. »Ja, auf dem Land, nicht weit von der Stadt. Seid ihr befreundet?«

»Sicher, wir sind uns einige Male begegnet.« Wieder schaute Lagarde zu der Frau hinüber und fügte dann ungefragt hinzu, »… bei Buchpräsentationen und Preisverleihungen.«

So plauderten sie noch ein paar Minuten weiter, während Verlaque auf die Rechnung wartete. Er schickte Marine eine Textnachricht, er sei spät dran und treffe sie auf dem Bahnhof. Dann erhob er sich, schüttelte Charles-Henri die Hand und beteuerte aufrichtig, wie nett es gewesen sei, ihn zu treffen. Zwar hatte ihn Lagarde an alles erinnert, was ihn an seinem Bruder, dem Immobilienhai, und dessen Freunden störte (und weshalb Verlaque Sébastien so selten sah), aber Charles-Henri Lagarde hatte ihm gerade die wertvollste Information des Tages über Agathe Barbier geliefert.

17. Kapitel

New York City, 22. September 2010

Valère war erschöpft. Daher bat er Justin, ihm von sich zu erzählen, von seiner Familie, seinem Studium und dem Jahr in Paris. Zunächst aber entschuldigte er sich und ging zur Toilette. Während Justin auf seine Rückkehr wartete, trank er drei Gläser Wasser. Dann schickte er rasch eine Textnachricht an seine Chefin, die antwortete, das Interesse des berühmten Autors an einem »kleinen Verlagsangestellten« sei ein gutes Zeichen. Die Bezeichnung mochte Justin überhaupt nicht.

»Bitte, M. Barbier«, sagte er, als Valère zurück war. Er war gespannt darauf, mehr von dessen Geschichte zu hören, die allmählich wie ein Geständnis klang. Aber was wollte er gestehen? »Erzählen Sie doch weiter, bis das Dessert kommt.«

»Ich habe dem Mann mit dem Käse bereits gesagt, er soll mit seinem Wagen noch einmal hier anrollen«, erklärte Valère. Dabei goss er beiden Wein nach.

Einverstanden. Michèle Baudouin war zwar aus dem Koma erwacht, aber es ging ihr noch nicht gut genug, um in mein Haus zurückzukehren und schon gar nicht nach Paris abzureisen, was ich sehr bedauerte. Auch Sandrine machte keine Anstalten, ihr Heim aufzusuchen. Und da ich ihre Gesellschaft genoss, ließ ich sie gern bleiben. Daran schien nichts Schlimmes zu sein. Zudem waren wir beide in Léa vernarrt, die immer häufiger auf meiner Schwelle erschien, um uns bei einem Puzzle von Paris aus tausend Teilen zu helfen, das wir angefangen hatten. Nach dem Abendessen erhielt ich einen Anruf von Richter Verlaque, der anfragte, ob er mich am nächsten Tag besuchen könne. Es klang, als sitze er im Zug.

»Ob er in Paris gewesen ist?«, fragte Sandrine und warf mir verstohlen einen sorgenvollen Blick zu. Wir waren beide müde und wollten bald das Licht im Haus löschen, da hörten wir gegen halb elf, dass ein Wagen vor der Einfahrt hielt. Verwundert schauten wir uns an, schalteten die Lampe an der Haustür ein und gingen hinaus.

Der Fahrgast steckte den Kopf aus dem Wagenfenster und fragte: »Kannst du mir siebzig Euro für das Taxi leihen?«

»Da habe ich wohl keine Wahl«, gab ich zurück, ging zum Wagen und öffnete die Tür. Ich hörte noch, wie Sandrine vor sich hin murmelte, vom TGV-Bahnhof und vom Flugplatz Marseille gäbe es eine Shuttle-Verbindung nach Aix, die fast nichts koste.

»Wir haben uns zweimal verfahren«, beklagte sich mein Gast. Ärgerlich schnaufte er in Richtung des Fahrers, der rasch das Gepäck aus dem Kofferraum lud. »Der spricht kein Wort Französisch, so dass ich in der Sportbar im Dorf nach dem Weg fragen musste. Ich glaube, er ist Osteuropäer.«

Ich bezahlte den Fahrer und dankte ihm auf Polnisch. Ich hatte richtig geraten. Ich liebe Polen, wo ich bereits mehrmals gewesen bin. Der Fahrer strahlte und nahm meine Hand in seine beiden Hände. »*Rote Erde*«, rief er auf Englisch mit starkem Akzent und schüttelte meinen Arm, so kräftig er konnte. »Ein tolles Buch!«

»Danke«, sagte ich auf Polnisch, denn viele andere Wörter kenne ich nicht.

Strahlend stieg er in sein Taxi und fuhr davon. Er winkte uns aus dem Fenster, bis er hinter Pauliks Haus verschwunden war.

Träge – so, wie er alles tut – drehte unser Gast den Kopf in Richtung seiner Reisetasche, als ob er sich fragte, wie die wohl von der Einfahrt ins Haus gelangen werde. Lächelnd sagte ich: »Du kannst gern eintreten, aber wir waren schon dabei, zu Bett zu gehen.« Weder ich noch Sandrine machten Anstalten, die Tasche zu nehmen. »Sandrine, ich möchte Ihnen gern Agathes Sohn Erwan vorstellen. Erwan, das ist meine Haushälterin Sandrine.«

Hier muss ich die Zeit ein paar Jahre zurückdrehen. Als Agathe 1969 ihr Studium an der Kunstschule abschloss, wurde sie auf der Stelle von dem berühmten Töpfer Georges Bonfand in Südfrankreich als Schülerin angenommen. Die vier Jahre, als Agathe in Vallauris arbeitete, brachten mich fast um den Verstand. Ich meinte, meinen Job bei einer renommierten Zeitung wie *Le Monde* nicht einfach aufgeben zu können, um für ein Käseblatt wie *Nizza am Morgen* zu arbeiten. Wenn ich heute zurückblicke, dann hätte ich es tun und ihr in den Süden folgen müssen. Was? Nein, Justin, den TGV gab es damals noch nicht. Von Paris nach Nizza brauchte man mit der Bahn eine ganze Nacht.

Ich war wahnsinnig eifersüchtig, denn ich wusste, dass Agathe dort mit der Crème de la Crème der Künstlerwelt, darunter Picasso, Umgang pflegte. Das Dorf Vallauris galt damals als das Epizentrum der modernen Keramik. Deshalb hatte sich auch Picasso dort niedergelassen, bemalte Teller mit Faungestalten und stellte jungen Mädchen wie Agathe nach. Der alte Bock war schon über siebzig, was er absolut nicht als Hindernis empfand. Da ich wusste, was viele Kreative an der Côte d'Azur trieben, fing ich an – wahrscheinlich, weil mich die Eifersucht fast auffraß –, meinen ersten Roman zu schreiben. Er erschien 1971, wie Sie sicher wissen. Ich war neunundzwanzig Jahre alt. Natürlich musste ich weiter bei *Le Monde* Fahnen korrigieren, denn von meinem Werk wurden wohl kaum zehn Exemplare verkauft.

Dann geschah das Unglück. Im Februar 1972 schrieb mir Agathe, sie sei schwanger – natürlich nicht von mir, denn ich war selten genug im Süden gewesen – und wolle das Baby behalten. Eine irrsinnige Situation, was, Justin? Nein, Picasso war nicht der Vater. Es war Georges Bonfand. Er versprach finanzielle Unterstützung, zog es aber vor, sich aus dem Leben des Kindes herauszuhalten, denn er war schon über sechzig.

Irgendwie blieben wir weiter zusammen, und 1973 zog Agathe mit dem Jungen, den sie nach ihrem Großvater Erwan genannt hatte, nach Paris. In Batignolles eröffnete sie ein Keramikstudio, und im selben Jahr heirateten wir.

Als Erwan sich an diesem Abend aus dem Taxi wälzte, überrollte mich eine ganze Flut von Gefühlen. Darunter nicht nur gute. *»Bonsoir«*, knurrte Sandrine nur kurz, die Hände in die Hüften gestützt. Sie hatte in zwei Minuten erfasst, um was für einen Typ es sich handelte. Erwan murmelte etwas, und sie gaben sich die Hand. Sie drückte wohl etwas fester zu als er; nach seiner Grimasse zu urteilen, muss es ein resoluter Griff gewesen sein. Ich hatte bereits mehrfach gestaunt, besonders als wir Möbel rückten, wie stark Sandrine war. »M. Barbier, das Gästezimmer am Ende des Korridors im oberen Stock ist bereit«, verkündete sie.

»Wunderbar, ich danke Ihnen, Sandrine«, antwortete ich. »Hast du gehört, Erwan? Geh hinauf. Wir können morgen reden. Und nächstes Mal rufst du vorher an, wenn du mich besuchen willst.«

»Mein Telefon geht nicht«, antwortete Erwan.

»Rechnung nicht bezahlt?«, fragte ich.

Erwan zuckte nur die Schultern. »Bin derzeit etwas klamm.«

Ich folgte ihm ins Haus. Er war groß wie seine Mutter, aber merkwürdigerweise bei Weitem nicht so stark. Er stand da wie ein Fragezeichen, während sich Agathe stets sehr gerade gehalten und dabei sogar etwas übertrieben hatte. Doch Erwan hatte ihr dichtes dunkles Haar und ihre markanten Gesichtszüge – hohe Wangenknochen, eine Römernase und volle Lippen.

Bevor ich auf Sie wie ein böser Stiefvater wirke, will ich Sie über Erwan Le Flahec ins Bild setzen. Er hatte es nicht leicht im Leben: Sein leiblicher Vater ignorierte ihn, sein Stiefvater war viel zu sehr mit sich selbst beschäftigt, um ihm genügend Aufmerksamkeit zu schenken, und seine Mutter starb früh. Aber Sie können rechnen, Justin, und sehen, dass Erwan sich nicht so verhält, wie andere junge Männer seines Alters. Das hat er nie getan. Er hat sich von einem Job zum anderen treiben lassen, bis er überhaupt keine Anstellung mehr fand. Jetzt lebt er in Agathes ehemaligem Atelier in Batignolles, das sie ihm vererbt hat. Ich schicke ihm jeden Monat Geld, obwohl Agathe ein Jahr vor ihrem Tod verfügt hat, dass ihm nach ihrem Ableben eine monatliche Rente ausgezahlt wird. Agathes ehemaliges Atelier ist groß genug, dass man es teilen könnte. Erwan hätte also die Möglichkeit, durch Vermietung etwas zu verdienen. Aber das ist ihm zu viel Mühe, und er braucht seine Privatsphäre, sagt er. Können Sie sich vorstellen, im Zentrum von New York oder Paris auf tausend Quadratmetern unentgeltlich zu wohnen? Und selbst arbeitslos zu sein? Das einzige Thema, über das Agathe und ich immer wieder gestritten haben, war Erwan. Ich wünschte, ich hätte ihn ignoriert, aber als Arbeiterkind aufgewachsen, konnte ich das Verhalten dieses verwöhnten Bengels einfach nicht ertragen. In Erinnerung an Agathe stoppte ich kurz vor Erwans Zimmertür und wünschte ihm eine gute Nacht, bevor ich selbst das Bett aufsuchte.

Ich las noch eine Stunde lang, um mich abzulenken. Dann schaltete ich das Licht aus. Draußen war es ruhig, und ich musste lächeln, als ich daran dachte, dass Hélène Paulik mit ihrem Traktor morgens, bevor die Sonne aufging, die Weinstöcke besprühte. Der Lärm zu dieser Zeit würde Erwan veranlassen, den nächsten TGV nach Paris zu nehmen. Wäre ich zuvor von Erwans Kommen informiert worden, dann hätte ich das vielleicht sogar mit Hélène abgesprochen.

In dieser Nacht drehte und wendete ich mich ohne Ende im Bett hin und her, was mir immer passiert, wenn mir wichtige

Dinge durch den Kopf gehen – Erwan, zum Beispiel – oder auch unwichtige, wie die Tatsache, dass Sandrine und ich vergessen hatten, die Töpfe mit den Sukkulenten in die Sonne zu rücken. Mein Therapeut sagt, mein größtes Problem mit Erwan seien meine Schuldgefühle. Es ist wahr, an dem Tag, da Agathe starb, hatten wir beim Mittagessen auf dem Boot zu viel getrunken und uns danach über Erwan gestritten. Er hatte sich in einer sehr teuren privaten Wirtschaftshochschule eingeschrieben, und Agathe wollte das finanzieren. Wir stritten nicht über das Geld, denn zu jener Zeit hatten wir genug. Es ging ums Prinzip, um das nächste von Erwans zahlreichen sinnlosen Projekten. Ich sah, wie jedes Versagen, jedes Scheitern ihres Sohnes Agathe herunterzog. Mein Verleger und seine Frau schienen an Deck ihren eigenen Streit auszutragen. Wer weiß, wo meine Sekretärin Ursule zu dieser Zeit war. Sie arbeitete seit Jahren für mich. Sie war diskret und treu, aber nach Agathes Tod zog sie sich zurück und hat wohl mir die Schuld gegeben. Nach dem Unfall blieb sie noch eine Weile, aber als sie in Rente ging, schien sie mich zu hassen. Mit Hilfe meines Therapeuten bin ich zu der Erkenntnis gekommen, dass ich ihre Dienste offenbar für selbstverständlich hielt. Ich habe sie immer gut bezahlt, nach französischen Standards mehr als gut, so dass sie sich eine Eigentumswohnung in guter Lage leisten konnte. Aber Geld ist nicht alles, nicht wahr, Justin? Da ich sie großzügig entlohnte, bin ich offenbar davon ausgegangen, dass sie mir immer und überall zur Verfügung steht, was in der Tat auch so war. Das ist der Grund, weshalb ich versuchte, gegenüber Sandrine rücksichtsvoller zu sein. Sie war nicht so vornehm wie Ursule Genoux, aber sie war gescheit. Nein, schnell im Denken. Das trifft es besser. Und eines Tages würde sie vielleicht nicht mehr mein Haus putzen, sondern meine Sekretärin sein. So war zumindest mein Plan.

Beim Nachgrübeln über alle diese Dinge muss ich eingenickt sein, denn als Nächstes erinnere ich mich daran, dass ich von einem Hauch an meinem rechten Ohr geweckt wurde. Ich schlug danach, weil ich glaubte, es sei eine Mücke oder Fliege. Ich drehte mich um und versuchte wieder einzuschlafen. Jetzt spürte ich den Hauch am linken Ohr. Als ich mich gerade noch einmal umdrehen wollte, hörte ich ein Flüstern. Ich blieb ganz still liegen, da war es wieder. Flüsterte jemand meinen Namen? Ich schlug die Augen auf, konnte aber nichts sehen, denn der Mond war nur noch eine dünne Sichel und im Raum war es stockdunkel. »Valère«, ertönte die Stimme wieder, und der Hauch näherte sich jetzt meinem Gesicht. Ich schloss die Augen in der Hoffnung, es sei ein Traum, und wagte nicht, mich zu bewegen. »Valère«, sagte es noch einmal, und jetzt spürte ich warme, feuchte Luft im Nacken, als ob dort jemand atmete.

»Weg mit dir!«, schrie ich und fuhr mit der rechten Hand durch das Dunkel, um zu packen, wer da über mir atmete. Da wurde meine Hand festgehalten – mit einem Griff, der stärker war als meiner. »Lass los!«, brüllte ich und versuchte mich aufzusetzen. »Raus aus meinem Haus!«

»Valère!«, rief die Stimme jetzt. Die Stimme einer Frau.

»Agathe?«, antwortete ich. Träumte ich noch? Wieso stand Agathe an meinem Bett? »Lass mich!«

Aber die Hand hielt meine noch fester.

»Hör auf, Valère!«

»Tut mir leid, Agathe!«, rief ich. Ich glaube, ich weinte bereits.

Plötzlich ließ die Hand los, und ich fiel auf das Kissen zurück. Ich war schweißgebadet. Da ging das Licht an. Es war meine Nachttischlampe. Ich wagte nicht, die Augen zu öffnen.

»M. Barbier?«

Ich schlug die Augen auf und drehte den Kopf. Da stand Sandrine. »Das tut mir so leid«, sagte sie. »Ich habe Sie bei Ihrem Vornamen gerufen. Aber Sie haben im Schlaf geschrien.«

»Gott sei Dank«, sagte ich und schloss die Augen wieder. »Ich dachte, Sie seien … Ich bin nicht sicher …«

Sandrine schwieg respektvoll. Was sie dabei dachte, weiß ich nicht.

»Dieser Hauch …«, murmelte ich.

»Ich habe den Schalter nicht finden können«, erklärte Sandrine. Jetzt lachte sie schon wieder. »Die blöde Lampe! Der Schalter ist ganz unten an der Schnur!«

Auch ich musste jetzt lachen, die Augen immer noch geschlossen. »Reparieren Sie das für mich, Sandrine. Kennen Sie sich damit aus?«

»Das übersteigt meine Fähigkeiten, M. Barbier.«

Ich rieb mir die Augen und versuchte, mich aufzusetzen, aber ich war zu erschöpft. »Bleiben Sie ruhig liegen«, sagte sie. »Ich hole Ihnen ein Glas Wasser.«

»Erwan«, murmelte ich. »Den habe ich bestimmt auch aufgeweckt.«

»Ich sehe nach«, versprach Sandrine. Sie stand auf – bisher hatte sie neben dem Bett auf den kalten Fliesen gekniet – und verließ das Zimmer. Ich hörte, wie sie an Erwans Tür klopfte und seinen Namen rief. Ein paar Sekunden später war sie wieder da. »Wir haben ein Problem, M. Barbier«, sagte sie von der Tür her. »Ihr Stiefsohn ist weg.«

Ich hob den Kopf und schaute Sandrine erschrocken an. Dann ließ ich ihn wieder aufs Kissen sinken. Jetzt wusste ich, dass ich in dieser Nacht keinen Schlaf mehr finden konnte. Aber auch etwas in Sandrines Miene beunruhigte mich.

18. Kapitel

Aix-en-Provence, Freitag, 9. Juli 2010

Marine lud ihre Mutter gern zum Mittagessen ein. Ihre Eltern besuchten selten Restaurants, und Marine wusste, dass Florence Bonnet Essen im Allgemeinen nicht sehr wichtig nahm. Inzwischen war sie pensioniert, aber als Marine heranwuchs, setzte ihre Mutter all ihre Energie für Forschung und Lehre an der Universität von Aix ein. Marine war stolz auf ihre arbeitende Mutter und zeigte Florence' Artikel gern bei ihren Freundinnen herum. Dabei spielte es keine Rolle, dass sie in wenig gelesenen, aber bedeutenden theologischen Zeitschriften in der ganzen Welt erschienen. Sie mochte es einfach, den Namen Dr. Florence Bonnet gedruckt zu sehen. Ihr war sehr bewusst, dass sie ihren eigenen Doktortitel zumindest zum Teil der Erziehung durch ihre Eltern verdankte, für die Bücher, Wissen und Ideen die wichtigsten Dinge im Leben waren.

Als Marine selbstständig wurde und ebenfalls an der Universität zu lehren begann, stellte sie fest, dass es auch noch andere Dinge gab, die das Dasein lebenswert machten. Gutes Essen zusammen mit Freunden war eines davon. Ihre Mutter war das nicht gewohnt, weshalb Marine zum Dank für das Dulden ihrer Laune am Ende stets diskret die Rechnung bezahlte. Nicht jede Woche war für diese Treffen Zeit, denn Florence war noch sehr damit beschäftigt, für eine theologische Zeitschrift Artikel zu schreiben und im recht bekannten Chor der Kirche Saint-Jean-de-Malte zu singen.

Diesmal hatte Marine eine traditionelle Brasserie in der Nähe der Rotonde gewählt. Solche Klassiker wie Entenconfit oder Beefsteak wurden hier gut gemacht und ohne viel Schnickschnack serviert, die Kellner arbeiteten professionell und waren diskret. Marine bestellte zwei Glas Champagner, und wie stets protestierte und barmte ihre Mutter, bis sie den ersten Schluck genommen hatte. Marine lächelte in sich hinein, wenn sie sah, wie Florence sich nach und nach entspannte und das perlende Getränk genoss. »Mama«, begann Marine, »vor ein paar Tagen bin ich Valère Barbier begegnet.«

Florence Bonnet schaute von ihrem Glas auf. »Was du nicht sagst!«

»Er wohnt jetzt in einem alten Haus in der Nähe der Pauliks in Puyloubier.«

»In der Bastide Blanche.«

»Ja, aber woher weißt du das?«

»Von Philomène.«

Marine lachte. Philomène Joubert wohnte auf der anderen Seite des Hofes bei Marines altem Appartement. Im Zentrum von Aix kannte sie jeder, wenn sie, eine Schutzbrille auf der Nase und bei jedem Wetter eine Strickmütze auf dem Kopf, auf ihrem uralten Fahrrad durch die Straßen rollte. Zusammen mit Pater Jean-Luc leitete sie auch den Kirchenchor.

»Wie ist der große Mann denn so?«, fragte Florence.

»Sehr umgänglich, freundlich, interessant und klug. So wie ich ihn mir vorgestellt habe. Antoine hat ihn bereits zu seinem Zigarrenklub eingeladen.«

»Wie schläft Barbier in dem Haus?«, fragte Florence, trank ihr Glas aus und stellte es geräuschvoll auf den Tisch.

Überrascht blickte Marine ihre Mutter an. »Was meinst du damit, Mama?«

»Dort spukt es, das weiß doch jeder. Neulich vor der Chorprobe hat sich Philomène lang und breit darüber ausgelassen. Einigen der jüngeren Chormitglieder hat sie richtig Angst gemacht!«

Marine hielt an sich, um nicht laut zu lachen. Sie konnte sich richtig vorstellen, wie sich Philomène Joubert in der Kirche produziert hatte. Besonders, wenn an diesem Abend nur Kerzen gebrannt hatten, das perfekte Ambiente für Gespenstergeschichten. »Was hat sie denn erzählt?«, fragte Marine.

»Ich sehe dir an, dass du meinst, es sei nur Hokuspokus«, stellte Florence fest. »Aber ein Körnchen Wahrheit kann auch in solchen Geschichten stecken. Das trifft auf die meisten Fälle zu.«

»Aber Mama, das ist reinster Aberglaube, den du doch eigentlich bekämpfst.«

Florence zuckte die Schultern. »Alte Häuser haben eine Seele und eine Geschichte.« Sie ignorierte Marines entgeisterten Blick und fuhr fort: »Das ist einer der Gründe, weshalb dein Vater und ich 1964 ein neues Haus gekauft haben. Abgesehen davon, dass wir Zentralheizung haben wollten.«

»Und dass du es nicht mehr so weit zur Universität hattest«, fügte Marine hinzu.

»Richtig.«

»Also nicht, weil das frühere Haus eine Seele hatte, mit der du nicht fertig wurdest«, trumpfte Marine auf.

»Das glaube ich auch nicht«, sagte Florence. Sie schwieg eine Weile, betrachtete die im Art-déco-Stil gehaltene Decke des Restaurants und fuhr dann fort: »Doch was die Bastide Blanche betrifft, so gibt es dort einfach zu viele Ungereimtheiten.«

Marine lächelte, froh, ihre Mutter einmal so gesprächig zu erleben. »Und weiter?«

Florence beugte sich zu ihr herüber. »Was tust du, wenn wir hier fertig sind?«

»Eigentlich wollte ich schreiben.«

»Lass uns rasch einen Abstecher in die Universitätsbibliothek machen.«

»Mama!«

»Es dauert nicht lange«, sagte Florence. »Hast du nicht Lust, Philomènes Geschichte zu verifizieren?«

Marine nickte. »Gut, dann bestellen wir am besten nur ein Hauptgericht, das geht schneller.«

Jetzt wirkte Florence überrascht und enttäuscht. »Was? Keine Vorspeise und kein Dessert?«

Marine lächelte in sich hinein. Vielleicht gelang es ihr doch noch, ihre Mutter zu den weltlichen Genüssen zu bekehren.

Bruno Paulik klopfte an Verlaques Bürotür. »Herein«, sagte Verlaque und schob mit dem Handrücken einen Stapel Papiere beiseite. »Kaffee?«

»Keine Zeit«, antwortete Paulik. »Ich muss zur Bastide Blanche.«

»Nanu? Ist etwas passiert?«

»Valère Barbiers Stiefsohn ist verschwunden.«

»Ich wusste gar nicht, dass der bei ihm zu Besuch ist.«

»Er ist erst gestern spätabends angekommen«, berichtete Paulik. »Hélène und ich haben das Taxi gegen halb elf vorüberfahren sehen. Wir wollten gerade zu Bett gehen. Er muss mit dem TGV um neunzehn Uhr aus Paris gekommen sein.«

»Merkwürdig, Marine und ich saßen im selben Zug«, sagte Verlaque und erhob sich. »Ich komme mit, und unterwegs erzähle ich Ihnen, was ich in Paris erfahren habe. Weshalb ist Barbier beunruhigt? Vielleicht macht sein Stiefsohn eine Wanderung oder ist schon wieder nach Paris zurückgefahren.«

»Barbier und die Haushälterin haben heute Morgen im Wohnzimmer des Hauses eine Lösegeldforderung gefunden.«

Zwanzig Minuten später waren sie in Puyloubier. Polizistin Goulin fuhr den Kommissar, froh, den Vormittag einmal nicht im Büro zu verbringen. Der Richter folgte dem Polizeiwagen in seinem Porsche.

Valère und Sandrine standen vor der Haustür der Bastide, als die Besucher eintrafen. »Danke, dass Sie so schnell gekommen sind«, sagte Valère, als Verlaque, Paulik und Sophie Goulin vor ihm standen.

»Wir haben das Schreiben nicht angerührt«, erklärte Sandrine.

»Wir haben es auf dem Kaffeetischchen gefunden«, berichtete Barbier, während sie ins Haus gingen. »Sandrine hatte die Idee, es nicht zu berühren.«

»Das haben Sie richtig gemacht«, lobte Paulik.

Sophie Goulin holte eine Pinzette aus ihrer Tasche, fasste damit den handgeschriebenen Bogen an und hielt ihn Paulik hin. »Wier haben Erwan«, las der laut vor. »Wen sie ihn lebent zurükhaben wolen, dan volgen Sie unser Instruckzionen.«

»Die Rechtschreibung ist jämmerlich«, sagte Valère.

»Was ist heute Nacht passiert?«, fragte Paulik. »Bitte lassen Sie nichts weg, auch wenn es Ihnen unwichtig erscheint.«

»M. Barbier hat gegen 3.30 Uhr schlecht geträumt«, berichtete Sandrine.

»Aber was war vorher?«, fragte Paulik. »Wann ist Erwan hier angekommen?«

»Gegen halb elf mit dem Taxi vom TGV-Bahnhof in Aix«, sagte Valère und schaute zu Sandrine, die das bestätigte.

»Für siebzig Euro«, fügte Sandrine hinzu und verschränkte die Arme.

»Danach sind wir gleich zu Bett gegangen«, fuhr Valère fort. »Sandrine hielt ein Gästezimmer bereit.«

»Und keiner von Ihnen hat etwas gehört?«

»Wie ich bereits sagte«, meldete sich Sandrine, »habe ich nur gehört, wie M. Barbier im Schlaf geschrien hat. Ich bin in sein Zimmer gelaufen und habe ihn aufgeweckt.«

»Ich befürchtete schon, ich hätte Erwan gestört, deshalb ging Sandrine zu seinem Zimmer, um nachzuschauen. Da stellte sie fest, dass er fort war.«

»Haben Sie das Haus durchsucht?«, fragte Verlaque.

»Natürlich. Wir haben in allen Zimmern oben und unten nachgeschaut. Dabei hat keiner von uns beiden das Schreiben auf dem Tisch bemerkt. Ich bin sicher, dass es um diese Zeit noch nicht dort lag.«

»Ich hätte es bestimmt gesehen«, warf Sandrine ein. »Ich hatte das Wohnzimmer gerade erst aufgeräumt und geputzt.«

»Ich habe die Außenbeleuchtung eingeschaltet«, fuhr Valère fort. »Draußen war alles wie immer, daher bin ich wieder ins Bett geschlüpft. Ich habe geglaubt, Erwan sei zu Fuß ins Dorf gegangen, nach Aix getrampt oder hätte vielleicht ein Taxi gerufen. Als ich in meinem Schreibtisch nachsah, stellte ich fest, dass Geld fehlte.«

»Wer immer diesen Zettel geschrieben hat, muss ihn also am frühen Morgen gebracht haben«, konstatierte Paulik. »War die Haustür verschlossen?«

Valère und Sandrine schauten sich an. »Das ist das Problem«, ließ Sandrine hören. »Jeder hat geglaubt, der andere hätte abgeschlossen.« Als sie aus dem Fenster schaute, sah sie, dass Sophie Goulin mit gesenktem Kopf vor dem Haus hin und her ging.

Jetzt nahm Paulik wieder das Wort. »Wer immer Erwan in seiner Gewalt hat, wird Sie anrufen. Stellen Sie sicher, dass Ihr Smartphone eingeschaltet und voll aufgeladen ist. Inzwischen nehmen Richter Verlaque und ich Ihre Aussagen getrennt auf – in der Küche und in Ihrem Arbeitszimmer, wenn Sie nichts dagegen haben.«

Valère zuckte die Schultern. »Kein Problem. Dieser Bursche … Nichts als Probleme.«

»Kann es nicht ein Dummejungenstreich sein?«, fragte Verlaque.

Valère schüttelte den Kopf. »Erwan ist schnell beleidigt, weshalb ich geglaubt habe, er sei wieder abgereist. Ich habe ihn nicht sehr freundlich empfangen. Aber so weit ist er noch nie gegangen.«

»Gestern Abend hat er gesagt, er hätte kein Geld mehr«, sagte Sandrine.

»Tatsächlich?«, fragte Verlaque.

Valère blickte ihm voll ins Gesicht. »Um eine Entführung vorzutäuschen, braucht es Grips und Energie. Erwan fehlt beides.«

»Er könnte Pariser Freunde haben, die ihm helfen«, vermutete Sandrine.

»Mlle Matton könnte recht haben«, ließ jetzt Paulik hören.

Wieder schüttelte Valère den Kopf. »Das kann ich mir gar nicht vorstellen … Aber vielleicht irre ich mich ja.«

Verlaque nahm den sichtbar erschütterten und geschwächten Valère mit ins Arbeitszimmer, während Paulik und Sandrine, die sich immer noch über das Taxigeld erregte, zur Küche gingen.

»Ein schönes Arbeitszimmer haben Sie«, sagte Verlaque in vollem Ernst, denn er bewunderte die Mischung aus französischen und italienischen Möbeln, dazu die uralten eingebauten Buchregale. Zwei große Fenster gaben den Blick auf die Terrasse und eine Reihe Platanen frei, die ihrerseits das wellige Hügelland mit Weinstöcken und Olivenbäumen einrahmten.

»Ja, der Arbeitsplatz für einen großen Schriftsteller«, sagte Valère mit nicht zu überhörendem Sarkasmus. »Auf dem Schreibtisch eine Pipistrello-Lampe von Gae Aulenti, ersteigert auf einer Auktion von Drouot, im Regal Erstausgaben von Proust und Philip Roth und in der Ecke ein Eames-Stuhl, der einmal Le Corbusier gehört hat.«

Verlaque blickte Valère aufmerksam an. Dessen Missmut nahm er als Schuldgefühl wegen Erwans Verschwinden. »Ich bin gestern in Paris gewesen«, berichtete er, »habe Ursule Genoux und danach Monica Pelloquin besucht.«

»Die Glücklichen«, bemerkte Valère. Wenig interessiert schaute er aus dem Fenster.

Verlaque schlug die Beine übereinander und genoss ebenfalls die Aussicht – ein hellgrünes Meer von Weinreben, soweit das Auge reichte. Barbier wirkte jetzt auf ihn wie der berühmte Schriftsteller, den er erwartet hatte, verwöhnt und abgehoben, nicht der charmante, gesprächige Mann, der er im Zigarrenklub gewesen war.

Plötzlich wandte sich Valère zu Verlaque um und fragte ihn in fast drohendem Ton: »Weshalb, um alles in der Welt, haben Sie mit *denen* geredet?«

Erleichtert, dass Valère endlich die Frage gestellt hatte, die gleich am Anfang hätte kommen müssen, antwortete Verlaque: »Die Ermittlungen zum Tod Ihrer Frau sind wiederaufgenommen worden.«

»Sie waren nie wirklich abgeschlossen, denn man hat ihre Leiche nicht gefunden, nicht wahr?«, fragte Valère, als sei der Grund die Unfähigkeit der Polizei, die irgendwie auch Verlaque zu verantworten habe.

»Da haben Sie recht.«

»Und was geschieht jetzt?«

»Es sind neue Tatsachen aufgetaucht«, log Verlaque.

»Zum Beispiel?«, verlangte Valère zu wissen und beugte sich nach vorn, was seine Distanz zu dem Richter schrumpfen ließ.

»Das darf ich Ihnen nicht sagen«, erklärte Verlaque. »Dafür ist es noch zu früh.«

»Und was haben Ursule und Monica Ihnen erzählt?«

»Im Wesentlichen das, was sie bereits 1988 gegenüber der Polizei in Cannes ausgesagt haben.«

»Wie sollte es auch anders sein«, brummte Valère.

»Nach den Gesprächen mit den beiden Damen bin ich auf der Terrasse des Le Hibou Charles-Henri Lagarde begegnet.«

»Er lebt praktisch im Le Hibou«, erklärte Valère. »Dort sitzt er jeden Nachmittag in der Hoffnung, Autoren und Schauspieler zu treffen, die mehr draufhaben als er.«

Verlaque lächelte. Solchen billigen Klatsch erwartete er von einem berühmten Mann. »Ich habe Charles-Henri vor Jahren auf einer Party das erste Mal gesehen«, fuhr er fort, denn Valère hatte nicht danach gefragt, woher er Lagarde kenne. »Gestern hat er mir erzählt, dass Alphonse Pelloquin auch im Le Hibou ein und aus ging.«

»Was habe ich Ihnen gesagt? Lagarde ist ein Beweis dafür. Wegen dem hat seine Frau ihn verlassen.«

Den homophoben Seitenhieb überhörte Verlaque. Jetzt fand er Barbier nicht mehr amüsant, sondern war von ihm enttäuscht. Und wie Lagarde die Frauen im Café angeschaut hatte, ließ für Verlaque noch sicherer erscheinen, dass es sich um eine böswillige Verleumdung handelte.

Valère sah wieder aus dem Fenster. Dabei stellte er, an niemanden gerichtet, die Frage: »Was geht es mich eigentlich an, dass Alphonse im Le Hibou verkehrt hat?«

Darauf Verlaque: »Da bin ich mir nicht so sicher. Vielleicht wissen Sie es bereits, aber Lagarde hat mir erzählt, er habe Ihren Verleger im Le Hibou häufig in Begleitung Ihrer Frau Agathe gesehen.«

Marine wartete, während ihre Mutter mit dem Leiter der Universitätsbibliothek sprach. Léopold Crépillon verehrte Florence Bonnet, mit der er gemeinsam im Chor sang. Marine musste lächeln. Sie stand zu weit entfernt, um zu hören, was die beiden miteinander sprachen, aber der Genuss, den die Begegnung ihnen bereitete, war eindeutig zu erkennen. Marine hörte, wie Léopold mit der Computertastatur klapperte, wie der Drucker arbeitete, woran sich der nächste erregte Wortwechsel anschloss. Als Marine eine lange E-Mail an ihren Verleger in Paris fertig geschrieben hatte, stellte sie fest, dass bereits eine halbe Stunde vergangen war.

»Du hättest dich nicht zu verstecken brauchen«, sagte Florence, als sie Marine endlich gefunden hatte.

»Ich habe mich nicht versteckt«, log die. Léopold war Ende vierzig oder Anfang fünfzig, er wohnte immer noch bei seiner Mutter. Die Anwesenheit jeder hübschen Frau unter sechzig machte ihn nervös, daher hatte sich Marine einen freien Tisch in der Abteilung Geschichte gesucht und dort auf dem Smartphone ihre E-Mails kontrolliert. »Ich habe nur etwas Abstand gehalten. Wenn Léopold mich sieht, bricht ihm gleich der Schweiß aus.« Manche von Marines ehemaligen Kolleginnen nannten Léopold Crépillon nur Le Creep, den Fiesling, aber in Marines Augen war er harmlos. Er sollte nur öfter duschen, ein weiterer Grund, weshalb sie ihm lieber nicht zu nahe kam.

»Ist ja gut, ist ja gut«, zischte Florence. Sie hielt ein paar Zettel hoch, auf denen Signaturen notiert waren. »Léopold hat uns ein paar wunderbare Hinweise gegeben, wo wir mit der Suche beginnen können. Er ist immer so hilfsbereit.« Sie teilten sich Léopolds Vorschläge auf und suchten in den Regalen die genannten Bücher heraus. Marine hörte ihre Mutter, wie sie ein paar Reihen weiter kleine Schreie des Entzückens von sich gab. »Himmel!«, flüsterte Florence zehn Minuten später halblaut. »Das ist ja eine echte Entdeckung!«

Marine brachte die beiden Bücher, die ihr nützlich erschienen, zu ihrem Arbeitsplatz und zog einen zweiten Stuhl heran. Dorthin kam nun auch Florence, vor Aufregung hochrot im Gesicht. *Armut und Wohltätigkeit in Aix-en-Provence, 1640–1789*, las sie und hielt Marine ein dünnes, grün eingebundenes Bändchen hin. »Damit fangen wir an.«

Marine überflog das Inhaltsverzeichnis. »Das sieht vielversprechend aus«, bemerkte sie.

»Der gute alte Léopold«, schwärmte Florence. »Er hat mir auch noch das gegeben; extra für dich.« Strahlend überreichte sie Marine ein paar fotokopierte Seiten, auf denen Léopold etwas mit Rotstift angestrichen hatte.

»Wow«, entfuhr es Marine, als sie zu lesen begann. »Das ist ja ein Auszug aus einer Volkszählung im späten Mittelalter, wo die Besitzer großer Grundstücke in und um Aix aufgeführt sind, darunter auch die der Bastide Blanche.«

»Die hat Léopold extra angekreuzt«, sagte Florence.

»Ist er bei der Chorprobe gewesen, als Philomène über die … Legenden … der Bastide … referiert hat?«

Florence nickte. »Die kannte er aber alle schon«, sagte sie. »Als er noch ein kleiner Junge war, haben ihm seine Großtanten immer Gespenstergeschichten erzählt. Die über die Bastide Blanche hat er besonders gern gehört.«

»Wie niedlich.«

»Als du so klein warst, waren dein Vater und ich uns einig, dass Geschichten, die Kinder ängstigen können, nicht die beste Bettlektüre sind.«

»Danke, Mama.«

»Léopold hat mir sogar gesagt, mit wem wir anfangen sollen«, teilte Florence mit, holte ein Schächtelchen Filzstifte aus ihrer Tasche und reihte sie auf dem Tisch auf. »Bei Graf Hugues de Besse«, flüsterte sie dann. Sie nahm einen grünen Stift und setzte zwei Kreuze hinter den Namen, der ganz oben auf der Liste stand. »Geboren 1688, gestorben 1760«, las sie vor. »Das ist unser Mann.«

»Was hat er denn getan?«, wisperte Marine.

Florence blickte sich um und wartete, bis ein Student mit einem Arm voller Bücher außer Hörweite war. »Léopold hat mir erzählt, dass der Graf einen gewaltigen Appetit hatte …«

Marine verdrehte die Augen. »Willst du damit sagen, er war ein großer Gourmet?«

»Auf … sexuellem Gebiet«, zischte Florence.

»Aber was hat das mit den Gespenstern zu tun?«

»Es sind die Geister getöteter Babys«, flüsterte Florence.

»Meinst du das ernst?«

Florence nickte. »Hugues de Besse hat Dutzende illegitimer Kinder gezeugt«, antwortete sie. Die Babys wurden getötet und unter dem Haus vergraben. Zumindest erzählt man sich das.«

»Lass mich raten. Die Mütter waren junge, unverheiratete Dienerinnen?«

»Genau. Die Gespenster sind die Kinder und ihre weinenden Mütter ...«

Marine schloss die Augen und versuchte sich die Namen und Gesichter solcher Mädchen vorzustellen, wenn auch nur für einen Augenblick. »Es ist nur eine Geschichte«, sagte sie dann. »Aber vielleicht steckt ein Körnchen Wahrheit darin.«

»Doch man kann sie nicht beweisen«, bemerkte Florence. »Lass uns weitersuchen.«

In der nächsten Stunde arbeiteten beide schweigend, machten Notizen oder markierten Seiten mit Klebezetteln, die Marine stets in ihrer Handtasche bei sich trug. Als Florence sie erblickte, strahlte sie vor Stolz. »Einmal Wissenschaftlerin ...«, sagte sie. Sie legte ihre Hand auf die von Marine. »Das macht so viel Freude.«

Marine lächelte und wollte etwas antworten, da sah sie, dass ihre Mutter die Nase schon im nächsten Buch hatte. Nach ein paar Minuten las Marine in gedämpftem Ton vor: »Im 17. Jahrhundert mussten achtzig Prozent der Bevölkerung von Aix dafür arbeiten, die restlichen zwanzig Prozent zu ernähren – reiche Geistliche, Beamte und Adlige.«

»Ja, das werden Bauern, Handwerker, Händler und Bedienstete gewesen sein«, ergänzte Florence.

»Und Sänftenträger.«

»Stimmt, viele Adlige von Aix konnten sich zwar keine Kutsche mit Pferden leisten, aber durchaus zwei arme Schlucker bezahlen, die sie über die schmutzigen Straßen schleppten.«

Marine nickte lächelnd. Sie wusste, was Sänftenträger zu tun hatten. Ihre Mutter war wieder ganz die Professorin. Ihr blieb kaum eine Chance, ein Wörtchen einzuwerfen.

»Hör dir das an«, sagte sie dann. »Im mittelalterlichen Aix lebten in manchen Häusern Familien von acht bis vierzig Personen unter einem Dach.«

Florence nickte. »Die Löhne waren so niedrig, dass nicht alle Kinder satt wurden, selbst wenn beide Eltern arbeiteten. Besonders in Notzeiten.«

»Wenn die Pest ausbrach«, warf Marine ein, »oder eine Hungersnot.«

»Oder auch nur, wenn ein weiteres Kind geboren wurde«, meinte Florence. »Dann mussten sie sich an Armenhäuser wenden, die in Aix nicht von der Kirche, sondern von Privatleuten betrieben wurden.«

»Die glaubten, so sicherer in den Himmel zu kommen.«

»Schau mal, hier.« Florence tippte auf eine Seite in einem grünen Buch, das sie im Regal entdeckt hatte. »Das Krankenhaus Saint-Eutrope wurde im Jahre 1600 von dem Händler Michel Jualme gegründet. 1629 wurde ein Stift für reuige Prostituierte eingerichtet. Weiter wird stolz darauf hingewiesen, dass Aix viel weniger leichte Mädchen hatte als Marseille.« Marine unterdrückte ein Kichern. Florence fuhr fort: »Und bald darauf eröffnete die Charité ein Hospital für Waisenkinder.«

»Zu Zeiten von Hugues de Besse gab es solche Einrichtungen also schon«, bemerkte Marine.

»Aber weder die Babys noch die Mütter wurden dorthin geschickt. Die Bastide wahrte ihre Geheimnisse.«

Der nächste Hinweis kam von Marine: »Ich habe gerade gelesen, dass die meisten Kinder gar keine richtigen Waisen waren, sondern Findelkinder, die von ihren Familien ausgesetzt wurden, weil die sie nicht ernähren konnten. Was für ein schrecklicher Entschluss, so etwas zu tun.«

Florence legte den Stift beiseite und streckte sich, wie Marine es früher so häufig bei ihr gesehen hatte. »Komm doch zum Abendessen zu uns«, bat Florence.

Marine war nicht sicher, ob die Einladung auch für Antoine galt, aber der hatte ohnehin gerade geschrieben, er werde spät nach Hause kommen. »Sehr gern«, antwortete sie daher.

»Antoine kann natürlich mitkommen …«, fügte Florence rasch, aber wenig enthusiastisch hinzu.

»Er wollte heute länger arbeiten«, sagte Marine.

»Dann sind wir drei wieder einmal beieinander. Dein Vater kocht, und ich schlage euch beide beim Scrabble.«

19. Kapitel

New York City, 22. September 2010

»Was war an jenem Abend an Sandrines Verhalten so anders?«, fragte Justin.

Valère winkte ab. »Haben Sie noch einen Moment Geduld.«

»Okay. Ich kann warten. Dann sagen Sie mir, weshalb trafen Agathe und Alphonse sich im Le Hibou? Alphonse war doch so ein Widerling! Warum hat sich Agathe mit ihm getroffen? Dafür muss es eine Erklärung geben.«

Valère genoss die Begeisterung des jungen Lektors und die Tatsache, dass er bisher offenbar jedes Wort glaubte. Dafür gratulierte sich Valère, er war eben ein Meister im Geschichtenerzählen.

»Sie können sich vorstellen, wie schockiert ich war, als ich hörte, dass Agathe und Alphonse ab und zu ein Rendezvous im Le Hibou gehabt hätten. Und warum bin ich gegenüber Richter Verlaque so launisch gewesen?«

Justin grinste.

»Ja, Justin, ich habe schon bemerkt, wie Sie mich angeschaut haben, als ich Ihnen das erzählte. So einer war ich auf dem Gipfel meines Ruhms. Ich weiß, dass ich heute noch berühmt bin, doch im Moment spreche ich von den 1980er und 1990er Jahren, als ich mit Rockstars und Schauspielern verkehrte. Auch jetzt falle ich manchmal noch in dieses Gehabe zurück, wenn der Stress zu groß wird und ich total erschöpft bin. Ich habe keine Ahnung, was Antoine Verlaque durch den Kopf gegangen ist. Ich bin sicher, mein affektiertes Verhalten hat unsere junge Freundschaft beschädigt, und das tut mir leid. Doch in dem Moment sah ich nur Agathe und Alphonse Pelloquin.«

»Immerhin hat dieser Verlaque versucht, Sie in die Enge zu treiben«, meinte Justin und schenkte Valère Wein nach. »Was haben Sie gesagt?«

Ich habe dem Richter gesagt, ich hätte keine Ahnung, weshalb Agathe sich mit Alphonse traf, denn sie hatten keinerlei Gemeinsamkeiten. Überhaupt keine. Agathe war Künstlerin, und Alphonse war ein großer Hai. Das war einer der Gründe, weshalb ich ganz am Anfang meiner Karriere auf ihn als Verleger gesetzt habe. Ehrlich gesagt, war mir mein literarischer Ruf damals ziemlich egal. Ich wollte Bücher verkaufen.

Ich fragte den Richter: »Weshalb kümmert Sie, mit wem Agathe Martinis getrunken hat?«

Darauf Verlaque: »Das habe ich Ihnen doch schon gesagt: Ich führe neue Ermittlungen zu ihrem Tod.«

»Was soll das bringen«, fragte ich. »Sie ist tot. Sie ist bei Sturm von einer Segeljacht gefallen. Das ist alles.« Verlaque wollte gerade etwas erwidern, da klingelte das Haustelefon. Ich war zu Tode erschrocken. Sandrine kam ins Arbeitszimmer gelaufen und rang die Hände. Hinter ihr der Kommissar, der auf den Apparat deutete und rief: »Das werden sie sein!«

Ich schluckte, nahm den Hörer ab und stellte den Apparat auf Mithören. »Hallo«, sagte ich, bemüht, gefasst zu klingen.

Am anderen Ende sagte eine Männerstimme: »Hören Sie bitte genau zu, M. Barbier. Wir haben Ihren Sohn.«

»Stiefsohn«, warf ich ein.

»Halten Sie die Klappe. Wenn Ihnen an seiner Sicherheit etwas liegt, dann bringen Sie 50 000 Euro in einer Reisetasche zur Kapelle von Puyloubier.«

»Aber dafür brauche ich Zeit …« Ich wollte noch mehr sagen, aber der Anrufer fiel mir ins Wort.

»Wir geben Ihnen zwei Tage, um das Geld zu beschaffen. Seien Sie am Sonntag um Mitternacht bei der Kapelle. Allein. Kommen Sie zu Fuß. Kein Auto. Haben Sie verstanden?«

»Und dann?«, fragte ich. »Wird Erwan dort sein? Woher weiß ich, dass es ihm gut geht?«

Wir hörten einen unterdrückten Laut, dann war Erwan am Telefon. »Valère«, sagte er. »Bitte mache, was sie sagen. Es tut mir leid … Ich bin nur vor die Tür gegangen, um in die Sterne zu gucken und eine Kippe …«

Erneut das dumpfe Geräusch, dann war der erste Kerl wieder dran. »Wir erwarten Sie bei der Kapelle. Allein.« Bevor ich weitere Fragen stellen konnte, wurde aufgelegt.

»Woher hatten sie die Telefonnummer des Hauses?«, fragte Paulik.

»Daran ist wahrscheinlich meine Sorglosigkeit schuld«, ließ Sandrine kleinlaut hören. »Ich habe sie im Dorf angegeben, weil der Handyempfang hier so schlecht ist.«

»Jetzt haben wir zwei Tage«, sagte Verlaque und ging im Zimmer auf und ab. »Haben Sie die Stimme erkannt?«

»Natürlich nicht«, antwortete ich. »Der Mann hat versucht, seinen südlichen Akzent zu unterdrücken. Der kam aber immer wieder durch.«

»Die haben das Haus beobachtet«, sagte Paulik. »Aber woher haben sie gewusst, dass Erwan Ihr Stiefsohn ist? Er konnte doch ein zufälliger Besucher sein, der tatsächlich nur in die Sterne gucken wollte.«

Ich hob die Hand. »Ich glaube immer noch nicht, dass Erwan hinter alledem steckt.«

»Das ganze Dorf kennt M. Barbiers Reichtum und Ruhm«, sagte Sandrine. »Das ist für keinen ein Geheimnis.« Während sie so hin und her schritt, stach mir wieder ins Auge, wie sie gekleidet war: Hautenge Leggins mit Leopardenmuster, dazu ein rotes Schlauchtop und passende Pumps. Ich rief mir das Bild ins Gedächtnis zurück, wie sie in der Nacht an meinem Bett gestanden hatte. Da klickte es: Als sie in mein Schlafzimmer gelaufen kam, um mich zu beruhigen, war sie vollständig angezogen wie jetzt. Nicht im Pyjama.

»Sie konnten also wissen, dass M. Barbier einen Stiefsohn hat«, stellte Verlaque fest. »Und es war kein Problem, ein Foto von Erwan im Internet zu finden. Aber woher wusste man im Dorf, dass er hier war? Wenn nicht jemand ständig vor dem Haus auf der Lauer lag, wie der Kommissar vermutet.«

»Einen Moment«, sagte ich. »Er hat sich in der Bar im Dorf nach dem Weg erkundigt.«

»Wer?«, fragte Verlaque.

»Erwan. Der Taxifahrer war Pole und sprach kein Französisch.«

Ich sah, wie der Richter dem Kommissar einen Blick zuwarf, der nickte. Der Richter bohrte weiter: »Aber wie konnten die Leute in der Bar wissen, dass ein Pariser, der sich nach dem Weg erkundigt, Ihr Stiefsohn ist?«

»Ich habe Erwan letztes Jahr einmal zu einer Preisverleihung mitgenommen. Ein paar Wochen später erschien ein Foto davon in *Paris Match*. Er hat mir leidgetan, und ich hatte keinen, der mich begleiten konnte.« Sandrine warf mir einen enttäuschten Blick zu. Wieder stieß ich meine neuen Freunde vor den Kopf. Was würden sie erst denken, wenn herauskam, dass …

Valères Hände waren sanft vom Tisch herabgeglitten und lagen jetzt in seinem Schoß. Justin sah, wie müde der Mann war. Welch ein Unterschied zu dem lebenslustigen Typen, der vor einigen Stunden im Restaurant aufgekreuzt war. Justin riskierte einen verstohlenen Blick auf die Uhr. Es war noch nicht einmal elf, und er wusste, dass es noch eine Menge zu erfahren gab. Er musste erreichen, dass Valère in seinem Bericht fortfuhr. »Sandrine«, sagte er daher und goss beiden etwas Wasser ein, »glauben Sie, dass sie in dieser Nacht außer Haus war?«

»Natürlich«, meinte Valère. »Sie kann sich nicht so rasch umgezogen haben. Aber selbst wenn sie mich hinterging, brauchte ich sie als Freundin. Ich fühlte mich schuldig. Wir hatten uns schon mehrfach gestritten. Über so dumme Sachen wie die Renovierung des Hauses.«

»Wollte sie Tapeten mit Leopardenmuster?«

Justins Bemerkung brachte Valère zum Lachen, wie er gehofft hatte. »Sie wollte Veränderungen in der Küche durchsetzen«, berichtete Valère, schob das Wasserglas beiseite und schenkte beiden Wein nach. »Für mich war die Küche perfekt, wenn man von dem kleinen Gasherd einmal absieht. Sie hatte ein kleines flaches rundes Spülbecken aus Stein, das Sandrine hinauswerfen und durch eine Doppelspüle aus Edelstahl ersetzen wollte. Die Wände waren aus Feldsteinen gemauert, an denen ein früherer Besitzer mit einfachen Metallhalterungen Regale aus dicken Holzbrettern angebracht hatte. Als Erstes hatte ich dort eine Auswahl von Agathes kleineren irdenen Schalen aufgestellt, daneben große Weingläser von Riedel. Ich sah, wie Sandrine die Regale beäugte. Sie wünschte sich geschlossene Schränke aus Eichenholz. Aber wir kamen überein, dass das Äußere der Bastide und die Umgebung perfekt waren. Auch darüber gab es lange Diskussionen.« Valère lächelte und zückte sein Smartphone. »Ich zeige Ihnen ein paar Fotos.«

»Dieses gefällt mir«, sagte Justin bei einer der Aufnahmen.

Valère nickte. »Ein paar Monate vor dem Einzug gab mir ein Bekannter in Paris den Rat, Gärtner zur Bastide zu schicken und dort eine Sprinkleranlage für den Rasen einbauen zu lassen. Ein hervorragender Ratschlag, denn als ich im späten Frühjahr ankam, blühte alles und das Gras war immer noch grün. Auf einem Foto ein paar Wochen zuvor waren die Flächen zwischen meinem Haus und Hélènes Weingärten noch von Unkraut überwuchert gewesen.«

»Man schaue sich diesen smaragdgrünen Rasen an«, schwärmte Justin. »Wie in Technicolor. Ebenso die lilafarbenen Blüten. Was ist das? Lavendel?«

»Ja, er stand in voller Blüte, als der ganze Ärger anfing. Das Foto der Rückseite des Hauses wurde vom Pool aus gemacht.«

»Der lilafarbene Lavendel, das Silber der Olivenbäume, der strahlend grüne Rasen, der Kies auf der Terrasse und dahinter …«

»… das Haus.«

»Diese schlanken grünen Bäume«, bemerkte Justin, als er sah, dass Valères Miene sich wieder verdüsterte. »Van Gogh war ganz verrückt danach.«

»Das sind Zypressen«, sagte Valère. »In der Provence gelten sie als Symbol des Willkommens. Ich habe sie mehr als Wächter, als stramme Soldaten gesehen, die das Haus beschützen. Doch meiner Meinung nach haben die Zypressen der Bastide Blanche einen lausigen Job gemacht.«

20. Kapitel

Aix-en-Provence, Freitag, 9. Juli 2010

Marine stellte sich in die offene Wohnungstür und wartete, bis Charlotte die vier Treppen heraufgestiegen war. »*Coucou, chérie*«, rief sie, als Charlotte in Sicht kam. Sie tauschte Küsschen mit ihrem Patenkind.

»*Coucou*, Marine«, antwortete Charlotte, die nicht einmal schwer atmete. Sie war schlank wie Sylvie, aber größer und wie ihre Mutter ein sehr sportlicher Typ.

»Ich bin so froh«, sagte Marine, als sie die Tür hinter Charlotte geschlossen hatte. »Schön, dass du mich in dieser Woche schon zum dritten Mal besuchst.«

Charlotte seufzte. »Das tut mir leid, Marine.«

»Ich beklage mich doch nicht!«, rief Marine, peinlich berührt, dass Charlotte sie so missverstanden hatte. Aber Marine und Verlaque wunderten sich in der Tat, wieso Sylvie ihnen Charlotte neuerdings so häufig schickte. Sie führte ein sehr reges berufliches und gesellschaftliches Leben, aber ihre Tochter liebte sie abgöttisch, und normalerweise ging sie nicht mehr als einmal in der Woche aus – wenn Charlotte in Aix war und nicht gerade ihre Großeltern in den Alpen besuchte.

»Mama hat wieder ewig im Bad gebraucht«, berichtete Charlotte und ließ sich auf die Couch fallen.

Marine setzte sich neben sie. »Das heißt, sie hat sich nicht für eine Fakultätssitzung in der Kunstschule zurechtgemacht.« Da fiel ihr ein, dass Freitag war – neuerdings achtete sie kaum noch auf die Wochentage – und Sylvie zweifellos ein Rendezvous hatte.

Charlotte lachte. »Nein, bestimmt nicht. Wer immer der Kerl ist, der soll bloß nett zu ihr sein!«

»Bestimmt ist er das«, versicherte ihr Marine. »Weißt du, meine Süße, deine Mama war lange Zeit allein, und sie ist noch jung. Eines Tages wird sie einen Mann finden, der sein Leben mit ihr und mit dir teilt.«

»Ich weiß, ich weiß«, erwiderte Charlotte. »Das hat sie mir alles selber schon gesagt. Wollen wir Karten spielen? »

Marine drückte ihre Patentochter, die nach der Wärme der Sonne und einem winzigen bisschen Klein-Mädchen-Schweiß roch. Aus einer Schublade holte sie das Kartenspiel *Sieben Familien*. »Wir gönnen uns ein Spiel«, sagte Marine, »und wenn du mich geschlagen hast, darfst du mir helfen, den Salat für das Abendbrot zu machen.«

»Okay«, sagte Charlotte. »Wann kommt Antoine nach Hause?«

»Bei ihm wird es heute spät. Aber meine Eltern kommen vorbei. Sie möchten dich gern mal wiedersehen.« Verschwörerisch flüsterte Marine Charlotte zu: »Meine Mutter ist sehr klug und nett, aber keine gute Köchin, deshalb habe ich sie zu mir eingeladen.«

Charlotte musste lachen. »Was gibt es denn?«

»Ceviche«, antwortete Marine und mischte die Karten.

»Das ist aber nichts Französisches.«

»Stimmt. Das Rezept kommt aus Mexiko oder aus einem anderen Land Südamerikas.« Marine gab Karten aus. Sie hoffte, Charlotte werde nicht weiter fragen.

»Was ist denn da drin?«

»Gut, ich kann es dir ja sagen. Kalter roher Fisch, der von selbst ›gart‹, wenn er in Zitronensaft eingelegt wird. Das habe ich heute Morgen getan, und jetzt steht er im Kühlschrank. Dazu rote Zwiebeln, Oliven und Avocados.«

Charlotte hob die rechte Hand zum Hals und gab einen Laut von sich, als werde sie gewürgt. Marine ließ sich gegen die Sofalehne fallen und lachte laut auf. »Für dich habe ich eine Tüte Gnocchi mitgebracht«, sagte sie, nachdem ihr Patenkind sich wieder beruhigt hatte. Wieder drückte sie Charlotte. »Ich mache sie mit Butter und Gruyère.«

Charlotte dankte Marine mit einer kurzen Umarmung, leckte sich die Lippen und nahm die Karten auf.

Diese Art von Restaurant mochte Verlaque. Ein Michelin-Stern – genug, um sehr gutes Essen und besten Service zu garantieren. Nicht drei Sterne, die oft eine spießige Atmosphäre und einen Espresso für zehn Euro bedeuteten. Das Restaurant, das zu einem Fünfsternehotel gehörte, lag an einer Bergstraße mit Blick auf Olivenhaine, die sich nach Süden bis zum weit entfernten Grasse hinzogen. Als er gefragt wurde, ob er drinnen oder draußen essen wollte, zögerte er zunächst, bis er sah, dass die Terrasse mit standfesten, aber dennoch grazilen Kopien von Louis-seize-Stühlen und weiß gedeckten Tischen ausgestattet war. Keine Plastik in Sicht. »*Sur la terrasse, s'il vous plaît*«, sagte er. »Und bitte ein Glas Fonseca Bin No. 27.«

Er setzte sich und versuchte die Aussicht zu genießen, aber sein Magen schlug Purzelbäume. Ob das Nervosität oder Erregung war, konnte er nicht sagen. Ein Kellner brachte den rubinroten Portwein, und als Verlaque den ersten Schluck nahm, der nach Pflaumen, Schokolade und Beeren schmeckte, fragte er sich, warum er diesen Wein nicht öfter trank. Er schloss die Augen.

»Du scheinst schon zu genießen«, sagte da eine Stimme.

Er öffnete die Augen und stand rasch auf. »Salut«, sagte er.

»Hallo, Antoine«, grüßte ihn Chantal Sennat und küsste ihn auf beide Wangen. »Wie lange haben wir uns nicht gesehen!« Sie setzte sich, und schon war der Kellner zur Stelle. »Ein Glas Champagner, bitte«, sagte sie. Mit einem Blick auf Verlaque fügte sie hinzu: »Da bist du also. Ich hoffe, du hast die Akte nicht vergessen.«

»Sie liegt im Wagen«, antwortete Verlaque.

»Weshalb der Sinneswandel?«

»Sei nicht albern, Chantal. Ich dachte mir, es wäre gut, wenn wir uns einmal sehen. Immerhin haben wir zwei Jahre unseres Lebens miteinander verbracht.«

»Was ich nie bereut habe«, sagte sie. Als der Kellner den Champagner kredenzt hatte, erhob sie das Glas. »Auf Daniel de Rudder, einen wunderbaren Lehrer.«

Verlaque lächelte. »Santé.«

Jetzt erschien der Kellner mit einem rechteckigen Teller, den er zwischen sie stellte. »Pikante Macarons mit Grüßen vom Chefkoch«, verkündete er. »Guten Appetit.«

»Du hast ein nettes, abgeschiedenes Restaurant gewählt«, bemerkte Chantal, als der Kellner gegangen war.

»Cannes mag ich nicht.«

»Ich auch nicht«, sagte sie mit einem Lächeln. »Hast du in Agathe Barbiers Akte etwas Interessantes gefunden?«

»Nicht viel«, log er. »Ich denke, das Alter hat de Rudders Urteilsvermögen getrübt. Außerdem quälen ihn bei diesem Fall immer noch Schuldgefühle.«

»Kein Wunder«, stellte Chantal fest. »Agathe Barbiers Leiche ist nie gefunden worden.«

Verlaque, der gerade nach einem Macaron greifen wollte, hielt inne. »Das Meer ist groß.«

»Und wenn sie sich einfach abgesetzt hat?«, fragte Chantal.

»Warum sollte sie das tun?«

Chantal zuckte die Schultern. »Vielleicht hatte sie genug von der Ehe?« Ihre dunkelblauen Augen funkelten Verlaque an.

Als der Kellner sah, dass sie ihre Gläser geleert hatten, fragte er: »Noch einen Aperitif?«

Die Sportbar sah aus wie die meisten Dorfkneipen in der Provence. Sie wurde mit Neonröhren beleuchtet, was den Raum in ein grelles, blauweißes Licht tauchte. Hinter dem Tresen lief unablässig der an die Wand montierte Flachbildfernseher. Der Tresen mochte einmal mit Zinkblech oder Holz verkleidet gewesen sein, doch inzwischen waren es Schichtholzplatten, eingefasst in fleckiges, abgewetztes Kiefernholz. Vor dem Tresen standen vier Kunstlederhocker, jeder in einer anderen Farbe und einer ohne Fußstütze. Der Fußboden war das letzte Mal in den 1970er Jahren mit einem Schachbrettmuster von beigefarbenen und weißen Fliesen neu ausgelegt worden, den billigsten, die es damals gab. Der einzige Wandschmuck war ein Kalender der Freiwilligen Feuerwehr aus dem Jahre 2008.

Paulik atmete tief durch, bevor er die Tür öffnete. Die Sportbar betrat er höchstens ein-, zweimal im Jahr, in der Regel nach einem Dorffest, nahm rasch einen Pastis, plauderte ein wenig und ging wieder. Tagsüber machte die Bar keinen so deprimierenden Eindruck, denn das Neonlicht war nicht eingeschaltet. Man konnte mit einem Drink draußen auf dem Gehweg stehen und sich vorstellen, das sei eine hübsche Terrasse. Paulik ging durch den Kopf, dass alle Bücher, die das Leben in der Provence priesen, sich über die Dorfkneipen ausschwiegen. Dabei hatten sie so schöne Namen wie Sportbar, Goldene Kugel, Touristenbar oder, für Paulik der absolute Renner, Bar des 20. Jahrhunderts.

»*Salut*«, sagte Paulik beim Eintreten. Lächelnd nickte er den beiden Männern zu, die rechts von ihm standen. Sie waren offenbar in den Siebzigern und hatten etwa gleich große Zahnlücken.

»*Bonsoir*, Bruno«, antwortete der Wirt. »Wie geht's?«

»Danke, sehr gut«, gab Paulik zurück, erstaunt, dass der Mann sich an seinen Namen erinnerte. »Und selbst?«

»Gut. Hat sich alles wieder etwas beruhigt.«

Paulik schaute sich um. Außer den beiden Alten am Tresen hockte nur ein Kerl Mitte dreißig an einem Tisch in der Ecke und war fest eingeschlafen. »Richtig«, sagte Paulik und entsann sich wieder. »Die Weltmeisterschaft.«

»Das war ein Spaß, nur nicht für die Blauen«, meinte der Wirt und wischte über den Tresen. »Aber wenigstens haben die Spanier die Holländer geschlagen.«

»Die blöden Oranjer«, brummelte einer der alten Männer.

»Was trinkst du?«, fragte der Wirt.

»Einen Ricard, bitte.« Den Pastis konnte er schnell hinunterkippen, dachte Bruno bei sich. Gerade wollte er ein paar Erdnüsse aus der Schale auf dem Tresen nehmen, da zuckte er zurück, denn er sah, dass die beiden alten Männer wahrscheinlich schon den ganzen Abend davon aßen. Wer weiß, wann die sich das letzte Mal die Hände gewaschen hatten. Er überlegte, wie er das Gespräch auf Valère Barbier und Erwans Auftauchen in der Bar am Abend zuvor lenken konnte, ohne zu viel Verdacht zu erregen.

»Hier kommt der Ricard«, sagte der Wirt und stützte sich auf den Tresen. »Was treibt euer berühmter Nachbar denn so?«

Paulik lachte, erleichtert, dass er nicht selbst das Thema ansprechen musste. »M. Barbier ist sehr zurückhaltend«, sagte er. »Scheint ein durch und durch guter Kerl zu sein.«

»So sagt man hier auch«, teilte der Wirt mit. »Keine nächtelangen Partys oder Orgien mit berühmten Freundinnen, was, Gaston?« Er lachte und stieß den einen Alten an.

»Bisher hat er kaum Besuch gehabt«, fuhr Paulik fort und nippte an seinem Pastis. »Nur eine Schriftstellerkollegin und jetzt seinen Sohn aus Paris. Der ist fast vierzig, Erwan heißt er. Ist gestern Abend angekommen. Er und sein Taxifahrer hatten sich verfahren. In Puyloubier!«

Gaston lachte. »Die waren hier und haben nach dem Weg gefragt.«

»Das war Valère Barbiers Sohn? Der eingebildete Pariser Fatzke?«, fragte der Wirt.

»Ist er eingebildet?«, fragte Paulik zurück. »Ich bin ihm noch nicht begegnet.«

Der Wirt grunzte verstimmt und ließ für Gastons Freund ein frisches Bier einlaufen.

»Er hat eindeutig gezeigt, dass er von dieser Bar und von uns überhaupt nichts hält«, erzählte Gaston.

»Wer war denn sonst noch hier außer euch beiden?«, fragte Paulik und schlürfte seinen Pastis.

»Wer will das wissen?«, fragte der Wirt und verschränkte die Arme.

»Ich will offen zu euch sein«, erklärte Paulik. »Mit Erwan hat es gestern in der Bastide Ärger gegeben. Ich muss wissen, wer seine Ankunft im Dorf gestern Abend mitbekommen hat.«

Gaston starrte in sein Bierglas, und sein Freund tat so, als sei er an dem Michael-Jackson-Video höchst interessiert, das gerade über den Bildschirm flimmerte. Der junge Mann in der Ecke schlief nach wie vor.

»Tut mir leid«, sagte der Wirt schließlich. »Damit kann ich dir nicht dienen. Hier sind den ganzen Abend Leute ein und aus gegangen.«

Paulik nickte und trank seinen Pastis aus. »Trotzdem danke.« Er legte zwei Euro auf den Tresen und ging, verärgert darüber, dass er die Sache nicht besser angefangen hatte. Seinen Range Rover hatte er vor dem Haus geparkt. Als er ihn aufschloss, hörte er ein Heulen hinter sich. Er drehte sich um und erblickte Thomas, der gerade mit seinem Pizza-Moped ankam.

»Hallo, Thomas«, rief er und ging auf den jungen Mann zu.

Thomas nahm den Helm ab und schüttelte dem Kommissar die Hand. »*Bonsoir*«, sagte er. Dann öffnete er den roten Kasten hinter seinem Sitz und nahm eine Pizza heraus.

»Eine Lieferung in die Bar?«, fragte Paulik.

»Für den alten Gaston und seinen Kumpel. Gastons Großnichte hat ihm sein erstes Handy gekauft. Ich glaube, damit ruft er nur uns und sie an.«

Paulik lachte und griff nach einem Flyer in der Box, als wollte er ihn lesen. »Thomas«, sagte er, ohne den Blick von dem Flyer zu wenden, »tu doch bitte mal so, als redeten wir über Pizzas, ja?«

»Verstanden.«

»Hast du gestern Abend auch hierher geliefert?«

»Ja, ziemlich spät«, antwortete Thomas. »Nach zehn.«

»Bingo«, sagte Paulik. »Wer war in der Bar?«

»Gaston, sein Kumpel, der Wirt natürlich, der Kerl, der immer an dem Tisch in der Ecke schläft, und zwei Ganoven, die müssen Brüder oder Cousins sein. Pioger heißen die.«

»Was sind das für Leute?«

»Das wollen Sie nicht wissen«, erwiderte Thomas. »Aber vielleicht doch, wenn man bedenkt, was Sie beruflich machen. Zwei ziemlich finstere Burschen. Ich bringe ihnen manchmal eine Pizza nach Hause. Sie wohnen in einem schäbigen Loch über dem alten Eisenwarengeschäft.«

Paulik gab ihm den Flyer zurück und klopfte ihm auf die Schulter. »Danke, mein Freund.«

Als sie gegessen hatten, erhielt Marine eine Textnachricht von Sylvie, die anfragte, ob Charlotte über Nacht bei ihr bleiben könnte. Marine sagte zu und ging zum Wäscheschrank, um das Nötige zu holen. Wenn sie erst ein Haus auf dem Land besaßen, hätten sie mehr Platz für Gäste, dachte sie bei sich, als sie die Couch im Wohnzimmer für Charlotte herrichtete. Sie gab ihr eine Zahnbürste und ein sauberes T-Shirt. Später deckte sie sie sorgsam zu. Sie küsste das Mädchen auf die Stirn und fragte: »Möchtest du, dass ich die Gardinen zuziehe?«

»Danke, nein«, antwortete Charlotte. »Wenn ich nur ein wenig den Kopf hebe, kann ich die Lichter am Turm der Kathedrale sehen.«

»Die mag ich auch sehr«, sagte Marine und schaltete die Wohnzimmerlampe aus. In einem Haus auf dem Land hätten sie keine solche Aussicht, nur dunkle Nacht. Marine hatte nie auf dem Land gelebt und war gern ein Stadtkind gewesen. Sie ging ins Bad, nahm eine Dusche, putzte die Zähne und schlüpfte in ein neues hauchdünnes Nachthemd, das sie am ersten Tag des Sommerschlussverkaufes erstanden hatte. Als sie ins Schlafzimmer trat, drehte sie sich vor Verlaque.

Der lag im Bett und las. Er war in düsterer Stimmung nach Hause gekommen, kurz nachdem ihre Eltern sich auf den Heimweg gemacht hatten. Marine räusperte sich, aber er blickte nicht auf. »Antoine«, sagte sie und legte sich neben ihn. »Schlechte Laune heute Abend?«

»Ist Sylvie wieder unterwegs?«, fragte er.

Marine, die ihre beste Freundin sonst immer verteidigte, stimmte ihm zu. »Dass Sylvie jetzt abends so oft ausgeht, macht mir auch langsam Sorgen«, flüsterte sie. »Morgen rede ich mit ihr.«

»Hast du eine Idee, mit wem sie sich trifft?«

»Nein«, kam es von Marine. »Letzte Woche war sie auf der internationalen Fotografentagung in Arles. Vielleicht hat sie dort jemanden kennengelernt. Dort ist sie früher auch Charlottes Vater begegnet.«

»Und er weiß bis heute nichts von dem Kind?«

»Ein verheirateter Mann, der damals schon Töchter von zehn und zwölf Jahren hatte und in Berlin lebt«, antwortete Marine. »Deshalb hat Sylvie ihm nichts gesagt. Sie wollte die Ehe nicht stören.«

Verlaque schnaufte abfällig.

»Wirf keinen Stein«, sagte Marine.

»Du hast ja recht.«

»Eure Sitzung hat heute aber lange gedauert.«

Verlaque räusperte sich. »Es war die reine Zeitverschwendung. Wie ist es eigentlich im Sèvres-Museum gewesen? Im Zug war ich so beschäftigt, dass wir gar nicht darüber gesprochen haben.«

»Agathe Barbiers Briefe waren interessanter, als ich dachte«, berichtete Marine. Sie hatte schon bemerkt, dass er das Thema wechseln wollte, behielt es aber für sich. »Sie waren weniger des Inhalts als der Form wegen interessant. Sie war eine hervorragende Briefschreiberin.«

»So waren die Zeiten damals«, meinte Verlaque. »Ich erinnere mich, dass meine Großmutter Emmeline einen großen Teil des Tages mit Briefeschreiben verbracht hat. Damit ist eine Kunst verloren gegangen, die viele ausgeübt haben.«

»Die Briefe, die du mir geschrieben hast, habe ich noch«, sagte Marine und gab Verlaque einen Kuss. Sie strich ihm über den Bauch, und er küsste sie.

»Für die erste Postkarte an dich habe ich über eine Stunde gebraucht«, sagte er.

»Aus Rom.«

»Ich kann mich sogar noch an das Café erinnern, wo ich sie geschrieben habe. Ich war so in dich verschossen und wollte dich unbedingt beeindrucken.«

Marine lächelte, wünschte sich aber, er hätte etwas anderes gesagt, als dass er sie beeindrucken wollte. Was, wusste sie auch nicht. Sie konnte es nicht in Worte fassen.

Verlaque fuhr fort: »Ich wollte vor Charlotte nicht davon anfangen, aber Valères Stiefsohn ist gestern Abend, aus Paris kommend, bei ihm eingetroffen und wurde prompt entführt. Die Täter haben eine schriftliche Lösegeldforderung hinterlassen und heute Morgen per Telefon 50 000 Euro verlangt.«

Marine setzte sich auf. »Was sagst du da?« Verlaque teilte ihr die Einzelheiten mit. »Hat der Stiefsohn das vielleicht selber inszeniert?«, fragte Marine. »Sie standen in keinem besonders guten Verhältnis zueinander.«

»Woher weißt du das?«

»Habe ich in *Paris Match* gelesen. Beim Arzt im Wartezimmer.«

»Bruno und ich haben Valère dieselbe Frage gestellt. Der ist jedoch fest überzeugt, dass Erwan gar nicht in der Lage ist, einen solchen Plan auszuhecken und durchzuziehen. Valère ist am Boden zerstört.«

»Das kann ich mir denken. Der arme Mann.«

»Er wirkte wie ein Drogen- oder Alkoholabhängiger auf Entzug«, berichtete Verlaque. »Er hat geschwitzt und gezittert. Geschlafen hatte er auch nicht.«

»Wieder diese Gespenstergeschichten?«

»Ja. Noch häufiger und verwirrender.«

»Glaubst du ihm?«

»Irgendetwas stört seinen Schlaf mitten in der Nacht«, sagte Verlaque. »Das hat sogar seine Haushälterin bestätigt.«

»Sandrine?«, fragte Marine. »Sie ist eine schräge Type. Aber im guten Sinne.«

Verlaque hielt ein zerlesenes Exemplar des Romans *Rebecca* von Daphne du Maurier hoch. »Das war eines von Emmelines Lieblingsbüchern. Als in Frankreich die Videorekorder aufkamen, hat mein Großvater einen für das Haus in der Normandie gekauft. Emmeline ließ uns lange aufbleiben, und da haben wir auch die Verfilmung von Hitchcock gesehen.«

»Das Buch habe ich nie gelesen. Kannst du mir kurz erzählen, worum es da geht?«, fragte Marine und drehte sich ihm zu, den Kopf auf den Ellenbogen gestützt.

»Maxim, ein reicher Witwer, heiratet eine junge Frau. Als diese auf seinem Gut Manderley einzieht, denkt sich die Haushälterin Mrs. Danvers, Danny genannt, alle möglichen Streiche aus, um die junge Frau zu vergraulen und das Paar auseinanderzubringen.«

»Welches Motiv hatte sie?«

»Liebe«, sagte Verlaque. »Oder eine fixe Idee. Das weiß man nicht genau. Sie hatte ein Verhältnis mit Maxims verstorbener Frau.«

»Rebecca.«

»Genau.«

Marine nahm das Buch in die Hand und fragte: »Und du glaubst, hinter diesen nächtlichen Störungen könnte Sandrine stecken?«

»Ich weiß nicht«, antwortete Verlaque nachdenklich. »Sandrine wohnt bei ihm praktisch seit dem Tag, an dem er eingezogen ist. Das finde ich ...«

»Merkwürdig«, warf Marine ein.

»Ja. Ihr Onkel ist Valères Anwalt. Ich rufe ihn morgen an. Äußerlich ähnelt Sandrine Danny überhaupt nicht. Aber Ursule Genoux würde in die Rolle passen.«

»Valères Sekretärin?«

»Ja, groß, hager und eine völlig emotionslose Stimme. Eine sehr traurige Frau.«

»Aber sie lebt in Paris, während Sandrine sich in dem Haus befindet.«

»Ja, vom 8. Arrondissement von Paris aus kann man solche Streiche wohl kaum spielen.«

»In Agathes Briefen habe ich etwas Interessantes über Ursule gelesen«, sagte Marine. »Ihre jüngere Schwester, eine alte Freundin Agathes, hat sie für den Job empfohlen. Alle drei haben das Gymnasium Les Loges besucht, und die Schwester, Célestine Parent, ist dort heute Direktorin.«

»Was für ein Zufall«, sagte Verlaque. »Von welcher Schule ist die Rede, der in Saint-Germain-en-Laye oder der in Saint-Denis?«

»In Saint-Germain«, antwortete Marine. »In dem Brief erwähnte die Schwester ein ›unangenehmes‹ Vorkommnis und dass Ursule klug, eine schnelle Maschineschreiberin sei und eine Anstellung brauche. Agathe muss positiv reagiert haben – ihr Antwortbrief ist nicht überliefert –, und Ursule wurde als Valères Sekretärin eingestellt. Stimmt das mit deinen Informationen überein?«

»Ja, Ursule muss Ende der 1970er Jahre, ich glaube, 1979, bei Valère angefangen haben. Sie ist genau so, wie man sich die

Sekretärin eines berühmten und reichen Mannes vorstellt. Wenn Valères ungezogene und zuweilen schroffe Art von heute ein Hinweis darauf ist, wie er damals gewesen sein muss, als er noch mit den Rolling Stones und Norman Mailer Umgang pflegte, dann dürfte Ursule Genoux damit zurechtgekommen sein.« Verlaque legte *Rebecca* auf den Nachttisch zurück und seufzte.

»Du bist heute anders als sonst, macht dir der Fall so zu schaffen?«, fragte Marine.

»Ich bin heute Abend in Cannes gewesen«, antwortete Verlaque rasch. »Um die Agathe-Barbier-Akte zurückzubringen.«

»Das erklärt, weshalb du so spät zurückgekommen bist. Gab es Probleme mit dem Verkehr? Hast du dich darüber geärgert?«

»Ich habe die Akte dem Obersten Untersuchungsrichter übergeben, und dann haben wir noch in den Bergen zu Abend gegessen.«

»Und es war keine angenehme Begegnung?«, fragte Marine.

»Es war so wie früher«, gab Verlaque zurück. »Ich bin so glücklich, dass ich dich geheiratet habe.«

»Das hatte ich ganz vergessen«, sagte Marine und schaute auf ihre Hände. »Die Oberste Untersuchungsrichterin in Cannes ist Chantal Sennat. Deine Flamme aus Studienzeiten.«

Verlaque nickte. »Es war ein Fehler, dorthin zu fahren«, sagte er. »Ich wollte es dir gerade erzählen.«

21. Kapitel

New York City, 22. September 2010

An diesem Abend kam Michèle aus dem Krankenhaus zurück. Sandrine gelang es, *Clochette* zu starten, und mit finsterer Miene knatterte sie davon, um, wie sie sagte, bei ihrer Schwester Josy unterzuschlüpfen. Den ganzen Tag war sie wie ein Nervenbündel im Haus umhergeirrt, hatte an den Nägeln gekaut und die Hände gerungen. Mehrmals fragte ich sie, was sie habe, aber sie murmelte nur etwas Unverständliches und war nicht wiederzuerkennen.

Ich sagte ihr, sie könne ein paar Tage freinehmen. Bei allem, was passiert war, hatte sie sich das verdient. Ich war erleichtert, nicht beide Frauen zusammen im Haus zu haben. Nach wie vor glaubte ich jedoch fest daran, dass Sandrine mit Michèles Sturz nichts zu tun hatte. Die hatte an dem Abend zu viel getrunken und das Gleichgewicht verloren. Im Suff hatte sie sich eingebildet, jemand hätte sie gestoßen.

Michèle war in erstaunlich guter Form. Aber genug Energie hatte sie schon immer. Ich briet Omeletts mit Käse und Schinken, die wir in der Küche verspeisten. Sie hatte immer noch blaue Flecken im Gesicht. Besonders faszinierte mich einer auf der Stirn in Form der Landkarte Frankreichs. »Was starrst du mich so an?«, fragte sie und ließ sich das Essen schmecken. »Im Krankenhaus können sie nicht einmal ein einfaches Omelett ordentlich machen. Danke, Barbier.« Sie schob den leeren Teller beiseite und zündete sich eine Zigarre an.

»Du kannst schon wieder rauchen?«, fragte ich.

Sie schaute mich an wie einen dummen Jungen, das heißt, so wie immer. »Natürlich«, gab sie zurück. »Aber das Saufen lasse ich erst mal sein.«

»Das machst du richtig«, erwiderte ich, räumte das Geschirr ab und ging mir selbst eine Zigarre holen. »Ich brühe uns einen Kräutertee.«

»Jetzt sind wir zwei richtige alte Käuze«, mümmelte sie, während sie zusah, wie ich Wasser in den Teekessel laufen ließ. »Ich habe immer gewusst, dass wir beide einmal so enden.«

»Was meinst du damit?«

»Bleib locker«, sagte sie und lachte. »Ich habe nur gemeint, ich wusste, dass wir im Alter immer noch Freunde sind.«

»Das ist uns wohl vom Schicksal vorherbestimmt«, sagte ich. »Wir sind in einer Straße aufgewachsen, und nun hocken wir hier zusammen.«

»Aber du hast die Bastide Blanche.«

»Willst du sie haben?«, fragte ich. »Du erzählst mir doch immer, wie sehr dir das Wandbild im Treppenhaus gefällt. Vielleicht verkaufe ich ja.«

»Was du nicht sagst«, ließ sie hören und stieß eine Rauchwolke aus. Sie fragte mich nicht, warum ich das Haus so rasch wieder loswerden wollte. Erst Tage später ist mir das als merkwürdig aufgefallen. Jetzt zuckte sie die Achseln und meinte: »Ich bin nicht sicher, ob ich sie derzeit haben möchte. Du kennst mich und meine spontanen Einfälle. Die vergehen meist schnell wieder. Außerdem besitze ich ein Haus auf Kuba. Und eine italienische Insel vor Tunesien ist im Moment auch sehr hip.«

Ich stellte die Kanne Tee zwischen uns auf den Tisch und holte zwei Tassen aus dem Schrank. Bei all den Geschehnissen der letzten Tage hatte ich meine Freundin an der Wand, die Dame in dem rosa Kleid, sehr vernachlässigt. Ich setzte mich und blickte Michèle voll an. »Wo hast du dieses Wandbild schon einmal gesehen?«, fragte ich.

»Oh, ich erinnere mich nicht genau«, erwiderte sie und drehte an einem der riesigen Ringe, die sie trägt. »In einer Zeitschrift vielleicht.«

»Weshalb bist du hier, Michèle?«

Ihre Ringe klapperten, als sie die Hände auf die Tischplatte fallen ließ. »Das habe ich dir doch neulich abends vor diesem Zwischenfall gesagt.«

»Du hast lediglich versucht, mich durch Drohungen auf der Grundlage von ein paar gefälschten Beweisen zu bewegen, zusammen mit dir ein Buch zu schreiben. Sandrine könnte das mitbekommen haben.«

»Die sind nicht gefälscht«, behauptete Michèle und griff in ihre protzige Louis-Vuitton-Handtasche. Vorsichtig zog sie einen großen Umschlag heraus und reichte ihn mir. Als ich ihn öffnete, kamen ein paar verblasste maschinegeschriebene Blätter zum Vorschein. Als ich sie erblickte, wusste ich sofort, was das war.

»Wo hast du die her?«, fragte ich.

»Das spielt doch keine Rolle, oder?«, sagte sie mit einem Grinsen und nahm mir, ehe ich michs versah, die Bogen wieder aus der Hand. Ich weiß, Justin, ich war nicht schnell genug.

»Also, was ist das für ein Projekt?«

»Wir schreiben zusammen ein Buch, ein großes Buch.«

»Ich bin im Ruhestand.«

»Ein Schriftsteller ist nie im Ruhestand«, beharrte sie.

»Ich schreibe keine Romane mehr. Wenn, dann etwas anderes.«

»Deine Memoiren?«, zischte sie. »Wie ein Filmstar oder ein Profisportler?«

»Das ist ein großes Genre.«

»Es ist Voyeurismus!«

»Das musst ausgerechnet du sagen«, gab ich zurück. »Du hast mit Liebesgeschichten Millionen verdient!«

»Dutzende Millionen«, korrigierte sie mich. »Aber ich habe nie seriöse Literatur geschrieben. Ein Buch, das Schulstoff geworden ist wie deine.«

»Wer hindert dich daran?«, fragte ich und trank meinen Tee aus.

»Du weißt, dass ich das nicht allein fertigbringe, Valère. Ich habe die Ideen«, sagte sie und tippte sich an den Kopf, »aber nicht die Poesie. Dafür brauche ich dich.«

Ich äffte sie nach und tippte mir ebenfalls an den Kopf. »Da drinnen ist alles eingetrocknet.«

»Das glaube ich nicht«, sagte sie. »Du bist einfach faul geworden.«

»Was hätte ich davon?«

»Dein Name wäre wieder in aller Munde«, antwortete sie.

»Wir beide als Koautoren?«

»Warum nicht? Ein Gemeinschaftsprojekt zweier lebenslanger Freunde.«

»Das ist eine deiner besonders verrückten Ideen.« Ich stand auf und trug meine Teetasse zur Spüle. Meine Zigarre brannte nieder. »Also, der Faulpelz geht jetzt zu Bett.« Ich war so müde, dass mir gleichgültig war, ob wieder ein Gespenst Geräusche machte. Diesmal konnte es meinen Schlaf nicht stören. Sollte es doch Michèle wach halten.

Ich ging quer durch die Küche zur Tür. Michèle blieb am Tisch sitzen. »Wenn es dir lieber ist«, sagte sie und wandte sich mir zu, »kannst du auch stiller Teilhaber sein. Mein Ghostwriter. Schlaf gut, Valère.« Dabei zwinkerte sie mir zu. Sie genoss die Macht, die sie über mich hatte.

22. Kapitel

Aix-en-Provence, Sonnabend, 10. Juli 2010

Verlaque bestellte sich einen Café crème, nahm ein Croissant aus dem Körbchen, biss hinein und fegte mit einer Papierserviette die Krümel beiseite. Als er Bruno Paulik durch die Schwingtür des Café Mazarin kommen sah, winkte er ihm zu.

»Salut«, sagte Verlaque, stand auf und drückte dem Kommissar die Hand. »Danke, dass Sie sich an einem Sonnabend Zeit nehmen.«

»Guten Morgen«, sagte Paulik. Er nahm Platz und bestellte sich einen Kaffee.

»Ein Croissant?«, fragte Verlaque und tippte an das Körbchen.

»Nein, danke, ich komme gerade vom Frühstück mit meinen Mädchen.«

Verlaque blickte ihn verständnislos an. »Aber ein Croissant können Sie doch noch essen.«

»Ich muss mich ein bisschen vorsehen.« Paulik lachte und rieb sich den Bauch. »Heute Morgen habe ich Valère am Briefkasten getroffen. Er denkt darüber nach, die Bastide zu verkaufen.«

»Er ist doch gerade erst eingezogen.«

»Ja, das geht wirklich sehr schnell«, meinte Paulik. »Hélène und ich haben uns darüber unterhalten … Wenn nun jemand Valère Angst einjagen will, damit er genau das tut?«

Verlaque nickte; das Buch auf seinem Nachttisch fiel ihm ein. »Das ist mir auch schon durch den Kopf gegangen. Aber wer könnte das sein? Sandrine?«

»Was hätte sie davon?«, meinte Paulik.

»Stimmt. Als Erstes ginge ihr der Job verloren.«

»Gestern scheint sie die Nerven verloren zu haben.«

»So ist es«, stimmte Verlaque zu. »Wie dem auch sei, ich rufe ihren Onkel an, wenn ich wieder im Büro bin. Was wissen wir eigentlich über Sandrine Matton?«

Paulik blickte ihn ratlos an. »Sprechen Sie nur weiter. Doch wenn Sie mich fragen: Sie ist harmlos. Ein bisschen überdreht. Hélène hat eine Cousine, die mich an sie erinnert.«

»Glauben Sie? Ahnungen helfen uns hier aber nicht weiter.«

»Mit der Zeit bekommt man ein Gefühl dafür, wann jemand die Wahrheit sagt. Doch es ist immer möglich, dass man hinters Licht geführt wird.«

Verlaque aß das Croissant auf und schob die Krümel mit dem Handrücken zu einem Häufchen zusammen. »Die Weinstöcke auf Valères Grund und Boden könnten fast genauso viel wert sein wie das Haus. Gibt es Winzer, die daran interessiert sind?«

»Meinen Sie Hélène?«, fragte Paulik sichtlich irritiert. »Kein Winzer am Ort könnte es sich leisten, dieses Anwesen zu kaufen. Wir eingeschlossen.«

»Etwas Neues zu Erwans Entführung?«

»Der einzige Entführungsfall in Aix liegt über zehn Jahre zurück«, konstatierte Paulik. »Die drei Kerle sitzen immer noch ein, aber ich habe bereits zwei Beamte beauftragt, die Akten von uns bekannten Straffälligen zwischen Aix und dem Var durchzusehen. Außerdem bin ich in der Sportbar des Dorfes gewesen und habe festgestellt, wer am Abend zuvor dort anwesend war: Zwei Tattergreise, der Wirt, ein Mann, der immer in einer Ecke sitzt und schläft – das hat er gestern Abend auch getan –, und zwei Brüder oder Cousins namens Pioger. Allerdings ist noch nicht ganz klar, ob die in der Bar waren, als Erwan dort aufkreuzte.«

»Pioger?«, fragte Verlaque. »Jean-Claude Auvieux hat sie erwähnt. Das sind zwei Cousins von ziemlich üblem Ruf. Sie wohnen über einem alten Laden …«

»Dem früheren Eisenwarengeschäft.«

»Stimmt. Wollen wir bei denen anfangen?«, fragte Verlaque und griff nach seiner Brieftasche. »Der Kaffee geht auf meine Rechnung.«

»Danke«, sagte Paulik und stand auf. »Das nächste Mal bin ich dran.«

»Eine letzte Frage, welche Bar war das? Die Touristenbar? Die Goldene Kugel?«

»Die Sportbar«, antwortete Paulik.

»Schade, ich habe gehofft, es wäre die Bar des 20. Jahrhunderts. Diesen Namen liebe ich besonders.«

Als Verlaque wieder in seinem Büro war, griff er zum Telefon und rief Guillaume Matton auf dem Handy an. Der meldete sich sofort.

»*Bonjour*, Maître Matton, hier ist Antoine Verlaque, der Oberste Untersuchungsrichter von Aix-en-Provence. Schön, dass ich Sie erreiche.«

»Ich hoffe, es ist nichts mit Valère«, sagte Matton. »Wir hatten eine Weile keine Verbindung.«

»M. Barbier geht es gut. Aber sein Stiefsohn Erwan ist verschwunden. Es hat eine Lösegeldforderung und einen Telefonanruf gegeben.«

»Was? Ist Erwan wohlauf?«

»Bislang ja, soweit wir wissen. Die Entführer haben gestern angerufen, und Erwan durfte mit M. Barbier ein paar Worte wechseln.«

»Dieser Junge macht nur Scherereien«, knurrte Matton. »Wie viel verlangen sie?«

»50 000 Euro.«

Verlaque konnte den Anwalt atmen hören. »Das ist nicht viel«, ließ Matton schließlich hören.

»In der Tat.«

»Sind es Amateure?«

»Das ist möglich. Ist M. Barbier so etwas schon einmal passiert?«

»Nein«, antwortete Matton. »Ich fühle mich mitverantwortlich. Ich habe Valère überredet, das Haus zu kaufen. Dadurch hat er sich unter Umständen sehr … exponiert. In der Großstadt fällt einer wie er nicht so auf. Wenigstens bin ich sicher, dass meine Nichte Sandrine in seiner Nähe ist.«

»Sie hat M. Barbier eine Menge geholfen«, betonte Verlaque.

»Das freut mich, denn ich habe sie ihm empfohlen. Glücklicherweise das habe ich richtig gemacht. Ich hatte ein paar Bedenken, ob Sandrine in Puyloubier zurechtkommen würde, daher bin ich froh, dass sie Valère eine Hilfe ist.«

»Bedenken?«, fragte Verlaque. »Welcher Art?«

Der Anwalt zögerte einen Moment, dann sagte er: »Sie hat eine alte Flamme in Puyloubier, ausgerechnet dort.«

»Wirklich?«, fragte Verlaque.

»Ich mag Sandrine sehr«, fuhr Matton fort, »aber bei den Männern greift sie immer wieder daneben und tut sich dann schwer, ihnen den Laufpass zu geben.«

»Wie heißt dieser Ex?« Verlaque griff nach Stift und Notizblock, doch er konnte sich schon denken, wie der Name war.

»Pioger«, antwortete Matton. »Hervé, glaube ich. Sagen Sie Sandrine, sie soll sich von ihm fernhalten. Sie sind Richter, auf Sie hört sie vielleicht. Ich bin zwar ein erfahrener Anwalt, aber für sie nur der Onkel, der weit weg in der Stadt wohnt und keine Ahnung hat.«

Sylvie willigte nach vielen Ausflüchten schließlich ein, sich mit Marine im Le Mazarin zum Mittagessen zu treffen. Als Marine durch die Rue Fabrot ging, stellte sie fest, dass sie zehn Minuten zu früh war. Da kam ihr das Geschäft der Kosmetikkette Sephora gerade recht. Make-up kaufte sie selten, dafür Cremes und Lippenstifte umso mehr. Als sie durch die automatische Tür eintrat, ließ sie der Schwall kalter Luft aus der Klimaanlage erschauern, so dass sie für einen Moment die Arme um den Oberkörper schlang. Aber sie wusste, dass man sich nach ein paar Minuten an das künstliche Klima gewöhnte. Lächelnd ließ sie ihren Blick über die hohen Deckengewölbe streifen. Dies war ein besonderes Geschäft, das sie seit Jahren besuchte. Die gotischen Spitzbogen stammten aus dem 14. Jahrhundert; hier war früher eine Kapelle des Klosters der Karmeliterinnen gewesen. Auf halber Höhe hatte man eine Zwischendecke eingezogen, wo sie oft mit Charlotte am Kindertisch gesessen und mit Legosteinen gespielt hatte, während Sylvie umherstreifte und ihren Einkaufskorb mit Cremes und Düften füllte. Ein in Stein gemeißelter Engelskopf mit hohlen Augen im Gespenstergesicht schaute auf die Kunden. Ein mittelalterlicher Wächter, dachte Marine, während sie einen blassrosa Lippenstift wählte. Sie musste an die vielen Geschichten und Geheimnisse von Frauen denken, die diese alten Mauern bewahrten und beschützten. Auch heute hatten die meisten weiblichen Kunden und Angestellten wohl alle ihre geheimen Wünsche, ihre Freuden und Leiden. Auf dem Weg zur Kasse berührte eine junge Angestellte in der schwarzweißen Dienstkleidung des Geschäfts Marine sacht am Arm. »Entschuldigen Sie, Mademoiselle«, sagte sie. Marine fuhr herum, zunächst irritiert, weil sie keine Hilfe wünschte oder brauchte, aber das Mädchen war noch sehr jung, und sie musste lächeln. »Ja?«, fragte sie.

»Ich wollte Ihnen nur sagen, wenn Ihr Haar etwas röter wäre und Sie nicht so groß, dann könnten Sie eine Zwillingsschwester von Isabelle Huppert sein.«

Marine strahlte und dankte der jungen Frau.

»Bei Ihrer wunderbar hellen, sommersprossigen Haut«, fuhr sie fort, »denken Sie bitte immer an den Sonnenschutz.«

Marine bedankte sich noch einmal, denn dies war offenbar kein Verkaufsangebot, sondern nur ein freundlicher Ratschlag gewesen. Nachdem sie den Lippenstift bezahlt hatte, trat sie wieder in die Mittagshitze hinaus. Sie bog nach rechts in den Cours Mirabeau ein, wo sie sich durch die Menge von Bewohnern und Touristen die wenigen Meter bis zum Mazarin durchdrängen musste.

»*Salut*, Marine«, sagte Frédéric, als er sie durch die Schwingtür des Cafés kommen sah. Obwohl drinnen keine Klimaanlage lief, war es hier ein paar Grad kühler als auf der überfüllten Terrasse. »Sylvie sitzt schon oben«, fuhr er fort und bestellte dann mit lauter Stimme bei dem Mann am Tresen drei Gläser Rosé.

»Danke, Frédéric!«, sagte Marine und lief rasch die mit einem Läufer belegte Treppe hinauf.

Als sie am Tisch Platz nahm, ging Sylvies linke Augenbraue nach oben. Mit einem Blick auf die schwarz-weiße Sephora-Tüte fragte sie: »Warst du einkaufen?«

»Nur einen Lippenstift«, sage Marine.

»Lass mal sehen.«

Marine griff nach dem Lippenstift und probierte ihn sofort aus.

»Sehr dezent. Passt zu dir. Gute Wahl.«

Ein anderer Kellner erschien und nahm ihre Bestellung auf. Bei der Hitze wollten beide nur einen Salat. »Wie langweilig«, sagte Marine mit einem Lächeln, als sie dem Kellner die Karte zurückgab, »ins Restaurant zu gehen und nur einen Salat zu essen.«

Der Kellner nickte beiden zu und ging. Sylvie fragte: »Gibt es den Lego-Tisch noch?«

»Ich war nicht oben«, antwortete Marine. »Ich hoffe doch.«

»An den habe ich oft denken müssen, als Charlotte noch klein war«, sagte Sylvie, stützte sich auf und legte das Kinn in die Hände.

»Was Charlotte betrifft, beunruhigt mich …«

Sylvie hob die Hand. »Ich weiß, ich weiß. Es ist nicht fair

von mir, euch – dir und Antoine – nicht zu erzählen, was bei mir läuft.«

»Du hast dich ziemlich rar gemacht«, sagte Marine. »Aber ich möchte dir sagen, dass ich Charlotte sehr gern bei mir habe und dir vertraue. Ich weiß, dass es gute Gründe geben muss.«

Sylvie griff über den Tisch und drückte Marines Hand. »Was bin ich froh, dass ich dich habe«, sagte sie. »Das macht mich sehr glücklich.« Jetzt kam der Kellner und servierte den beiden Frauen einen Nizza-Salat.

Marine griff nach der Gabel. »Sprich nur weiter.«

»Weißt du, auf dem Fotografensymposium in Arles …«

»Hast du jemanden kennengelernt. Das habe ich mir gedacht«, warf Marine ein.

»Wiedergesehen.«

Marine starrte Sylvie an. »Du willst doch nicht sagen …«

»Doch«, sagte Sylvie. »Ich schwebe auf Wolke sieben, bin wahnsinnig verliebt. Und er auch.«

»Aber Wolfgang ist verheiratet.«

Sylvie schüttelte den Kopf. »Geschieden, schon seit drei Jahren. Als wir unsere Affäre hatten, war Wolfgang mit seiner Frau nicht glücklich, doch die beiden Kinder waren noch klein. Inzwischen sind beide aus dem Haus, die eine studiert an der Universität Köln Maschinenbau, und die andere lässt sich in Kopenhagen zur Hebamme ausbilden. Da haben sie sich im gegenseitigen Einvernehmen scheiden lassen. Er sagt, er habe zwei Jahre mit sich gerungen, ob er sich bei mir melden soll. Dann hat er entschieden, es dem Zufall zu überlassen.«

Marine lächelte und behielt für sich, dass es gute Chancen für ein Wiedersehen gab, waren beide doch europaweit erfolgreiche Fotografen. Marine hatte Wolfgangs Arbeiten in mehreren Pariser Ausstellungen gesehen und es immer für merkwürdig gehalten, dass sie sich nicht schon früher über den Weg gelaufen waren. »Weiß er …?«

»Ich will es ihm heute Nachmittag sagen.«

»Sylvie!«

»Ich verspreche es!«

»Und Charlotte?«

»Kannst du nicht dabei sein, wenn ich es ihr sage?«

»Ich glaube nicht, dass das notwendig ist …«

»Bitte, Marine. Danach werde ich emotional völlig durch den Wind sein. Das weiß ich genau.«

Marine fiel ein, wie Sylvie sie zum ersten Mal zu sich eingeladen hatte. Da war Charlotte noch nicht geboren. Sie hatte Marine schluchzend an der Wohnungstür erwartet. Ein Kater saß im Wipfel einer der hohen Kiefern vor Sylvies Balkon fest und fand nicht wieder herunter. Seit zwei Tagen miaute er dort kläglich und brachte damit alle Bewohner der umstehenden Häuser zur Verzweiflung. Sie liefen beide auf der Terrasse hin und her, Sylvie jammerte, und Marine versuchte, den Kater zu sich zu rufen. Schließlich informierten sie die Feuerwehr.

»Also gut«, sagte Marine. »Wann?«

»Heute Abend?«

»Ich bin vor dem Abendessen da«, entschied Marine.

23. Kapitel

Aix-en-Provence, Sonnabend, 10. Juli 2010

Wie oft Bruno Paulik mit seinem verbeulten grünen Range Rover auch schon die Nationalstraße 7 nach Puyloubier gefahren war, an dem Anblick konnte er sich nie sattsehen. Er mochte ihn zu jeder Jahreszeit, vor allem jetzt, im Sommer, wenn die grünen Blätter der Weinreben sich kräftig von der roten Erde abhoben, die Cézanne so geliebt hatte. Im Herbst wechselte die Farbe des Laubes über Gelb und Orange zu Rot, ein dunkleres, satteres Rot als der Boden. Der Mont Sainte-Victoire mit seinem strahlend weißen Kalkstein vor ihm wurde größer und größer, je weiter sich Paulik von Aix entfernte. Als sie ihr Weingut vor dem Kauf zum ersten Mal besuchten, schlug Léa die Hände vors Gesicht und rief: »Der Berg stürzt gleich auf uns herab!«

Paulik parkte vor dem schmalen Haus im Dorf, in dem, wie er wusste, Gaston wohnte. Die frisch gestrichene grüne Haustür war von einer üppigen Glyzinie umrankt, die im zeitigen Frühjahr ein paar Wochen lang blüht. Die schneeweißen Spitzengardinen an den Fenstern waren ein Zeichen dafür, dass es in diesem Haus eine Frau gab.

Er bediente den Türklopfer aus Messing, und Sekunden später öffnete Gaston, der eine Kochschürze trug. »Ah, *Monsieur le Commissaire*«, sagte er und trat beiseite. »Kommen Sie doch herein.«

Paulik nickte und ging durch die Tür, kein bisschen überrascht, dass Gaston wusste, womit er sich beschäftigte. Dass Paulik Polizeibeamter war, war im Dorf bekannt, bevor er und Hélène überhaupt den Kaufvertrag für Haus und Weingärten unterzeichnet hatten. Das erklärte auch, weshalb sich die Pioger-Cousins in der letzten Zeit so ruhig verhielten, dass Paulik von ihrer Existenz nicht einmal gewusst hatte, bis Thomas von ihnen erzählte.

»Das riecht aber gut«, sagte Paulik, als er durch einen schmalen Korridor zum hinteren Teil des Hauses ging, wo die Küche sein musste. Die Häuser auf dem Land waren alle ähnlich gebaut.

»Heute gibt's Kaninchen«, erklärte Gaston und bat Paulik mit einer Geste, an dem polierten Küchentisch Platz zu nehmen.

Der glaubte, er werde in der blitzsauberen Küche auf Gastons Frau treffen, aber die Schürze trug ja Gaston. »Schmoren Sie das Kaninchen in Weißwein?«, fragte Paulik.

»Und mit Oliven. So hat es meine liebe Mathilde immer getan.«

»Sie sind Witwer?«

Gaston nickte. »Mathilde ist vor vier Jahren gestorben. Aber muss das denn heißen, dass ich mein Haus verlottern lasse und nicht richtig esse?«

»Auf keinen Fall«, stimmte Paulik zu.

»Nicht wie der alte Marcel«, fuhr Gaston fort und trat an den Geschirrschrank. Paulik lächelte. Ihm gefiel es, dass ältere Menschen wie seine Eltern andere hochbetagte wie sie mit »alt« ansprachen. »Der lebt wie ein Schwein.«

»Ist das Ihr Freund von der Bar?«

Gaston nickte und öffnete den Schrank. »Ein Gläschen gefällig?«

»Das wäre nett«, antwortete Paulik. Als er sich in der Küche umsah, die so sauber und ordentlich war, wie das Haus von draußen gewirkt hatte, begriff er, dass Gaston die Sportbar aufsuchte, nicht weil er deprimiert oder ein Trinker war, sondern weil er Gesellschaft brauchte.

Mit seinen großen Händen, die schon ein wenig zitterten, holte Gaston eine Flasche ohne Etikett und zwei kleine

Schnapsgläser aus dem Schrank. Er stellte sie auf den Tisch und zwinkerte Paulik dabei zu. »Etwas von meinem Lebenselixier.«

»Wunderbar«, sagte Paulik, nahm die Flasche und betrachtete die klare Flüssigkeit. »Den haben Sie gebrannt?«

»Natürlich. Früher hat das Mathilde getan, aber seit sie …« Er verstummte und schenkte die Gläser voll.

»Was haben Sie vor der Rente gemacht?«

»Bei der Bahn gearbeitet.«

»Und seit wann sind Sie schon im Ruhestand?«

»Seit 1979.«

Paulik räusperte sich, überrascht, dass dieser noch so rüstige Mann viel älter war, als er angenommen hatte. »Im Ernst? Da ging ich noch zur Schule!«

»Damals ist man bei der Staatsbahn SNCF mit fünfundfünfzig in Rente gegangen. Ich bin jetzt sechsundachtzig.«

»Da kann ich Ihnen nur gratulieren«, sagte Paulik, hob das Glas und prostete Gaston zu, der auf ihn wie Anfang siebzig wirkte. Er nahm einen Schluck. »Köstlich.« Er probierte noch einmal, schnupperte an dem Getränk und sagte dann: »Was ist das für ein Aroma? Als ob ein bisschen Zimt drin wäre …«

»Es ist Angelika«, klärte ihn Gaston auf.

»Aha«, sagte Paulik und setzte das Glas ab. »Meine Tochter mag dieses Kraut mit den weißen Blüten. Sie hat einmal gesagt, alle Blumen sollten weiß sein.«

»Das wächst hier überall. Mathilde kam aus der Haute-Provence, wo es noch viel mehr davon gibt. Diesen Schnaps hat sie Mönchslikör genannt.«

»Und Sie stammen aus Puyloubier?«

Gaston nickte. »Ich bin in diesem Haus geboren.«

»Ich möchte Sie gern etwas über den Ort fragen.«

»Das habe ich mir gedacht.«

»Besonders über die Bastide Blanche.«

Gaston ließ einen Pfiff hören. »Als ich noch in die Dorfschule ging, haben wir ein Spottliedchen darüber gesungen. Das ging so:

›Der Döskopp, der zur Bastide Blanche rennt,
der lebt gefährlich und turbulent.‹«

»War das Haus damals schon leer und verschlossen?«

»Natürlich. Mit sechs oder sieben bin ich einmal hingegangen, um mir die Sache selber anzuschauen«, erzählte Gaston. »Kurz vor dem Haus hat mich meine Mutter eingeholt. Das war das einzige Mal, dass sie sich an mir vergriffen hat.« Der Wirkung halber rieb er sich das Hinterteil. »Ich spüre es heute noch.«

»Was ist denn in der Bastide passiert?«, fragte Paulik.

Gaston zog eine Grimasse und korkte die Flasche zu. »Keine Ahnung ...«

Um ihn aus der Reserve zu locken, meinte Paulik: »Da werde ich wohl Marcel fragen müssen ...«

»Den alten Zausel?«, rief Gaston, zog den Korken wieder aus der Flasche und füllte die Gläser noch einmal. »Dem dürfen Sie kein Wort glauben!«

Paulik grinste in sich hinein. Er nippte an dem Angelika-Likör und wartete ab. Gaston nahm einen großen Schluck und begann seine Erzählung: »Die Bastide ist 1660 von einem Adligen namens de Besse erbaut worden. Bald nach der Fertigstellung ist er gestorben. Er vererbte das Anwesen seinem Sohn, der dort mit seiner Familie lebte, zwei Söhnen und drei Töchtern, glaube ich. Der älteste Sohn, Hugues de Besse, erhielt die Bastide Anfang des 18. Jahrhunderts als Erbe. Bei den Leuten heißt er nur Hugues, das Monster.«

»Das ist ja interessant.«

»Sicher haben Sie von Marquis de Sade und den Vorgängen auf dessen Schloss Lacoste gehört.«

Paulik nickte. »Ich bin auf einem Bauernhof in Ansious aufgewachsen.«

»Stimmt, das ist nicht weit von dort. Hugues war schlimmer als de Sade. So heißt es jedenfalls.«

»Aber Hugues de Besse ist doch schon so lange tot«, warf Paulik ein. »Warum hat man das Haus verschlossen, und jeder fürchtete es, auch Ihre Mutter?«

»Wegen der Gespenster«, antwortete Gaston rundheraus. »Es sind die weinenden Geister der armen Mädchen – Dienerinnen aus Aix und Umgebung –, die Hugues als Sex-Sklavinnen gehalten hat, und ihrer ungewollten Kinder, die im Keller vergraben wurden.«

Paulik verzog das Gesicht. »Ist die Geschichte von den Gespenstern hier allgemein bekannt?« Er dachte an die Pioger-Cousins und andere, die Valère ängstigen wollten.

»Klar, die kennt hier jeder. Zumindest jeder über zwanzig, der aus der Gegend stammt. Doch inzwischen ist Puyloubier zu einer Schlafgemeinde für Aix geworden. Wir haben eine Menge Auswärtige im Dorf.« Er warf Paulik einen Blick zu. Der wusste ohnehin, dass selbst er als gebürtiger Provenzale hier nicht als Einheimischer galt.

»Aber nicht jeder scheint sich vor dem Haus zu fürchten«, fuhr Paulik fort. »Der neue Besitzer hat mir erzählt, beim Einzug habe er festgestellt, dass die Wände im Haus von Teenagern beschmiert waren.«

Gaston zuckte die Schultern. »Die sind jung und ahnungslos.«

Paulik trank aus und genoss die Wärme, die mit dem Alkohol durch seinen Körper strömte. »Meine Tochter Léa, fast elf Jahre alt, hat in dem Haus tatsächlich etwas gespürt, aber Angst war es nicht.«

Gaston nickte. »Manche Leute vom Ort erzählen das Gleiche. Einige meiner Mitschüler sind einmal zur Bastide gezogen, um sich gegenseitig zu erschrecken. Unter ihnen war Jeanne, ein hübsches Mädchen, das später Nonne geworden ist. Ich habe sie seit vielen Jahren nicht mehr gesehen. Sie ist mit den Jungen mitgegangen. Sie sind eines Nachts in die Bastide eingebrochen und zehn Minuten lang durch die Zimmer gerannt. Dann hatten sie genug und haben das Haus verlassen. Draußen stellten sie fest, dass Jeanne fehlte. Zwei Jungen wagten sich noch einmal hinein, um Jeanne zu suchen. Noch Wochen später haben sie damit angegeben. Sie fanden sie auf dem Dachboden. Sie hat wie versteinert auf dem Fußboden gesessen. Sie haben erzählt, sie hätten fast zehn Minuten gebraucht, bis das Mädchen sie überhaupt bemerkte und aufstand. Später hat sie überall erzählt, sie hätte keine Angst gehabt, es wäre ihr warm gewesen, und sie hätte sich sicher gefühlt.«

»Sie waren nie in der Bastide?«

»Nein. Nicht nach der Abreibung, die ich damals bekommen habe. Ich war vernünftig genug.«

24. Kapitel

Aix-en-Provence, Sonntag, 11. Juli 2010

Die Beamten Goulin und Schoelcher parkten einen Wagen ohne Polizeikennzeichen vor dem mit Brettern vernagelten Eisenwarengeschäft in Puyloubier. Der Laden, der einmal wie die Bäckerei, die Fleischerei und die Winzergenossenschaft einer der Treffpunkte des Dorfes gewesen war, wirkte, als sei er seit Längerem aufgegeben. Die hölzerne Fassade und die verblichenen Fensterläden waren noch vorhanden. Verlaque hatte die Beamten über die Pioger-Cousins ins Bild gesetzt, da die aber keinen Haftbefehl hatten, überwachten sie nur die Haustür und warteten auf ein Lebenszeichen von Didier oder Hervé. Fotos waren schnell beschafft, denn sie hatten beide ein beträchtliches Strafregister.

»Lange können wir hier nicht stehen«, meinte Sophie zu ihrem Partner Jules. »Das ist etwas anderes, als eine Wohnung in Aix zu beobachten, wo ein ständiges Kommen und Gehen herrscht. Hier sind wir auf dem Dorf. Hier kennt einer den anderen.«

Jules nahm den Blick nicht vom Gehweg. »Vielleicht auch nicht. In Dörfern wie Puyloubier sind im Sommer jede Menge Touristen, die täglich nach Aix fahren.« Er breitete eine Landkarte über dem Armaturenbrett aus, damit sie notfalls wie Touristen wirkten.

»Sicher wird uns bald jemand fragen, ob wir Hilfe brauchen«, sagte Sophie.

»Das bezweifle ich«, meinte Jules. »Wir sind hier nicht im Elsass.«

Sophie lächelte in sich hinein und sagte nichts. Jules Schoelcher stammte aus dem Elsass. Als er zur Polizei in Aix kam, machten sich die Kollegen über seine gebügelten Jeans und die penible Exaktheit in allen Dingen lustig. »Schau mal«, sagte Sophie, »der alte Mann dort drüben ... Jetzt bleibt er vor dem Eingang stehen.«

»Im Obergeschoss können keine zwei Wohnungen sein«, stellte Jules fest. »Dafür ist es zu klein.«

»Er hat einen Schlüssel«, sagte Sophie. Sie neigte den Kopf, um besser zu sehen. »Jetzt geht er hinein ...«

»Lass uns noch fünf Minuten warten.«

Als drei vergangen waren, sagte Sophie: »Das gefällt mir nicht.«

»Du hast recht«, gab Jules zurück und öffnete die Wagentür. »Wer weiß, was der Alte dort drin macht. Wir gehen hinein.«

»Wir sind von der Grünen Partei«, flüsterte Sophie, als sie die Straße überquerten. »Ich habe ein Schreiben mit falschen Unterschriften dabei.«

»Verstanden.«

Der alte Mann hatte die Haustür nicht abgeschlossen. Sie gingen hinein und stiegen die Treppe hinauf. Jules Schoelcher klopfte an eine Tür. Als sie ein Stöhnen hörten, wechselten sie besorgte Blicke.

»Gehen wir hinein«, sagte Sophie.

»Hallo!«, rief Jules und öffnete die unverschlossene Tür. »Ist hier jemand?«

Sie kamen in ein Wohnzimmer, das mit Möbeln aus den 1970er Jahren eingerichtet war. Die verblassten Tapeten in orange-gelbem Karomuster passten dazu. »O mein Gott«, ließ sich eine Stimme vernehmen. Sie liefen in die Küche, wo der alte Mann an einem Tisch mit Kunststoffplatte saß, die Hände über dem Kopf zusammengeschlagen.

»Monsieur!«, sagte Sophie Goulin und legte dem Mann eine Hand auf die linke Schulter. »Ist mit Ihnen alles in Ordnung?«

»Die sind weg«, antwortete er und schaute zu ihr auf. »Und sie schulden mir Miete für drei Monate.«

Sophie und Jules schauten sich an. »Die Pioger-Cousins?«, fragte Jules.

»Wer denn sonst?«, antwortete der alte Mann ärgerlich, als ob Jules wissen musste, wer diese Wohnung gemietet hatte.

»Vielleicht können wir Ihnen helfen, Monsieur …«

»Cheneau«, antwortete er. »Marcel Cheneau.«

»Was macht Sie so sicher, dass die beiden wirklich ausgezogen sind?«, fragte Sophie und blickte sich in der schmierigen Küche um.

»Ihre Klamotten sind alle weg«, sagte der alte Mann. »Und die tolle Stereoanlage.« Er warf Sophie einen misstrauischen Blick zu und fragte: »Wer sind Sie denn überhaupt?«

»Polizeibeamte«, antwortete Sophie. »Aus Aix.«

»Haben Sie denn gewusst, dass die Piogers mich auf ihren Schulden sitzenlassen? Noch eher als ich?«

»Wir kommen im Auftrag des Obersten Untersuchungsrichters von Aix«, sagte Jules und setzte sich an den Tisch. »Dabei geht es um einen anderen Fall. Eine Entführung in der Bastide Blanche.«

Marcel Cheneau machte große Augen. »Das ist ja unerhört! Und Sie glauben, das waren die Piogers?«

»Wir sind nicht sicher«, antwortete Jules. »Wann haben Sie die beiden das letzte Mal gesehen?«

Cheneau überlegte. »Vielleicht vor zwei Tagen in der Bar. Da war ich mit meinem Kumpel Gaston. Wir haben ein paar Bier getrunken und dann noch eine Pizza bestellt.«

»Ist in dieser Zeit ein Mann aus Paris in die Bar gekommen und hat sich nach dem Weg zur Bastide erkundigt?«, fragte Sophie.

»Das hat mich der Kommissar schon gefragt«, gab Cheneau zurück. »Gestern, in der Bar.«

»Waren die Pioger-Cousins auch in der Bar?«

»Das geht mich nichts an …«

»Wollen Sie denn nun Ihr Geld zurück?«, fragte Jules.

Cheneau seufzte. »Ja, sie waren dort. Und sind bald gegangen, als dieser hochnäsige Pariser verschwunden war.«

»Und haben Sie eine Ahnung, wo die beiden jetzt sein könnten?«, fragte Sophie. »Keine Angst, Monsieur Cheneau. Sie stehen unter unserem Schutz.«

Cheneau nickte und murmelte: »Ich denke schon. La Rivièra.«

»An der Küste?«, fragte Jules.

»Nein, nein«, gab Marcel zurück und schüttelte den Kopf. »Das ist eine Jagdhütte im Wald. Wir nennen sie die Rivièra, weil man von dort auf ein Flüsschen schaut.«

Es war Sonntag kurz vor zwölf, als es im Weinkeller der Genossenschaft in Rians am lebhaftesten zuging. Der schloss um 12.30 Uhr und öffnete erst wieder am Dienstag. Die Nummernschilder der Wagen auf dem Parkplatz zeigten eine Vielfalt, wie es sie nur im Sommer gab: Autos aus den Niederlanden und Deutschland, ein englisches Cabrio mit dem Lenkrad auf der rechten Seite neben Limousinen und Kleintransportern aus Bouches-du-Rhône und Var, den beiden Departements, zwischen denen der Ort liegt. Drei weitere Fahrzeuge, allesamt dunkelgraue Citroëns, standen ganz am Ende des Parkplatzes nebeneinander. Bruno Paulik breitete eine detaillierte Karte der Gegend auf der Kühlerhaube des einen aus und strich sie mit dem Handrücken glatt.

Der Kommissar wies auf eine dünne weiße Linie und sagte: »Die Jagdhütte liegt acht Kilometer nordöstlich von Rians in der Nähe der Straße D 70. M. Cheneau hat gesagt, die Hütte ist nicht eingezeichnet, aber exakt 2,2 Kilometer nördlich von Esparron geht nach einer Biegung ein Waldweg von der D 70 ab. An einem alten Olivenbaum ist dort ein Schild mit der

Aufschrift ›Privat‹ angebracht. Die Hütte liegt in einem Kilometer Entfernung an diesem Weg.«

»Ist das die einzige Zufahrt?«, fragte ein Beamter.

»Laut M. Cheneau, ja«, antwortete Sophie.

»Dann parken wir unsere Wagen an der D 70 in einiger Entfernung vor und nach der Abzweigung«, fuhr Paulik fort. »Wir treffen uns an dem Olivenbaum und gehen in zwei Gruppen den Weg hinauf. Die Kollegen in Uniform umstellen die Hütte, Polizistin Goulin und ich gehen auf sie zu und tun so, als seien wir Wanderer, die sich verlaufen haben.« Sophie Goulin warf einen Blick auf ihre Shorts, froh, dass sie die anstelle einer langen Hose angezogen hatte. Inzwischen waren über dreißig Grad, und in Shorts glaubte man ihr die Legende eher. Als sie ihren Chef mit Sonnenbrille und breitem Strohhut sah, musste sie sich ein Lächeln verkneifen. In diesem Aufzug hätte sie Bruno Paulik kaum wiedererkannt. Die Maskerade durchschauten die Pioger-Cousins bestimmt nicht.

Zehn Minuten später waren die Wagen am Rand der schmalen Straße verstreut geparkt. Jules Schoelcher musste bei dem Olivenbaum bleiben, um die anderen im Bedarfsfall per Telefon informieren zu können. Er setzte sich auf einen Stein, schlug eine Wanderkarte auf und tat so, als studiere er sie, während die anderen im Wald verschwanden. Sollte ihn jemand ansprechen, würde er mit deutschem Akzent antworten – kein Problem für jemanden, der in Colmar geboren war und mit seinen Eltern immer noch Deutsch sprach. Er wollte sagen, er suche nach einem Weg, auf dem er abseits der großen Straßen nach Gréoux-les-Bains komme. Den Wagen habe er von einem Freund in Marseille geliehen.

Sophies Herz schlug höher, als sie neben ihrem Chef den Waldweg entlangging. Sie hatte die Akten der Pioger-Cousins gelesen und wusste, sie waren gewalttätig und unberechenbar. Sie achtete darauf, sich von der Natur, die sie umgab, nicht ablenken zu lassen. Sie war auf dem Land aufgewachsen und wusste, dass Eidechsen geräuschvoll rascheln konnten, wenn sie durch trockenes Laub huschten.

Nach etwa zwanzig Minuten kam die Jagdhütte in Sicht. »Wir gehen immer weiter«, flüsterte Paulik, als sich ihre Schritte unwillkürlich verlangsamten. Der Name La Rivièra sollte offenbar ein Witz sein, denn die Bude mit dem Wellblechdach stand schon so schief, dass man glaubte, sie könne bei einem kräftigen Niesen zusammenfallen. Sophie gab sich alle Mühe, unschuldig und harmlos wie jemand zu wirken, der keine Ahnung hatte, was in der Hütte zu erwarten war. Der Kommissar dachte offenbar ähnlich, denn er griff nach ihrer Hand und hielt sie fest, als ob sie seine Ehefrau oder Geliebte sei.

Da sprang die Tür der Hütte auf, und ein eindeutig aufgeregter Mann trat heraus. »Was geht hier vor?«, brüllte er sie an, obwohl sie noch etwa zwanzig Meter von ihm entfernt waren. »Was wollen Sie?«

Paulik ließ Sophies Hand los. »Es tut mir leid, dass wir stören«, antwortete er. »Wir wandern durch den Wald.«

»Hier sind Sie falsch«, sagte der Mann. »Das ist Privatgelände.«

»Wollen Sie es vielleicht verkaufen?«, fragte Paulik und ging langsam auf den Mann zu, in dem er Hervé Pioger erkannt hatte. Da hörte Paulik ein unterdrücktes Geräusch aus dem Inneren der Hütte.

Pioger kam näher. »Sind Sie taub?«, fragte er.

»Wissen Sie, wir wollen seit Monaten ein Grundstück in dieser Gegend kaufen«, sagte Paulik. »Und dieses hier sieht gerade so aus, als könnte es etwas Pflege gebrauchen.« Er ging langsam bis auf einen Meter an den Mann heran.

»Es ist nicht zu verkaufen«, sagte Pioger und hob die Hand. »Verschwinden Sie.«

»Lass uns gehen, Liebling«, sagte Sophie, trat neben Paulik

und zog an seiner Hand. Sie sah, wie Schweißtropfen auf Piogers Stirn traten und ihm der Mund offen stand. Sein Atem roch nach Pastis.

»Du weißt doch, wie sehr wir diese Gegend mögen«, sagte Paulik und schaute seine Partnerin bittend an.

»Machen Sie, was Ihr Schatz sagt«, knurrte Pioger.

Aus dem Augenwinkel konnte Paulik sehen, dass alle Beteiligten ihre Position eingenommen hatten. »In Ordnung«, sagte er laut und hob die Hand. »Tut uns leid, dass wir stören!«

Auf dieses Stichwort brachen die Polizisten durch die Hintertür in die Hütte, von der Marcel Cheneau Sophie und Jules berichtet hatte.

Als Hervé Pioger auf das Geräusch hin herumfuhr, stürzte sich Paulik von hinten auf ihn und warf ihn zu Boden. Sophie zog ihre Waffe aus den Shorts und zielte auf Piogers Kopf. »Keine Bewegung!« Sie hörte einen ihrer Kollegen rufen »Hinlegen, sofort!« und atmete erleichtert auf. Ihre Nachbarin fiel ihr ein, eine Friseurin, mit der sie manchmal abends nach der Arbeit ein Glas Wein trank, während die Kinder zusammen spielten. Was konnte sie von ihrem Arbeitsalltag berichten? Nichts, nur etwas nebensächlichen Tratsch – wie Jules sie während einer Autofahrt zum Lachen gebracht hatte, dass ein anderer Kollege am nächsten Wochenende heiratete –, aber kein Wort über Aktionen wie diese. Ihre Nachbarin hatte das umgekehrte Problem: Die Kunden breiteten ihre intimsten Hoffnungen und Ängste vor ihr aus, während sie ihnen das Haar schnitt. Davon durfte sie Sophie so gut wie nichts erzählen. Doch sie konnte ihre Arbeit beschreiben. Das Schneiden, Färben oder Föhnen.

»Na endlich!«, polterte eine Stimme in der Hütte.

»Sie können ihn haben!«, rief Hervé Pioger Paulik zu, der seinen Kopf in den Waldboden drückte.

Sophie und Paulik wechselten verdutzte Blicke, als ein

Mann Ende dreißig oder Anfang vierzig aus der Tür schritt, begleitet von einem der Beamten, der ihn beim Arm hielt. »Mir geht es gut!«, sagte er und schüttelte den Griff des Beamten ab. »Ich werde Anzeige erstatten …«

»Halt die Fresse!«, schrie Hervé Pioger.

»Das ist unsere Sache, M. Le Flahec«, sagte Paulik. Ein anderer Beamter kam heraus, neben ihm Didier Pioger in Handschellen. Jetzt hieß Sophie auch Hervé aufstehen und legte ihm Handschellen an. Zu Erwan sagte Paulik: »Wir müssen Sie zum Durchchecken ins Krankenhaus bringen …«

»Ich habe doch gesagt, mir geht es gut«, beharrte Erwan.

»Das muss ein Arzt bestätigen«, sagte Paulik. »Sie sind hier gegen Ihren Willen festgehalten worden.« Er betrachtete Erwan Le Flahec genauer, um zu verstehen, was diesem durch den Kopf ging. Er war nicht sicher, ob der bei der Entführung nicht selbst die Hand im Spiel gehabt hatte.

Sophie rief Jules an und bat ihn, einen der Wagen zur Hütte zu fahren. Zwei Polizisten liefen bereits zurück, um die beiden anderen Autos zu holen. An Erwan gerichtet, sagte sie: »Wir bringen Sie zur Untersuchung, danach können Sie in Ihr Quartier fahren, sich waschen und ausschlafen, bevor Sie morgen zwecks einer Befragung zu uns kommen.«

»Wenn Sie es sagen«, antwortete Erwan langsam. Dann fielen ihm die Augen zu, er wankte und kippte nach vorn. Sophie konnte ihn gerade noch auffangen.

25. Kapitel

New York City, 22. September 2010

»Zu meiner großen Erleichterung war Sandrine nicht bei den Pioger-Cousins in La Rivièra, und Erwan sagte, sie sei nie dort gewesen«, berichtete Valère. »Ich habe ihm geglaubt. Bruno Paulik rief mich sofort an, als sie Erwan gefunden hatten. Der war nach einer Untersuchung im Krankenhaus ein paar Stunden später wieder bei mir. Er wirkte erschöpft und war gereizt, aber das verstand ich. Ohne Sandrine wusste ich gar nicht, wie ich mit zwei Gästen im Haus zurechtkommen sollte. Außerdem machte ich mir Sorgen um sie.«

»Aber wo war Sandrine?«, fragte Justin.

»Ich habe versucht, Matton in Paris zu erreichen, aber der nahm nicht ab. Ich habe auch keine Nachricht hinterlassen, denn ich wollte Guillaume nicht unnötig beunruhigen. Zum Glück war an diesem Vormittag Markt im Dorf, und Hélène und Léa boten mir an, für mich einzukaufen.«

Justin runzelte die Brauen und rutschte auf seinem Stuhl hin und her.

»Können Sie das bitte lassen?«, fragte Valère. »Die Einzelheiten sind wichtig.«

»Entschuldigung. Erzählen Sie weiter.«

Ich holte Agathes Ali-Baba-Kochbuch mit den vielen Eselsohren hervor und ging daran, eine Suppe zu kochen, die wir mit frischem Brot und Ziegenkäse essen konnten. Als Léa vom Markt zurückkam, setzte sie sich an den Küchentisch und legte Puzzles, während ich kochte. Michèle war am Pool, stritt über ihr Smartphone lautstark mit ihrem Verleger in Japan oder einem Anwalt für Filmrechte in Los Angeles, während Erwan in seinem Zimmer lag und schlief. »Ich wüsste gern, was die blinde Dame zu Abend isst«, sagte Léa und sah mir zu, wie ich Lauch schnitt. »Mama und ich haben sie heute in der Nähe des Marktes gesehen. Mit ihrem weißen Stock ist sie den Bürgersteig entlanggegangen.«

»Blinde Menschen gewöhnen sich daran, alle möglichen Dinge zu tun, die wir uns nicht vorstellen können«, antwortete ich. »Ich bin sicher, sie kocht sich etwas Gesundes, Schmackhaftes.«

»Ich hoffe, Erwan geht es bald wieder gut«, fuhr Léa fort.

Ich hatte ganz vergessen, wie leicht Kinder das Thema wechseln können. »Er braucht einfach nur vierzehn Stunden Schlaf«, sagte ich.

»Mein Papa hat auch einmal vierzehn Stunden lang geschlafen. Vorher hatte er zwei Nächte lang Dienst gehabt.«

»Hallo!«, erklang es aus der Diele. Es war Bruno Paulik, der Léa holen wollte.

»Kommen Sie herein, Bruno«, rief ich. »Wir sind in der Küche.«

Bruno trat ein und gab Léa einen Kuss. »Es ist Zeit, nach Hause zu kommen, Léa«, sagte er.

»Léa war mir heute Nachmittag eine sehr angenehme Gesellschaft«, sagte ich.

»Das höre ich gern. Aber wir mögen ihre Gesellschaft auch«, erwiderte Bruno und zwinkerte seiner Tochter zu.

»Wenn Sie durch den Garten zurückgehen, dann sagen Sie bitte Michèle, dass es bald Abendessen gibt?«, bat ich.

»Kein Problem«, antwortete Paulik. »Schreit sie immer so laut ins Telefon?«

»Ja.«

»Sie ist bis zu uns herüber zu hören.«

»Das tut mir leid«, sagte ich.

»Hat sich Sandrine inzwischen gemeldet?«, fragte Paulik und blieb an der Küchentür stehen.

»Leider nicht«, antwortete ich. »Das erinnert mich daran, dass ich noch einmal ihren Onkel in Paris anrufen will. Bis jetzt habe ich ihn nicht ans Handy bekommen.«

»Wenn Sie etwas erfahren, dann lassen Sie es mich wissen«, sagte Paulik. Seine Stimme klang nicht feindselig, aber ich wusste, dass der Kommissar Sandrine verdächtigte, an Erwans Entführung beteiligt gewesen zu sein und Michèle die Treppe hinuntergestoßen zu haben. Ich musste zugeben, es sah nicht gut für sie aus. Für mich war es eine totale Überraschung, dass Sandrine früher mit Hervé P. liiert war und immer noch etwas für ihn übrighatte. Wollte sie deshalb bei mir arbeiten? Um ihm näher zu sein? Und jetzt war sie verschwunden.

»Geht es Sandrine gut?«, fragte Léa und blickte zu ihrem Vater auf. »Ich mag sie.«

»Ihr geht es gut, da bin ich sicher«, antwortete ich etwas zu schnell. Léa gab mir mit einem Blick zu verstehen, dass sie mir kein Wort glaubte. Das können Elfjährige besonders gut.

Der Abend wurde nicht besser davon, dass Michèle nicht aufhörte, mich zu drängen, mit ihr zusammen ein Buch zu schreiben. Ihre Genesung kam mir wundersamer vor, als ich es je erlebt hatte. Gegen elf zogen wir uns in die Schlafzimmer im oberen Stock zurück. Ich schaute nach Erwan, der immer noch fest schlief. Diesmal ließ ich seine und meine Zimmertür einen Spaltbreit offen. Ich wollte kein Risiko mehr eingehen.

Und nun zu meinem Traum, Justin. Eine Vorbemerkung: Ich bin nie der Typ gewesen, der anderen seine Träume erzählt. In der Studenten-WG hatte ich einen Freund, der jeden Morgen, wenn wir hundemüde um den Küchentisch saßen, anfing, uns seinen jüngsten Traum in allen langweiligen Einzelheiten zu schildern. Wir waren sicher, er dachte sich das alles aus, denn darin kamen immer ein, zwei seiner Lieblingsschauspieler vor, er war ihr Kumpel, sie stellten zusammen alle möglichen verrückten Dinge an, und es gab ein Happy End. So funktionieren Träume nicht, jedenfalls nicht bei mir.

Als ich an diesem Abend ins Bett stieg, fiel mir ein, dass ich vergessen hatte, Guillaume Matton anzurufen. Ich machte mir eine Notiz auf einem Klebezettel, den ich an der Nachttischlampe befestigte. Am Morgen wollte ich das als Erstes erledigen. Der Wind hatte aufgefrischt, und ich schloss die Fenster. Lieber wollte ich in einem stickigen Zimmer schlafen als es die ganze Nacht heulen und stöhnen hören. Die Läden klapperten leicht, obwohl sie eingehängt waren. Nach all den Aufregungen des Tages konnte ich nicht gleich einschlafen. Da lag ich nun, lauschte auf die Geräusche und horchte in meinen Körper hinein. Zu solchen Zeiten kann ich ein richtiger Hypochonder sein. Ich zählte meine Herzschläge, eigentlich, um endlich einzuschlafen, aber im Grunde, weil ich glaubte, sie seien arhythmisch und ich könnte sterben. In meinem Kopf klopfte es, bestimmt ein Aneurysma. Mein Magen hüpfte, und ich vermutete einen Tumor. In Wirklichkeit wehrte ich mich gegen den Schlaf, denn wenn ich die Augen schloss, sah ich ein Meer, nicht das blaugrüne Mittelmeer, sondern dunkle, graue, aufgewühlte Wellen. Doch die Stunden vergingen, die Erschöpfung überwältigte mich, und ich muss eingeschlafen sein. Dabei hatte ich folgenden Traum:

Ich ging einen langen Strand entlang, nicht mit weißem Sand wie die Strände am Atlantik hier in Amerika, sondern mit Felsklippen wie in der Provence. Ich ging barfuß und stieß mir die Füße an den Steinen. Aber ich hörte nicht auf zu wandern. Ab und zu schaute ich zurück, da stand die Bastide Blanche auf einer Klippe hoch über dem Meer, die Fensterläden geschlossen, ohne ein Zeichen von Leben. Die Szenerie vor mir war trostlos und öde: Himmel und Meer verschmolzen zu einem trüben Grau, der Wind pfiff und türmte hohe Wellen auf. Kein lebendes Wesen weit und breit. Ich hatte bereits längere Zeit auf das Meer gestarrt, da erschien eine schwankende schwarze Gestalt. Sie kam näher, und ich sah, es war Agathe. Sie schwamm nicht, sondern versuchte über die Wellen zu klettern. Ich konnte ihr Gesicht nicht erkennen, aber ich wusste, dass sie es war. Ich konnte ihre Aufregung und ihre Angst spüren, während sie immer wieder versuchte, über eine Welle zu springen und zu mir zu kommen. Sie weinte, und ihre Schluchzer waren bis zum Strand zu hören. Als sie sich näherte, sah ich, dass sie sich in Panik immer wieder umschaute. Hinter ihr tauchte eine weitere schwankende Masse auf, die in eine Art hellroten Umhang gehüllt war und sie verfolgte. Ich versuchte ins Wasser zu laufen, aber die Wellen stießen mich zurück. Ich konnte auch nicht rufen, denn ich brachte keinen Laut heraus. Das Weinen und Heulen hielt an, bis Agathe plötzlich verschwand und der Verfolger mit ihr. Ich erwachte, setzte mich auf und rang nach Luft.

Die Sonne ging auf, ich muss noch einmal eingenickt sein und mehrere Stunden lang traumlos geschlafen haben. Denn als ich hinunterkam, war es schon nach elf, und in der Küche saßen Michèle und Erwan schweigend am Tisch. Erwan hatte den Kopf in den Händen vergraben, und Michèle schaute gedankenverloren aus dem Fenster. Als ich eintrat, wandte sich Michèle mir zu. »Schön«, sagte sie, »dass wenigstens einer schlafen kann.«

Ich rieb mir die Augen, ging zur Espressomaschine und schaltete sie ein. »Ich bin erst am Morgen eingeschlafen«, sagte ich.

Erwan schaute auf. »Es hat dich also auch wach gehalten?«

»Was soll mich wach gehalten haben?«, fragte ich. »Ich bin nach drei Uhr das erste Mal eingeschlafen, hatte aber einen schrecklichen Traum.«

»Hast du in deinem Traum jemanden weinen hören?«, fragte Michèle.

Ich nickte, und die Kehle wurde mir trocken.

»Das war kein Traum«, sagte Erwan. »Wir haben das Weinen auch gehört. Es war eine Frau.«

»Mir scheint, als seien es mehrere gewesen«, widersprach Michèle.

»Kann sein«, meinte Erwan.

»Der Wind hat geheult«, vermutete ich.

Michèle lachte. »Ich bin jetzt über siebzig Jahre alt, da kann ich das wohl unterscheiden.«

Mein Smartphone klingelte. Ich trat zur Espressomaschine, wo ich es abgelegt hatte, und nahm das Gespräch an. Es war Guillaume Matton.

»Matton«, sagte ich und ging mit dem Telefon in den Salon. »Ich versuche schon die ganze Zeit, dich zu erreichen.«

»Das habe ich mir gedacht«, antwortete er. »Ich bin gestern zum ersten Mal seit Jahren Metro gefahren und bestohlen worden. Der Dieb hat mein Smartphone erwischt, aber zum Glück nicht meine Brieftasche. Die hatte ich im Aktenkoffer.«

»Pech«, sagte ich. Beinahe wollte ich sagen, dass mir die Hektik und Gewalt der großen Stadt kein bisschen fehlten, aber hier waren inzwischen Dinge passiert, die ich mir in Mattons langweiligem, aber sicherem 8. Arrondissement von Paris nicht vorstellen konnte.

»Ich dachte, ich sollte dir mitteilen, dass ich ein neues Gerät mit derselben Nummer habe«, sagte Matton. »Sagst du das bitte auch Sandrine? Sie hat vielleicht ebenfalls versucht, mich zu erreichen.«

»Über sie wollte ich mit dir sprechen«, sagte ich.

»Meinst du das mit Hervé Pioger?«, fragte Matton. »Ich habe bereits dem Richter gesagt, dass sie meines Wissens keinen Kontakt mehr zu ihm hat. Aber sie könnte immer noch etwas für ihn übrighaben.«

»Im Moment werden sie sich wohl nicht sehen können, denn er sitzt ein«, gab ich zurück. »Wegen Entführung.« Matton ließ einen Pfiff hören, als ich ihm von Erwans Gefangenschaft und Rettung berichtete. »Das Problem ist«, fuhr ich fort, »dass ich Sandrine nicht finden kann. Sie wirkte durcheinander und verstimmt, als ich sie das letzte Mal sah. Jetzt ist sie seit zwei Tagen verschwunden. Ob sie vielleicht bei Josy ist? Könntest du mir Josys Telefonnummer geben?«

Matton schwieg ein paar Augenblicke, lange genug, dass ich nervös wurde. Schließlich sagte er: »Josy ist tot. Sie ist vor drei Jahren bei einem Autounfall ums Leben gekommen.«

26. Kapitel

Paris und Aix-en-Provence, Montag, 12. Juli 2010

Marine schaute aus dem Waggonfenster, in Nachdenken über Sylvie, Charlotte und den neuen Mann in ihrem Leben versunken. Charlotte hatte die Nachricht äußerlich ruhig aufgenommen, aber als Marine sie an sich gedrückt hatte, konnte sie förmlich spüren, wie ihr Herz klopfte. Als Marine Sylvie zuvor gefragt hatte, wie Wolfgang auf die Nachricht reagiert habe, dass er Vater einer elfjährigen Tochter sei, biss sich Sylvie auf die Oberlippe und steckte sich rasch eine Zigarette an. »Wenn man davon absieht, dass er ein Glas an die Wand geworfen und mich zehn Minuten lang angeschrien hat, denke ich, dass es einigermaßen gut gegangen ist.«

Marine hatte mit Sylvie vereinbart, in Wolfgangs Hotel zu kommen, wo sie Charlotte einweihen wollten. Verlaque begleitete sie, und unterwegs hatten sie noch rasch ein paar Lebensmittel eingekauft. Dabei stießen sie per Zufall auf Sylvie und Wolfgang, die auf dem Weg zum Hotel waren, wo der Vater das Gespräch mit Charlotte abwarten wollte. Sie redeten über dies und das, während Bewohner und Touristen um sie herum schwatzten, lachten, die Sehenswürdigkeiten von Aix fotografierten und den milden Sommerabend genossen. Wolfgang war in einem neuen Hotel bei den Römischen Quellen der Stadt abgestiegen. »Es hat ein Parkhaus. Es liegt mitten in der Stadt. Ein Swimmingpool ist auch da«, hatte er in perfektem Französisch mit starkem deutschen Akzent in trockenen Worten geantwortet, als Marine ihn fragte, ob es ihm dort gefalle. »Doch die Quellen interessieren mich überhaupt nicht. Ich kann mir nichts Langweiligeres vorstellen.«

Verlaque hatte ihm lachend zugestimmt und Wolfgang

spontan zu einem Drink eingeladen, während die Frauen mit Charlotte sprachen. Wolfgang nahm mit Freude an. Marine und Sylvie strahlten, dankbar für Antoines Taktgefühl.

Als Marine von Sylvie zurückkam, saßen die Männer beim Kerzenschein auf der Terrasse des Hotels, eine Flasche Wein auf dem Tisch. Am Boden sah sie eine bereits geleerte stehen. Sie standen auf und begrüßten Marine. Sie setzten sich erst wieder, als diese Platz genommen hatte. Verlaque schenkte ihr ein Glas honigfarbenen Wein ein, und sie nahm einen Schluck, bevor sie berichtete. »Ich denke, es ist gut gelaufen«, sagte sie. »Charlotte blieb ruhig, sicher von Gefühlen überwältigt, aber als ich gegangen bin, lachte sie schon wieder und wirkte sogar ein wenig euphorisch.«

»Ich kann mir überhaupt nicht vorstellen, wie sie sich jetzt fühlt«, sagte Wolfgang. »Elf Jahre lang sind sie und Sylvie ein Team gewesen, und nun komme ich daher …«

»Ach, Kumpel, das wird schon«, sagte Verlaque und drückte Wolfgangs Schulter.

Marine sah ihren Mann verdutzt an und verkniff sich ein Lachen. »Ach, Kumpel« hatte sie ihn noch nie sagen hören. Er war wohl ein bisschen angetrunken.

Wolfgang nahm einen Schluck Wein. »Elf Jahre ist so ein wichtiges Alter«, sagte er und ließ den Wein im Glas kreisen. »Carl Jung hat einmal gesagt, er sei mit elf ein bewusster Mensch geworden. Wie wenn man aus dem Nebel heraustritt. ›Ich wusste, wer ich war‹ hat er über diesen Moment gesagt.« In diesem Augenblick gefiel Wolfgang Marine sehr. Sie war sich jetzt sicher, dass alles gut gehen und dass er beständig zu ihrem Leben gehören werde.

Hinter dem Zugfenster kam ein Klärwerk in Sicht. Auf einem der runden Tanks prangte ein riesiges Auge. Daran erkannte Marine, dass es bis Paris nicht mehr weit war. Sie freute sich darüber, dass Frankreich diesen hervorragend funktionierenden TGV hatte, denn sie fuhr in dieser Woche schon zum zweiten Mal in die Hauptstadt. Sie ordnete ihre Sachen. Dann holte sie den Stadtplan aus der Tasche, um einen letzten Blick darauf zu werfen und sich ihren Weg einzuprägen: Zuerst mit dem RER A bis zur Endstation Saint-Germain-en-Laye im Westen von Paris, dann mit dem Taxi zu dem uralten Park der Stadt, wo die private Mädchenschule Les Loges sich befand.

»Wenn ich mich richtig erinnere«, sagte Marine, während sie durch die Arkaden von Les Loges gingen, hat Napoleon diese Schule gegründet, ebenso wie die in Saint-Denis.«

»So ist es«, antwortete ihre alte Freundin Nathalie Garcia. »Das war 1810, und es sollte eine Schule für Mädchen sein, deren Väter, Offiziere und Ritter der Ehrenlegion, in Schlachten gefallen waren. Auch heute sind die Töchter dieser Männer in der Schule willkommen, vorausgesetzt, sie haben die entsprechenden Leistungen.« Nathalie Garcia hatte zusammen mit Marine in Paris Jura studiert und wie sie die Arbeit an einer Lehranstalt der bei Gericht vorgezogen. Sie war jetzt stellvertretende Direktorin von Les Loges.

»Das ist ja idyllisch«, sagte Marine und schaute sich in dem geräumigen Ehrenhof um.

Nathalie nickte. »Normalerweise geht es hier sehr laut zu, überall lachende Mädchen in den blauen Uniformen. Ende August sind sie wieder zurück. Ich bleibe noch zwei Wochen, um das neue Medienkabinett einzurichten. Dann nehme auch ich einen kurzen Urlaub. Jetzt sag mir aber, wonach du eigentlich suchst. Deine E-Mail klang sehr spannend.«

»Nach der Akte von Agathe Barbier«, antwortete Marine. »Geborene Le Flahec. Sie ist Anfang der 1960er Jahre hier Schülerin gewesen.«

»Ich weiß«, gab Nathalie zurück. »Erforschst du jetzt die Geschichte der französischen Keramik?« Marine musste lachen. »Das gerade nicht.«

»Du bist schon die Zweite, die in diesem Monat Einblick in Agathe Barbiers Akte nimmt. Ich denke, das ist nicht ungewöhnlich, so berühmt, wie sie war.«

»Wer hat sich denn noch für die Akte interessiert?«

»Eine Kunsthistorikerin«, antwortete Nathalie. »Der Leiter der Bibliothek hat sie betreut.«

Nathalie öffnete eine Tür und bat Marine vorauszugehen. »Das Archiv ist dort oben«, erklärte sie Marine. »Die Treppe hinauf und dann links. Wir haben gerade frisch renoviert.« Zu Marines Erleichterung fragte die diskrete Nathalie nicht weiter nach.

Jetzt gingen sie durch einen großen Saal voller Bücherregale. Marine stellte sich vor, wie Mädchen reihenweise an den langen Tischen, die auf die Mitte des Saales zuliefen, saßen und lasen.

Mit einem Schlüssel öffnete Nathalie eine weitere Tür. »Wir sind da«, sagte sie und schob Marine in einen kleineren Raum voller Aktenschränke und verglaster Regale. »Die Direktorin unserer Schule möchte genauer wissen, weshalb du hier bist«, sagte Nathalie, nachdem sie die Tür geschlossen hatte.

Marine bemühte sich, einen neutralen Eindruck zu erwecken. Sie war noch nicht am Ziel.

Nathalie fuhr fort: »Unsere Akten über ehemalige Schülerinnen sind für die Öffentlichkeit in der Regel nicht zugänglich, wie du dir vorstellen kannst.«

Marine stellte ihre Tasche auf den Tisch und nahm einen Brief heraus. »Die Untersuchungsrichterin in Cannes hat die Ermittlungen zum Tod von Agathe Barbier wieder aufgenommen«, erklärte sie. »Dies ist ein Brief von ihrem Kollegen in Aix.«

»Die Direktorin war Mitschülerin von Agathe Barbier«, teilte Nathalie mit. Sie las den Brief und gab ihn Marine zurück. Dabei wies sie auf Verlaques Unterschrift mit den Worten: »Du bist doch mit ihm verheiratet, nicht wahr?«

Marine spürte, wie ihr das Blut in die Wangen stieg. »Ja, seit einem Jahr.«

»Ich habe es in *Le Monde* gelesen. Ich gratuliere.«

»Danke.«

»Ich hole jetzt die Akte und lasse dich in Ruhe arbeiten. Wenn du fertig bist, findest du mich im Medienkabinett auf der anderen Seite der Eingangshalle. Ich frage nicht weiter, wonach du suchst.«

»Es ist nur eine Vermutung«, antwortete Marine. »Ich bin mir selbst nicht sicher. Was wirst du der Direktorin sagen?« Nathalie musste ihr natürlich sofort Bericht erstatten.

»Sag du es mir.«

»Du könntest ihr mitteilen, dass ich an einer Biographie von Mme Barbier arbeite.«

Marine hatte bereits über eine Stunde lang in der Akte der jungen Agathe Le Flahec gelesen, als sie endlich auf etwas Interessantes stieß. Sie richtete sich auf und band ihren Pferdeschwanz neu, was sie immer tat, wenn sie erregt war. Dann beugte sie sich wieder nach vorn und hielt das Dokument mit zitternden Händen.

Als Marine im Museum von Sèvres Agathes Briefe gelesen hatte, war sie überrascht und beeindruckt von der Qualität der Prosa der Künstlerin. Natürlich war Agathe Le Flahec durch eine strenge Schule gegangen und in einer Zeit aufgewachsen, da die Menschen sich noch Briefe schrieben und auf guten Ausdruck Wert legten. Als das Internet und die Textnachricht der Kunst des Briefeschreibens den Todesstoß versetzten, lebte Agathe nicht mehr. Doch ihre Prosa war viel besser, als Marine erwartet hatte. Das war Poesie. Marine schlug in ihrem Notizbuch die Stelle auf, wo sie die wichtigsten Daten über Agathe und Valère Barbier festgehalten hatte. Agathe starb im Sommer 1988. Zwei Jahre später wechselte Valère Barbier, was das Genre seines Schaffens betraf, abrupt von seriöser Literatur zu kitschigen Frauenromanen. Lag das daran, dass ihm das Herz gebrochen war, wie er damals behauptete? Oder hatte ihm jemand dabei geholfen, seine mit Preisen überhäuften frühen Bücher zu schreiben? Marine dachte vor allem an seine Erzählungen von 1980 in dem Band *Geschichten aus der Bretagne*, die ihre Mutter so liebte. Agathe stammte von dort, Valère nicht.

Marine griff nach ihrem Smartphone, um ein paar Fakten nachzuschauen. Sie musste schmunzeln, weil ihr bewusst wurde, dass auch sie gerade solche moderne Technik wie Handy und Internet benutzte. Sie blätterte sich durch Artikel über Valère Barbier von Anfang der 1990er Jahre, als sein erster Frauenroman *Ein neuer Tag* erschienen war. Sie fand mehrere, darunter einen ausführlichen in *Paris Match*, der die plötzliche Kehrtwendung des Autors erklärte und von dem neuen Buch schwärmte. Die meisten Artikel waren von dieser Sorte, manchmal stimmte sogar die Wortwahl überein, als hätte sie Barbiers Werbeteam produziert, was wahrscheinlich sogar der Fall war. Immer hieß es, ihm sei das Herz gebrochen, und in seinen Büchern wolle er jetzt nur noch über die Liebe schreiben, nicht über philosophische oder moralische Themen. Erst nach einer halben Stunde fand sie einen Artikel vom März 1991 in dem Satireblatt *Le Canard enchaîné*, das ihr Vater so liebte, aber ihre Mutter tief verachtete. Es hatte eine Karikatur abgedruckt, die Valère Barbier auf einer Couch liegend darstellte, wie er Pralinen aus einer Schachtel aß und dabei mit einer Feder etwas auf ein Blatt kritzelte, was offensichtlich ein Frauenroman werden sollte. Hinter ihm hing der gerahmte Prix Goncourt für *Rote Erde* schief an der Wand.

Darunter stand ein Artikel von Jean-Yves Bastou, in dem angedeutet wurde, Barbier schreibe keine seriösen Bücher mehr, weil er dazu nicht in der Lage sei. Der Journalist spielte darauf an, dass man ihm dabei geholfen hatte, doch Agathe wurde nicht erwähnt. Als Nächstes suchte Marine nach weiteren Artikeln von Bastou und fand heraus, dass er mehr über Rockmusik als über Literatur schrieb. Schließlich stieß sie auf einen Nachruf. Er war im Mai 2002 im Alter von dreiundsechzig Jahren an einem Herzinfarkt gestorben.

Marine ging durch den Kopf, dass sie bestimmt nicht die Einzige war, die Agathes wunderbare Prosa kannte und den Zusammenhang erahnte. Sie schaltete das Smartphone wieder aus und betrachtete erneut das Dokument, das vor ihr auf dem Tisch lag – ein Preis für kreatives Schreiben, den Agathe Le Flahec 1964, dem letzten Jahr an dieser Schule, erhalten hatte. Der Titel ihres Aufsatzes, *Eine zufällige Begegnung in der Rue du Faubourg*, stimmte wörtlich mit dem von Valères erstem Buch überein, das 1973 erschienen war.

Noch einmal folgte Marine Nathalie Garcia durch die Gänge des Schulgebäudes. »Ich möchte dir danken, Nathalie«, sagte Marine.

»Ich hoffe, dein Besuch in Saint-Germain war nicht umsonst.«

»Das nicht«, antwortete Marine und drückte ihre Tasche an sich. »Aber ich habe auch nichts Außergewöhnliches gefunden«, log sie.

»Die Direktorin wird dich nicht lange aufhalten«, fuhr Nathalie fort. »Sie weiß, dass du deinen Zug erreichen musst.« Marine warf einen Blick auf die gerahmten Fotos ehemaliger Schülerinnen, Lehrer und Direktoren. Das gemalte Porträt einer Königin erregte ihre Aufmerksamkeit. Nathalie blieb davor stehen.

»Das ist Anna von Österreich«, sagte sie. »Sie hat 1644 das Kloster an diesem Ort gegründet.«

Marine nickte, und sie liefen weiter durch die stillen Gänge. Fast war ihr, als werde sie zur Mutter Oberin geführt, und ihre Hände begannen zu schwitzen. Dann ging eine Tür auf, und eine kleine, beleibte Frau Anfang siebzig kam ihnen lächelnd ein paar Schritte entgegen. Sie hatte weißes Kraushaar und trug eine runde Schildpattbrille. Die Sekretärin, dachte Marine. Die Frau hielt ihr die Hand entgegen. »Willkommen in unserer Schule«, sagte sie. »Ich bin Célestine Parent, die Direktorin.«

»*Bonjour*, Madame«, sagte Marine und schüttelte ihre Hand. »Vielen Dank dafür, dass ich Ihr Archiv benutzen durfte.«

»Nichts zu danken«, sagte die Direktorin und wies auf die Tür. »Kommen Sie bitte in mein Büro. Vielen Dank, Mlle Garcia.«

Nathalie nickte und ging davon. Marine folgte der Direktorin in ihr Arbeitszimmer. Sie wirkt harmlos, dachte Marine bei sich, aber sie spricht mit Autorität. »So«, sagte die kleine Frau, umrundete ihren Mahagonischreibtisch und setzte sich. »Sie schreiben eine Biographie von Agathe Le Flahec?«

»Ja«, log Marine wieder. »Und ich gehe der, zugegeben, etwas merkwürdigen These nach, dass Menschen, die so wunderbare Keramik schaffen, auch wunderbare Schriftsteller sein können, vielleicht sogar Poeten.«

Mme Parent nickte lächelnd.

»Ich möchte gern Originaltexte von Mme Barbiers Hand in das Buch aufnehmen. Tagebucheinträge oder Ähnliches.«

»Das ist ja interessant«, sagte Mme Parent und lehnte sich zurück. Marine sah, wie sich die Haltung der Direktorin ein wenig entspannte. »Ich bin zusammen mit Agathe auf dieser Schule gewesen.«

»Tatsächlich?«, sagte Marine und tat so, als sei ihr das neu.

»Von 1961 bis 1964«, fuhr Mme Parent fort. »Wir waren eng befreundet. Ich habe sie bewundert.«

»Dann müssen Sie auch Valère Barbier kennen«, vermutete Marine.

»Kaum«, antwortete Mme Parent.

Marine lächelte und bemühte sich um einen vertraulichen Ton. »Ich frage, weil er so prominent ist.«

»Das kann man sagen. Valère Barbier ist berühmt.«

»Wenn ich richtig verstehe, hatten Sie und Mme Barbier nach ihrer Heirat keinen Kontakt mehr? Das interessiert mich nur als Autorin. Ich bin mit der Biographie noch ziemlich am Anfang. Im Moment versuche ich erst einmal herauszufinden, wer Agathe Barbier kannte und wann.«

»Da kann ich Ihnen nicht viel helfen«, erklärte Mme Parent. »Zumindest was die Zeit nach 1964 betrifft.«

»Aus den Schulakten habe ich ersehen, dass Sie seit Januar 1990 Direktorin sind. Hat ein Journalist namens Jean-Yves Bastou Sie damals kontaktiert? Ich weiß, es ist lange her …«

Mme Parent verschränkte die Arme. »An diesen Namen kann ich mich nicht erinnern«, sagte sie. »Aber Sie sind nicht die Einzige, die darum gebeten hat, in unsere Akten Einblick zu nehmen. Agathe ist auf ihrem Gebiet sehr bekannt geworden, wie auch viele andere Schüler von Les Loges.«

»Ja, Nathalie hat mir bereits gesagt, dass vor einigen Wochen jemand Einsicht in Mme Barbiers Akte nehmen wollte.«

Mme Parent nickte. »Eine Wissenschaftlerin. Ich hatte den ganzen Tag Termine und habe sie daher nicht empfangen können.«

»Ich habe nicht allzu viel in der Akte gefunden«, behauptete Marine. »Das hat mich etwas überrascht.« Ihr ging gerade durch den Kopf, dass die Wissenschaftlerin, wer immer das war, Dokumente entnommen haben könnte.

Mme Parent fuhr zusammen und wirkte einen Augenblick besorgt. »Agathe kann viel selbst behalten haben«, vermutete sie. »Und nach ihrem Tod … wer weiß. Vielleicht hat ihr Witwer einiges weggeworfen oder an ihren Sohn weitergegeben.«

»Haben Sie ihren Essay über die Rue du Faubourg gelesen?«, fragte Marine.

»Bestimmt hundert Mal«, antwortete Mme Parent und zeigte ihr erstes Lächeln. »Bei solchen Arbeiten haben wir gegenseitig Korrektur gelesen. Doch meine Aufsätze waren nie so gut.«

»Finden Sie es nicht merkwürdig …«

»Das ist, zugegeben, ein seltsamer Zufall«, sagte Mme Parent. »Ich bin immer davon ausgegangen, dass Agathe ihrem Ehemann diesen Titel vorgeschlagen hat. Ich weiß nicht, ob Sie den Essay gelesen haben, aber Agathes Geschichte hat mit dem Buch nichts zu tun.«

»Ich konnte ihn nicht lesen«, sagte Marine. »Der Essay war nicht in der Akte. Nur der Preis war da, den Agathe dafür bekommen hat.«

Mme Parent wurde blass. »Da müssen Sie sich irren. Die Geschichte ist in der Akte. Diese Papiere werden in unserem Archiv streng unter Verschluss gehalten.« Mme Parent erhob sich, und Marine schaute auf die Uhr.

»Ich muss zu meinem TGV«, sagte sie. »Danke, dass Sie sich für mich Zeit genommen haben.« Doch sie sah, dass die Direktorin in Gedanken schon ganz woanders war.

27. Kapitel

Aix-en-Provence, Montag, 12. Juli 2010

»Entweder lügt sie, oder sie hält etwas zurück«, sagte Marine laut, um das aus dem Hahn plätschernde Wasser zu übertönen. Als sie mit dem Zähneputzen fertig war, klopfte sie die Zahnbürste am Rand des Waschbeckens ab, ging ins Schlafzimmer und schlüpfte neben Verlaque unter die Decke.

»Was sollte Mme Parent verheimlichen wollen?«, fragte er, nahm die Lesebrille ab und legte sie zusammen mit dem Buch auf das Nachtschränkchen.

Marine biss sich auf die Lippe. »Ich bin nicht sicher, ob sie Agathe oder ihre eigene Schwester schützen will. Übrigens hat sie nicht erwähnt, dass ihre Schwester jahrelang Valères Sekretärin war. Ich habe es auch nicht angesprochen. Immer wieder dieses unheimliche Schweigen.«

»Du hast recht, das ist wirklich sehr seltsam«, sagte Verlaque.

»Mme Parent hat nicht gut von Valère gesprochen.«

Verlaque wandte sich seiner Frau zu. »Er und Agathe haben an jenem Tag auf dem Boot gestritten«, sagte er. Verlaque warf einen Blick auf seinen geliebten Pierre Soulages, das Gemälde in sattem Schwarz, das den Raum beherrschte. »Doch Valère hat so rührend von Agathe gesprochen, mit wirklicher Liebe in den Augen.«

»Das klingt ja wie in einem Hollywood-Film«, sagte Marine. »Wie in einer schmalzigen Liebesromanze.«

Verlaque lachte. »1:0 für dich«, sagte er. »Aber ich glaube immer noch, dass Pelloquin all das Zeug absichtlich so chaotisch auf dem Deck des Bootes herumliegen ließ. Morgen früh rufe ich Daniel de Rudder an.«

»Ich weiß nicht«, sagte Marine, als ob sie ihrem Mann gar nicht zugehört hätte. »Mme Parent schützt Agathe und Ursule. Und wenn du und Valère inzwischen auch gute Kumpels seid, ich traue ihm trotzdem nicht. Er lügt. Habe ich nicht recht?«

»So siehst du die Dinge«, sagte Verlaque. »Ich kann noch nicht glauben, dass Valère diese wunderbaren Bücher nicht selbst geschrieben hat.«

Marine seufzte. »Ich kann es eigentlich auch nicht. Wenn man ein Buch liebt, dann fällt es schwer, es von seinem Verfasser zu trennen. Aber im Moment, mein teurer Richter, weist mein Instinkt auf Agathe.« Sie schaltete die Nachtlampe aus und kuschelte sich an ihren Ehemann.

Am nächsten Morgen machte Verlaque einen Umweg durch die Rue Gaston de Saporta, um sich vor Dienstbeginn im Palais de Justice in der Kaffeerösterei am Place Richèlme einen starken Espresso zu gönnen. Er wusste, dass er dabei wahrscheinlich auf die Fotos einiger Touristen geraten würde, die den gotischen Bogen des riesigen, massiven Glockenturms fotografierten: Ein Mann mittlerer Größe in senffarbenem Leinenjackett und blauem Hemd, breitschultrig, mit viel Bauch, dichtem grau melierten Haar und einer krummen Nase. Das wäre aber auch alles, was sie über den Fremden auf ihrem Foto wüssten, wenn sie nach Kansas, Amsterdam oder Tokio zurückkehrten.

Vor dem Rathaus ging er langsamer und schaute, die Hände in den Taschen, zur Fassade auf. Da sagte hinter ihm eine Stimme: *»Monsieur, s'il vous plaît.«* Er drehte sich um und erblickte ein junges Paar in den Zwanzigern.

»Sie möchten, dass ich Sie fotografiere?«, fragte Verlaque auf Englisch.

»Oh yes, please«, antwortete die Frau und hielt ihm lächelnd ihr Smartphone hin.

»Sind Sie Italiener?«, fragte Verlaque.

»Aus Venedig«, sagte der Mann und warf sich für das Foto so sehr in die Brust, dass Verlaque beinahe laut gelacht hätte.

»Haben Sie ein Glück«, gab Verlaque zurück. Er machte zwei Aufnahmen von dem Paar mit dem honigfarbenen Rathaus im Hintergrund. Die beiden dankten ihm und gingen weiter in Richtung Kathedrale. Er drehte sich um und betrachtete noch einmal die von der Morgensonne beschienene Fassade des dreistöckigen Gebäudes. Da sah er, weshalb die Italiener – nein, Venezianer – gerade hier fotografiert werden wollten. Der Bau war majestätisch und intim zugleich. Über dem breiten Eingang, aus dem an Samstagen die neuvermählten Paare nach der obligatorischen standesamtlichen Trauung strömten, waren Medaillons nicht nur mit den drei üblichen, sondern mit fünf Begriffen angebracht. Verlaque waren sie bisher noch nie aufgefallen. Zu Freiheit, Gleichheit und Brüderlichkeit kamen hier Großzügigkeit und Ehrlichkeit.

Die beiden Zufügungen waren persönlicher als die anderen drei. Großzügigkeit war einer von Verlaques eigenen ausgeprägten Charakterzügen. Er hatte sie von Charles und Emmeline, seinen Großeltern väterlicherseits, geerbt. Ihre Häuser in Paris und in der Normandie hatten Familie, Nachbarn, Freunden und Kollegen immer offengestanden. »Auch für meinen letzten Shilling würde ich noch eine Party geben«, erklärte Emmeline ihren Enkeln im feinen Akzent der Londoner Bildungsbürger. Großzügigkeit schätzte Verlaque bei Menschen, mit denen er sich anfreundete. Wer geizig oder »schäbig« war, wie Emmeline zu sagen pflegte, wurde von der Liste seiner Bekannten bald gestrichen. Ein Kollege hatte ihm von einem Weihnachtsfest erzählt, das er in Amerika verbrachte. Freunde von Freunden gaben eine Party. Sie waren wohlhabend und wohnten in einem großen Haus, dessen Hypotheken sämtlich abbezahlt waren, wie der Hausherr prahlte. Auf den Einladungen war das Kürzel »BYOB« vermerkt. Der Mann hob sich die Karte als Andenken auf und zeigte sie im Justizpalast überall herum. Die Kollegen in Aix rieten erfolglos, was die Abkürzung bedeuten sollte. *»Bring your own bottle!«*, musste der junge Jurist erklären. »Was für eine Flasche?«, fragte eine Sekretärin. Alle schauten sich verwundert an. »Wein oder was auch immer«, erklärte er. »Ich habe das zuerst auch nicht begriffen und bin dort mit Blumen und teuren Pralinen aus Paris aufgetaucht. Als es mir erklärt wurde, bin ich in die Küche gegangen und habe mir ein Glas Wasser aus dem Hahn genommen. An diesem Abend habe ich mich geweigert, Alkohol zu trinken. Das war die erste Party in meinem Leben, auf der ich bei Wasser geblieben bin.«

Mit einem Lächeln erinnerte sich Verlaque des jungen Beamten, der später in eine andere Stadt gezogen war. Als sein Blick auf das Medaillon mit dem Wort Ehrlichkeit fiel, musste er an das Gespräch mit Marine am Abend zuvor denken. Das war einer ihrer wichtigsten Wesenszüge. Sie war der ehrlichste Mensch, den er kannte. Die Hände in den Hosentaschen, schlenderte er weiter und dachte über Barbier nach. Die Fotos, auf denen er sich Arm in Arm mit Schauspielerinnen und Rockstars hatte ablichten lassen. Seine vielen Fernsehauftritte. Verlaque betrat die Kaffeerösterei und begrüßte die drei Frauen, die dort arbeiteten, solange er denken konnte. Er lehnte sich an den Tresen und bestellte einen italienischen Espresso. Während er zusah, wie eine der Frauen den Kaffee zubereitete und gleichzeitig den Geschirrspüler bestückte, ging ihm Valère nicht aus dem Sinn. Wie war es möglich, dass er all die Jahre betrogen hatte? Wieso waren alle Journalisten und Kritiker darauf hereingefallen? Verlaque dankte der Frau für den Kaffee, nahm sich ein Tütchen Zucker, riss es auf und kippte die Hälfte in das Tässchen. Am anderen Ende des Tresens scherzten zwei Männer mit den Frauen, redeten und lachten so laut, dass sie sogar das Geräusch der Kaffeemühle übertönten. Verlaque stellte fest, dass Barbier auf ähnliche

Weise scherzte und lachte. Das war einer der Gründe für seine Beliebtheit, dafür, dass man ihn so gern zu literarischen Talkrunden einlud. Der Lieblingsautor der Nation und zugleich ein Witzbold. Was für eine hervorragende Tarnung dafür, dass er kein so tiefsinniger Denker war, wie seine Bücher das erwarten ließen.

Fünfzehn Minuten später saß Verlaque an seinem Schreibtisch, nachdem er die Tür zu seinem Büro fest geschlossen hatte. Er nahm den Telefonhörer ab und rief Daniel de Rudder an. »Ich hoffe, ich melde mich nicht zu früh«, sagte er.

»Machen Sie Witze?«, fragte de Rudder. »Ich bin schon seit Stunden auf. Dagegen kann ich nichts tun. Was haben Sie denn nun herausbekommen?«

»Ich habe mir die Fotos von dem Segelboot genau angeschaut, die die Polizei sofort nach Agathes Verschwinden aufgenommen hat.«

»Und?«

»Das Durcheinander auf Deck … Nach übereinstimmenden Aussagen aller Beteiligten war Pelloquin ein sehr guter, ein begeisterter Segler. So ein Mann duldet nicht, dass sein Boot in einem derartigen Zustand ist.«

»Hm.«

Verlaque stellte sich vor, wie de Rudder am anderen Ende der Leitung lächelte. »Nicht einmal der Anker hing an der Winde … Das alles könnte bedeuten, Pelloquin hätte es wegen Agathe so arrangiert …«

»Oder …«

»Oder er wollte, dass jemand anderer darüber stolpert?«, warf Verlaque ein, peinlich berührt, dass es seinem alten Lehrer gelang, ihn so zu verunsichern.

»Sind Sie die Akte noch einmal durchgegangen?«, fragte de Rudder.

»Natürlich. Alle an Bord hatten eine plausible Version der Vorgänge. Wie Sie wissen, hatten Agathe und Valère Barbier an jenem Tag miteinander gestritten, ebenso Agathe und Pelloquin. Aber das sagt nicht viel. Meine Frau hat gestern in Paris Les Loges aufgesucht …«

»Tatsächlich?«, fragte de Rudder. Er begann zu husten, und Verlaque wartete, bis der Anfall abgeklungen war.

»Ja, eine ehemalige Kommilitonin von ihr ist dort jetzt stellvertretende Chefin. Marine, meine Frau, hat sich Agathes Akte angeschaut und hatte danach ein sehr informatives Gespräch mit der Direktorin.«

»Und?«

»Es gab da ein paar Merkwürdigkeiten«, berichtete Verlaque. »Agathe schrieb sehr gute Essays. Einer, für den sie sogar einen Preis erhielt, hat denselben Titel wie Valère Barbiers erster Roman.«

»Rue Faubourg?«

»Genau.«

»Vielleicht hat sie ihm zu dem Titel geraten.«

»Das habe ich auch gedacht. Aber meine Frau sieht das anders.«

»Das ist doch Unsinn … Obwohl … Wenn Agathe ihm bei seiner Schriftstellerei geholfen hat, dann wäre das für Valère Barbier ein hübsches Motiv, sie aus dem Weg zu räumen.«

»Oder für Alphonse Pelloquin«, sagte Verlaque. »Er hat mit Barbiers Büchern Millionen verdient. Apropos Pelloquin, ich habe einen Bekannten, der Alphonse und Agathe mehr als einmal in einem Café im 6. Arrondissement zusammen gesehen hat.«

»Jetzt wird Ihre Spur wärmer. Finden Sie es nicht interessant, dass ihre Leiche nie gefunden wurde, obwohl sie relativ nahe am Strand von Nizza ins Wasser gefallen ist? Ich denke, Sie sollten …« Wieder bekam de Rudder einen Hustenanfall, und Verlaque musste das Telefon weit von sich weghalten.

»Geht es wieder?«, fragte er schließlich, als es im Hörer still geworden war.

Er hörte ein paar unklare Geräusche, dann meldete sich eine Frauenstimme. »Richter Verlaque? Ich bin Daphné de Rudder. Ich weiß, dass mein Schwiegervater mit ihnen telefoniert hat.«

»Ist mit ihm alles in Ordnung?«

»Ja, ja«, sagte sie. »Er braucht jetzt nur etwas Ruhe. Er ist heute Morgen viel zu früh aufgestanden.« Verlaque konnte hören, wie de Rudder im Hintergrund widersprach.

»Verstehe«, sagte er. »Danke, dass Sie sich so gut um ihn kümmern.« Als er aufgelegt hatte, klopfte es an der Tür. »Herein!«

Es war Bruno Paulik. Er gab Verlaque die Hand, ging sofort zu der roten Espressomaschine und schaltete sie ein. »Kaffee?«, fragte er dabei.

Verlaque schüttelte den Kopf. »Ich hatte schon zwei. Kommt es Ihnen auch merkwürdig vor, dass Agathe Barbiers Leiche nicht aufgetaucht ist?«

Paulik zuckte die Schultern. »Eigentlich nicht. Auf See kann alles Mögliche passieren. Zum Beispiel gibt es da Haie.«

»Sehr nett. Aber ein Arm oder ein Bein könnte doch gefunden werden.«

»Das ist ein bisschen makaber, oder? Glauben Sie, sie hat den Unfall geplant und läuft immer noch lebend herum?« Das rote Lämpchen an der Espressomaschine erlosch, was bedeutete, sie war bereit, und Paulik konnte seinen Kaffee zubereiten. »Sind Sie sicher?«, fragte er und hielt ein Tässchen hoch.

»Na schön, dann machen Sie mir auch einen«, sagte er lächelnd.

»Heute sind Sie aber wankelmütig«, bemerkte Paulik und ließ einen zweiten Espresso einlaufen. »Den Tod vorzutäuschen fand ich bisher ziemlich unreal«, erklärte er, reichte Verlaque den Espresso und ließ sich ihm gegenüber nieder. »Weshalb sollte sie das ganze Theater veranstaltet haben?«

»Aus Rache zum Beispiel. Sie jagt Valère Angst ein. Um ihn in den Wahnsinn zu treiben.«

»Aber wofür?«

Verlaque berichtete Paulik von Marines Entdeckung. »Auch mein alter Juraprofessor scheint zu denken, Agathe könnte ihren eigenen Tod inszeniert haben.«

Paulik lauschte mit offenem Mund. »Das klingt aber jetzt immer mehr nach einem Roman.«

»Stimmt«, sagte Verlaque, der an *Rebecca* denken musste.

»Aber was, wenn Valère Barbier sich all diese Gespenster nur einbildet?«, überlegte Paulik. »Wenn es nur die Geräusche dieses alten Kastens bei Nacht sind und Valère seine berühmten Bücher tatsächlich selbst geschrieben hat?« Er legte die rechte Hand aufs Herz. »Etwas anderes kann ich einfach nicht glauben. *Ein ehrenhafter Mann*? *Der Empfangschef*? *Rote Erde*? All das soll nicht aus der Feder unseres Nationalhelden stammen? Und wenn Agathe Barbier nun wirklich einfach von der Jacht gefallen ist?«

»Für einen Opern-Fan haben Sie wirklich wenig Phantasie.«

Verlaque kam in seine Wohnung gestürzt, leerte die Jackentaschen, warf Brieftasche und Smartphone auf den Küchentresen. Draußen war es noch sehr warm, um die dreißig Grad, schätzte er. Den ganzen Weg nach Hause musste er daran denken, wie gut ihm eine Dusche tun würde. Aber er war zu aufgeregt. »Marine!«, rief er laut.

»Was ist denn?«, antwortete sie vom Zwischengeschoss her. »Was für einen Lärm machst du da unten?«

»Komm runter!«, brüllte er.

»Oje«, murmelte Marine und schaltete den Laptop aus. Eine halbe Stunde lang hatte sie auf ein und denselben Satz gestarrt und brauchte selbst eine Pause. Sie hörte, wie ihr Mann den Kühlschrank öffnete und mit den Türen der Küchenschränke knallte.

»Weiß?«, rief er ihr zu, als sie die Metalltreppe herunterkam, die sie für eine so altertümliche Wohnung für viel zu modern und männlich hielt.

»Ja, bitte«, sagte sie, trat in die Küche und umarmte Verlaque. »Du bist aber warm.«

»Und verschwitzt«, sagte er. »Entschuldige, ich dusche noch vor dem Abendessen. Zu dumm, dass wir keinen Mini-Pool auf der Terrasse haben. Aber zuerst«, sagte er und goss zwei Gläser weißen Burgunder ein, »will ich mit dir über Valère sprechen.«

»Santé«, sagte Marine, stieß mit ihrem Mann an und nahm einen Schluck. »Hast du mit Daniel de Rudder telefoniert?«

»Ja, und er hat mir eine Idee in den Kopf gesetzt. Ich glaube jetzt, dass Agathe noch lebt.«

Marine unterdrückte ein Lachen. Sie stand auf, schritt in der kleinen, praktisch eingerichteten Küche hin und her und nippte an dem Wein. »Und sie soll es sein, die Valère Angst macht?«

»So etwa.«

»Die Theorie hat ein Problem«, meinte sie.

»Welches?«

»Erwan. Sie würde doch gern mit ihrem Sohn zusammen sein, oder?«

»Vielleicht ist Erwan eingeweiht. Vielleicht treffen sie sich heimlich.«

»Zweiundzwanzig Jahre lang?«, fragte Marine, die Wangen von der Wärme und dem Wein gerötet. »Wenn Agathe diese hervorragenden Bücher geschrieben hat, würde sie dann nicht weiter schreiben oder wenigstens weiter töpfern?«

Verlaque grinste. »Das ist es, weshalb ich vier Treppen heraufgerannt bin und trotzdem noch nicht geduscht habe.«

»Du bist vier Treppen in einem Zug heraufgerannt?«

»Im zweiten Stock habe ich eine Pause gemacht. Unterbrich mich jetzt nicht und hör zu.«

»Du bist so ein Angeber«, rief Marine und lachte.

»Claude Petitjean.«

»Ich habe das Buch Sylvie schon zurückgegeben«, sagte Marine. »Entschuldige.«

»Dann kaufe ich es eben, kein Problem. Hast du letztes Wochenende das Feuilleton in *Le Monde* gelesen?«

Jetzt setzte Marine das leere Glas ab und blickte ihren Mann gespannt an.

Der fuhr fort: »Petitjean hat fünf Bücher veröffentlicht. Die ersten vier wurden von der Kritik begeistert begrüßt, aber wenig gelesen. Doch dieses …«

»Ist ein großer Erfolg«, warf Marine ein, »aber der Autor weigert sich, Interviews zu geben oder auch nur ein Foto von sich zu veröffentlichen. Claude kann ein Männer- oder Frauenname sein.«

»Rate mal, wann Claude Petitjeans erster Roman herausgekommen ist?«

»Gleich nach Agathes Tod?«, fragte Marine.

»1990.«

Verlaques Smartphone meldete sich. Er nahm es auf und schaute nach, wer da anrief. »*Merde*. Es ist Jacob aus dem Zigarrenklub. Der ruft mich nie an. Erlaubst du, dass ich annehme?«

»Mach nur. Grüße ihn von mir. Ich kümmere mich inzwischen um das Abendessen.«

Verlaque griff nach dem Telefon und ging ins Wohnzimmer. Marine öffnete den Kühlschrank und nahm ein Bund Rucola heraus, das sie am Morgen auf dem Markt gekauft hatte. Nach ein wenig Suchen fand sie eine Tüte Pinienkerne, ein Stück Parmesan, das sie von einem kürzlichen Ausflug nach Ligurien mitgebracht hatten, und etwas mit Kräutern gewürzten italienischen Bauchspeck von ihrem Fleischer. Sie wollte Linguine machen, dazu die gefundenen Zutaten, in Hühnerbrühe gekocht.

Zehn Minuten später kam Verlaque in die Küche zurück, legte das Telefon wieder auf den Tresen und schloss es zum Aufladen an.

Marine schritt immer noch hin und her. »Etwas ist mir aufgefallen, als ich den Petitjean gelesen habe.«

Verlaque öffnete den Kühlschrank, nahm die Weinflasche und füllte die Gläser erneut. »Was denn?«

»Erinnerst du dich, wie ich dir die Handlung beschrieben habe?«

Verlaque nickte. »Zwei junge Leute, die in derselben Straße von Paris aufwachsen und sich als über Siebzigjährige wiedersehen.« Überrascht blickte er Marine an. »Natürlich ... Das erinnert stark an Valère und ...«

»Michèle Baudouin.«

Verlaque trat an Marine heran, umarmte sie und küsste sie auf die Stirn. »Ich hoffe, wir irren uns da. Hochstapler mag ich gar nicht.«

»Ich auch nicht.« Marine rührte die Pasta um. »Was wollte Jacob?«, fragte sie. »Wenn du es mir sagen kannst.«

»Sie ziehen nach London.«

»Wirklich? Weshalb?«

»Dort sind die Steuern niedriger«, antwortete Verlaque.

Marine seufzte. »Je älter ich werde, desto sozialistischer werde ich.«

»Das ist das Gegenteil von dem, was Churchill uns für das Alter vorausgesagt hat«, ließ Verlaque hören. »Aber mir geht's genauso.«

Verlaques Antwort überraschte Marine, aber sie war zu hungrig, um jetzt über Politik zu diskutieren. »Er hat dich angerufen, um dir das zu sagen?«

»So ist es. Und, dass er sein Haus verkauft«, fügte Verlaque hinzu. »Er möchte nicht gern einen Makler nehmen. Wir wären seine ersten Anwärter.«

Während Antoine Verlaque und Marine Bonnet auf ihrer Terrasse zu Abend aßen und bei einer Flasche Champagner, der überraschend gut mit der Pasta harmonierte, die Vorstellung feierten, in Jacobs Haus leben zu dürfen, saß Bruno Paulik in Gaston Bresseys hell erleuchteter Küche. Bruno war beim Brotkauf auf Gaston gestoßen und hatte ihm erzählt, er sei an diesem Abend Strohwitwer, weil Frau und Tochter mit der Schwester seiner Frau in Aix zu Abend aßen. Gaston lud Paulik spontan zu sich ein und fügte hinzu, bei diesem warmen Wetter werde es Pasta mit Lachs geben. Paulik nahm erfreut an. In der Konditorei erstand er eine Apfeltarte mit feiner Kruste und dünn geschnittenen Apfelscheiben, die in der Form eines Windrades angeordnet waren. Er ging nach Hause, um rasch zu duschen, und wünschte sich dabei, sie hätten das Geld, um endlich einen Swimmingpool zu bauen. Punkt acht kam er mit der Tarte und einer Flasche gekühltem Rosé bei Gaston an.

Er musste sich seitlich an den Tisch setzen, denn seine Beine passten nicht unter das niedrige Möbelstück. Er schaute Gaston beim Kochen zu, während er an Hélènes Rosé nippte. Sie hatte inzwischen so viele Bestellungen, dass sie kaum alle bedienen konnte. Gaston stand über die Arbeitsplatte gebeugt und schnitt Lauch. Paulik stellte fest, dass die Platte in seiner eigenen Küche beträchtlich höher war. Gastons Frau musste kaum eineinhalb Meter groß gewesen sein. Der alte Mann nahm sich Zeit, rührte langsam den klein geschnittenen Porree und Knoblauch in Butter und Olivenöl, während sie miteinander plauderten. Paulik fragte Gaston über das Dorf und seine Arbeit bei der Eisenbahn aus. Der antwortete nachdenklich und kenntnisreich. So wie er kocht, dachte Paulik. Sorgfältig streifte Gaston ein paar Thymianblätter von den holzigen Stängeln und streute sie über den Lauch. Paulik roch von seinem Platz aus den Duft – es war Zitronenthymian, der in kleinen Büscheln am Wegesrand wuchs.

»Ist es nicht unangenehm mit all diesen neuen Leuten im Dorf«, fragte Paulik, während er geräuschvoll knackige Radieschen kaute, die er zuvor in Meersalz auf einem Tellerchen gedippt hatte. Seit dem Vormittag in Verlaques Büro konnte Paulik an nichts anderes mehr denken als an das Gespräch über Agathe und Valère Barbier. Er hoffte, der alte Mann könnte ihm etwas mitteilen, was die Vorstellung von einer noch lebenden Agathe aus seinem Kopf vertrieb.

Gaston schaute ihn erstaunt an. »Solche Veränderungen sind doch normal.« Er stellte eine kleine gusseiserne Bratpfanne auf das Gas und wartete, bis sie heiß war. Dann schraubte er ein altes Marmeladenglas auf und kippte von dort eine Handvoll Pinienkerne in die heiße Pfanne, die er sacht mit einem Holzlöffel umrührte. Paulik ließ die restlichen Radieschen liegen, um sich den Appetit für das Essen zu bewahren.

Als die Pinienkerne leicht gebräunt waren, nahm sie Gaston vom Gas und stellte die Pfanne beiseite. Paulik fragte, so beiläufig es ging: »Sind in der letzten Zeit ungewöhnliche neue Leute im Dorf aufgetaucht?« Gaston drehte sich zu ihm um und runzelte die Brauen. Paulik bedauerte sofort, dass er so direkt gefragt hatte.

»Was meinen Sie damit?«, fragte Gaston, den Holzlöffel in der Hand. »Wird das hier ein polizeiliches Verhör?«

»Tut mir leid, Gaston«, sagte er. »Ich will es Ihnen erklären.« Er erzählte Gaston von dem rätselhaften Tod Agathe Barbiers, und der alte Mann hörte beim Kochen aufmerksam zu.

»Das Essen ist gleich fertig«, sagte er nach einigen Minuten, ließ die Pasta abtropfen und gab mehrere große Löffel Crème fraîche zu dem Lauch. Dann legte er den Löffel in die Spüle und wandte sich wieder Paulik zu. »Ich habe diese Sandrine Dutzende Male im Dorf gesehen«, hub er an, »aber vor einigen Tagen stand sie da und redete mit einem der Pioger-Cousins. Als sie mich erblickt haben, sind sie sofort in eine Gasse abgebogen, als wollten sie nicht, dass sie jemand zusammen sieht.«

»Können Sie sich genau erinnern, wann das war?«

Gaston kratzte sich am Kopf. »In meinem Alter ist das ein bisschen schwierig.«

»Stimmt«, sagte Paulik.

»Aber gestern habe ich noch etwas Seltsameres gesehen.«

»Tatsächlich?«

Gaston bückte sich und drehte das Gas ab. »Es war am späten Abend. Ich konnte nicht schlafen, deshalb bin ich noch einmal heruntergekommen, um mir einen Kamillentee zu machen. Das passiert mir höchstens einmal in der Woche. Da habe ich aus dem Küchenfenster geschaut, dem rechts von Ihnen.«

Paulik blickte aus dem Fenster und sah die Rückseite des Hauses in der Parallelstraße. »Und?«

»Oben ging das Licht an«, sagte Gaston und trat an Paulik heran. »In dem Fenster dort«, sagte er und zeigte Paulik, welches er meinte.

Der blickte Gaston an und wartete auf eine Erklärung.

»Finden Sie das nicht komisch, Kommissar? Wozu schaltet eine blinde Frau mitten in der Nacht das Licht an?«

28. Kapitel

Aix-en-Provence, Dienstag, 13. Juli 2010

Ungeachtet der morgens um neun Uhr schon beträchtlichen Hitze fuhr Florence Bonnet mit dem Fahrrad zum Sitz des Erzbischofs, der sich in einer unscheinbaren Straße nördlich des Place Bellegarde inmitten von Wohnblocks aus der Nachkriegszeit befand. Von diesem Haus aus regierte er die vereinigten Kirchengemeinden von Aix und Arles. Aber nur wer hier etwas zu erledigen hatte, konnte es überhaupt entdecken, denn lediglich die Adresse, *Cours de la Trinité**, war ein Hinweis auf die Funktion des blassrosa Gebäudes in dieser Wohngegend. Professor Bonnet kam seit ihrer Studentenzeit vor fünfzig Jahren hierher, und fast immer per Fahrrad. Parkplätze hatte es hier nie gegeben.

Sie kannte natürlich den Leiter des Archivs, der diese Stellung nicht dank Begabung und harter Arbeit, sondern durch Beziehungen und Politik erhalten hatte. Während sie hineinging, sich ins Gästebuch eintrug und sich durch die Eingangshalle den Räumen des Archivs näherte, überlegte sie, wie sie vorgehen sollte. Ihm genau sagen, wonach sie suchte? Oder nur das Allernötigste? Als sie die Tür öffnete, hob eine junge Frau von Ende zwanzig, die an einem Schreibtisch saß, den Kopf und lächelte ihr zu. Florence lächelte zurück, stellte sich vor und bat, den Leiter zu sprechen. Die Frau schüttelte den Kopf. »Er ist erst in zwei Wochen wieder zurück«, erklärte sie. »Urlaub.« Florence kräuselte die Lippen. Sie hatte nicht daran gedacht, dass heutzutage viele Leute Urlaub nahmen, wann es ihnen passte, statt während der traditionellen Ferienzeit im August.

* (franz.) Hof der Dreifaltigkeit.

»Soso«, ließ sie hören.

»Aber ich helfe Ihnen gern«, fügte die junge Frau rasch hinzu. »Ich bin schon die ganze Woche nur mit Katalogarbeiten beschäftigt.«

»Kennen wir uns nicht von der Theologischen Fakultät der Universität?«, fragte Florence. Dessen war sie sich gar nicht sicher, denn da sie nur noch in der Fakultät auftauchte, wenn es eine Veranstaltung für sie gab, sahen für sie alle Studenten gleich aus.

»Vielleicht«, antwortete die junge Frau lächelnd. »Ich bin Doktorandin. Ich habe einige Ihrer Artikel über den heiligen Augustin gelesen.«

»Sehr schön«, sagte Florence und fühlte sich geschmeichelt. »Wie heißen Sie denn?«

»Elodie.«

»Dann frisch ans Werk, Elodie. Ich brauche die Akten der Gemeinde Puyloubier.«

»Kein Problem.«

»Von 1688 bis 1760.«

Elodie strahlte. »Die bringe ich Ihnen.«

»Ausgezeichnet«, lobte Florence und lächelte wieder. »Eigentlich beschäftige ich mich mit früheren Jahrhunderten, wie Sie wissen. Im Moment interessiere ich mich für Graf Hugues de Besse, geboren 1688. Aber genauer möchte ich die Akten ab zwanzig Jahre später bis zu seinem Tod im Jahre 1760 durchsehen. Die Kirche in Puyloubier heißt Saint-Pons.«

Elodie schüttelte den Kopf. »Damals noch nicht. Zu jener Zeit war das Sainte-Marie, und die gibt es immer noch. Sie steht etwas vom Dorf entfernt. Vor einigen Wochen habe ich alte Fotos davon katalogisiert. Ich bringe die Akten hierher. Hier können Sie arbeiten. Sie sehen ja, wie ruhig es zu dieser Jahreszeit hier ist.«

»Vielleicht, weil niemand weiß, dass es in Ihrem Haus eine Klimaanlage gibt«, bemerkte Florence und stellte ihre Handtasche und einen Beutel auf dem großen Holztisch ab. Daraus zog sie einen hellblauen Baumwollpulli hervor, dessen Kragen mit kleinen gestickten Gänseblümchen gesäumt war, ein Geschenk von Marine. Bevor sie ihn überstreifte, schaute sie auf das Etikett und zuckte zusammen. Diese Boutique, die auf feine Trikotagen spezialisiert war, hatte sie immer gemieden. Sie wollte gar nicht darüber nachdenken, was das Stück ihre Tochter gekostet hatte. Kopfschüttelnd lastete sie das Antoine Verlaque und dessen extravagantem Geschmack an. Marine war dazu erzogen worden, sich im Supermarkt Monoprix zu versorgen, möglichst im Schlussverkauf.

Minuten später kam Elodie mit drei dicken dunkelgrünen Folianten wieder zurück. Florence merkte für sich an, dass die junge Frau die Bücher sorgsam ablegte und dass sie weiße Handschuhe trug. Jetzt griff Elodie in ihre Tasche und reichte auch Florence ein Paar. »Wir fangen am besten hier an«, sagte sie dabei. »Der oberste Band beginnt 1710, da war Ihr Graf zweiundzwanzig Jahre alt. Ist das in Ordnung?«

»Das ist perfekt.«

Elodie nahm Platz und öffnete das Buch. Sie warf Professor Bonnet einen Blick zu und fragte in schüchternem Ton: »Wenn Sie mir bitte sagen könnten, wonach wir suchen?«

Auf einem Gang in der Nähe wurde eine Tür geräuschvoll geöffnet und wieder geschlossen. Florence rückte ihren Stuhl näher an Elodie heran. Im Flüsterton berichtete sie der jungen Frau, was sie wusste, den Tratsch über den Grafen, der dank solcher Leute wie Philomène und Léopold im Umlauf war. Elodie hörte aufmerksam zu, bemüht, auch bei heiklen Passagen der Geschichte nicht das Gesicht zu verziehen. »Bevor ich ins Magazin hinuntergegangen bin, habe ich nachgeschaut, wer zu jener Zeit Erzbischof war«, teilte Elodie mit, nachdem Florence geendet hatte.

»Ausgezeichnet«, sagte Florence. Sie betrachtete die ersten

Seiten mit der zierlichen Handschrift, die den ganzen Band füllte. »Das ist faszinierend.«

»Hier haben wir das Geburtenregister von Sainte-Marie«, sagte Elodie.

»Aber die Geburten in der Bastide Blanche, nach denen wir suchen, sind dort sicher nicht vermerkt.«

»Ob es Akten von einem Arzt gibt?«

»Nein«, erklärte Florence kategorisch und schüttelte den Kopf. »Dazu hat man höchstens eine Hebamme geholt.«

»Natürlich«, stimmte Elodie zu. »Oder die Mädchen haben einander selbst bei den Geburten geholfen.«

»Die armen Dinger.«

»Und Gerichtsakten?«, überlegte Elodie. »Wenn jemand deswegen geklagt hat? Das hat es doch sicher gegeben, oder?«

»Das fällt in das Fach meiner Tochter. Doch ich zweifle, dass eines der Mädchen gewagt hat zu enthüllen, was in dem Haus vor sich ging. Daher«, bemerkte Florence, während sie sorgfältig eine Seite umblätterte, »bin ich nicht sicher, wonach wir suchen und ob wir in diesen Akten überhaupt etwas finden werden.«

»Was ist mit Briefen? Oder Tagebüchern?«

Florence setzte sich kerzengerade auf und blickte Elodie erstaunt an. »Gibt es hier denn so etwas?«

»Sicher«, antwortete sie und stand auf. »Ich habe ja nicht genau gewusst, wonach Sie suchen. Vom Erzbischof können durchaus Briefe oder Tagebücher überliefert sein. Das weiß ich nicht aus dem Kopf. Sie liegen unten. Als ich hier zu arbeiten begann, hatte ich als Erstes die Akten der Gemeinden am Berg Sainte-Victoire zu ordnen. Dazu gehört auch Puyloubier. Ich bin gleich wieder zurück.«

Von 12.00 bis 14.00 Uhr schloss Elodie das Archiv, und in einer kleinen Küche im Untergeschoss aßen sie zusammen, was sie sich zu ihrer Stärkung mitgebracht hatten. Zum Glück lief auch hier eine Klimaanlage. »Normalerweise dürfen Benutzer über die Mittagszeit nicht im Archiv bleiben«, teilte Elodie mit. »Aber ich denke, da Sie emeritierte Theologieprofessorin sind …«

»Ich will Sie nicht in Schwierigkeiten bringen«, wandte Florence ein. Doch eigentlich hatte sie gar keine Lust, zum Mittagessen in die Hitze hinauszugehen.

»Kein Problem. Diese Küche benutze ohnehin nur ich. Jetzt ist keiner mehr im Haus. Die meisten suchen sich ein Restaurant in der Stadt.«

Nachdem Florence ihr Thunfisch-Sandwich verspeist hatte, zog sie die Sandalen aus und streckte sich auf einem Ledersofa zu einem Nickerchen aus. Elodie las in einem Roman. Florence beneidete sie um ihre Jugend, vor allem aber um die Möglichkeit, den ganzen Tag mit Lesen zu verbringen. Dafür hatte sie in ihrem Alter nicht mehr die nötige Geduld.

Florence schaute auf die Uhr. Es war fast vier. Tagebücher des Erzbischofs Jean-Baptiste de Brancas hatten sie nicht entdeckt, aber einen Stapel Briefe. »Kann dort etwas zu finden sein?«, fragte Florence Elodie, die, den Kopf in die Hände gestützt, konzentriert las.

»Bis jetzt habe ich noch nichts, und ich bin ungefähr halb durch«, antwortete die mit einem Gähnen. »Die Handschriften sind schwer zu lesen und die Briefe sehr offiziell.«

»Sie können ruhig sagen, dass sie langweilig sind«, meinte Florence.

»Genau das sind sie.«

Florence lachte und las weiter. Es waren nur Briefe an den Erzbischof erhalten. Die von ihm geschriebenen waren entweder verloren gegangen oder lagen in anderen Archiven, in Paris oder im Vatikan. Mehr als diesen Tag wollte sie nicht für die Sache aufwenden. Jetzt bedauerte sie, dass sie keinen Seidenschal mitgenommen hatte, um Nacken und Hals ein wenig vor der Klimaanlage zu schützen. Langsam brummte ihr der Kopf.

»Bastide B.«, sagte da Elodie mit lauter Stimme.

»Pardon?«

»Hier habe ich den Brief eines Priesters, Pater Guy Bernard, von Sainte-Marie in Puyloubier«, fuhr Elodie fort. »Der Pater scheint über ›Probleme‹ in der Bastide B. zu klagen. Die Schrift ist sehr schwer zu entziffern.« Mit der Hand im weißen Handschuh reichte sie Florence den Brief. »Weiter unten ist noch mehr. Können Sie es lesen?«

Florence nahm den Brief und bemühte sich, den pochenden Kopfschmerz zu ignorieren. »Probleme ›mit den Dienstmädchen‹«, las Florence laut vor. »Er nennt sie ›die runden Mädchen‹.«

»Rund?«, fragte Elodie. »Meint er – schwanger?«

Florence nickte. »Und als Gemeindepfarrer war Pater Guy sicher häufig in der Bastide.« Elodie nahm sich den nächsten Brief vor. »Das ist ein Schreiben des Kardinals. Ganz am Schluss heißt es: ›Ich bedaure, Ihnen bei den Problemen in der Bastide B. nicht helfen zu können.‹ Das Datum ist kaum noch zu erkennen, aber es sieht aus wie Juli 1742.«

»Der Kardinal konnte bei den Problemen nicht helfen«, überlegte Florence. »Konnte oder wollte er nicht?«

Elodie las den Brief bis zum Ende und sagte dann: »Der Kardinal schreibt, er wolle den Erzbischof an die Großzügigkeit des Grafen erinnern.«

Florence schlug mit der flachen Hand auf den Tisch. »Jetzt müssen wir noch einmal in diesen Bänden suchen.«

»Nach den Spenden des Grafen?«, fragte Elodie.

»Genau. Er hat sich von den ›Problemen‹ losgekauft.«

Verlaque wurde am Morgen vom ersten Vogelzwitschern und der wunderbar kühlen Luft geweckt, die durch das offene Fenster hereinströmte. Er blickte zu Marine hinüber, die, lang ausgestreckt und mit ernstem Gesicht, noch fest schlief. Als er ihr vorsichtig das Laken über die nackten Schultern zog, hörte er in der Küche sein Smartphone läuten. Er sprang aus dem Bett, lief aus dem Schlafzimmer und packte das kleine Gerät. Er wollte es gerade abschalten, da sah er, dass Bruno Paulik anrief. Es war kurz vor sieben.

»Guten Morgen, Bruno«, meldete sich Verlaque.

»Tut mir leid, Sie so früh zu stören. Aber in Puyloubier geht etwas Merkwürdiges vor.«

»Na, reden Sie schon.«

»Da wohnt eine blinde Dame – aus Paris –, die tief in der Nacht immer das Licht in ihrem Haus anschaltet.«

Unvermittelt fiel Verlaque die Diele in Ursule Genoux' Wohnung ein. Die leuchtend gelben Wände und die Strohhüte an den Haken. »Trägt sie tagsüber einen großen Sonnenhut?«, fragte er.

»Ich denke, ja. Léa und Hélène sehen sie häufig. Léa hat ihre Hüte erwähnt; meist sind es Britinnen, die hier damit herumlaufen.«

»Oder Frauen aus Nordfrankreich, die ihre Haut schützen müssen«, vermutete Verlaque. »Ursule Genoux, ihre Schwester oder …«

»… Agathe Barbier. Ich schicke sofort einen Streifenwagen zu dem Haus der Frau«, versprach Paulik.

»Perfekt. Ich habe den ganzen Tag in Marseille zu tun«, teilte Verlaque mit und schaute auf die Uhr.

»Marine und ich wollen heute Abend in Puyloubier essen. Marine gefällt das Restaurant so gut, besonders die merkwürdige Kellnerin. Danach kommen wir auf ein Gläschen bei Ihnen vorbei.«

29. Kapitel

New York City, 23. September 2010

Der nächste Tag war einer der schönsten und zugleich schrecklichsten in meinem Leben. Zuerst das Gute. Ich habe mich kaum einmal glücklicher gefühlt als in dem Augenblick, da ich Clochette die Auffahrt heraufkommen hörte. Ich rannte hinaus, da stellte Sandrine bereits den Wagen ab. »Wo sind sie gewesen?«, brüllte ich, als sie ausstieg, den Kofferraum öffnete und mehrere Gepäckstücke herausnahm.

»Das habe ich Ihnen doch mitgeteilt«, antwortete sie, trat zu mir und gab mir Küsschen auf die Wangen.

»Das haben Sie nicht!«

»Aber natürlich, M. Barbier, Sie berühmter Romanschreiber. Lesen Sie denn die Nachrichten nicht, die man Ihnen schreibt?«

»Immerzu!«, sagte ich. »Ihr Onkel wusste auch nicht, wo Sie sind!«

Sie ließ die Kofferraumklappe fallen und schaute mich verständnislos an. »Ihm habe ich es auch geschrieben.«

»Offenbar nicht.«

Jetzt stellte sie ihre große blaue Tasche auf Clochettes verbeultes Dach, wühlte ein bisschen darin herum und holte das Smartphone hervor. Sie schaltete es ein und scrollte durch die verschickten Nachrichten. *»Merde!«*

»Und, was ist?«

»Das Ding hat nicht gesendet«, sagte sie. »Ich habe die Nachrichten an beide Adressen zugleich geschickt. Wahrscheinlich hatte ich dort kein Netz.«

»Also, wo sind Sie gewesen?«

»In den Cévennen«, antwortete sie. »In der alten Hütte

einer Freundin. Sie überlässt sie mir manchmal, wenn ich … allein sein muss.«

Sie ging zum Haus, und ich griff mir eine ihrer Taschen, um ihr zu helfen. »Ich habe fast den Verstand verloren vor Sorge.«

Da drehte sie sich zu mir um und schaute mich an, als hätte ich gerade den schönsten Satz der Welt gesagt. »Wirklich?«

»Was glauben Sie denn.«

Als sie ins Haus ging, blieb sie stehen und sah sich um. »Erinnern Sie sich an die Stelle in *Der Klang der Musik,* als die Mutter Oberin zu Maria sagt, sie soll in das Haus des Hauptmanns zurückkehren und sich ihren Dämonen stellen?«

»Vage«, antwortete ich, immer noch verärgert. »Das erklären Sie mir besser bei einem Glas Wein.«

Sandrine stakste vor mir her in die Küche, und ihre hochhackigen Sandaletten klapperten besonders laut über die Fliesen. Plötzlich erfasste mich wilde Freude, dass ich sie wieder im Haus hatte.

»Und Sie glauben, dass Ihre Dämonen hier sind?«, fragte ich und nahm eine Flasche Weißen aus dem Kühlschrank.

»Nein«, sagte sie und blickte sich um, als hörte jemand zu. »Aber Gespenster gibt es hier. Und … Ich habe es einfach nicht mehr ausgehalten …«

»Die Gespenster? Oder Ihre traurigen Erinnerungen?«

»Sie wissen das von Josy?«, flüsterte Sandrine.

»Ihr Onkel hat es mir erzählt. Es tut mir so leid, Sandrine.«

Sie ließ sich auf einen Stuhl fallen. »Das ist das Einzige, weshalb ich manchmal richtig am Boden bin«, stieß sie hervor. »Ich weiß einfach nicht, wie ich damit fertig werden soll … Es ist jetzt drei Jahre her, aber ich packe es nicht.«

»Es wird schon werden«, sagte ich. »Das kann ich Ihnen versprechen.«

Sie schaute mich an, und ihre Augen füllten sich mit Tränen. »Es tut mir so leid, M. Barbier. Sie haben das ja auch erlebt.«

Ich nickte. »Sie könnten sich professionelle Hilfe suchen. Ich habe das getan.«

»Was soll das sein?«

»Eine Therapie.«

Sie winkte heftig ab. »Das ist was für reiche Leute. Ein paar Tage in den Cévennen haben auch geholfen. Und zu wem sollte ich denn gehen?«

Ich begriff nicht sofort. Aber dann verstand ich, dass sie nach einem Therapeuten fragte. »Wir finden einen in Aix.« Sie schaute mich ungläubig an. »Das bezahlt die Kasse«, behauptete ich. »Und wenn es zu lange her ist, dann übernehme ich die Kosten. Bitte keinen Widerspruch. Aber da ist noch etwas. In der Nacht, als ich im Schlaf geschrien habe …«

Sandrine begann vor sich hin zu pfeifen und wandte den Blick ab.

»Wo waren Sie in dieser Nacht? Bei Hervé Pioger?«

Sie sah mich an und begann zu weinen. »Ich such mir vielleicht Kerle aus, was? Der wollte mich nicht mal mehr sehen. Ich habe an seine Tür geklopft … Und als ich ihm am nächsten Tag im Dorf begegnet bin, hat er so gemeine Sachen zu mir gesagt!«

»Vergessen Sie ihn, Sandrine«, riet ich und reichte ihr ein Taschentuch. »Es ist besser, Sie bleiben allein als mit einem, der nicht gut für Sie ist, der Sie herunterzieht. Sie stehen doch haushoch über dem Kerl.«

»Meinen Sie das wirklich?«

»Da bin ich mir sicher.«

»Ein Mädchen fühlt sich manchmal einsam, M. Barbier«, murmelte sie.

»Ich weiß, was Einsamkeit heißt, Sandrine. Ich verurteile Sie nicht.«

Sie richtete sich auf und hob das Glas. »Jetzt geht es mir schon besser. Danke.« Dann schaute sie sich um und fragte: »Wo sind denn die anderen? Erwan, Michèle?«

»Sie finden es sicher nicht schade, wenn ich Ihnen sage, dass beide weg sind«, antwortete ich. »Zumindest fürs Erste. Erwan ist abgereist und hat eine von Agathes kleineren Vasen mitgehen lassen …«

»Und Sie haben ihm das erlaubt?«

»Ich bin müde, Sandrine, und ich wollte, dass er verschwindet.«

»Der macht sie doch bloß zu Geld …«

»Es ist ein Werk seiner Mutter«, gab ich zurück. »Er hat ein Recht darauf.« Warum ich das dem kleinen Bastard durchgehen ließ, behielt ich für mich.

»Und Michèle?«

»Ist im Luberon im Superhaus eines Filmproduzenten. In ein paar Tagen kommt sie noch einmal her, um ihr restliches Gepäck zu holen. Dann ist sie weg.«

»Uff!«, entfuhr es Sandrine. Noch einmal hob sie ihr Glas und stieß mit mir an.

Wir nahmen gerade den ersten Schluck, da flatterte Léa herein. *»Coucou«*, sagte sie an der Küchentür. »Sandrine!«, rief sie dann und stürzte sich in die Arme der jungen Frau. »Ich wusste, dass du wiederkommst. Aber wir hatten keine Ahnung, wo du bist!«

»Das tut mir leid, meine Liebe. Eine technische Panne. Ich war in den Cévennen, aber jetzt bin ich wieder da. Unterwegs habe ich einen kleinen Abstecher nach Aix gemacht, um dir etwas mitzubringen.« Sandrine wühlte in einer ihrer Taschen, zog eine flache rechteckige Schachtel hervor und überreichte sie Léa.

Die setzte sich an den Tisch und öffnete den kleinen Karton. Darin lag das gerahmte Foto von mir mit Maria Callas. Über den Rahmen äußere ich mich nicht. Nur so viel: Er war mit Herzen aus Glitzersteinchen geschmückt. »Danke!«, rief Léa. Sie drückte das Bild an die Brust, verpackte es wieder sorgfältig und legte die Schachtel auf den Küchenschrank. Ich forderte die beiden Damen zu einer Runde Scrabble heraus – sie beide gegen mich. Daran hatten wir eine Stunde lang Spaß. Sandrine führte ihr Team zum Sieg, als sie das Wort *aus* zu dem zusammengesetzten Substantiv *Landhaus* aufbaute und dafür alle ihre Steine verwendete. Den Einfall hatte Sandrine, aber für die korrekte Rechtschreibung sorgte Léa.

Um acht schaute Léa auf die Küchenuhr und erklärte, jetzt müsste sie zum Abendessen nach Hause gehen. Sandrine wandte ein, sie habe in *La Provence* ein interessantes Risotto-Rezept entdeckt, bei dem Léa ihr helfen könnte. »Das ist das Mindeste, was wir für M. Barbier tun können, wenn wir ihn schon beim Scrabble geschlagen haben«, erklärte Sandrine. Ich hielt dagegen, sie hätten nur knapp gewonnen und außerdem Glück mit den Steinen gehabt. Inzwischen rief Léa bei ihren Eltern wegen der Erlaubnis an, bei uns essen zu dürfen. Um mich zu ärgern, ließen Sandrine und Léa das fertige Spiel am Tischrand liegen. Sandrine klapperte mit ihren Absätzen in der Küche hin und her, um alle Zutaten für den Risotto zusammenzuholen, Léa rührte geduldig den Risotto, eine lange, anstrengende Arbeit, und ich war froh, dass die an mir vorüberging.

Gegen halb zehn waren wir mit dem Essen fertig, nahmen Taschenlampen und brachten Léa durch den Garten nach Hause. Ja, Justin, ich weiß, das klingt wie ein akribischer, langweiliger Polizeibericht, aber ich möchte, dass Sie alle Fakten kennen. Dieser Bourbon aus Tennessee ist übrigens sehr gut. Ich selbst hätte mich für den üblichen Armagnac entschieden.

Als wir bei den Pauliks angekommen waren, brannte noch Licht. Léa öffnete die Haustür, winkte uns zum Abschied, und das war's. Da sagte Sandrine: »Mist! Léa hat die Fotografie liegenlassen.«

»Die können wir ihr doch morgen bringen«, sagte ich. Sandrine bestand darauf, dass wir noch ein paar Schritte gehen, um den Risotto abzuarbeiten. Ich war so guter Stimmung, dass ich einwilligte. Außerdem hatte ich eine Zigarre in der Tasche und rauche gern bei einem Spaziergang.

Wir machten einen großen Umweg bis zum Dorf, das ohne ein Lebenszeichen dalag, und gingen erst dann wieder zu meinem Haus zurück. Inzwischen zeigte die Uhr viertel elf, und wir waren beide rechtschaffen müde. Als wir uns auf dem Treppenabsatz im oberen Stockwerk voneinander verabschiedet hatten, klingelte mein Smartphone. »Hallo«, meldete ich mich ziemlich brummig. Es war spät, und nächtliche Anrufe mag ich überhaupt nicht.

»Hallo, Valère«, meldete sich Bruno Paulik. »Ich kann mir vorstellen, wie lustig es bei euch da drüben ist, aber nun muss Léa wirklich nach Hause.«

Mein Herz tat einen solchen Satz, dass mir die Sprache wegblieb.

»Valère?«, fragte Paulik.

»Sie ist längst bei Ihnen«, sagte ich. »Wir haben sie vor einer Stunde hinbegleitet.«

»Machen Sie keine Witze.«

»Im Ernst«, sagte ich. Sandrine hörte mich sprechen und trat mit kreidebleichem Gesicht und offenem Mund aus ihrer Tür. Bruno sagte etwas zu Hélène, und ich hörte, wie sie aufschrie. »Schauen Sie doch erst einmal in ihrem Zimmer nach. Vielleicht ist sie gleich zu Bett gegangen«, vermutete ich, als ob ich die Gewohnheiten ihres Kindes besser kannte als sie.

»Sie ist nicht im Haus«, sagte Bruno. »Ich bin sofort bei Ihnen …«

Bevor ich noch etwas sagen konnte, legte er auf. Ich drehte mich nach Sandrine um, die bereits die Treppe hinuntereilte. »Vielleicht ist Léa im Garten!«, rief ich und lief hinter ihr her.

Im Parterre suchte Sandrine zunächst in allen Zimmern nach Léa. Ich ging in die Küche und starrte die Wände an, unfähig, etwas zu unternehmen. Jetzt kam Sandrine hereingelaufen und schaute auf den Küchenschrank. »Die Fotografie ist weg!«, stammelte sie.

»Glauben Sie, sie ist noch einmal hergekommen, um sie zu holen?«

»So sieht es aus«, meinte Sandrine. »Es tut mir so leid, M. Barbier!« Ihre Augen wurden ganz groß, und sie begann zu schreien. »Wo ist sie denn dann? Dieses Haus! Dieses Gespensterhaus! Wäre ich doch nie hierhergekommen!«

»Beruhigen Sie sich, Sandrine!« Ich nahm sie bei den Schultern, weil ich glaubte, sie fange an zu weinen, aber sie wurde ganz klein, denn in diesem Augenblick hörten wir bereits Brunos Geländewagen vor dem Haus halten. Bruno kam die Treppen herauf, ich lief ihm entgegen.

»Ist sie hier?«, fragte er keuchend.

»Nein. Wir haben überall im Haus nach ihr gerufen. Wir denken, sie ist zurückgekommen, um etwas zu holen, das sie in der Küche vergessen hatte.«

»Lassen Sie uns im Garten suchen!«, rief Bruno, drehte sich um und schaute über Olivenhain und Weingärten, die unsere Häuser voneinander trennen. Da ging das Außenlicht an und erleuchtete den Garten.

Sandrine kam heraus. »Helfen die Lampen etwas?«, fragte sie.

»Ja!«, blaffte Bruno. Plötzlich knatterte es zwischen den Reihen der Weinstöcke, und grelles Licht flammte auf. »Das ist Hélène«, sagte Bruno. »Sie hat den Traktor genommen.«

Sandrine verteilte Taschenlampen. »Wir nehmen jeder eine Reihe Weinstöcke und gehen bis zu Ihrem Haus.« Hier erklärte die Haushälterin dem Polizeikommissar, was zu tun war.

Ich lief, ohne abzuwarten, zum Swimmingpool voraus. Mir war speiübel. War sie am Ende hineingefallen? Aber als ich näher kam, sah ich dank der eingeschalteten Beleuchtung, dass niemand darin lag, nur das blaugrüne Wasser plätscherte sanft gegen die gefliesten Wände. »Gott sei Dank«, murmelte ich und knipste meine Taschenlampe an, um den anderen zu folgen.

Vier Erwachsene riefen nun Léas Namen, der Traktor brummte die Reihen hinauf und hinab. Die Scheinwerfer waren so hell, dass man wegschauen musste, wenn das Licht einen traf. Jetzt verstand ich, weshalb Hélène ihn sofort in Bewegung gesetzt hatte.

»Wir haben einen Film geschaut. Léa hat uns vielleicht sogar angesprochen, und wir haben es nicht gehört«, sagte Bruno, als wir uns am Ende der Reihen der Weinstöcke trafen. Er machte sich offenbar heftige Vorwürfe.

»Ich hätte sie zu Ihnen hineinbringen und Ihnen beiden Guten Abend sagen müssen. Es war mein Fehler.« Unvermittelt sagte Paulik: »Ein alter Mann aus dem Dorf hat mir gestern Abend erzählt, die blinde Dame, die ihm gegenüberwohnt, scheint nicht das zu sein, was sie vorgibt …«

»Was?«, fragte ich.

Hélène kletterte von ihrem Traktor herunter. Sie bückte sich nieder, als schaute sie nach dem Wein, der in dicken Trauben unter den saftig grünen Blättern hing. Mir kam es merkwürdig vor, dass sie jetzt Sinn für ihren Wein hatte, aber dann sah ich, dass sie sich übergeben musste. Bruno lief zu ihr und strich ihr über den Rücken. Wir standen da und wussten nicht, was wir tun sollten. Irgendwie warteten wir auf Brunos Anweisungen. Immerhin war er der Polizeikommissar. Als er uns sein Gesicht zuwandte, wurde es von einem orangefarbenen Schein erhellt. Hinter uns hörte ich es poltern. »Das Haus!«, schrie Bruno auf und rannte los.

Hélène folgte ihm, und Sandrine hatte sie bald eingeholt, während ich weit zurückblieb. Als Einziges bemerkte ich noch, dass Hélène in Nachthemd und Turnschuhen war und Sandrine barfuß lief. Sie muss ihre Sandaletten schon abgeworfen haben, als sie aus meinem Haus kam. Frauen sind stärker als wir, Justin, besonders in Situationen wie dieser. Das muss man wissen und akzeptieren. Agathe war immer stärker als ich.

Inzwischen leuchtete der ganze Himmel in dem Orange, das ich soeben noch auf Brunos Gesicht gesehen hatte. Die Bastide stand in Flammen. Sie schlugen bereits aus allen Fenstern.

30. Kapitel

Aix-en-Provence, Dienstag, 13., und Mittwoch, 14. Juli 2010

Antoine Verlaque sah den orangefarbenen Schein schon vom Dorf aus. Zuerst glaubte er, er komme von einem Feuerwerk im Nachbardorf. Dann schaute er auf seinem Smartphone nach dem Datum und sah, dass der Nationalfeiertag noch nicht angebrochen war. Außerdem kam der Schein von Norden, vom Fuße des Mont Sainte-Victoire, wo nur wenige Häuser standen, darunter das von Bruno Paulik und die Bastide Blanche. Er trat zu Marine, die bereits beim Wagen wartete und ebenfalls besorgt zum Himmel blickte.

»Unsere blinde Frau ist nicht zu Hause«, sagte er. »Sieh dir diesen Himmel an.«

»Ich hatte dich schon fast eingeholt, da kamen viele Leute aus der Bar gelaufen, schauten zum Himmel und schrien. Der Wirt hat die Feuerwehr über sein Handy angerufen. Ich mache mir Sorgen, Antoine.«

»Fahren wir rasch zu Valère.« Sie wollten gerade einsteigen, da klingelte Verlaques Telefon. *»Merde«*, sagte er und schaute nach, wer es war. »Es ist de Rudder.«

»Nimm das Gespräch an«, sagte Marine, kam um den Wagen herumgelaufen und setzte sich auf den Fahrersitz. »Vielleicht ist es wichtig. Ich fahre.«

»Daniel«, sagte Verlaque und klemmte sich das Telefon unters Kinn, während er sich auf dem Beifahrersitz niederließ.

»Meine Schwiegertochter ist gerade hinausgegangen«, sagte de Rudder. »Wir haben also nicht viel Zeit. Haben Sie über …«

»Ja«, antwortete Verlaque. »Ich habe nachgedacht. Ihre Theorie, dass Agathe noch am Leben sein könnte, ist faszinierend.«

De Rudder ließ ein Lachen hören, das sofort in heftigen Husten überging. »Wovon reden Sie?«

»Von Ihren letzten Worten an mich …«

»Als mich Schwester Ratched unterbrochen hat …«, warf de Rudder ein.

»Aber die Theorie passt, ob sie nun von Ihnen stammt oder nicht«, fuhr Verlaque fort. »Denken Sie an Claude Petitjean. Verstehen Sie?«

»Claude Petitjean?«

»Den Schriftsteller.« Verlaque schaute zu Marine und zwinkerte ihr zu, aber die hatte nur Augen für die kurvenreiche Straße.

Jetzt brüllte Rudder in das Telefon: »Ich weiß, von wem Sie reden! Petitjean *ist* eine Frau, aber erst Ende vierzig, nicht Ende sechzig. Eine frühere Biologieprofessorin aus Limoges. Lebt mit Mann und zehnjährigen Zwillingen, einem Mädchen und einem Jungen, auf dem Land. Sie haben sich dort ein altes Bauernhaus ausgebaut.«

Verlaque seufzte enttäuscht. »Woher wissen Sie das, da doch die gesamte Presse darüber rätselt?«

»Schwester Ratched liebt ihre Bücher«, erklärte de Rudder und atmete rasselnd. »Sie hat mich gebeten herauszufinden, wer der rätselhafte Autor ist. Meine Quellen sind absolut verlässlich.«

»Das glaube ich Ihnen gern«, sagte Verlaque. »Aber Sie hatten bei unserem letzten Gespräch darauf hingewiesen, dass Agathes Leiche nie gefunden wurde.«

»Da habe ich nur laut gedacht«, sagte de Rudder. »Ich möchte Ihnen empfehlen, in Les Loges weiter zu graben …« De Rudder bekam wieder einen Hustenanfall. Verlaque hörte ein dumpfes Geräusch und die Stimme einer Frau. »Meine Zeit ist um«, sagte de Rudder, lachte und hustete zur gleichen Zeit. »Ein schlechter Witz, Entschuldigung.«

Je näher sie der Bastide kamen, desto heller wurde der Schein am Himmel, doch bald nahm ihnen Rauch die Sicht. Verlaque teilte Marine rasch mit, worüber er mit de Rudder gesprochen hatte, aber die hatte sich schon vom Zuhören ihr Bild gemacht. »Auch wenn Agathe nicht die Bücher von Petitjean geschrieben hat, kann sie trotzdem noch am Leben sein«, meinte sie. »Wir müssen noch eine weitere Frau in den Sechzigern oder Siebzigern auf die Liste der Verdächtigen setzen.«

Verlaque schaute Marine an. »Michèle Baudouin?«

»Genau. Ich habe Valère und sie zusammen gesehen. Ihr Verhältnis ist schon sehr merkwürdig. Eine Art Hassliebe, so wie in dem Buch von Petitjean.«

»Was wir jetzt vor uns haben, passt mehr zu dem Roman *Rebecca*«, sagte Verlaque und lehnte sich nach vorn, um noch etwas von der Straße zu erkennen.

»So endet dieser Roman?«, fragte Marine und warf ihm einen raschen Blick zu. »Mit einem Brand?«

»Ja, Danvers geht in Flammen auf.« Sie bogen in den Weg zu Pauliks Bauernhaus ein und parkten den Wagen auf halber Strecke am Wegesrand. »Näher traue ich mich nicht heran«, sagte Marine und schaltete den Motor ab.

»Von hier aus können wir zu Fuß gehen«, sagte Verlaque und stieg aus. Sie waren bei der Terrasse angelangt, als Bruno völlig verzweifelt an ihnen vorbeilief.

»Léa ist da drin!«, brüllte er, das Krachen des Feuers und die in der Ferne heulenden Sirenen übertönend. Sein Gesicht trug die Spuren von Schweiß und Tränen.

Verlaque fasste ihn beim Ellenbogen. »Wir können da nicht rein, Bruno!«

»Die Feuerwehr ist unterwegs!«, rief Marine. »Lassen Sie die ihren Job machen!«

»Darauf pfeif ich!«, brüllte Paulik, löste sich aus Verlaques Griff und rannte zur Haustür, aus der schwarzer Rauch quoll.

Er riss sich das T-Shirt vom Leib, hielt es sich wie eine Maske vors Gesicht und verschwand im Haus.

»Bruno!«, schrie Hélène auf, die mit Sandrine angelaufen kam. »Nein!«

»Die Hintertür«, rief Hélène. »Wir wollen sie öffnen. Vielleicht ist das Feuer noch nicht bis dorthin gekommen.«

»Die Klinke kann schon zu heiß sein!«, rief Verlaque.

»Die Grillhandschuhe!«, schrie Sandrine. »Ich hole sie und komme wieder her!« Schließlich erreichte auch Valère Barbier die Terrasse. Er war völlig außer Atem und stützte die Hände auf die Knie, um sich zu beruhigen. »M. Barbier«, sagte Marine und trat zu ihm. »Sie müssen sich setzen.«

»Das kann ich nicht«, antwortete er und schaute mit Tränen in den Augen auf das Haus. »Wenn Léa da drin ist …«

»Das muss nicht sein«, gab Marine zurück.

»Léa ist doch zum Haus zurückgelaufen, um eine Fotografie zu holen, die sie vergessen hatte«, berichtete Valère. »Offenbar ist sie der Frau in die Quere gekommen, als die gerade ihren grausigen Streich ausführen wollte.«

»Wen meinen Sie, Valère?«, flüsterte Marine.

»Die blinde Dame …«

»Sie wissen von ihr?«

»Bruno hat mir gerade gesagt, dass die blinde Frau«, kam es von Valère mit zitternder Stimme, »die im Dorf lebt … hinter alledem steckt …«

Die Martinshörner dröhnten jetzt unerträglich laut und verstummten abrupt. Zwei Feuerwehren rollten heran. »Sie muss Léa festgehalten haben«, fuhr er fort, ohne von den roten Wagen und den Feuerwehrleuten Notiz zu nehmen, die bereits die Schläuche ausrollten.

»Léa kann ihr entkommen sein«, sagte Marine und legte ihren Arm um die Schultern des Autors.

Der schüttelte sie ab. »Agathe!«, begann er zu rufen und schaute auf das Haus. »Agathe!«

»Sind Personen in dem Haus?«, fragte der Einsatzleiter der Feuerwehr Verlaque, als er die Terrasse erreichte.

»Möglicherweise drei«, antwortete der und schaute zu seiner Frau. Konnte Agathe Barbier in dem Haus sein? »Bruno Paulik, der Polizeikommissar, ist gerade hineingegangen. Seine elfjährige Tochter könnte in dem Haus sein. Und eine Frau … in den Sechzigern.«

Die Feuerwehrleute spritzten Wasser durch die Fenster, und zwei von ihnen in Sicherheitsanzügen und mit Sauerstoffmasken gingen hinein. »Die finden sie«, sagte Marine zu Valère, um ihn zu beruhigen.

Da kam Sandrine angelaufen. »Die Hintertür stand weit offen«, sagte sie. »Ich kann hier nicht herumstehen und zuschauen. Ich fahre. Ein Glück, dass ich den Autoschlüssel in der Hosentasche hatte!«

»Was?«, rief Valère. »Jetzt?« Aber sie rannte bereits zum Carport, und nur Sekunden später tuckerte Clochette die Ausfahrt hinunter. »Sie ist so unberechenbar!«, klagte Valère und schüttelte den Kopf.

»In solchen Situationen reagiert jeder Mensch anders«, sagte Marine, schaute auf das brennende Haus und betete stumm ein Vaterunser.

Verlaque schrie auf, als zwei Feuerwehrleute herauskamen. Sie stützten Bruno Paulik, dem sie eine Sauerstoffmaske übergestreift hatten. »Wie geht es ihm?«, fragte Verlaque.

Sie betteten Bruno auf dem Rasen. »Wir haben ihn am oberen Ende der Treppe gefunden – bewusstlos«, meldete der Jüngere.

»Er wollte auf den Dachboden«, erklärte Verlaque. »Seine Tochter hat oft dort gespielt.«

»Komm«, sagte der andere Feuerwehrmann, und beide gingen noch einmal in das Haus hinein.

»Höchstens fünf Minuten!«, rief ihnen der Hauptmann nach. »Das Dach kann jeden Augenblick einstürzen!«

Jetzt kam Hélène herbeigelaufen und ließ sich neben ihrem Mann nieder. »Er ist in Sicherheit«, sagte Verlaque und kniete sich ebenfalls neben Paulik hin. »Sie sind noch einmal hineingegangen, um nach Léa zu suchen.«

Zwei Minuten später erschienen die Feuerwehrleute mit leeren Händen wieder in der Haustür. Sie legten ihre Masken ab. »Wir sind nicht mehr bis zum Dachboden durchgekommen«, sagte der eine.

Hélène schluchzte auf, beugte sich nieder und fuhr mit den Händen durch die Kieselsteine auf der Terrasse. Sie warf sich hin und her. »Mein Baby!«, schrie sie dabei und krümmte sich. Dann sprang sie auf und wollte ins Haus rennen. Verlaque konnte sie gerade noch festhalten.

»Hélène, vielleicht ist sie gar nicht dort drin«, sagte er und hielt sie in seinen Armen.

»Wir müssen ein Stück zurückgehen«, ordnete der Hauptmann an. »Das Dach ist gefährlich nahe am Zusammenbrechen.« Als ob das Haus seine Worte gehört hätte, begann es drinnen zu rumoren und zu krachen, Balken fielen herab und Garben glühender Funken stiegen auf. »Das war's«, sagte er. »Die hölzernen Pfeiler geben nach.«

»Es ist alles meine Schuld«, sagte Valère. »Nur, wer steckt dahinter? Sie muss es die ganze Zeit gewusst haben ...«

»Was gewusst haben?«, fragte Marine.

»Ich schwöre, wenn Léa aus alldem heil herauskommt, lege ich ein Geständnis ab! Das schwöre ich bei Gott ...«

»Ein Geständnis?«, fragte Marine. Von fern hupte ein Auto wie wild und kam näher. »Es ist Sandrine.«

Ein Feuerwehrmann rannte Sandrines Wagen entgegen und brüllte, sie möge nicht so nahe an das brennende Haus heranfahren.

»Ist mir doch egal!«, schrie Sandrine, sprang aus dem Wagen, rannte um ihn herum und riss die andere Tür auf. »Steig aus, meine Süße«, sagte sie zärtlich.

»Mama!«

»Léa!«, schrie Hélène auf. Bruno riss sich die Sauerstoffmaske vom Gesicht und quälte sich langsam hoch. Bald stand er wieder auf den Beinen, schwankte aber noch. »Langsam, Bruno«, rief Verlaque und eilte ihm zu Hilfe.

»Gott sei Dank«, sagte Marine und umarmte Valère. Sie schauten beide auf die Pauliks, die sich alle drei in den Armen lagen.

Sandrine kam gelaufen, und Valère umarmte sie. »Du bist ein Genie!«, sagte er. »Wo ist Léa gewesen? In der Kapelle?«

»Ja!«, rief Sandrine. Marine schaute zu Boden und bemerkte, dass Sandrine barfuß war. Die fuhr fort: »Mir ist eingefallen, dass Léa vielleicht aus der Hintertür geschlüpft und dorthin gelaufen sein könnte. Es war ein Glückstreffer.«

»Warum ist sie nicht nach Hause gerannt?«, fragte Marine.

»Im Wagen hat sie mir gesagt, sie hätte befürchtet, dass die Frau, die hinter ihr her war, das auch denken und sie dort abfangen könnte«, erklärte Sandrine.

»Kluges Kind«, sagte Valère.

»Und in der Kapelle war außer Léa niemand?«, fragte Marine.

»Nein, aber wir haben uns dort nicht lange aufgehalten«, sagte Sandrine. »Dieser Ort macht mich ganz krank. Übrigens die ganze Gegend hier. Ich kann es gar nicht erwarten, wieder nach Aix zurückzukommen.«

Valère verstand die Anspielung und lächelte. Wenn Sandrine das sagte, dann hieß es, sie hatte ihren Schmerz überwunden. Sie lief vor nichts mehr weg.

Da fiel Marine auf, dass ihr Mann nicht mehr neben ihr war. Sie schaute sich nach ihm um und sah, dass er am Swimmingpool stand und telefonierte. Sie ging zu ihm hinunter, um nicht noch mehr von der Rauchluft einatmen zu müssen, aber auch, um ihm anzudeuten, dass es für sie Zeit wäre, nach Hause zu fahren. »*Merci*, Charles-Henri«, sagte Verlaque und beendete das Gespräch.

»Alles in Ordnung?«, fragte Marine. »Ist es nicht ein bisschen spät fürs Telefonieren?«

»Charles-Henri geht spät schlafen. Ich habe ihn um einen Gefallen gebeten.« Er schaute zur Bastide hinauf, die jetzt nur noch eine rauchende Hülle war. »Dort ist noch eine Frau drin, da bin ich sicher.«

Marine nahm ihn bei der Schulter. »Ich denke, du hast recht«, sagte sie. »Morgen wissen wir mehr. Komm, lass uns gehen.«

Am nächsten Tag fegte ein Mistral durch Aix-en-Provence und ließ die Temperatur zur allgemeinen Erleichterung um fast zehn Grad sinken. Allerdings musste auch das Feuerwerk zum Nationalfeiertag beinahe in der ganzen Region ausfallen. Der Brand in der Bastide Blanche war am frühen Morgen unter Kontrolle gebracht, aber wegen des Windes hielten dort Feuerwehrleute Wache. Von dem Haus blieben lediglich zwei der ursprünglichen Außenmauern übrig, die schon der Großvater von Hugues de Besse errichtet hatte.

Bruno Paulik rief Verlaque kurz nach zehn auf dem Smartphone an, um ihm mitzuteilen, dass alles in Ordnung sei. Etwas durcheinander, aber einigermaßen im Lot. Léa und Hélène schliefen noch zusammengekuschelt im Ehebett. Paulik regte an, Verlaque und Marine sollten nach dem Mittagessen zu ihnen kommen, denn sowohl der Feuerwehrhauptmann als auch der Chef der Ortspolizei wünschten, alle in der Nacht Anwesenden zu vernehmen. Valère und Sandrine hatten sich in einem Hotel nahe der Nationalstraße Zimmer genommen und wollten ebenfalls gegen vierzehn Uhr zur Stelle sein. »Sie brauchen Kleidung und Hygieneartikel«, fügte Bruno hinzu, nannte ihre Größen und den Namen des Hotels.

»In Ordnung«, sagte Verlaque, beendete das Gespräch und brachte Marine einen Cappuccino. »Bitte schön«, sagte er und reichte ihr die Tasse, nachdem sie sich im Bett aufgesetzt und ein dickes Kissen in den Rücken geschoben hatte.

»Danke«, sagte sie und pustete auf den Kaffee. »Du bist ein Engel.«

»Wir müssen noch vor dem Essen zu Monoprix und in ein paar andere Läden, um Valère und Sandrine mit dem Nötigsten zu versorgen. Dann fahren wir zu Bruno.«

»Noch ein paar Sekunden«, bat Marine schläfrig.

»Was für eine Nacht«, sagte Verlaque und ließ sich auf der Bettkante nieder. »Es ging alles so schnell.«

»Stimmt«, sagte Marine und nahm einen Schluck. »Als du im Restaurant gezahlt hast, hat mich Nathalie angerufen. Das ist meine alte Kommilitonin, die jetzt in Les Loges arbeitet. Sie sagte, sie hätte ein paar Tage gebraucht, um für diesen Anruf all ihren Mut zusammenzunehmen. Sie ist erst kürzlich geschieden worden und fürchtet um ihre Anstellung. Nach meinem Besuch ist Mme Parent, die Direktorin, wütend im Archiv aufgetaucht, hat herumgeschrien und den Mitarbeitern wegen mangelnder Sorgfalt und großer Nachlässigkeit die Leviten gelesen. Der Leiter war noch im Urlaub und hatte offenbar die Identität der angeblichen Wissenschaftlerin nicht sorgfältig geprüft.«

»Michèle Baudouin …«

»Ja«, sagte Marine. »Der Archivar hat sie nicht erkannt. Mme Parent hat Agathe Barbiers Akte einem Mitarbeiter aus der Hand gerissen und alle Papiere herausgezerrt. Nathalie sagte, offensichtlich fehlte etwas.«

»Agathes preisgekrönter Essay.«

»Eine zufällige Begegnung in der Rue du Faubourg«, sagte Marine. »Ursules Beweis, dass Agathe ihrem Mann Valère mehr als nur geholfen hat. Mme Parent hat mir gegenüber behauptet, zwischen dem Essay und dem Roman gäbe es keine Übereinstimmung, aber ich denke, sie hat gelogen.«

»War doch eine gute Idee, dass wir gestern in Puyloubier

zu Abend gegessen haben«, meinte Verlaque. »Nur glaube ich, dass wir ... dass ich ... nicht viel helfen konnten.«

»Wir waren da«, antwortete Marine. »Das ist Hilfe genug.«

»Dann muss Michèle den Essay bei sich haben«, sagte Verlaque. »Wo immer sie jetzt im Luberon steckt.«

»Oder er ist im Haus liegen geblieben ...«

»Dann wäre er für immer verloren.«

»Vielleicht ist es sogar gut so«, überlegte Marine. »Jetzt muss Valère die Wahrheit sagen.«

»Kein Schwindel mehr«, sagte Verlaque. Ihm ging durch den Kopf, wie Valère Agathe getäuscht, wie Ursule und Alphonse Pelloquin Daniel de Rudder belogen hatten, wie Michèle Baudouin Célestine Parent und den armen Archivar hinters Licht geführt und wie er selbst beinahe seine geliebte Frau hintergangen hätte. Zwar nur für eine Sekunde, aber es hatte ihm seitdem auf der Seele gelegen.

»Was wolltest du gestern Abend von Charles-Henri Lagarde?«, fragte jetzt Marine.

»Es ist nur eine Vermutung, aber wir könnten jemanden übersehen haben, der etwas davon hätte, Valère Barbier in den Wahnsinn zu treiben. Ich habe Charles-Henri gebeten, sich einmal umzuhören, denn er kennt doch jeden in den Zeitungsredaktionen und Verlagen.«

»Wir können bei Monoprix weiterreden.« Sie schob die Laken beiseite und wollte aufstehen. Plötzlich hielt sie inne. »Ach je ... natürlich.«

»Du hast jetzt auch an sie gedacht, stimmt's?«

»Ja. Da passt alles zusammen.« Sie stand auf, zog eine Schublade auf und suchte nach etwas Passendem zum Anziehen. »Wir müssen los. Zum Glück hat es sich etwas abgekühlt.« Unvermittelt fing sie an zu lachen.

»Was ist denn jetzt schon wieder?«, fragte Verlaque.

»Was sollen wir denn für Sandrine zum Anziehen kaufen?«

Verlaque und Bonnet hatten alles besorgt, was ihnen eingefallen war, und gingen gerade zum Parkhaus, da klingelte Verlaques Telefon. Es war Bruno Paulik.

Die Zikaden zirpten um die Wette, die Straßen waren voller Menschen, die vom Markt kamen, der Wind zerrte an ihren Beuteln mit langen Porreestangen und noch größeren Sonnenblumen. Marine stellte die Einkaufsbeutel bei einem Springbrunnen ab und setzte sich auf den Rand, während Verlaque den Anruf annahm.

»Wie geht es euch allen denn heute?«, fragte er.

»Meine Mädchen sind noch einmal ins Bett gegangen und schlafen schon wieder«, antwortete Paulik. »Die Feuerwehrleute haben an der Bastide immer noch alle Hände voll zu tun. Dieser Mistral kommt wahrhaftig zur Unzeit. Der Einsatzleiter und der Polizeihauptmann haben bei uns einen Kaffee getrunken, als Léa noch munter war. Auf dem Dachboden haben sie eine Leiche gefunden.«

Verlaque setzte sich neben Marine und hielt das Smartphone so, dass beide hören konnten. »Eine Frau?«

»Ja. Léa hat uns inzwischen erzählt, was gestern Abend passiert ist. Sie lief in die Küche und nahm die Fotografie an sich. Beim Hinausgehen hörte sie Geräusche auf der Treppe und folgte ihnen bis zum Dachboden. Dort stieß sie auf eine Frau, eingehüllt in hauchdünne weiße Gaze, zweifellos, um Valère zu erschrecken. Ihr Gesicht war unbedeckt, so dass Léa die blinde Frau aus dem Dorf erkannte. Léa schrie auf, und die Frau wollte sich auf sie stürzen. Léa rannte zur Hintertür hinaus und von dort so schnell sie konnte bis zur Kapelle. Sie konnte nicht wissen, dass die Frau bei der Verfolgungsjagd auf ihr Gewand getreten, gestürzt und mit dem Kopf gegen das schmiedeeiserne Treppengeländer geschlagen war. Der Feuerwehrhauptmann meinte, sie wäre wahrscheinlich bewusstlos gewesen, als das Feuer ausbrach.«

»Durchsucht die Polizei ihre Unterkunft in Puyloubier?«

»Ist schon passiert. Dort haben sie ihre Handtasche und darin ihren Personalausweis gefunden.«

»Wer ist sie?«

»Monica Pelloquin«, antwortete Paulik. »Die Frau des Verlegers.«

Verlaque schaute Marine an, die nickte. »Wie konnte sie zur Bastide kommen?«, fragte Verlaque. »Ich denke, ihr Haus ist überwacht worden.«

»Das sollte es eigentlich«, erwiderte Paulik. »Aber wir haben zu wenig Personal, und gestern Abend hat es in Marseille ein Freundschaftsspiel gegeben, das erste, seit Spanien die Weltmeisterschaft gewonnen hat.«

»Das Länderspiel«, unterbrach ihn Verlaque und seufzte. »Frankreich gegen England.«

»Wir mussten so viele Polizisten nach Marseille schicken, wie wir nur konnten. Die Hooligans …«

»… auf beiden Seiten«, fügte Verlaque hinzu.

Jetzt fragte Paulik: »Haben Sie gewusst, dass es Mme Pelloquin war? Sie scheinen gar nicht überrascht zu sein.«

»Das ist mir gestern am späten Abend eingefallen«, erklärte Verlaque. »Ich musste an ihre weiße Haut denken, da war es nicht weit zu den Strohhüten, die sie tragen musste, um sich vor der Sonne zu schützen. Daniel de Rudder hatte mich mit seiner Annahme, es könnte Ursule Genoux oder ihre Schwester sein, auf eine falsche Spur gelenkt. Außerdem scheint mir, dass Mme Pelloquin von einer Entlarvung Valères als literarischer Hochstapler eine Menge gewonnen hätte.«

»Einen Hochstapler würde ich ihn aber nicht nennen …«

Verlaque lächelte. Auch er, der er Barbiers frühe Bücher so verehrte, war geneigt, ihn zu verteidigen. Bald würden sie wissen, was Valère selbst geschrieben hatte und was seine verstorbene Frau. »Ein Bekannter in Paris hat sich gestern Abend und heute Morgen umgehört. Es scheint, dass die Leute von Presse und Verlagen entweder Nachteulen oder extreme Frühaufsteher sind. Wie dem auch sei, Mme Pelloquin hat tatsächlich mehreren Herausgebern von Zeitungen und Zeitschriften eine angebliche ›Valère-Barbier-Affäre als Knüller des Jahrhunderts‹ angekündigt. Sogar mit einem Filmproduzenten hat sie bereits gesprochen. Mit diesem Coup hätte sie eine Menge Geld verdient und wäre berühmt geworden.«

»Alphonse Pelloquin muss ihr von Agathes Rolle erzählt haben.«

»Ja, und Monica glaubte vielleicht, ihr Mann und Agathe hätten eine Affäre gehabt. Agathe ist tot, der konnte sie nichts mehr anhaben. An ihrer Stelle hat sie Valère attackiert.«

31. Kapitel

Aix-en-Provence, Mittwoch, 21. Juli 2010

Marine hob ihr Champagnerglas. *»Santé«*, sagte sie und stieß mit ihrem Ehemann an.

»Cheers«, antwortete Verlaque auf Englisch, wie er es beim Trinken immer tat.

»Es war sehr nett von Jacob und seiner Frau, uns hier ein paar Tage wohnen zu lassen, während sie in London sind«, sagte Marine und schaute verträumt auf den von Lavendel gesäumten Pfad, der vom Swimmingpool zum Haus führte.

»Es ist doch sinnvoll, sich in einem Anwesen, das man kaufen möchte, vorher ein wenig aufzuhalten. Umso abwegiger kommt einem die übliche Praxis vor, eine so große Sache wie eine Immobilie zu erwerben, ohne sie vorher ausprobieren zu können. Bei jedem Autokauf macht man eine Probefahrt.«

Marine nickte. »Als ich meine Wohnung im Mazarin-Viertel gekauft habe, saßen mir zwei weitere Interessenten im Nacken. Ich musste mich binnen zehn Minuten entscheiden und ein Angebot machen. Da kann ich länger überlegen, wenn ich mir ein Paar neue Schuhe zulege.«

Verlaque betrachtete das lang gestreckte, niedrige Bauernhaus, an das man über die Jahrhunderte immer wieder angebaut hatte. »Es ist nicht so majestätisch wie die Bastide Blanche«, sagte er und wandte sich zu Marine um.

»Ein Glück.«

»Und spuken wird es hier wahrscheinlich auch nicht.«

»Glaubst du das tatsächlich?«, fragte Marine. »Dass die Bastide …«

»Ja«, antwortete Verlaque. »Aber du musst es ja nicht weitererzählen.«

»Ich glaube das auch«, meinte Marine. »Selbst ohne Monica Pelloquins Tricks hat es dort zu viele rätselhafte Vorfälle gegeben.«

»Um Richter de Rudder tut es mir leid.« Verlaque lächelte und schaute zum klaren blauen Himmel auf. »Er hatte ein gutes, langes Leben. Ich bin froh, dass ich ihn noch über den Ausgang der Sache in Kenntnis setzen konnte, bevor er gestorben ist. Er schien erleichtert zu sein.«

»Drei Tote«, sagte Marine.

»Leider hat Ursule Genoux geglaubt, ihre Schuld sei nur durch eine Überdosis Schlaftabletten zu sühnen.«

»Und da Ursule und Alphonse Pelloquin nun tot sind, werden wir nie erfahren, was auf der Segeljacht wirklich passiert ist.«

»Wir wissen eine ganze Menge«, stellte Verlaque fest. »Célestine Parent wusste einiges. Ihr gestriger Besuch in Aix hat viel gebracht.« Er nahm einen Schluck von dem Champagner und genoss, wie die zarten Bläschen ihm durch Mund und Kehle liefen. »Mme Parent hat ausgesagt, Ursule habe ihr erzählt, sie sei bei dem Sturm aufs Deck gelaufen und habe um Hilfe gerufen. Sie hatte gehofft, Alphonse werde auf ihren Ruf reagieren und herauskommen. Bei dem Nebel erkannte sie offenbar nicht, dass die in einen Regenmantel gehüllte hochgewachsene Person Agathe war. Sie stieß sie über Bord und begriff erst, als Agathe aufschrie, wen sie vor sich hatte. Agathe und Pelloquin hatten zuvor heftig miteinander gestritten, wahrscheinlich über ihre Rolle als Ghostwriter. Mit Agathes Verschwinden war Pelloquins Problem gelöst. Ursule erzählte ihrer Schwester, er sei zum Bug gekommen und habe angesichts von Ursules Verzweiflung sofort begriffen, was passiert war. Der gemeine Kerl drohte ihr, sie bei der Polizei anzuzeigen, und deshalb hielten beide den Mund. Mme Parent war außer sich, als sie erfuhr, dass Agathes Essay bei dem Brand vernichtet wurde.«

»Er war ihr Beweis. Und jetzt hat Valère, schlau wie er ist, Frankreich verlassen. Wohin ist er verschwunden?«

»Nach Pantelleria«, antwortete Verlaque. Er nahm die tropfende Champagnerflasche aus dem Eiskübel und füllte die Gläser nach. »Kurz vor seiner Abreise hat er mir gesagt, Michèle Baudouin habe ihm die Insel vor Tunesien empfohlen. Dort will er seine Memoiren schreiben, sobald er einen neuen Verleger gefunden hat.«

»Klingt sehr egoistisch.«

»Einiges hat er auch richtig gemacht. Er hat davon gesprochen, das altmodische Schuhgeschäft in der Rue Thiers für Sandrine zu erwerben.«

»Im Ernst?«, fragte Marine. »Erst gestern habe ich dort ein Paar Sandalen gekauft. Es hat mir so leidgetan, zu hören, dass sie schließen. Ich habe gleich noch ein Paar für Charlotte mitgenommen. Die dürfte jetzt bereits im Flugzeug nach Berlin sitzen.« Sie nahm einen Schluck Champagner und blickte zu ihrem Ehemann hin, der es sich auf einer Liege bequem gemacht hatte. Die Beine ausgestreckt, die Augen halb geschlossen, lag er da und lächelte versonnen in sich hinein. So entspannt hatte sie ihn bisher nur in Italien erlebt. Jacobs Haus würde perfekt für ihn sein. »Du hast Valère gemocht, nicht wahr?«

»Er war genau so, wie ich mir einen großen Schriftsteller vorgestellt habe«, sagte Verlaque. »Klug, lustig, nett, manchmal abwesend. Und auch ein bisschen wie ein großes Kind.«

Draußen waren Reifengeräusche zu hören. Marine und Verlaque drehten sich um.

Verlaque schlug sich mit der flachen Hand an die Stirn. »Ich habe die Pauliks eingeladen«, sagte er. »Das habe ich ganz vergessen, dir zu sagen. Bruno meinte, sie hätten heute Abend in Aix einiges zu erledigen …«

Marine sprang auf und wickelte einen Sarong über den Badeanzug.

»Hallo!«, rief Bruno Paulik, der als Erster mit einer Kühltasche um die Hausecke bog. Ihm folgten Hélène und Léa, jede mit einem Einkaufsbeutel. »Nicht schlecht, dieses Anwesen«, fuhr er fort und grinste, als er seinen Blick über das Haus aus goldfarbenem Stein mit den braunen Fensterläden und dem sorgfältig gepflegten Garten mit Pool schweifen ließ.

»Ich denke, für uns reicht es aus«, sagte Verlaque, gab Paulik die Hand und tauschte Küsschen mit Hélène und Léa.

»Wir haben etwas zu essen mitgebracht«, verkündete Hélène und wies auf die Kühltasche. »Zwei Brathähnchen, Kartoffelsalat, etwas Obst und ein paar Flaschen von meinem neuen Vermentino.«

»Dazu Käse und Brot!«, rief Léa und hielt ihren Beutel hoch.

»Meine Güte, man denkt, man sieht ein Foto aus dem *Architectural Digest*«, entfuhr es Hélène.

»Zu nobel, nicht wahr?«, fragte Marine. Sie hörte schon die Kommentare ihrer Eltern, vor allem ihrer Mutter.

Hélène schüttelte den Kopf. »Das nicht. Es ist schick und hat Stil.«

»Léa und ich würden gern den schicken Swimmingpool mit Stil ausprobieren«, sagte Bruno Paulik und legte seinen Arm um Léa.

»Nur zu«, rief Verlaque. »Daneben steht ein viel zu großes Badehaus, wo ihr euch umziehen könnt. Ich zeige es euch.«

»Kommen Sie mit mir ins Haus«, sagte Marine zu Hélène. »Ich führe Sie ein bisschen herum.«

Als sie in die geräumige Küche traten, die Jacob ganz in Edelstahl eingerichtet hatte, ließ Hélène einen Pfiff hören. Carrara-Marmor, aschgraue Schränke und dazu die ursprünglichen dunkelroten Terrakotta-Fliesen auf dem Fußboden.

»Wunderbar«, sagte Hélène und tippte mit der Fußspitze auf die Fliesen.

»Meine Mutter wird mir erklären, wie schwer Terrakotta zu pflegen ist«, sagte Marine lachend.

»Das würde meine auch sagen«, bestätigte Hélène und stellte die Kühltasche ab.

»Wie geht es Léa?«, fragte Marine, öffnete dabei die Schränke und suchte nach Weingläsern.

Hélène lehnte sich gegen die lange Arbeitsplatte und schaute durch ein großes Bogenfenster in den Garten. »Jetzt schon besser. Aber anfangs war sie sehr deprimiert.«

»Das ist verständlich. Diese Nacht ... und dass sie von jemandem gejagt worden ist ...«

Hélène nickte. Sie lächelte, als sie sah, dass ihre Tochter gerade in den Pool sprang, gefolgt von ihrem Mann, den Antoine geschubst hatte. »Aber sie war eher traurig als von Angst erfüllt.«

»Tatsächlich?«

Hélène wandte sich Marine zu. »Wir machen uns Sorgen um sie«, sagte sie. »Léa hat uns gesagt, sie würde ihre Freunde aus der Bastide vermissen.«

»Valère und Sandrine?«, vermutete Marine.

»Nein«, sagte Hélène. »Die vermisst sie zwar auch, hat sie gesagt, aber vor allem ihre heimlichen Freunde. Léa hat noch nie von Freunden aus einer Phantasiewelt gesprochen.«

Marine bekam eine Gänsehaut, ein Schauer lief ihr über den Rücken. »Mein Badeanzug ist noch feucht«, erklärte sie, als Hélène ihr einen besorgten Blick zuwarf.

»Wir wollen Léa einem Therapeuten vorstellen«, fuhr Hélène fort. »Der soll ihr helfen, das Trauma der Nacht aufzuarbeiten. Im Grunde könnte auch ich eine Therapie gebrauchen. Bruno hat mir erzählt, Ihre Mutter habe über die Geschichte der Bastide recherchiert. Hat sie etwas Interessantes gefunden?«

»Nicht sehr viel«, antwortete Marine.

»Was immer in dem Haus passierte, jetzt ist es für immer vorbei.«

»Asche zu Asche«, sagte Marine und stellte vier große Weingläser auf den Tisch.

32. Kapitel

New York City, 23. September 2010

Justin hatte so viel Zeit darauf verwendet, welche Speisen und Weine er in dem Restaurant bestellen sollte, dass er vergessen hatte, sich zu überlegen, wo sie beide nach dem Essen eine Zigarre rauchen könnten. So dirigierte er seinen Gast kurzerhand zum Flussufer mit seinen Radwegen, Bäumen und dem Blick auf Brooklyn. Zum Glück war es draußen auch nach Mitternacht noch warm. Sie hatten beide keine Lust, sich in eine Zigarrenbar zu setzen. Für unterwegs nahmen sie nur etwas Mineralwasser mit.

»Ist das Brooklyn?«, fragte Valère, als sie die kubanischen Zigarren abknipsten, die er aus seiner Jackentasche geholt hatte.

»Williamsburg«, antwortete Justin, hielt ein neu erstandenes Feuerzeug an seine Zigarre und drehte sie langsam in der Flamme.

»Vielleicht kaufen Sie sich eines Tages dort drüben ein Haus? Ein Townhouse zum Beispiel?«

»Im Traum.«

Valère zog kräftig an der Zigarre. »Schokolade.«

»Pfefferkuchen«, kam es von Justin.

»Und Erde. Die rote Erde von Kuba«, schwärmte Valère.

»Wie in der Provence?«

Valère nickte. »Pantelleria ist sehr felsig. Aber von meinem neuen Haus kann ich Tunesien sehen. Habe ich Ihnen das schon gesagt? Beim Hauskauf müssen Sie vor allem auf die Aussicht achten, weniger darauf, ob es groß ist oder Ihnen äußerlich gefällt. Was Sie von drinnen durch das Fenster erblicken, ist wichtiger. Es erhebt die Seele.«

»Die Bastide werden Sie nicht vermissen?«, fragte Justin.

»Nein. All die schlimmen Erinnerungen – meine eigenen und die früherer Bewohner – sind jetzt dahin.«

»Sie haben diesen Teil der Geschichte ausgetrieben«, stellte Justin fest. »Die Geschichte von Hugues de Besse und den jungen Mädchen.«

»Daran mag ich gar nicht denken. Marine Bonnet und ihre Mutter haben mich eines Nachmittags zum Tee eingeladen und mir ausführlich davon erzählt. Die armen Mädchen.«

»Und Agathes Essay?«

»Ist auch dahin. Michèle hat mir gesagt, sie habe Agathes Geschichte unter ihrer Matratze in der Bastide versteckt und dort liegen lassen, statt sie nach Gordes mitzunehmen. Sie hat verlangt, dass ich mich bis zum 14. Juli entscheiden soll, ob ich mit ihr arbeiten will. Wenn ich ablehnte, wollte sie alles der Presse erzählen. Aber ich weiß nicht, ob sie das ernst gemeint hat.«

»Vielleicht spielt das jetzt gar keine Rolle mehr«, sagte Justin und wandte sich Valère voll zu. »Alles hängt davon ab, welche Art Buch Sie planen.«

»Das habe ich doch schon gesagt. Meine Memoiren. Von der Kindheit, über die Schule, meine erste Anstellung bei *Le Monde* und schließlich die Schriftstellerei.«

»Auch, was in der Bastide passiert ist?«

»Darüber bin ich mir noch nicht im Klaren.«

»Ich weiß nicht, was an Michèle Baudouins Behauptungen wahr ist, aber das Buch könnte Ihre Chance sein, sich zu verteidigen.«

Eine Minute lang zog Valère stumm an seiner Zigarre. »Meinen Sie damit, ich soll ein Geständnis ablegen?«

»Das habe ich nicht gesagt«, erwiderte Justin. »Aber gesetzt den Fall, Mme Baudouin hat noch ein Exemplar dieser Geschichte, und gesetzt den Fall, an ihrer Behauptung ist etwas Wahres dran, das heißt, Ihre verstorbene Frau hat Ihnen bei den frühen Romanen geholfen, warum wollen Sie dann nicht selbst mit der Wahrheit herauskommen?«

»Und sie damit schlagen?«

»Genau. Sie sind der Einzige, der wirklich weiß, was an ihrer Beschuldigung dran ist. Wenn Sie beichten, dann haben Sie meine Unterstützung zu hundert Prozent.«

»Meine Karriere wäre ruiniert«, sagte Valère. »Und Ihr Verlag könnte mit diesem Buch keinen Dollar verdienen.«

»Im Gegenteil«, erklärte Justin.

Valère blickte ihn erstaunt an. »Na, das erklären Sie mir mal.«

»Die Amerikaner lieben Geständnisse«, sagte Justin.

»Die Franzosen überhaupt nicht!«

»Aber das wäre doch mehr als ein Geständnis. Es wäre die Geschichte einer Erlösung.«

»Doch wenn das wahr ist, was Ursule und Michèle behaupten, dann bin ich ein Lügner und Betrüger.«

»Sie vergessen Ihre Frauenromane! Mit Ihrer erzählerischen Kraft haben Sie Millionen Dollar verdient«, argumentierte Justin. »Als Erzähler werden Sie geliebt, und die Leser werden alles über Sie erfahren wollen, selbst wenn Sie gefehlt haben. Es ist sogar gut, wenn Sie einmal gestrauchelt sind. Das macht Sie menschlich wie Ihre Leser. Und wenn Sie beichten, sind Sie kein Lügner mehr. Sie sagen die Wahrheit.«

Valère rauchte und dachte einen Moment nach. »Erlösung ist verzwickter als Gerechtigkeit, nicht wahr? Erlösung steht über dem Recht. Wir können sie mit unseren eigenen Mitteln und Methoden erreichen – wenn es gelingt.«

»Ich wette, dass Sie mit diesem Buch ein paar Leser verlieren, aber viel mehr gewinnen.«

Valère nickte. »Und ich wette«, sagte er und wies auf das gegenüberliegende Ufer, »dass Sie eines Tages eines von diesen Townhouses besitzen.«

Justin lachte. »Ein kleines Bauernhaus in Südfrankreich wäre mir lieber«, sagte er. »In der Nähe der Pauliks.«

»Ein junger Mann wie Sie sollte sich nicht mit einer solchen heruntergekommenen Bruchbude abgeben«, sagte Valère und winkte ab.

»Vielleicht haben Sie recht«, stimmte Justin zu und schmunzelte. »Ist das Feuer in der Bastide wegen der uralten Elektrik ausgebrochen?«

»Ja, und es hat rasch den alten Heizungstank in Brand gesetzt, aus dem Brennstoff ausgelaufen war.«

»Dazu die Stapel alter Zeitungen ...«

»Die arme Monica. Ich habe sie nie gemocht, aber so zu enden ...«

»Warum hat sie das überhaupt getan?«, fragte Justin kopfschüttelnd. »Wollte sie Sie in den Wahnsinn treiben?«

»Ja, so verrückt war sie«, antwortete Valère. »Wahnsinnig vor Eifersucht. Diesen Zug an ihr habe ich durchaus gesehen. Aber sie war auch hinter dem Geld her und hätte mit meiner Bloßstellung eine Menge verdient.«

»Wie ist sie so schnell nach Paris gekommen?«

»Mit dem TGV sind es doch nur drei Stunden«, antwortete Valère. »Sie kann mitgehört haben, als Antoine Verlaque und ich oder Sandrine und ich über seine geplante Fahrt nach Paris gesprochen haben. Wir wissen nun, dass Monica sich im Haus versteckte, auch wenn wir alle anwesend waren. Oder es war einfach ein glücklicher Zufall, dass sie sich gerade in Paris aufhielt, als Verlaque dort auftauchte.«

»Ursule Genoux hat offensichtlich gelitten«, überlegte Justin. »War sie in Agathe verliebt?«

»Nein, nein«, antwortete Valère. »Sie mochte sie sehr, aber nicht so, wie Sie andeuten. Selbst wenn Ursule den Verdacht hegte, dass Agathe am Schreiben meiner Bücher beteiligt war, dann hätte sie das nie verraten. Ihre Schwester wird ihr die Dokumente im Archiv von Les Loges gezeigt haben. Aber ich bin sicher, dass Ursule noch treuer zu Agathe hielt als zu mir. Wenn klar war, dass Agathe nicht wollte, jemand könnte erfahren, dass sie mir half, dann haben Ursule und Célestine das respektiert.«

»Und Michèle?«, fragte Justin. »Zu Sandrine haben Sie gesagt, sie sei in Gordes und komme wieder.«

»Sie sind ein guter Zuhörer. Als ich Michèle zwei Tage später wiedersah, schien sie an ein gemeinsames Projekt mit mir gar nicht mehr zu denken. Der Filmproduzent in Gordes hatte inzwischen für eine Fernsehserie die Option auf drei von Michèles letzten Büchern erworben. Etwas zusammen mit einem Versager wie mir zu schreiben, war für sie nicht mehr interessant. Zumal der Produzent Michèle in den Serien sogar eine kleine Rolle angeboten hat.«

»Toll. Da kann sie sich selbst spielen.«

Valère lachte. »Selbst den Text kann sie sich selbst ausdenken.«

»Eine letzte Frage, bevor wir auf Ihr nächstes Buch kommen«, bat Justin. »Wie ist es mit Sandrine weitergegangen?«

»Ich habe ihr das Schuhgeschäft gekauft. Es war gar nicht so teuer, und die Eigentümerfamilie zeigte sich begeistert. Sandrine schickt mir Postkarten, und wenn ich die Rechtschreibfehler korrigiert habe, dann erhalte ich Eindrücke von ihrem neuen Leben in Aix. Sie verdient mit dem Laden tatsächlich Geld, und Marine schaut jede Woche herein, um Hallo zu sagen. Als wir versucht haben, die Gespenster aus dem Haus zu vertreiben, sagte Sandrine zu mir, wir sollten ihnen zu verstehen geben, dass ihre Zeit auf Erden abgelaufen sei und sie friedlich gen Himmel streben sollten. Ich glaube, das war ein weiser Rat, auch wenn er von einer schäbigen Webseite stammte. Als das Haus niedergebrannt ist, haben sich all die Schmerzen und das Elend ihrer und meiner Geschichte in Rauch aufgelöst.«

Valère griff in seine Jackentasche und zog eine Schwarz-

Weiß-Postkarte hervor, auf der ein wenig unscharf ein großes Haus zu sehen war.

»Ist das die Bastide Blanche?«, fragte Justin und betrachtete das Foto eingehend.

»Ja. Sandrine muss die Karte auf dem Flohmarkt entdeckt haben. Ich lese Ihnen vor, was auf der Rückseite steht: ›Als die Bastide Feuer fing, habe ich entschieden, Josy ziehen zu lassen. Als wir wussten, dass Léa sicher war, fühlte ich mich ungeheuer erleichtert darüber, dass es keine Hölle und kein Jüngstes Gericht gibt. Josy ist sicher dort oben angekommen. Und Sie, M. Barbier, sollten über Agathe auch so denken. Sie ist in Sicherheit und schaut vielleicht auf Sie herab. Möglicherweise lacht sie dabei ein wenig. Aber sie wendet ihren Blick nicht von Ihnen.‹«

»Das klingt allerliebst«, sagte Justin. »Haben Sie bei dem Brand wirklich alles verloren?«

Valère streckte die Beine aus und griff in die Hosentasche. Er zog ein Leinentaschentuch hervor, und Justin wusste sofort, was es war.

»Das nicht«, sagte Valère und lächelte.